凤/鸣/丛/书

杨立平 徐剑东◎主编
张邦卫 吴利民◎执行主编

百年汉诗史案研究

赵思运◎著

中国社会科学出版社

图书在版编目(CIP)数据

百年汉诗史案研究/赵思运著. —北京：中国社会科学出版社，
2017.10
（凤鸣丛书）
ISBN 978-7-5161-9762-2

Ⅰ.①百… Ⅱ.①赵… Ⅲ.①汉诗—诗歌史—研究—中国
Ⅳ.①I207.209

中国版本图书馆 CIP 数据核字（2016）第 323929 号

出 版 人　赵剑英
责任编辑　熊　瑞
责任校对　张依婧
责任印制　戴　宽

出　　　版　中国社会科学出版社
社　　　址　北京鼓楼西大街甲 158 号
邮　　　编　100720
网　　　址　http://www.csspw.cn
发 行 部　010-84083685
门 市 部　010-84029450
经　　　销　新华书店及其他书店

印刷装订　北京君升印刷有限公司
版　　　次　2017 年 10 月第 1 版
印　　　次　2017 年 10 月第 1 次印刷

开　　　本　710×1000　1/16
印　　　张　22
插　　　页　2
字　　　数　319 千字
定　　　价　99.00 元

凡购买中国社会科学出版社图书，如有质量问题请与本社营销中心联系调换
电话：010-84083683

凤鸣丛书编委会

学术支持

    浙江传媒学院文学院

    浙江省桐乡市文化广电新闻出版局

    浙江传媒学院茅盾研究中心

    浙江传媒学院网络文学创作与研究中心

主　　编

    杨立平　徐剑东

执行主编

    张邦卫　吴利民

副 主 编

    赵思运　吴赟娇

谱博雅诗篇　迎凤凰涅槃

——凤鸣丛书总序

大雅今朝，凤鸣桐乡。我们的灵魂在倾听：文化创造的源泉在充分涌流，民族文化创造的活力在持续迸发，中华民族文化复兴的脚步，近了！

2016年5月17日，习近平总书记在哲学社会科学工作座谈会上的讲话中指出："坚持和发展中国特色社会主义，统筹推进'五位一体'总体布局和协调推进'四个全面'战略布局，实现'两个一百年'奋斗目标、实现中华民族伟大复兴的中国梦，我国哲学社会科学可以也应该大有作为。"为了迎接中华民族新一轮凤凰涅槃，浙江传媒学院文学院、桐乡市文化广电新闻出版局联袂奉献"凤鸣丛书"，作为我们的献礼！

"凤鸣丛书"作为浙江传媒学院文学院的最新学术成果和创作成果，是浙江传媒学院博雅学术在人文积淀厚实的桐乡文化土壤中绽放的文明之花。风雅桐乡，人杰地灵，曾经涌现了一大批文化名人，如朱子学家张履祥、学者吕留良、廉吏严辰、太虚大师、文学巨匠茅盾、艺术巨匠丰子恺、艺术大师木心、摄影大师徐肖冰、篆刻大师钱君匋、漫画大师沈伯尘、编辑家沈苇窗、出版家陆费逵、著名画家吴蓬、著名新闻工作者金仲华、著名女将军张琴秋等。这些文化名人，构成了桐乡的"城市符号"，凝聚成桐乡文化的"魂"。桐乡的优秀文化传统，理所当然地成为浙江传媒学院丰富的学术资源和教育资源，同时，也滋养了浙江传媒学院学子的精神文化肌理。

文学院是浙江传媒学院设立最早、办学历史最久的院部之一，拥有戏剧影视文学、汉语言文学、汉语国际教育、秘书学4个本科专业及戏剧影视文学（编剧与策划）、汉语言文学（涉外文秘）2个本科专业方向。现有浙江省"十一五"重点学科戏剧戏曲学，"十二五"省重点学科戏剧与影视学（戏剧戏曲学方向），"十三五"省一流学科戏剧与影视学（影视艺术理论与批评方向、影视编剧与创作方向）；"十二五"校级重点学科中国语言文学（文化与传播），"十三五"校级一流培育学科中国语言文学和艺术学理论。戏剧影视文学是浙江省重点专业和浙江省新兴特色专业。中国语言文学大类是校级重点专业。文学院现拥有省级研究基地"浙江省非物质文化遗产研究基地"。学院学术实力强，科研成果丰富，近年来承担了国家级项目10余项、省部级项目50余项、厅局级项目60余项，各级教改项目近20余项；出版学术专著40余部、文学作品10余部。学院教学水平高，育人业绩好。文学院学生近年在柏林华语电影节、威尼斯电影节"青年电影人培养计划"、全球华语大学生短诗大赛等国际赛事以及北京大学生电影节、环保部剧本征集、全国大学生征文大赛等国家级、省部级大赛中获奖30多项。

浙江传媒学院非常重视政产学研合作。近年来，由文学院自主创作的影视剧《明月前身》、《盖世武生》、《孝女曹娥》、《长生殿》、《梦寻》、《七把枪》等已在中央电视台播出。为了促进政产学研全方位深度合作，文学院成功申报了两个校级研究机构：茅盾研究中心和网络文学研究与创作中心，凝练了茅盾研究团队、木心研究团队、网络文学研究与创作团队、张元济影视剧创作团队等，展开了大量务实工作。"凤鸣丛书"即是文学院在桐乡文化土壤深耕细作收获的第一批文化作物。第一辑包括《茅盾研究年鉴（2014—2015）》、《媒体化语境下新世纪文学的转型研究》、《艺术现代性与当代审美话语转型》、《百年汉诗史案研究》、《汉语饮食词汇研究》、《图像、文字文本与灵视诗学》、《唐代园林与文学之关系研究》。茅盾是我国现代文学史上杰出的作家、文艺理论家、文学翻译家，是我国现代进步文化的先驱者、中国革命文艺的奠基人，茅盾研究已经成为中国现当代文学的显学。浙江传媒学院茅盾研究中心作为茅盾研究的重要阵地，编撰的《茅盾研究年鉴》已经连续出版4年，今后还会持续下去。木心作为中国当代文学大师、诗人、画家，在台湾和纽约华人圈被视为深解中国传统文化的精英和传奇人物，一直是浙江传媒学院和桐乡市学者的用心之处，木心研究成果理所当然将是"凤鸣丛书"持续关注的对象。

　　2014年5月4日，习近平总书记在同北京大学师生座谈时指出："人类社会发展的历史表明，对一个民族、一个国家来说，最持久、最深层的力量是全社会共同认可的核心价值观。核心价值观，承载着一个民族、一个国家的精神追求，体现着一个社会评判是非曲直的价值标准。"习近平总书记还指出："中华文明绵延数千年，有其独特的价值体系。中华优秀传统文化已经成为中华民族的基因，植根在中国人内心，潜移默化影响着中国人的思想方式和行为方式。今天，我们提倡和弘扬社会主义核心价值观，必须从中汲取丰富营养，否则就不会有生命力和影响力。"培育和弘扬社会主义核心价值观，必须立足中华优秀传统文化。"凤鸣丛书"将致力于优秀传统文化的挖掘以及文艺精品的创作，为"中国梦"的实现提供文化自信力。我们将关注昆曲剧本、动画片剧本、张元济影视剧本、杭嘉湖文艺精品等，策划更多创作活动，去讴歌桐乡、讴歌杭嘉湖、讴歌浙江省21世纪的新面貌，坚守我们的核心价值体系和核心价值观，利用好中华优秀传统文化蕴含的丰富的思想道德资源，使其成为涵养社会主义核心价值观的重要源泉。

　　正如木心在《诗经演》里写道："遵彼乌镇。迥其条肆。既见旧里。不我遐弃。"桐乡文化是常新的，游子木心把她视为自己的精神归宿。同时，桐乡又是中华文明的一个美丽缩影，博大精深的中华文明乃是中国人的安身立命之所。置身于桐乡大地上，我们感同身受，瞩目着中华文明孕育的新一轮凤凰涅槃。黎明正喷薄而出，我们正跨步在金光大道上！

凤鸣丛书编委会

2017年春

目　录

诗人个案研究的文献—发生学方法
（代序）

一

　　很多时候，诗人个案研究被混同于关于这个诗人的文本解读。也就是说，"诗人个案"这个复杂的、立体的研究对象被简单化为诗人的文本研究，至多也就是把诗人文本与诗人的生活经历简单地比附阅读，从而忽略了诗人与文本之间更为复杂立体的关系。面对独具个性的诗歌文本，我们还有必要追问，这种个性化的文本何以发生？为什么在同样的时代语境下产生的诗人和诗歌文本是如此迥异和丰富多样？这就要考量同样的时代语境是如何以不同的方式影响到诗人精神个性的生成、诗人自身的精神境遇乃至隐秘的精神风暴又是如何外化到诗人的诗歌文本之中的。新诗研究假如深入发生学的层面，对诗人个案研究的重要性就会日益突显，对诗人灵魂历程的研究就可能要比对诗歌文本贡献的研究更加紧迫。落实到这个层面的时候，在心理学层面寻求提供诗歌文本资源背后的精神人格基因，便可能在诗人个案研究中越来越有吸引力，诗人个案研究也更有挑战性。

　　因此，从新诗史的角度来讲，我们对诗人个案的研究，既不满足于诗歌文献学，也不满足于发生学，而是运用文献—发生学方法，研究诗人精神人格演变的发生、发展以及这种精神人格的演变是如何外化到他的诗歌创作的，即做到"人"与"文"的统一。这种方法要求文本解读（创作文本）与人生解读结合起来，借用王国维的话叫"双重证据法"。而对于诗人人生解读最佳的途径无疑是研究诗人的自述性文字，这包括诗人自传、创作谈以及文集的前言、后记（当然也包括他人撰写的诗人传记）。

发生学研究特别重视诗人早期经验的挖掘。在人格心理学领域，母爱的影响作用引起了发展心理学家的重视，相较之下，父爱对儿童的影响则被忽略了。实际上，母爱更多地有利于促进儿童的诸如关心、感到被接受与被需要这种情感的发展，而父爱则有利于促进儿童在态度和价值观方面的发展。在一定意义上说，一个人只有经历了这两种类型的爱，并且将其纳入自己的个性之中，才有可能形成完善的人格。弗洛姆就认为，这种发展是衡量一个人是否成熟的一个标准。幼年时期的母爱扭曲以及父爱的缺乏，都会导致一个人的感受性乃至价值定位与众不同。我们可以通过对两位诗人——何其芳与柏桦——早期经验的简单考察，来分析他们诗歌的精神图景是何以发生的。

二

我们先聚焦于何其芳晚年的诗文。"四人帮"崩溃以后短短的一年里，何其芳的创作欲望急遽爆发，创作了十万字左右的回忆录和十几首诗歌，汇成了多色调的晚霞，而其主旋律则是根深蒂固的毛泽东崇拜。何其芳作为一个坚定的马列主义者，历经磨难而矢志不移。个中原因，除了马克思主义信仰之外，还在于他在延安时期形成的、根深蒂固的毛泽东崇拜。甚至可以说，他这种深层的心理基因也已经转化为一种信仰——毛泽东崇拜情结与马克思主义信仰情理交融在一起了，并且伴随他的终生。如果再深究的话，就会发现，他晚年的毛泽东崇拜和延安时期的毛泽东崇拜都可以追溯到何其芳早期父爱的缺失，长达几十年的精神人格基因构成了环环相扣的链条。

通过考察何其芳精神人格形成的因素，我们可以发现，父爱在何其芳的精神世界中是缺失的；他的父亲镜像的缺失，必然会使之在以后的岁月中寻觅另外一种形式的父亲镜像。发展心理学家认为，大约在 6 岁以前，儿童极大地依靠母爱来提供自己发展的条件。过了 6 岁，儿童开始把自己对于爱的需求转向父亲，在父亲那里找到发展自己的应付能力和价值体系的条件。成功地完成这种转变对保持心理健康是非常必要的，否则就有可能造成以后的神经和精神疾患。① 而何其芳的 6 岁恰恰是其早期精神人格发展中的一个重要节点。何其芳出生于四川农村的一个封建家庭，在 6 岁之前"他的性格基本上还是自由发展的……父亲的威胁此刻还未直接降临到他头上来"②。6 岁左右开始，父亲那套严厉的封建家法管教，紧紧地箍在他的头上，使他动不动就遭受痛打。后来何其芳经常头疼头昏，可能与父亲粗暴的性格和残酷的鞭打有关。我们知道，在男孩的人格发育过程中，父亲模式对他的形塑作用是巨大的。在何其芳的一生中，关于其他亲属如祖父母、母亲、姨母等都留下了很多文字，唯独关于父亲的文字，我们却找不到丝毫。或者说，在他的文字中，父亲形象是一个巨大的空缺。但是，我们可以在他的散文《私塾师》中间接地看到父亲在他心灵中的印象。文章中描写的私塾师鞭打他的孙子的情景其实就是何其芳幼时被父亲鞭打的情景的再现：

> 右手据着长长的竹板子，脸因盛怒而变成狰狞可怕了；当他每次咬紧牙齿，用力挥下他的板子，那孩子本能地弯起手臂遮护头部，板子就落在那瘦瘦的手指上；孩子呜咽着，不敢躲避，他却继续乱挥着板子，一直打到破裂或折断。

他感到那个打人者"十分可怕，十分丑恶，仿佛他突然变成了一匹食肉的野兽"。这间接地体现了他对于父亲的憎恶。③ 本来何其芳个

---

① 参见［美］詹姆斯·O.卢格《人生发展心理学》，陈德民、周国强、罗汉等译，学林出版社 1996 年版，第 355—356 页。

② 尹在勤：《何其芳评传》，四川人民出版社 1980 年版，第 3 页。

③ 同上书，第 4—6 页。

头瘦小，性格内向害羞，后来稍微开朗、活泼一些，但是 6 岁左右时父亲的粗暴态度，使得他的性格再次变得抑郁、沉默寡言，孤僻与忧郁过早地笼罩了他的心灵。他对于父亲的反抗，起初是朦胧的、自发的，后来，随着人生阅历的增加，这种反抗就成为必然的、自觉的选择了。1928 年，何其芳结束了中学生活，打算出走他乡。父亲为他安排的前程是在家娶妻生子，看守家业。但是，何其芳执意到上海，进入中国公学预科。父子矛盾再次激化。大发雷霆的父亲"以断绝经济来威胁他"，于是他不得不过着经济短缺的苦读生活。

按照心理学的补偿机制，父亲镜像在何其芳心中的缺失，势必导致他去寻求另外一种意义的父亲镜像去填补。我们注意到，从他到延安开始，直到"文化大革命"结束的逝世，毛泽东的形象一直是何其芳精神上的崇拜对象。从 1938 年写《我歌唱延安》，到 1977 年去世前的《毛泽东之歌》，他对毛泽东的至高无上的崇拜之情一直贯穿其中。可以说，在何其芳的精神世界中，在很大程度上，毛泽东取代了何其芳的父亲形象，成为何其芳精神人格的镜像，并且转化为"卡里斯玛"型权力崇拜。在 20 世纪 30 年代，毛泽东成为中国革命旗帜的旗手，成为中国革命和中华民族独立解放的象征性人物。很多人都把毛泽东写成"民族的巨人"、"民族之父"。人们对于毛泽东的崇拜就凝聚了历史上的卡里斯玛崇拜情结。何其芳也不例外，卡里斯玛崇拜情结在他的关于领袖的诗文中可以体现出来。他的《毛泽东之歌》中有这样的内容：1942 年 4 月有一次他去见毛泽东，"在我，当时是有着一种小孩子见到长辈的心情的"；回去的路上，"我们似乎从幼稚的少年时代长大了许多"。此时，何其芳已经整整 30 岁了。1957 年何其芳写作《回忆、探索和希望——纪念毛泽东同志在延安文艺座谈会上讲话十五周年》，又回忆到座谈会的情境："问题是重大的，而且是很尖锐的，然而毛泽东同志却讲得那样和蔼，那样亲切，就像是一个慈爱的长者。"[1] 毛泽东逝世时，"我在心里对自己说：'我一定不要哭。毛主席

---

[1] 《回忆、探索和希望——纪念毛泽东同志在延安文艺座谈会上讲话十五周年》，《何其芳全集》第 4 卷，河北人民出版社 2000 年版，第 180 页。

是不会喜欢我们像小孩子一样哭泣的'。"① 毛泽东在何其芳的灵魂深处，俨然一个"父者"形象。因此，何其芳在延安走进体制并且融为体制的一部分，成为革命机器上的一个齿轮，既有时代语境的作用，又有精神深处对于父亲镜像的认同感产生的动力，而且，这种政治力量的伦理化，就极有可能内化到他的灵魂深处，甚至直到晚年也难以祛除。

三

童年经验在诗人一生中的重要意义，在柏桦身上同样得到淋漓尽致的映现。如果说，何其芳的毛泽东崇拜的源头在很大程度上可以追溯至他6岁时的父爱缺失，那么，柏桦这位"极端左翼的抒情诗人"的诞生，则可以追溯到柏桦童年时期母爱的缺失，可以追溯到他的至为关键的6岁时的蛋糕事件。又是"6岁"！正是这个事件，让柏桦的人性基因里根深蒂固地生长出"下午情结"，也正是这个"下午情结"酿造了诗人柏桦的诗性基因。什么是"下午情结"呢？柏桦在《左边——毛泽东时代的抒情诗人》开篇第一段就定下了全书的调子：

> 下午（不像上午）是一天中最烦乱、最敏感同时也是最富于诗意的一段时间，它自身就孕育着对即将来临的黄昏的神经质的绝望、啰啰唆唆的不安、尖锐刺耳的抗议、不顾一切的毁灭冲动，以及下午无事生非的表达欲、怀疑论、恐惧感，这一切都增加了一个人下午性格复杂而神秘的色彩。我的母亲就是这样一个具有典型下午性格的人。②

1956年1月21日的下午，被柏桦称为"下午少女"的母亲诞下柏桦。从此，"下午情结"成为柏桦的宿命。他说："这令人紧张得如临悬崖的下午，生命在此刻哪怕听到一丝轻微的声音都可能引起本能的惊

---

① 《毛泽东之歌》，《何其芳全集》第 7 卷，河北人民出版社 2000 年版，第 377 页。
② 柏桦：《左边——毛泽东时代的抒情诗人》，江苏文艺出版社 2009 年版，第 1 页。

慌，可能被吓死。""下午成了我的厄运……而培养下午，就是培养我体内的怪癖，就是抒情的同志嚼蜡……而时光已经注定错过了一个普通形象，它把我塑造成一个'怪人'、一个下午的'极左派'、一个我母亲的白热复制品，当然也塑造成一个诗人。"① "在我的记忆中，我的童年全被母亲的'下午'所笼罩，……母亲是下午的主角，冥冥中她在履行一种可怕的使命。"② 这个蛋糕事件使柏桦感到："对未来无名的反抗激情，对普遍下午的烦乱激情，对本已完美的事物百般挑剔的激情也开始在我内心萌芽。我以离奇古怪的热情和勇气从此渴望迅速长大、迅速逃跑、迅速自由。"③

如果母亲是柏桦"下午情结"的起源，那么，在柏桦9岁时，那位"脾气古怪、性格烦乱"、酷似母亲性格的女教师，则强化了柏桦身上的"下午情结"。她也是天天在下午折磨一个小男孩，也正是她对柏桦的"惩罚"，又在母亲的基础上加深造就了一个"极端左翼的抒情诗人"。幸运的是，柏桦的这种反抗情结逐渐超越了个人化，而融入了时代语境："它使我加速成为一个'秩序'的否定者、安逸的否定者、人间幸福的否定者。随着逃跑不断升级，我理解了'斗争'、'阶级'、'左派'、'解放'这些词语，它们在一个诚实的孩子的注目下显得无限伤感、催人泪下，同时一股近似于自我牺牲的极端热情把我推向'极左'（自恋狂或虐待狂）的尖端。这尖端顶着诗人放肆的特征但没有什么庸俗的快乐。"④

童年经验中的"下午情结"影响到柏桦的整个生命历程。他在大学时期对波德莱尔《露台》等的接受，也正是对童年时代"下午情结"的灵魂呼应，这件事和柏桦6岁时期的"蛋糕事件"一样具有重要意义。自此，柏桦走出"睡眠的自由和真理"，达到更为清醒的生活状态，以"公然真实地发起高烧或假借呕吐"抗议"一切集中的或自愿集中的学习形式"，从集体学习中抽身而出。他说："我一如既往地认

① 柏桦：《左边——毛泽东时代的抒情诗人》，江苏文艺出版社2009年版，第1页。

② 同上。

③ 同上书，第7页。

④ 同上书，第9页。

为任何教育形式都是规训式的，甚至含有法西斯的意味。一个人从小就被强迫接受教育，这是你无法选择的选择，就像你只能选择你的父母，只能选择你所使用的语言一样。教育的权力高高在上，挥着它残忍的霸主鞭，它将某种你并非愿意的意识形态、价值观、道德原则甚至法律条文抽进你的肉体。规范化、字典化、等级化、秩序化、理性化通通经过既定的教育形成一套你不动脑筋、逆来顺受、好吃懒做的书写模式、表达模式和行为模式。"① 此时，成年的柏桦，已经将童年时期无意识的情绪体验转化为理性的价值体系。

四

柏桦的《左边——毛泽东时代的抒情诗人》一书，不仅为我们研究柏桦本人的诗学发生学提供了大量丰富的材料，而且有利于研究近20 年来中国汉诗的发生学以及现代汉诗转型的发生学。可以说，这部书本身就是柏桦自我发生学研究的最直接坦呈。他的自述文字是关于自我描述的描述，是某种程度的诗学自我反刍，具有某种元自述的味道。尤其让我们高兴的是，书中不仅显现出柏桦对于自我发生学的精细剖析，而且显现出柏桦本人对于他人的发生学研究方法的运用。

柏桦在《左边——毛泽东时代的抒情诗人》中对于万夏的分析与描述，也极富诗歌发生学的研究价值。他概括了构成万夏诗歌不同阶段的二重性：一个是1980—1986 年的"莽汉"时期万夏；一个是1986—1990 年"汉诗"时期的万夏。前者是高唱青春反叛之歌的万夏，而后者则是"古卧龙桥上对酒当歌的万夏，秋雨满楼头、诗句夜裁冰的万夏，换取红巾翠袖的万夏，诗歌江湖的急先锋万夏，民俗和中药的万夏，谶纬中的宿命者万夏"。② 这种概括是精当的。更有价值的是，对于万夏的诗歌变奏的内在灵魂的逻辑性，柏桦做了极富新意的捕捉。柏桦拈出了万夏灵魂里的两个关键词："宿疾"与"农事"。他发现，万

---

① 柏桦：《左边——毛泽东时代的抒情诗人》，江苏文艺出版社 2009 年版，第 67 页。

② 同上书，第 140 页。

夏早期生活里有四大宿疾：宿疾之一，自幼着迷于绘画，以儿童的幻想与色彩对抗制度性因素，但是被排斥在艺术的制度之外，通往职业艺术家的道路被切断。宿疾之二，初中时期形成的"飞行"情结。万夏曾说："我一生中最幸福的时刻是掌握一架高速行驶的飞行器，闪电般的疾驶。如果这一切不能办到，我就设想我的死亡是一次赤身裸体的在高空展开双臂的急速下降。"这种"飞行"渴望构成了万夏意图摆脱现实存在的虚无性形而上的力量。宿疾之三，1979 年考取西南政法大学，由于体检不合格而不予录取，次年却"落草"于南充师范学院中文系，画家梦转向诗歌梦。宿疾之四，万夏从小到大对植物格外关注。这四大宿疾为解释万夏的诗歌发生学与迁移变化提供了人性基因意义上的支持。前三个宿疾，造成了万夏精神人格方面的偏执、任性、抗拒、颠覆、叛逆，这是莽汉意义上的万夏。而随着时光的流逝，万夏前三个"宿疾"逐渐退隐，而早期对于植物的酷爱逐渐显现并茁壮起来。他小时候就在家里自制阳台，种植十几种植物，一直到现在的 40 多岁，仍然在室外用竹篱笆围起来 30 平方米的花园。有两本书令万夏一直贯穿着对"绿色"的钟爱，就是达尔文的《物种起源》和《人类的由来》。① 柏桦说："植物也开始起作用了，它宁静、温润的形态、含蓄的生机契入那青年的目光，那绿意潜在地影响了他后来的诗歌。一匹烈马终于被纤纤植物控制住了。"② 在经过了"垂直反抗"之后，万夏进入了植物的美丽湿润的风格，关于植物的宿疾，替代了前三个宿疾的风格，返回到汉诗精神之中，"宿疾"诗歌转变为"农事"诗歌。柏桦探究到万夏诗歌的发生学基因，敏锐地发现：万夏诗歌路向的改变其实仍然是其自身隐含的人性基因的消长的结果。

五

　　本书采用的"诗人个案研究"的文献—发生学方法，源自夏中义

---

① 柏桦：《左边——毛泽东时代的抒情诗人》，江苏文艺出版社 2009 年版，第 129—131 页。
② 同上书，第 131 页。

先生在文艺学研究领域最初提出的研究方法。他在《世纪初的苦魂》①、《九谒先哲书》②、《王元化襟怀解读》③、《从王瑶到王元化》④ 等著作中，娴熟地运用文献—发生学方法，对于20世纪十几位学术大师在体制内灵与肉的分裂、学统与政统价值抉择的矛盾与困惑，从价值根基上进行了淋漓尽致的剖析，鞭辟入里，震聋发聩，可以看作一份中国21世纪知识分子人格独立的黎明通知书。挖掘这些学者的精神世界之生成以及这种精神世界如何外化到他们的学术之中，惊心动魄地彰显其内在的精神痼疾，是夏中义"文献—发生学"研究方法的焦点。这种方法在张蕴艳的《李长之学术与心路历程》⑤、施萍的《林语堂：文化转型的人格符号》⑥、艾晓明的《左翼文论思潮探源》⑦ 以及赵思运的《何其芳人格解码》⑧、周兴华的《茅盾文学批评的"矛盾"变奏》⑨ 等专著中得以集中展示，形成了文艺学研究领域颇为引人注目的学术力量，"发生学学派"的雏形呼之欲出。关于文献—发生学的基本学理，夏中义曾经论述到文献—发生学方法作为一种学术思维原则的特点，即对给定个案的研究须分两步走：首先，在文献学层面对于研究对象本身做整体性逻辑还原；其次，又不止于文献学层面的陈述，而是旋即深入发生学层面，沉潜到心理学层面去探询对象缘何生成。文献学研究旨在陈述对象"是什么"，那么，发生学研究则重在追问对象"为什么"。这种研究方法在学理上具有极强的创新性，它"能建设性地校正'历史决定论'对'论世知人'法则的机械阐释。……教条化的'论世知人'委实不同于发生学方法：假如说前者企图以历史时势来僵硬地穿凿个体

① 夏中义：《世纪初的苦魂》，上海文艺出版社1995年版，2005年更名为《王国维：世纪苦魂》由北京大学出版社出版。
② 夏中义：《九谒先哲书》，上海文化出版社2000年版。
③ 夏中义：《王元化襟怀解读》，文汇出版社2004年版。
④ 夏中义等：《从王瑶到王元化》，广西师范大学出版社2005年版。
⑤ 张蕴艳：《李长之学术与心路历程》，北京大学出版社2005年版。
⑥ 施萍：《林语堂：文化转型的人格符号》，北京大学出版社2005年版。
⑦ 艾晓明：《左翼文论思潮探源》，湖南文艺出版社1994年版；北京大学出版社2007年版。
⑧ 赵思运：《何其芳人格解码》，河北大学出版社2010年版。
⑨ 周兴华：《茅盾文学批评的"矛盾"变奏》，黑龙江人民出版社2009年版。

命运；那么，相反，发生学方法则主张可从微观定势角度来描述个体为何及其如何感应上述宏观时势——以免将个体沦为一面只配被动反射历史的镜子。"①

　　如果将文献—发生学研究方法运用到新诗的个案研究之中，那么"诗人个案研究"无疑会得到深化，就不仅仅停留在诗人的诗歌文本研究，而深入生产诗歌文本的背后的诗人精神因素。诗歌文本究竟有什么重要意义？这种文本的意义又是如何通过诗艺的方式从诗人灵魂深处分泌出来的？诗人灵魂里的人性基因又是怎样在时代语境下生成的？诗人与时代语境又是怎样复杂的双向互动关系？基于上述论题，诗人个案研究就包括如下几个层面：第一，诗人的诗歌文本具有什么价值；第二，诗歌文本与诗人精神世界的关系怎样；第三，诗人的精神人格是如何发生的；这样的文献—发生学研究，就会使诗人个案研究打通"文本—诗人—时代语境"三大要素，成为立体的研究，而非平面的研究。这也为批评家选取个案研究的对象提出了更高标准。

---

　　① 夏中义：《"百年中国文论史案"研究论纲》，《文艺理论研究》2005 年第 6 期。

第一章　陆志韦（1894—1970）
激进语境下的诗歌探索

作为心理学家、语言学家、教育学家的陆志韦（1894—1970），已经被深深地锲入历史，但是作为白话诗人的陆志韦却被历史遮蔽得太久了。很久以来，陆志韦在新诗史上是一个失踪者。陆志韦著有诗集《不值钱的花果》[①]、《渡河》[②]、《渡河后集》[③]、《申酉小唱》[④]、《杂样的五拍诗》[⑤]，演讲集《我生之世》[⑥]、《中国诗五讲》[⑦]。事实上，陆志韦在五四时期的新诗坛本来具有一定位置的，上海亚东图书馆出版的"新诗集十种"其中就有陆志韦的《渡河》，另外几部是胡适的《尝试集》，康白情的《草儿在前》、《河上集》，俞平伯的《冬夜》、《西还》，汪静之的《蕙的风》，宗白华的《流云》，胡适编选的《胡思永的遗诗》，北社编选

---

① 陆志韦：《不值钱的花果》，锡成印刷公司代印，1922 年 7—11 月间出版。作者自印，非卖品，现存中国现代文学馆。

② 陆志韦：《渡河·我的诗的躯壳》，亚东图书馆 1923 年版。

③ 陆志韦：《渡河后集》，作者自印，非卖品。收诗 25 题。

④ 据陈子善考证，《申酉小唱》为陆志韦自印，非卖品。《申酉小唱》收入作者"一九三二年九月起至一九三三年五月止"的新诗 26 题共 32 首。1932 年是壬申年，1933 年是癸酉年，诗集的写作时间正好横跨这两年，故名之曰"申酉小唱"。从"小序"所述推算，《申酉小唱》印行于1933 年六七月间，应大致不错。现存陈子善处一册。

⑤ 陆志韦：《杂样的五拍诗》。共 23 首，以结集的方式集中发表于《文学杂志》1947 年第二卷第四期。部分诗歌曾经发表于《文学杂志》1937 年第一卷第二期、《燕园集》（1940）、《燕京文学》1940 年第一卷第四期。

⑥ 陆志韦：《我生之世》，民国十五年十一月初版。

⑦ 陆志韦：《中国诗五讲（Five Lectures on Chinese Poetry）》，外语教育与研究出版社 1982 年版。

的《一九一九年新诗年选》。他的诗歌与如此多重要的新诗人的作品同时结集出版，可见其在五四时期具有一定影响力。可是为什么陆志韦从此就失踪于中国诗坛了呢？虽然朱自清在 1935 年为良友图书公司编的《中国新文学大系》诗歌卷里选了他七首诗，就数量而言，他与大名鼎鼎的象征派诗人戴望舒、湖畔诗人应修人等人平起平坐，但是，朱自清也承认，此时的陆志韦已经被历史遮蔽掉了。他在导言里遗憾地写道："但也许时候不好吧，却被人忽略过去。"①

"也许是时候不好"究竟是什么意思呢？陆志韦唯一正式出版的一部诗集是《渡河》，出版时间是 1923 年，1923 年是一个喧嚣的年份。如果联系"五四"时期的激进文化背景去考察陆志韦的诗学观念，就会发现，在革命与激进主义流行的时代语境下，陆志韦走的恰恰是"去革命化"的诗体建设道路。于是，也就不难理解陆志韦何以被新诗坛"抛弃"了。

第一节　激进语境下陆志韦的文化人格

新诗诞生于北京大学已经成为共识，但是新诗的发生也一直受到保守力量的质疑。我们有必要探究：在看到其合法性的同时，它又有什么局限？20 世纪的中国盛行一种非此即彼的二元对立思维方式，如革命与保守、破坏与建设、内容与形式。而且，二元对立的取舍中，又受到意识形态的侵蚀与干扰，新诗史也充分叠映出意识形态的发展史。这样，新诗在它的发生时期，就奠定了具有革命性质的起点，即具有政治意义和革命意义的诗歌成为正宗。在价值立场上，他们普遍崇尚文化进化论，所以特别强调反叛与颠覆。考察北京大学《新青年》作者群和新诗鼓吹者便会发现，陈独秀、胡适、李大钊、钱玄同、刘半农、鲁迅、沈尹默等的经历和他们精神人格中具有浓厚的革命性基因。陈万雄在他的著作《五四新文化的源流》对此有精确的考证。② 这些"五四"

---

① 朱自清：《中国新文学大系·诗集·导言》，良友图书公司 1935 年版。
② 详见陈万雄《五四新文化的源流》第一章，生活·读书·新知三联书店 1997 年版。

革命人士的革命情结影响着他们对于文化、文学、诗歌的态度。《新青年》同人越来越倾向于政治活动，"1923年2月第九卷以至1926年7月，《新青年》更成为中共中央的纯理论机关季刊了。"[①] 陈万雄通过对历史资料的梳理还得出一个结论："五四新文化运动的指导势力不仅不是辛亥革命之外的力量，而应是辛亥革命力量的一部分。换句话说，五四新文化运动的指导势力与辛亥革命运动也不是两个世代，而是同一世代的人；两个运动在人物谱系上有一种承接的渊源。"[②] 如果进一步考察就可以清楚地看到他们的政治情结、政治状态和政治态度是怎样影响到诗歌的态度，尤其是对于古典诗歌的激进反叛。五四时期，无论主流诗坛还是主流诗歌史的写作，都体现了与传统诗学断裂的决绝性和诗歌创作的过度西化。这使得中国新诗从一诞生便失去了汉语的根性。五四新文化运动时期，最宏大的价值观念即是"革命"，对待古典文化，多采取颠覆态度。白话文写作更多的是一种"反封建"的姿态，乃至是一种工具，而无暇虑及诗歌文体意义和诗歌自身的规律性的东西。钱玄同在胡适《尝试集》初版序言（1918年1月10日）的末尾说："我自己是不会作诗的人……不过我也算一个主张白话文学的人。"[③] 确实，钱玄同更多的是表达一种对新文学的态度，一种主张，而不是出于对诗歌本体的考虑。革命意图伦理的张扬，严重地遮蔽了新诗自身建设的吁请。诚然，五四时期的新诗还面对着守旧派的强大势力，有必要集中力量对顽固派予以反击，为新文学伸张。但是，切不可以"态度"来作为判断一切的标准，因为"革命等于进步"的意图伦理是缺乏辩证精神的。

　　但是，陆志韦的古典文化人格、基督教的精神立场，以及二者所外化出的新诗体建设等方面，都是远离北京的革命话语与激进主义立场的。他在新诗史上逐渐被屏蔽，这几乎是无法避免的命运。

　　我们先通过陆志韦的学缘背景来考察他的文化人格形成的古典因子。陆志韦的几乎所有学缘背景都是"去革命化"的。无论在家乡读

---

①　陈万雄：《五四新文化的源流》，生活·读书·新知三联书店1997年版，第19页。

②　同上书，第57页。

③　胡适：《尝试集》钱玄同序言，上海亚东图书馆1920年版。

私塾，还是在苏州的东吴大学附属中学、东吴大学就读，无论在美国留学，还是到南京任教，这一切经历均具有浓厚的传统文化积淀或者西学背景，唯独没有革命与激进因素。陆志韦1894年2月6日出生于湖州南浔镇。他的父亲陆熊祥自幼接受中国传统文化教育，读《四书》，学律诗，作八股文章，参加科举考试，晋升拔贡。陆志韦五岁时入私塾，读《四书》、《五经》，六七岁时，即能阅读各种古书，"聪颖过人，一篇千字文，读上三五遍即能熟记背诵"，被誉为神童。① 陆志韦自幼生性内向、脆弱，加之在7岁时生母去世，在13岁时父亲去世，陆志韦变得更加沉默寡言，在他自己的内心世界里自我封闭起来，陪伴他的是青灯孤影下的书本世界。1907年，他离开震泽小学，入苏州东吴大学附属中学，后考入东吴大学。苏州是清代著名的汉学中心，具有悠久的历史文化积淀，素有"人文渊薮"之称。在陆志韦的教育历程中，刘氏家族对于陆志韦的成才和古典文化的积淀起到了非常重大的作用。刘锦藻（1862—1934）在南浔创办孺嫠会，孺嫠会资助"已经出学而身后无资者，丧不能葬者，孤子无力读书者，守节抚孤者"。作为一个学问家，刘锦藻以个人之力，积20年心血，编撰《清续文献通考》400卷，成为今传"十通"之一，在中国近代学术史上具有重要地位。② 陆志韦在刘锦藻的私塾读了6年古书，饱览古典文化。这一番中国传统文化的系统学习和严格训练，奠定了他日后成为一名学术大师的根基。当父亲去世之后，陆志韦因此陷入经济困顿时，是刘锦藻的儿子刘承幹给予资助，使陆志韦得以继续读完东吴大学。而刘承幹亦是著名的藏书家。他一生网罗江浙一带私家藏书，延揽通儒宿学，整理编撰付刻，为保存传统典籍做出了巨大贡献，全盛时期他藏书1.3万种，18万册，80万卷，被称为民国私人藏书第一人。所以说，刘氏父子的学问与举止，会潜移默化地影响到陆志韦的文化态度，对古典文学的接受形成深层积淀。他在《渡河》序言里也曾讲到中国传统诗歌对于他的影响问题。

---

① 项文惠：《广博之师——陆志韦传》，杭州出版社2004年版，第8页。
② 同上书，第6页。

1920 年，陆志韦从哥伦比亚大学获取哲学博士学位以后，受东南大学校长郭秉文盛情邀请回国，在南京高师、东南大学担任教授，创立南京高师心理学系，并曾任东南大学心理学系主任。与北京那种浓厚的革命与激进氛围相反，南京以浓厚的文化积淀成为传统文化和国学的大本营，显示出秾妍的文化氤氲。这里有吴宓主持的《学衡》和柳诒徵主持的《史地学报》，有书画艺术的一代宗师李瑞清，美学大师宗白华，绘画大师徐悲鸿、吕凤子、陈之佛、傅抱石、吴作人、张大千等，戏曲研究和教育家吴梅、音乐教育家李叔同，构成了云蒸霞蔚的传统艺术底蕴。吴宓在东南大学与梅光迪、胡先骕、柳诒徵一起于 1922 年创办并主编《学衡》杂志，11 年间共出版 79 期，以"学贯中西"相标榜，以"昌明国萃，融化新知"为宗旨，于新旧文化取径独异，持论固有深获西欧北美之说，未尝尽去先儒旧义，故分庭抗礼，别成一派。陆志韦的《渡河》收录 1920—1922 年的诗作，正是出于南京这样独特的传统文化氛围之中。

我们再看陆志韦的基督教背景。《渡河》的出版是在 1923 年，此时的陆志韦已经具有 12 年基督教教徒历史。而此时也正是五四时期"非宗教运动"（1922—1927）如火如荼的年代。急速运转的"非宗教运动"势必与陆志韦的独立精神形成双向疏离的关系。

陆志韦就读的东吴大学附属中学和东吴大学是美国办的教会学校。他在东吴大学读书的时候，偶然读到了明代大儒王阳明的《传习录》。王阳明的凭借良知在患难生死面前超脱自在的理论，以及万物一体的博爱精神、彻底为善的精神，都深深打动了陆志韦，他开始渴望一种向善的力量。而东吴大学作为具有浓厚宗教色彩的大学，一方面以严格的宗教校规和宗教约束，对性格孤僻的陆志韦的感情造成伤害；另一方面，宗教确实又抚慰了他的灵魂。东吴大学悬于大门上的校训"Unto a Full-grown Man"（为社会造就完美人格）即取自《圣经·以弗所书》第四章第十三节。经过牧师的"迷途的羔羊"的授道，陆志韦于 1911 年春天正式加入基督教。当考取清华学堂留美预备班时，他从传统基督教立场对清华学堂的办学思想和思路予以批评，在郁郁寡欢和格格不入的心态中，重返东吴大学，最后在东吴大学完成学业。陆志韦的宗教立场使他形成了独立人格，这与五四时期主流意识形态掀起的"非宗教运动"形成相当大的疏离。"非宗教运动"与激进的革命理论是相辅相成的。中国共产党诞生及掀起的国民革命（1921—1927）与非宗教运动（1922—1927）在时间上具有一致性。陈独秀、李大钊等人以《新青年》为阵地，宣传马克思主义思想，以马克思的唯物史观、无产阶级社会革命理论、阶级斗争理论、科学社会主义理论为武器，高举五四新文化运动的"科学"、"民主"大旗，展开了对宗教运动的声讨。马克思主义很快成为非宗教运动的主导思想。这一时代语境，构成了遮蔽陆志韦的重要因素。

陆志韦的基督教精神背景，使他看到"科学万能论"的滑稽。在"心理学家"与"诗人"的双重角色选择中，他做到了很好的平衡；在"科学"与"非科学"的对立中，他以"诗"和"宗教"超越了这种思维的狭隘。在《渡河》序里，陆志韦坦言自己身上有两个自我：一个是作为心理学家的陆志韦，一个是作为机能心理学的叛徒陆志韦。他受了多年的心理学科学教育，后又在东南大学从事心理学研究，但是，他对于五四时期崇拜科学的"科学万能论"提出异议：在自然科学里这种随时随地的"分析"态度是没问题的，"可是我呢，只觉得机能心理学是文不对题的学说。我们反对机械论的人生哲学是一个问题，因为要反对机械哲学而破坏科学方法，另是一个问题。"① 他摒弃了"科学"与"非科学"之间的二元对立的思维方式，而走向超越式思维。在看到"科学家和文学家互相辱骂，丑不可耐"时，陆志韦不求在科学与非科学之间寻求可以调和的中立地，而是"我信仰的，就是一个人的精神可以超出世界上一切不必调和的价值；把他们概括起来，变成一个人的经验。旁观者以为矛盾的，在他一些都没有冲突。我当然没有达到这种地步的。我只是向上跑。"② 他说："自然界之上难道没有精神生活了么？""冥冥之中我决绝的回对说：'有的，在美术里求，或在宗教里求，切不要走形而上学的思路。'"③ 陆志韦正是在美术和宗教里寻求人

---

① 陆志韦：《渡河·自序》，亚东图书馆 1923 年版。
② 同上。
③ 同上。

生真意的：在生活实践层面，他是基督徒；在精神层面，诗集《渡河》就是陆志韦在美术（"美术"此时意思就是"艺术"）里追求人生的载体。这是超越了"科学"与"非科学"界限的精神整合。

这种宗教立场对于陆志韦更根本的影响或许在于锻造出他独立傲岸的精神人格。五四时期，知识分子特别喜欢以集团式的力量出现，北京有"新青年"、"新潮"等鼓吹革命和激进主义的群体，在他身边的南京，有吴宓、梅光迪、胡先骕、柳诒徵等人聚集形成的"学衡"群体。而陆志韦一直以"独行侠"的身份出现在诗坛上，从不依赖集体的力量，其独特个性超越了任何集体、集团、党派，而走向自由的精神人格。在《自序》里，陆志韦说："我信我的白话诗不是毫无价值。其中有用作旧诗的手段所说不出来的话，又有现代做新诗而迎合一时心理的人所不屑说不敢说的话。"[1] 正是由于陆志韦认为自己"并非专门干文学事业的人"[2]，所以才真正在创作中获得了自由。他说："我的做诗，不是职业，乃是极自由的工作。非但古人不能压制我，时人也不能威吓我。可怕呵，时人的威吓！我的诗必不能见好于现代的任何一派。已经有人评价我是不中不西，非新非旧。"[3] 可见，陆志韦是当时诗坛的"独行侠"。他这种独行侠的诗写个性，有两大自由。一是"我对于种种不同的主义，可一概置之不问。浪漫也好，写实也好。只求我的浪漫不是千篇一律的浪漫；我的写实不是写科学的实。写科学的实，写科学好了，何必记账呢？"二是，"我决不敢用我的诗做宣传任何主义或非任何主义的工具。譬如社会经济问题，当然是我们一日不能忘的。然而请看俄罗斯的奴隶每天写五行十行的为马克思捧场，这样的要命也是太可怜了。我是耶稣的信徒，我的诗不拥护什么宗教制度。我提倡女子解放，我的诗不鼓吹打破玻璃窗。我作诗只是为己，不愿为人。我没有彻底的主张。"[4] 所以，他的诗歌超越了五四时期诗歌的道德的、政治的功利

---

① 陆志韦：《渡河·自序》，亚东图书馆 1923 年版。
② 同上。
③ 同上。
④ 同上。

目的，而走向自由精神。他说："我的诗教有一个信条，以为创造时不许丝毫杂以道德的观念。"①

在急风暴雨式的革命话语与激进主义时代语境中，人们只急于在颠覆传统中寻找新诗的合法性，而没有耐下性子做切实的诗学建设工作。而陆志韦在北京的那些"革命家"们在探求新诗"为什么"的时候，已经在探索新诗"是什么"了。陆志韦的诗学理论和实践具有双重意义：一方面，陆志韦与时俱进，决然从文言走到白话，认识到历史发展的必然性，顺应了五四新文化运动主潮；另一方面，他并不采取与传统文化决然断裂的激进的反传统文化态度，而是强调白话诗的形式探索，讲究白话诗的语言锻炼，接续了古典诗歌的有生命力的因子。陆志韦走向新诗，但是，对中西传统诗学并没有全盘否定，也没有与它们断裂，因此说："我的诗不敢说是新诗，只是白话诗。"②

陆志韦在《我的诗的躯壳》中论述了诗歌载体从文言到白话的历史必然性。在这篇序言的开篇，他介绍了自己做白话诗的原因。他一边以白话作诗，一边用文言与白话随兴所至地做散文。他认为，至少两种文体要用白话：一是论理、数学等说理的文；二是诗歌小说等写情的文。他认为，这是他通过对小学和语言心理学的研究得出的"很平和的主张，并不曾杂以丝毫意气"，"我认为语言是抒情最妙的工具。我又认为最能写情的文字是与语言相离最近的文字"③。这是非常富有见地、深谙文学和诗歌特质的论说。他的白话诗道路，无疑也是呼应了五四新文化运动的革新精神的。所以，他说："无论如何，我已走上了白话诗的路，两三年来不见有反弦更张的理由。"④

陆志韦相比五四时期其他新诗人走在前列，一个重要表现就是在大家处于把白话当作某种宣传工具的时候，陆志韦已经开始新诗形式的探索了。本来他最欣赏李贺诗歌里无穷的音乐性，称李贺的诗为"歌

① 陆志韦：《渡河·自序》，亚东图书馆 1923 年版。
② 陆志韦：《渡河·我的诗的躯壳》，亚东图书馆 1923 年版。
③ 同上。
④ 同上。

诗"。但当他读了 Parker 的美学以后，认识到诗、音乐和戏剧三种文体各有各的使命，即文体各有分野。白话诗也有其自身特殊的形式，即"诗的躯壳"。陆志韦《渡河》的序言题目叫"我的诗的躯壳"，是因为"希腊人的理想要美的灵魂藏在美的躯壳里"。他对于诗歌形式的苦心经营经过了几个阶段。据他自己序言所述："我从文言变白话，并不曾为了一时的好恶。我的诗的形式经过好几回的蜕化。"① 《渡河》可以说是陆志韦诗学观念变化的活化石。最初，陆志韦破除四声做长短句，被"先辈"断言"平仄不调"。然后，陆志韦用白话填词，但是此时的诗歌已经是不能歌唱的死东西，于是放弃之。随后，他转而使用白话改写古诗格调。最后，陆志韦发现："中国的长短句是古今中外最能表情的做诗的利器。有词曲之长，而没有词曲之短。有自由诗的宽雅，而没有他的放荡。再能破了四声，不管清浊平仄，在自由人的手里必定有神妙的施展。"②

在陆志韦看来，白话诗的文体最主要的有两大因素："节奏"与"韵"。在序言的后半部分，陆志韦重点谈论了诗的"节奏"和"韵"的问题，这也是陆志韦在诗歌理论探索里最重要的成绩。

《我的诗的躯壳》对于节奏的观点，对于当时诗坛具有强烈的针对性。陆志韦说："自由诗有一极大的危险，就是丧失节奏的本意。节奏不外乎音之强调一往一来，有规定的时序。文学而没有节奏，并不是好诗。"③ 他敏锐地看到了诗歌语言与日常口语的区别，诗歌语言作为情感载体和美的艺术的载体，需要一番独特的诗艺的锤炼："我并不反对把口语的天籁作为诗的基础。然而口语的天籁非都有诗的价值，有节奏的天籁才算是诗。……诗应切近语言，不就是语言。诗而就是语言，我们说话就够了，何必做诗？诗的美必须超乎寻常语言美之上，必经一番锻炼的功夫。节奏是最便利，最易表情的锻炼。节奏的来历有迟有速，

---

① 陆志韦：《渡河·我的诗的躯壳》，亚东图书馆 1923 年版。

② 同上。

③ 同上。

有时像现成的，有时必须竭力经营的。"① 他比较了汉语与拉丁语、条顿语之后得出结论——"世界上用语音的高低当节奏的，据我所知，只有中国一国"，而心理学和诗歌创作已经证明，讲节奏不能采取平仄的路子，必须走"舍平仄而采抑扬"②的道路。

关于用"韵"问题，他虽然认为"韵的价值并没有节奏的大"③，但是也认为：不能必定废韵，而是应该改造。为此他提出了不少具体主张：①破四声。②无固定的地位。③押活韵，不押死韵。陆志韦在序言的最后，有一个总结陈词："我的意见，节奏千万不可少，押韵不是可怕的罪恶。"④

第二节　《渡河》的诗艺探索

对于自话诗，陆志韦不仅在理论上是清醒的，而且努力践行着他的见解。他唯一出版的诗集《渡河》，正是陆志韦的诗学观念的实践，体现了 20 世纪 20 年代中国新格律诗探索的实绩，但是一直为文学史所忽视。朱自清在《中国新文学大系·诗集导言》中指出："第一个有意实验种种新体制，想创新格律的，是陆志韦氏。"⑤《中国新文学大系》的《诗话》里，朱自清又说："他实在是徐志摩氏等新格律运动的前驱"⑥。

诗集《渡河》在内容上充满着浓厚的人道主义情怀和宗教情怀，洋溢着对于大自然的无限热爱，并且用灵魂的触角去抚摸温暖的亲情人情，同时弥漫着作为一个基督徒内心的困惑与苦恼。在形式上，《渡河》体裁多样，做了多方面的探索。诗集主要是抒情诗。但也有很多叙事诗。例如《病中念父母》、《王三死了》、《某车夫言》、《黑影儿》、

①　陆志韦：《渡河·我的诗的躯壳》，亚东图书馆 1923 年版。
②　同上。
③　同上。
④　同上。
⑤　朱自清：《中国新文学大系·诗集·导言》，上海良友图书印刷公司 1935 年版。
⑥　朱自清：《中国新文学大系·诗话》，上海良友图书印刷公司 1935 年版。

《他的情人》、《壮士之归》、《Layla 与 Majnun》、《他的情人》、《二狼》、《Layla 与 Majnun》、《爱莲》、《儿子》、《治丧》等，显示出强烈的现实主义精神，在客观呈现之中又夹杂着对话、独白、呼告等手法，使写实与抒情有机结合。陆志韦又化用了一些传统的诗歌形式，甚至把古典的民谣体和西诗体也化用过来，如《台城种菜歌》、《苜蓿五章》、《忆乡间》等取民谣体；《摇篮歌》取童谣体；《苜蓿五章》和《忆乡间》则是四言古体；《台城看种菜》、《纸钱第二首》完全是七言古体；《人口问题》、《纸钱第一首》差不多就是长短句；《Layla 与 Majnun》是翻译体诗剧。

关于节奏和韵律，陆志韦也做了很多实践性的探索。《台城种菜歌》七言三顿，《苜蓿五章》和《忆乡间》四言两顿，韵律和谐，而且富有民歌的轻快节奏。《永生永死》每行字数不等，但是每行四个音节，变化之中富有整饬之美。再如《罂粟花》：

> 呜呼罂粟花，
> 我但愿忘了这世界的罪恶，
> 同你陌路相逢，便成兄弟。
> 将近黄昏，我独自来看你，
> 来同你享一刻寻常的快乐。
> 闲静的时候，
> 我看你像一支纯赤的珊瑚杯，
> 前面的紫荆山是天然的葡萄酒。
> 天呀，还是让我痛饮这一口，
> 我醉了，管不得这世界有没有罪。
> 一到黄昏，
> 罂粟花变成一盏豆油灯，
> 紫荆山上的暮烟变成毒雾。
> 我再不敢回看记忆的路，
> 那路上横卧一个半死的人。

这首诗每行五个音节，重音之间衬上一两个轻音，这样轻重缓急，构成了自然节奏。第一节的韵脚"恶"、"弟"、"你"、"乐"，第二节的韵脚"杯"、"酒"、"口"、"罪"，分别构成了 abba 式的包韵，十分工整。而最后一节的"灯"、"雾"、"路"、"人"，构成 abbc 式的包韵，最后一个字打破了前面的押韵，变得十分突兀，恰恰凸显了"横卧一个半死的人"这一触目惊心的意象，可谓别具匠心。

虽然陆志韦认为韵律不如节奏重要，但也做过尝试。例如，《杂感》五首，第一、第二首完全无韵，第四首一部分无韵。《农夫》、《弱者》、《爱莲》属于无韵诗，所用的格调是西洋已经不通用的 blank verse（素体诗），每行五个音节，每节一抑一扬，舍去了韵律，但保证了节奏旋律。关于押韵的问题，陆志韦并不墨守成规。他的观点是"押活韵，不押死韵"，认为："中国现存的韵书无论在语音史上的价值怎样的大，用以做诗简直是可笑可恶。……我看韵书一切都不可用。"① 他在尝试押韵的时候，多为句尾押韵，但又非常灵活，无固定的地位。有时间行押韵，像《倘使》、《梦醒》；有时每行有韵，像《流水的旁边》、《子夜歌》；更有时每行间迭起韵，像《永生永死》。而且押韵不必在韵脚，只看一行最后注重哪一个音，就押哪一个音。像《如是我闻》全首押在行间末了第二个字，甚至一行连押两个字，像"功人"押"忠臣"，这都是有益的探索。

从诗歌意境与语言的审美效果上看，《渡河》里有很多篇什极富艺术性。《航海归来》、《九年四月三十日侵晨渡 Ohio 河》、《晚上倦极听 Schubert 的 Ave Maria》、《月光在樱树》、《缘》、《侵晨》、《杂感五》、《三疑问》、《小溪》、《晚鸦》，便很具有代表性。关于语言的锻炼，陆志韦虽然认为"节奏是最便利，最易表情的锻炼"②，但是也特别注重炼字炼意。他坦陈受影响最大的是"一杜"、"二李"。关于杜甫，"语不惊人死不休"的态度，肯定会深深影响到陆志韦，他说："我的白话诗的形式有时逃不出他的范围。"③ 二李是李商隐和李贺。李商隐和李

① 陆志韦：《渡河·我的诗的躯壳》，亚东图书馆 1923 年版。
② 同上。
③ 同上。

贺的字斟句酌，也"害苦"了陆志韦，陆志韦说："有时为了一个字的声调把全首更换了好几次。"① 在五四时期新诗美学散漫无纪、标准失范的情况下，陆志韦的态度是十分难得的。例如《九年四月三十日侵晨渡 Ohio 河》：

> 渡江而南是 Kentucky 暮春天气。
> 梨花颜色被南风逼到大江两臂。
> 江南好，也在梨花开得早。
> 且放下北方满面风尘，
> 看梨花，看个饱。
> 江南有人早起到河边去伴黄牛，
> 江南的河边有梨花落上鹅头，
> 我今天对梨花下江南去，
> 把几年得失散在江南路。
> 所以我依旧是自由人，
> 来看江南梨树。

　　陆志韦于美国攻读博士学位归国前夕，在清晨渡 Ohio 河时，虽是暮春，但满目好风好景。他的描绘带有浓郁的中国江南风光特点，清爽宜人，情趣满盈。炼字炼意，亦颇有功力。"逼"字极富动感，与"春风又绿江南岸"之"绿"，异曲同工；"饱"字以特有的质感点化出诗人的饱满心态的神韵。又如《航海归来》中："月轮正挂在桃树背后，/一斑斑射到港口的亭子。/记得那一年春风来得早，/催醒了一涧羞涩的桃花。"月轮的光影"斑斑"，"挂"、"射"等动词锤炼精当；"催醒了一涧羞涩的桃花"也深得古诗意境精髓。《晚鸦》一诗非常精短："杏黄的背景，/七零八落的几块青天。/好一阵乌雪/把暖烘烘的夕阳装点。/一眨眼不飞，/也给我看一个周遍。"杂陈的"杏黄"、"青

---

　　① 陆志韦：《渡河·我的诗的躯壳》，亚东图书馆1923年版。

天"、"乌雪"、暖意融融的红色"夕阳"等色彩意象，错落有致，"晚鸦"意象处于动静之间，情趣盎然。

白话诗的草创时期，毫无诗意的大白话日益泛滥，而陆志韦对于节奏和韵律的追求，起到很好的矫正作用，开徐志摩等人新格律诗之先河。自胡适吹响"作诗如作文"的解放号角之后，新诗对传统旧诗实行了革命性颠覆，主张"有什么话，说什么话"，"话怎么说，就怎么说"①，没有划清诗与文的界限，新诗越来越不讲究文体，从而混同于非诗。这种激进主义的潮流里，陆志韦对新诗形式和诗歌文体的探索，真的是太势单力薄了。他的被遮蔽，正是作为一个新诗体建设的"先驱者"的不幸。

从 1915 年《青年杂志》创刊到 1924 年掀起大革命浪潮，新文化运动掀起的思想潮流，大大地改变了中国历史的方向。此后，"新青年"群体蕴含的革命激进主义思想随马克思主义文化的强化和民族危机的日益加深，也不断地向前推进，一直贯穿到 20 世纪末。直到 20 世纪 90 年代，才有郑敏等人开始彻底反思诗歌史的这一弊端，陆志韦才开始在姜耕玉、解志熙、邹建军、陆耀东、沈用大等人的著述中出现。如今，20 世纪 20 年代那场硝烟弥漫的激进与保守之战已经尘埃落定。回望 90 岁的新诗，当我们试图剔除意识形态对诗歌史的遮蔽从而还原历史本貌的时候，就会发现 20 世纪 20 年代的新诗先驱陆志韦的身影逐渐清晰起来。

第三节　战时语境下"中欧融合"的探索

陆志韦的新诗探索有两轮高峰，一是在东南大学时期的诗集《渡河》（1923）；二是燕京大学时期的《杂样的五拍诗》（1937—1940）。

1947 年 6 月，陆志韦重抄旧作《杂样的五拍诗》二十三首，发表

---

① 胡适：《建设的革命文学论》，《中国新文学大系·建设理论集》，上海良友图书印刷公司 1935 年版。

于《文学杂志》1947 年第二卷第四期。这二十三首写作于 1937 年春到 1940 年春，其中第一首至第五首曾经发表于《文学杂志》1937 年第一卷第二期，第十五首到第十八首发表于《燕园集》1940 年卷；第十九首到第二十二首，发表于《燕京文学》（1940 年 12 月）。《文学杂志》1947 年发表的全本重抄版本，诗作次序有变化。本章所论诗作顺序，均取 1947 年 6 月重抄版。这二十三首诗歌，既是相对独立的，也有微弱的联系。《杂样的五拍诗》既可以说是一组诗，也可以说是一部诗集。

这部诗集仅仅 23 首，却耗时整整三年苦心孤诣的制作。如果计算从动笔的 1937 年到重抄出版的 1947 年，那么就是整整十年。陆志韦非常珍视这部诗集。他在重抄的序里写道："人死了，留下来几根骨头，我想总应该有个权利希望聚在一块儿让人家烧毁。牢实说，我对于这几首小诗比这几年来粗制滥造的好些所谓科学的、考据的文章还来得爱惜。就好比生了一个又驼背又拐脚的女儿，人家不疼他，我偏疼他，还想把他嫁出去。所以越是忙忙乱乱的，越想抽点儿工夫把他们抄在一起，交孟实代我付印，并且有几首还得重印一次。我不愿意一把骨头散在好几处。不愿意同一个女儿嫁了驼背又嫁拐脚，要丑就尽丑这一回。"[①]

很可惜，这部重要作品却备受文学史冷落。其中很重要的一个原因就在于当时的时代语境。诗集创作于 1937—1940 年，这时候正值抗日战争爆发初期的三年，整个文坛尤其在诗坛都将文学的战斗性、工具性、政治性发挥到极致，文学和诗歌的自身属性暂时被实用功利性遮蔽了。而《杂样的五拍诗》无论诗歌内容的表达，还是艺术形式的探索，都与时代语境构成了背离。《杂样的五拍诗》内容上立体繁复，形式上融中欧元素进行节奏探索，风格上呈现出现代主义欧化特点，实乃一部"中欧融合"的集大成探索之作。

《杂样的五拍诗》采取了超越战争思维的个体表达，并且极富阐释

---

① 陆志韦:《杂样的五拍诗》,《文学杂志》1947 年第二卷第四期。

空间。在诗歌的内涵表达方面，它绝对不是直白的战争宣传品，而是深邃的、多声部的、复杂多义的立体结构，甚至是含混晦涩的。他自己在小序里也说："按内容来说，我不会写大众诗。有几首意义晦涩，早已有人说过俏皮话。经验隔断，那能希望引起共鸣。现在我不怕寒唇，加上一点注解，并非自登广告。一个人太寂寞了，年纪又快老了，自言自语是可原谅的。"① 为此，他在每一首诗的后面，都加了注释。

在这部诗集里，诚然有陆志韦个人生活的影子。比如，他出生在"没落的书香门第"（《一》），他所见到的尝遍酸甜苦辣的"慈祥的老人"（《二》），"跟自己的思想告别"的自我审视（《十六》）等。但是，它毕竟创作于抗日战争初期，必然地带有时代磨难的痕迹。《二》以变形意象状写尝遍了酸甜苦辣，还是那么一团和气的"一位慈祥的老人"。《三》以破败的大车在没有尽头的岔路上奔波，隐喻"民族求生存的途径"。《四》是潜意识流泻。《五》以浮苏维（Vesuvius）毁灭城池的典故，写出战争的残酷，以及"人手所造的东西会叫人发抖"这种人类自相残杀的悲剧。《六》道出了在战争的废墟上重建家园的"我要创造"的民族精神。《十二》中"敌人"作为异己力量的象征，深化了内涵。《十五》则是直接描绘日本人和汉奸一起淫乱的丑态。《十七》写战争后的祭奠。《十九》写乡下人匍匐黄土的艰难生活。《二十三》讽刺了纳粹主义者刚愎自用的虚饰和帮闲文人们的肉麻。陆志韦还把笔触探向底层人群的生活。《八》写了留过洋、喝过浑水咖啡、吃马拿（mana）和面包的"小天使"对于吃锅饼、吃大米饭、喝酸豆汁的那些喊着"镰刀、锤子"的贫民生活的不理解，两种不同身份的人群，截然不同。《十三》和《十四》写的是流落中国的俄罗斯妓女的不幸生活。

与当时流行的抗战诗歌极其不同的是，陆志韦虽然在诗中显示出抗战时期的一些背景，但没有任何的宣传目的，而是维护诗歌自身的纯粹性。他没有陷于简单的民族危亡的抒发，而是以形而上的抽象的力量，

---

① 陆志韦：《杂样的五拍诗》，《文学杂志》1947 年第二卷第四期。

试图抵达人生的一些命题。《五》、《六》不是简单控诉战争，而是写出了战争主体自身的悖论，一方面，人是创造者；另一方面，人又是破坏者。《七》由"赶着自己的尾巴绕圈儿的狗"的命运，隐喻"有的人到死还跳不出自己的梦圈儿"（陆志韦诗末自述）。我们看《十二》：

> 我且不走呐，这儿是我的家呀！
> 敌人也带不走这点儿破东西
> 好比这碧桃树给砍了一半
> 我解下裹伤的带子来裹你的伤
> 别从寡妇的怀抱里抢走孩子
> 我且不走呐，我是野猪，我是豹

他在诗末自述里阐释："日本人在这儿的时候，我没有敢把这一首写下来。其实这并不是所谓抗战诗。谁，任何势力都可以是'敌人'。"[1]这里的"敌人"就不是具体意义上的"日本侵略者"，而是与"家园"相对立的威胁人类生存的种种异己力量。"家园"和"敌人"构成了一对范畴。再看《十七》：

> 纪念屈死的，造一个观音像
> 废铜烂铁，这年头贵得离奇
> 用死人的天灵盖好充象牙
> 慈悲的菩萨原先你裸体而来
> 白衣是我们献奉的，象看护打拌
> 如今又归于裸体，我们的骨头

这首诗已经超越了道德的善恶是非的二元对立思维。他的诗末自述道："胜利以后，白布写挽联，纪念'剿共'的将士，'光荣'的英雄，

---

[1]　陆志韦：《杂样的五拍诗》，《文学杂志》1947年第二卷第四期。

双方面都用中纺公司的出品。"在抗日战争期间，主流意识形态一直强调人民群众是历史的主人，知识分子要进行自我改造，向人民群众看齐。而《十八》写战争年代的庸众表里不一的人性丑陋，与当时的主流思想大相径庭。

《杂样的五拍诗》在新诗形式方面做了大胆的试验。

陆志韦不止一次开诚布公地表达对这部诗集的珍视，究竟是什么原因呢？如果反观陆志韦的诗学与诗歌实践之路，就可以理解他的内心世界。

《杂样的五拍诗》承续了他在第一本正式出版的诗集《渡河》（自印诗集《不值钱的花果》增订版）中显示的对于节奏苦心孤诣的探索精神。如果说《渡河》是陆志韦第一轮的新诗形式试验，那么，《杂样的五拍诗》则是他的第二轮新诗形式试验。从1920年1月开始写白话诗到1947年辑录《杂样的五拍诗》，前后跨越27年，可见陆志韦对于新诗形式的探索是异常坚定的。

早在1923年，他在第一部诗集《渡河》的自序和《我的诗的躯壳》里就指出白话诗的文体最主要的有两大因素："节奏"与"韵"。他直陈自由诗破坏节奏的弊端："自由诗有一极大的危险，就是丧失节奏的本意。节奏不外乎音之强弱一往一来，有规定的时序。文学而没有节奏，必不是好诗。我并不反对把口语的天籁作为诗的基础。然而口语的天籁非都有诗的价值，有节奏的天籁才算是诗。"[1] 可以说，他一直在这两大因素上进行探索。1937年，他发表《论节奏》，以行为主义心理学的角度，论述了声音节奏的外界物质原理和生理学原理，并且对于白话诗与自由诗、散文诗的文体差异进行了区分。他认为："所谓白话诗就是根据语调，加以整理，叫他变成有节奏的。……假如每行没有一定的节数，那诗就变成近来通行的自由诗。"[2] 陆志韦特别重视诗歌的文体形式，而诗歌文体又聚焦于语言，因此他特别重视语言的锻炼。他认为白话诗必须创造新的有节奏的诗，否则是很危险的。

---

[1]　陆志韦：《我的诗的躯壳》。

[2]　陆志韦：《论节奏》，《文学杂志》1937年第一卷第三期。

当别人都在视诗歌为战争工具、把诗歌当作宣传口号的时候，陆志韦在潜心于诗歌的节奏。陆志韦本来专注于心理学和教育心理学的研究，因为战争年代的学术条件很困难，他在 1938 年开始学术转型，由心理学研究转向语言学，致力于音韵学与语法学研究，开始师从王静如学习清代古音学和"高本汉学"，完成了《汉语和中国思想正在怎样的转变》。陆志韦对于节奏的探索可谓是孜孜以求。他在《论节奏》中把自己早期的探索完全否定了，认为"那一番功夫算是白费了"①。朱自清认为由于时候太早（格律诗的实验尚未引起注意）而被忽视，陆志韦自己认为是"由于我的南腔北调"，对节奏的尝试不成熟。《杂样的五拍诗》是陆志韦关于节奏的新的尝试。

《杂样的五拍诗》要解决的问题就是"节奏"。他在序言里说："这几首诗是节奏的尝试。好多年以前，听元任说，北平话的重音的配备最像英文不过。仔细一比较，他的话果然不错。当时我就有一种野心，要把英国古戏曲的格式用中国话来填补他。又不妨说要摹仿莎士比亚的神韵。我从小就说吴语。学英文，学国语，都不很容易。可是这几首诗绝不是填字眼儿。我是用国语写的，你得用国语来念。不得已，只可以把重音圈出来，好比姜白石的《自度曲》。"②陆志韦为自己做的圈注重音情况，我们列举其第一首和第七首，如下：

一

是一件百家衣，矮窗上的纸

苇子杆上稀稀拉拉的雪

松香琥珀的灯光为什么凄凉？

几千年，几万年，隔这一层薄纸

天气暖和点，还有人认识我

父母生我在没落的书香门第

---

① 陆志韦：《论节奏》，《文学杂志》1937 年第一卷第三期。

② 陆志韦：《杂样的五拍诗》，《文学杂志》1947 年第二卷第四期。

七

赶着自己的尾巴绕圈儿的狗

一碰碰倒了人家舐光了的骨头

黄昏是梦打扮出门的时候

露着满口的金牙对人苦笑

虚空呀，空虚！李夫人刚又过去

谁不赶着自己的梦绕圈儿？

1940 年，他在《燕园集》发表的《白话诗用韵管见》里，就发现"汉语句式，以语助词收脚者，重音不在末一字上。"① 因此，"狗"与"骨头"，就不是押韵。会说官话的人知道，"骨头"的重音在"骨"，不会说官话的人，则往往会误认为"骨头"重音在"头"。

朱自清曾专门撰文《诗与话》对《杂样的五拍诗》进行评论和解读。朱自清谈到《杂样的五拍诗》的形式试验和探索。他根据陆志韦的语言学论文《用韵》，来分析《杂样的五拍诗》的白话试验。

《杂样的五拍诗》作为陆志韦第二轮新诗形式的探索，他的结论是："中国的长短句"加上"英国的轻重音"。朱自清在《诗与话》里论及陆志韦诗歌的现代性与英美近代诗对他的影响："这二十三首诗，每首像一个七巧图，明明是英美近代诗的作风，说是摹仿近代诗的神韵，也许更确切些。"② 陆志韦更高明的地方在于，他是一位诗人，又是一位卓有建树的语言学家、文字学家，还是深谙语言运用的内在发生学的心理学家。所以，他的"中国长短句加英国的轻重音"，既是化中为欧，又是化欧为中，二者的结合就使得他的诗歌具有出色的母语运用能力，他的欧化没有破坏母语的节奏和韵律。他的"中欧融合"，与中国的汉语智慧、诗学传统、思维国情有机结合。解志熙在《暴风雨中的行吟：抗战及 40 年代新诗潮叙论》里，将陆志韦置于 20 世纪 40 年

① 陆志韦：《白话诗用韵管见》，燕京大学燕园集编辑委员会编：《燕园集》，北平 1940 年版，第 9 页。

② 朱自清：《诗与话》，《朱自清全集》第 3 卷，江苏教育出版社 1996 年版。

代富于现代性的新古典主义思潮之中，充分肯定了陆志韦《杂样的五拍诗》的形式探索：

> 三四十年代他特别注重化欧为中的创作实验……"五拍诗"即英语诗歌中的"五音步"诗行，一般采用"抑扬格"、重音音律，由于它与英语词汇的自然节奏相吻合，所以是英语诗歌中最普遍、最常用的节奏形式。陆志韦是语言学家兼新诗人，多年来一直致力于为新诗探寻"诗的躯壳"，尤其是节奏形式。据他自述，"好多年以前，听元任（指语言学家赵元任——引者按）说，北平话的重音的配备最像英文不过。仔细一比较，他的话果然不错。当时我就有一种野心，要把英国古戏曲的格式用中国话来填补他。又不妨说要模仿莎士比亚的神韵。"……这二十三首诗也确实值得特别珍惜，因为它们在化用欧洲诗歌的形式来建立中国现代诗的节奏方面，确实相当成功，以至于人们读这些非常口语化的诗时几乎完全不觉得它们利用的是外来的形式，随便翻开一首都是那样地道的口语而其节奏也都是那么抑扬自如。①

在具体表现手法上，《杂样的五拍诗》是一个典型的现代主义文本。

它集象征、变形、隐喻、典故、潜意识等各种手法于一体，构成了立体丰富的、含糊多义的艺术世界。解志熙的《暴风雨中的行吟：抗战及 40 年代新诗潮叙论》中这样说："朱自清的判断非常准确，他所谓'英美近代诗的作风'即是指以 T.S. 艾略特为代表的现代主义诗风，而 T.S. 艾略特在英语诗歌史上恰恰是开创了以口语化的、反浪漫主义的作风表达复杂的现代经验而同时又特别注重接续古典人文传统和诗学传统的大诗人，一个带有显著的新古典主义格调的现代派诗人。"②

---

① 解志熙：《摩登与现代——中国现代文学的实存分析》，清华大学出版社 2006 年版，第 50—51 页。

② 同上书，第 51 页。

在这组文本中，诗人的思维汪洋恣肆，时空腾挪跌宕，思绪错接，陆志韦的诗思确实是超常规跳跃式发展的，他在诗末介绍第十三、第十四首时说：

> 所要说的，仿佛是 Goethe 的 das ewige Weiblich。① "天下的女人只是一个女人"，也许是母亲，是情人，是坠落的"花"。乱七八糟的，想到《琵琶行》，皇甫松的《天仙子》，李商隐的《碧海青天》，西洋歌剧里 Thais 的《忏悔曲》，II Trova tose 末一幕母子二人临刑的前一夜唱 ai nostril monti（《回我们的家山》）。第十四首可说是第十三首的下场。我并不知唐朝的长安有波斯女子。李白诗"吴姬压酒劝君尝"，小时候把他错误成"胡姬"，到如今还是胡思乱想。前些年，有人专嫖白俄妓女的，丑不可言。汉人在保护区域里，男人当奴才，女人不当妓女。②

介绍第二十、第二十一首时说：

> 以上两首不妨说是题画诗。极无聊之中，买了一张陈白阳的《百合花》斗方，一个徐青《藤墨荷》手卷，《百合花》叫我想起"公孙娘子"，也不知是杜甫《剑器行》里的舞女，还是蒲榴仙描写的《公孙九娘》。第二十一首断不是荷花引出来了。徐文长这人，（《徐文长传》里的人），我在别处见过他画的像猫头鹰似的乌鸦，几年前在 Yosemite 乌黑的潭水旁边，清早起来静坐，这些鬼趣叫我觉得士大夫的生活的可笑。我常把徐文长比袁小修，陈白阳比李流芳。我最爱李流芳的画，最讨厌他的人头。③

---

① Weiblich 应为 weibliche

② 陆志韦：《杂样的五拍诗》，《文学杂志》1947 年第二卷第四期。

③ 同上。

古今中外的资源共时性地呈现在他的脑海里，任其驱遣调用，又杂以国外很多文化资源。他的诗歌后面的自述文字里频繁出现了西方经典文人和学者 Freud、Adler、Vesuvius、Napoli、Ibsen、Montmartre、Goethe、Thais、Naroisus 等，这便形成了晦涩难懂的风格。

　　陆志韦在写作《杂样的五拍诗》过程中，有一篇重要的长篇论文《汉语和中国思想正在怎样的转变》，其中写道：

　　　　语言不但是社会的工具，也是社会势力所产生的。社会的势力改变了，语言也得改变。社会上要是发生了很剧烈的变化，最后思想和语言也得发生剧烈的变化。语言的格式也许是社会势力最后才能达到的一种现象。因为在过渡的时候，我们每每看见有的新的思想内容包含在旧的语言格式里。这种情形，好比是中国现今交通工具的杂乱状态。旧的小车可以运输外洋输入的汽油。可是到了有一天我们会用新的运输工具载运汽油，并且那运输工具本身也是得用汽油的，这一段社会的变化可算是完成了。现今的汉语和中国思想可以说是在同时用小车和汽车载运汽油的阶段。①

　　陆志韦这一段关于语言和思想的分析，其实正折射了五四新文化运动以来中国思想界、文化界、文学界在语言载体方面中西碰撞的状态。"小车"即喻指汉语，而"汽车"则喻指西方语言。陆志韦的理想是"旧的小车可以运输外洋输入的汽油。"而前提条件是"我们会用新的运输工具载运汽油，并且那运输工具本身也是得用汽油的"。也就是说，文言这辆运载旧思想的"旧的小车"必须转化为白话这辆运载新思想的"汽车"，并且白话与西方语言内在相通。因此，陆志韦才坚决舍弃了文言而用白话写诗，并且在白话诗的语言节奏、韵律、格式等方面做到与西方诗歌融通。《杂样的五拍诗》即是相对比较成功的尝试。就像朱自清所说："《杂样的五拍诗》正是'创造'，'创造'了一种

　　① 陆志韦：《汉语和中国思想正在怎样的转变》，燕京大学社会学系出版《社会学界》第十卷单行本（1938 年 6 月）。

'真正的白话诗'。"①

附：陆志韦文学年表

1894 年 2 月 6 日出生于浙江省湖州府吴兴县南浔镇南东街莲界弄，本名陆保琦。

1899 年，进刘锦藻创办的私塾，读《四书》、《五经》，开始接受传统文化教育。

1910 年，考入东吴大学。阅读王阳明《传习录》。

1911 年，接受洗礼，正式加入基督教。

1913 年，东吴大学毕业，获文学学士学位。留东吴大学附属中学任教员。

1916 年，赴美国范德比大学皮博迪师范学院，学习宗教心理学。

1920 年，获得芝加哥大学哲学博士学位。回国在南京高等师范学校、东南大学任教授。

1921 年，《宗教与科学》发表于《少年中国》1921 年第二卷第十一期。

1922 年，诗集《不值钱的花果》由无锡锡成印刷公司于 1922 年 7—11 月间代印。

1923 年 7 月，诗集《渡河》由亚东图书馆出版（民国 12 年 7 月）。收诗 90 首，前有《自序》和《我的诗的躯壳》。

1926 年 10 月，诗集《渡河》由亚东图书馆再版（民国 15 年 10 月）。11 月，演讲集《我生之世》列入中国基督教学生运动名人讲演集第二种，由青年协会书报部校订、刊行，青年协会书局发行，民国十五年十一月初版。《我生之世》谈了思想界争论的六个焦点问题，分为六讲：①所谓保存"国粹"的问题；②国家主义的范围；③发展个性；④专门知识与普通知识；⑤效率与享乐；⑥悲观与合理的信仰。

1927 年 4 月 5 日，应司徒雷登邀请赴燕京大学任文学院心理学系教授兼系主任。后任文学院院长。组诗《夜态》发表于《燕大月刊》1927 年第一卷第二期，民国 16 年 11 月 30 日。

1929 年 4 月，诗歌《阴历元旦记前几天所见》发表于《燕大月刊》四卷二期。5 月，诗歌《手艺人的默想》发表于《燕大月刊》四卷三四合期；诗歌《电车上的燕语》发表于《燕大月刊》四卷三四合期；散文《名山大川》发表于《燕大月刊》四卷三四合期文艺专号。

1932 年，诗集《渡河后集》于 1932 年 10 月自印。《渡河后集》前有《小序》，收录诗作 25 首。

---

① 朱自清：《诗与话》，《朱自清全集》第 3 卷，江苏教育出版社 1996 年版。

1933 年 1 月，诗歌《歌者自嘲》发表于《小说月刊》第一卷第四期。六七月间，自印诗集《申西小唱》，收入 1932 年 9 月起 1933 年 5 月止写作的诗歌作品。

1934 年春，在芝加哥大学国际中心做中国诗歌演讲。9 月 14 日，任燕京大学代理校长。

1935 年，陆志韦在芝加哥大学国际中心所做中国诗歌演讲英文演讲集 *Five Lectures On Chinese Poetry*，自印私下传阅。五讲分别为：*Literary Poetry and Its Patters*，*Folk Songs Ancient and Modern*，*Poetic Artistry*，*The Poet*，*Writing in Vernacular*。

1936 年 11 月，诗歌《跟宋玉开玩笑》发表于《新诗》一卷五期。"一二·九"运动周年日在北平创刊了《青年作家》，由燕京大学"一二·九文艺社"编辑出版，仅见一期。

1937 年，卸任燕京大学校长。6 月，《杂样的五拍诗》（一至五）发表于《文学杂志》第一卷第二期。《论节奏》发表于《文学杂志》第一卷第三期。

1938 年 6 月，《汉语和中国思想正在怎样的转变》发表于《社会学界》第十卷单行本，该单行本由燕京大学社会学系出版。因为战争年代的学术条件困难，由心理学研究转向语言学，致力于音韵学与语法学研究。

1940 年 5 月，《杂样的五拍诗》（十五至十八）发表于《燕园集》。12 月，《杂样的五拍诗》（十九至二十二）发表于《燕京文学》第一卷第四期。5 月，《白话诗用韵管见》发表于《燕园集》。文章分为六个部分：中国诗中押韵之重要；韵之功用；韵不可滥用；用活韵不用死韵；押重音不押轻音；不可破句押韵。

1941 年 12 月 8 日，燕园沦陷，燕京大学停办。陆志韦被捕，拘押于沙滩日本宪兵司令部，后转押于东直门内炮局三条日本陆军监狱。

1942 年 6 月 18 日，被日本法庭以"违反军律"罪判处徒刑一年半，缓刑两年，软禁于槐树街家中。

1945 年 8 月 21 日，担任燕京大学复校工作委员会委员，主持复校工作，10 月 10 日主持复校开学典礼。

1946 年，陆志韦成为燕京大学代理校长，兼任燕京大学研究生院院长。

1947 年 9 月，《杂样的五拍诗》（全部）发表于《文学杂志》第二卷第四期，这是陆志韦 1937 年春到 1940 年春创作的系列作品结集，共计 23 首。12 月，《再谈白话诗的用韵》发表于《创世曲》第一期。

1948 年，发表中国第一部依据自己见解给《诗经》注音订谱的专著《诗韵谱》（1948 年《燕京学报》专号之 21）。《从翻译说到批评》发表于《文学杂志》第二卷第七期。《从翻译说到批评（续）》发表于《文学杂志》第二卷第九期。

1949 年，向毛泽东建议新中国诞生后由政府接管燕京大学，燕京大学由基督教会办的私立大学变为人民政府办的国立大学。

1950 年 2 月 12 日，中央人民政府教育部接管了燕京大学，陆志韦发表演讲表示坚决拥护中央人民政府的决定。签名支持"防止帝国主义利用教会危害中国人民"宣言书。领头署名"打碎美帝的文化侵略"声明，号召所有教会大学联合起来"打碎美帝的文化侵略"。

1951 年 2 月 20 日，被中央人民政府任命为燕京大学校长。

1952 年 3 月，燕京大学召开"控诉美帝文化侵略罪行大会"，陆志韦作为主要受评判对象，向全体师生做"自我检查"。7 月，燕京大学并入北京大学，陆志韦调往中国科学院语言研究所任研究员。

1962 年，《试论杜甫律诗的格律》发表于《文学评论》1962 年第 4 期。

1966 年 6 月，"文化大革命"开始，陆志韦受到揪斗和批判。

1969 年，"文化大革命"期间，遭批判和迫害，其女儿陆瑶华写下《控诉我的父亲陆志韦》。下放河南息县"五七干校"，忍受精神和身体的折磨。当生活不能自理方获准回京时，方知夫人已不幸病逝，家中亲人也被迫流散四方。

1970 年 11 月 21 日，因心力衰竭而含冤去世。

第二章　茅盾(1896—1981)
茅盾译诗的症候式分析

茅盾的诗歌翻译时间段是 1919—1925 年，发表于《时事新报》副刊《学灯》、《小说月报》、《民国日报》副刊《觉悟》、《民国日报》副刊《妇女评论》、《诗》、《文学》周刊等报刊的诗歌译作，达 32 首。

如果说，茅盾的诗歌翻译活动具有突出成就，那么，他的新诗创作则差强人意。茅盾在经历了长达 6 年的诗歌翻译活动之后，于 1927 年开始新诗创作。严格意义的新诗，茅盾只有两首，分别是《我们在月光底下缓步》(1927)① 和《留别》(1927)②。此后写的《筑路歌》(1939)、《新新疆进行曲》(1939)、《题〈游龙戏凤图〉》(1941)、《给加拿大的文艺弟兄们》(1951)、《迅雷十月布昭苏》(1976)、《文艺春天之歌》(1979)，由于充斥着大量口号和议论，在艺术上乏善可陈。

作为新文学运动的坚定支持者、新诗的倡导者，他的新诗创作为何如此之少？细究起来，他的新诗创作难以为继，或许可以在其新诗翻译现象中找出内在的症候。他的新诗翻译活动，是茅盾参与新文学运动的组成部分，而他参与新文学运动的意图主要在于促进社会发展与人的发展。他的译诗活动带有浓厚的意图伦理色彩，而缺乏对诗歌肌理的考究和新诗文体建设的意识。从诗歌伦理态度的倡导到新诗文本肌理的创作实践之间，尚有很大的距离和空间。

---

① 茅盾：《茅盾全集·补遗》（上），人民文学出版社 2006 年版，第 255 页。
② 同上书，第 256—257 页。

第一节　茅盾译诗的意图伦理

中国白话诗和新诗的诞生，离不开异域诗歌的译介。而"韵文化的'新学'，与思想界的关系，远比与诗坛的关系更为密切"①。无论是黄遵宪发起的"诗界革命"，还是梁启超发起的"文界革命"，其革命动力都来自异域的思想输入。因此，诗文译介大多着眼于社会变革，因而成为社会变革和民族进步的思想工具。

客观地讲，茅盾的译诗活动的出发点是供时代之所需。正如王哲甫所言："中国的新文学尚在幼稚时期，没有雄宏伟大的作品可资借镜，所以翻译外国的作品，成了新文学运动的一种重要工作。"② 茅盾等人于 1920 年组织成立"文学研究会"以后，《小说月报》自 1921年第 12 卷第 1 期即由茅盾接手编辑并彻底革新，实际上成为文学研究会的机关刊物。茅盾在《小说月报》1921 年第 12 卷第 1 号改革宣言中说："研究文学哲理介绍文学流派虽为刻不容缓之事，而迻译西欧名著使读者得见某派面目之一斑，不起空中楼阁之憾，尤为重要。……写实主义在今日尚有切实介绍之必要，而同时非写实的文学亦应充其量输入。"③ 改革一周年之际，茅盾在《一年来的感想与明年的计划》中再次强调文学翻译的重要性："翻译文学作品和创作一般地重要，而尚在未有成熟的'人的文学'之邦像现在的我国，翻译尤为重要；否则，将以何者疗救灵魂的贫乏，修补人性的缺陷呢？"④ 茅盾对《小说月报》进行了锐意革新，翻译与介绍了大量外国文艺理论、文艺思潮与文艺作品，包括古典主义、现实主义、批判现实主

---

① 张永芳：《试论晚清诗界革命的发生与发展》，见龚书铎《近代中国与近代文化》，湖南人民出版社 1988 年版，第 930 页。

② 王哲甫：《中国新文学运动史》，载《民国丛书》第五编，上海书店据北平杰成书局 1933年影印，第 259 页。

③ 《小说月报》1921 年第 12 卷第 1 号。

④ 《小说月报》1921 年第 12 卷第 12 号。

义、自然主义、浪漫主义、象征主义、达达主义等，非常多元化。他主持的《小说月报》设置了"译丛"、"海外文坛消息"、"文艺丛谈"栏目，以及不固定的译介栏目，茅盾常常亲力亲为，从事翻译活动。以《小说月报》为例，1921 年 1 月到 1926 年 12 月，发表的译作中俄国文学 33 种，法国文学 27 种，日本文学 13 种，英国文学 8 种，印度文学 6 种。①

茅盾的诗歌翻译活动就是在这种背景下发生的。他在《译诗的一些意见》（1922）中说："借此（外国诗的翻译）可以感发本国诗的革新。我们翻开各国文学史，常常看见译本的传入是本国文学史上一个新运动的导线；翻译诗的传入，至少在诗坛方面，要有这等的影响发生。"②"据这一点看来，译诗对本国文坛含有重大的意义；对于将有新兴文艺撅起的民族，含有更重大的意义。这本不独译诗为然，一切文学作品的译本对于新的民族文学的蹶起，都是有间接的助力的；俄国、捷克、波兰等国的近代文学史都或多或少的证明了这个例。"③

《茅盾译文全集》第 8 卷④以发表时间先后为序，收录了茅盾 1919 年至 1925 年翻译并发表于《时事新报》副刊《学灯》、《小说月报》、《民国日报》副刊《觉悟》、《民国日报》副刊《妇女评论》、《诗》、《文学》周刊等刊物上的诗歌 32 首。列表如下：

译文题目	原作者	原作国籍	发表报刊	发表时间	备注
夜	Elizabeth J. Cootsworth	不详	《时事新报·学灯》	1919. 9. 30	原署译者：冰
日落	Evelyn Wells	不详	《时事新报·学灯》	1919. 9. 30	原署译者：冰
阿富汗的恋爱歌		阿富汗	《小说月报》第 12 卷第 7 号	1921. 7. 10	原署冯虚女士，从 E. Rowys Mahero 转译

①　陈玉刚：《中国翻译文学史稿》，中国对外翻译出版公司 1989 年版，第 119 页。

②　《时事新报·文学旬刊》1922 年第五十二期，茅盾：《茅盾全集第十八卷·中国文论一集》，黄山书社 2014 年版。

③　茅盾：《茅盾全集第十八卷·中国文论一集》，黄山书社 2014 年版，第 328—329 页。

④　茅盾：《茅盾译文全集》（第 8 卷诗·文论），知识产权出版社 2013 年版。

译文题目	原作者	原作国籍	发表报刊	发表时间	备注
海里的一口钟	戴默尔	德国	《民国日报·觉悟》	1921.9.4	原署沈雁冰重译，英语转译
我寻过……了	梅特林克	比利时	《民国日报·妇女评论》	1921.9.21	原署比国梅德林
夜夜	戴默尔	德国	《民国日报·觉悟》	1921.10.7	原署冯虚女士译
匈牙利国歌	裴多菲	匈牙利	《民国日报·觉悟》	1921.10.10	原署沈雁冰重译
杂译小民族诗（共十首）	土尔苛兰支、伊萨阿庚、恰夫恰瓦泽、洛顿斯奇、谢甫琴科、斯坦芳诺维支、散尔复维支、贝兹鲁奇、科诺普尼茨卡、阿斯尼克	亚美尼亚、格鲁吉亚、乌克兰、塞尔维亚、捷克、波兰	《小说月报》第12卷第10号	1921.10.10	原署沈雁冰译
莫扰乱了女郎的灵魂	鲁内贝格	芬兰	《民国日报·妇女评论》第11期	1921.10.12	原署冯虚女士重译
笑	鲁内贝格	芬兰	《民国日报·妇女评论》第11期	1921.10.12	原署冯虚女士重译
泪珠	鲁内贝格	芬兰	《民国日报·妇女评论》第13期	1921.10.26	原署冯虚译
"假如我是一个诗人"	巴士	瑞典	《民国日报·妇女评论》第13期	1921.10.26	原署冯虚译
乌克兰民歌		乌克兰	《民国日报·妇女评论》第14期	1921.11.2	原署冯虚译，从英文转译
无聊的人生	Jules Licmaine	法国	《民国日报·觉悟》	1921.11.4	原署冯虚女士译

续表

译文题目	原作者	原作国籍	发表报刊	发表时间	备注
佛列息亚底歌唱	阿特博姆	瑞典	《民国日报·觉悟》	1921.11.11	原署冯虚译
塞尔维亚底情歌		塞尔维亚	《民国日报·妇女评论》第18、20期	1921.11.30、1921.12.14	原署冯虚译
二部曲	繁特科维支	乌克兰	《诗》第1卷第1号	1922.1.1	原署沈雁冰译
永久	泰格奈尔	瑞典	《小说月报》第13卷第1号	1922.1.10	原署希真译
季候鸟	泰格奈尔	瑞典	《小说月报》第13卷第1号	1922.1.10	原署希真译
辞别我的七弦竖琴	泰格奈尔	瑞典	《小说月报》第13卷第1号	1922.1.10	原署希真译
东方的梦	肯塔尔	葡萄牙	《小说月报》第13卷第2号	1922.2.10	原署希真译，转译
什么东西的眼泪	肯塔尔	葡萄牙	《小说月报》第13卷第2号	1922.2.10	原署希真译，转译
在上帝的手里	肯塔尔	葡萄牙	《小说月报》第13卷第2号	1922.2.10	原署希真译，转译
浴的孩子	雷德贝里	瑞典	《小说月报》第13卷第2号	1922.2.10	原署希真译，转译
你的忧悒是你自己的	雷德贝里	瑞典	《小说月报》第13卷第2号	1922.2.10	原署希真译，转译
英雄包尔	阿兰尼	匈牙利	《小说月报》第13卷第5号	1922.5.10	原署冬芬译
南斯拉夫民间恋歌（四首）		南斯拉夫	《诗》月刊第2卷第2号	1923.5.15	原署雁冰译，转译
歧路（选译）	泰戈尔	印度	《小说月报》第14卷第9号	1923.9.10	原署沈雁冰、郑振铎译
乌克兰的结婚歌		乌克兰	《文学》周刊第89期	1923.9.24	原署沈雁冰译

续表

译文题目	原作者	原作国籍	发表报刊	发表时间	备注
玛鲁森珈的婚礼		乌克兰	《文学周报》第170期	1925.4.27	原署玄译
花冠		乌克兰	《文学周报》第174期	1925.5.24	原署雁冰译
乌克兰结婚歌		乌克兰	《文学周报》第185期	1925.8.9	原署沈雁冰译

如果考察茅盾的角色自期，那么，在革命家、思想家、文学家、翻译家等诸种角色之间，茅盾或许更重视革命家和思想家身份，文学家和翻译家的角色或许退后一些，而翻译则只是表达革命思想和文学思想的载体或工具。这跟"五四"时期思想启蒙、政治救亡、文学革命等主流价值观念有关。

其实，诗歌翻译在茅盾的翻译活动中占据很小一个部分。《茅盾译文全集》共计10卷，诗歌只占其中第8卷不到一半的篇幅。茅盾的诗歌翻译与整个文学翻译活动一样，构成了新文学运动的有机部分。他的文学活动充满了政治意图伦理。他从来不会把文学活动当作文学本身，而只是把文学当作社会活动的一部分，人生活动的一部分。他一直崇尚"文学为人生"的主张。在茅盾看来，文学只是表达思想的一种手段，而不是文学本身。他在《现在文学家的责任是什么？》中说："自来一种新思想发生，一定先靠文学家做先锋队，借文学的描写手段和批评手段去'振聋发聩'。"[1] "文学是为表现人生而作的。文学家所欲表现的人生，决不是一人一家的人生，乃是一社会一民族的人生。"[2] 由于茅盾坚执文学的社会功能，他反对娱乐性的文学。他在《自然主义与中国现代小说》[3] 中严厉批驳了鸳鸯蝴蝶派。因为茅盾批评了鸳鸯蝴蝶派，商务印书馆王云五对茅盾施加压力，提出要起诉《小说月报》破

---

① 《现在文学家的责任是什么？》，署名佩韦，《东方杂志》第十七卷第一号。

② 同上。

③ 《自然主义与中国现代小说》，《小说月报》1922年第十三卷第七号。

坏"礼拜六派"的声誉，并要求茅盾撰文道歉，遭到茅盾断然拒绝。这也反衬出茅盾坚定的"为人生"的文学立场。

应和着"为人生"的文学口号和人道主义思潮，"五四"时期的翻译运动也具有强烈的倾向性。新青年社和文学研究会都特别注重翻译与中国国情比较相似的俄国、印度等国文学以及弱小民族的文学，尤其是俄国文学的翻译与介绍被置于最醒目、最突出的位置。创作方法上，倾向于法国、俄国、波兰等国家的现实主义、批判现实主义作品。关于介绍外国文学作品的目的，茅盾区分了"个人爱好"、"个人研究"与"介绍给群众"的不同，同时特别强调文学翻译的"客观动机"，即"主观的爱好心而外，再加上一个'足救时弊'的观念"①。他一再表达他的文学为人生的主张："我是倾向人生派的。我觉得文学作品除能给人欣赏而外，至少还需含有永久的人性，和对于理想世界的憧憬。我觉得一时代的文学是对一时代缺陷与腐败的抗议或纠正。我觉得创作者若非是全然和他的社会隔离的，若果也有社会的同情的话，他的创作自然而然不能不对社会的腐败抗议。我觉得翻译家若果深恶自身所居社会的腐败，人心的死寂，而想借外国文学作品来抗议，来刺激将死的人心，也是极应该而有益的事。"②"我极力主张译现代的写实主义的作品。"③ 茅盾的翻译出发点跟创造社有所不同。创造社虽然也译介了现实主义文学、自然主义文学和启蒙主义文学，但更注重浪漫主义、唯美主义、象征主义、颓废主义文学的译介。茅盾虽然也推崇浪漫主义诗人拜伦，但首先因为"拜伦是一个富于反抗精神的诗人"，"中国现在正需要拜伦那样的富有反抗精神的人"④。这与茅盾文学观念的现实关怀密切相关。

茅盾策划了《俄国文学研究》、《法国文学研究》、《被损害民族文学专号》、《泰戈尔号》等专号或增刊，尤其可贵的是，特别注重译介

① 茅盾：《介绍外国文学作品的目的——兼答郭沫若君》，见《时事新报·文学旬刊》1922年第四十五期；又见茅盾《茅盾全集第十八卷·中国文论一集》，黄山书社2014年版，第282页。

② 茅盾：《茅盾全集第十八卷·中国文论一集》，黄山书社2014年版，第282—283页。

③ 同上书，第283页。

④ 茅盾：《拜伦百年纪念》，《小说月报》1924年第十五卷第四号。

俄国文学、苏联文学以及弱小民族文学的理论与作品。1921 年出刊的《俄国文学研究》和《被损害民族的文学号》即是最突出的代表。《小说月报》第十二卷号外《俄国文学研究》是《小说月报》革新以后第一个专号，也是中国文学史第一本集中译介俄国文学的专集。《小说月报》1921 年第 12 卷第 10 号系"被损害民族的文学号"。在这一期专号里，茅盾亲自撰写引言和导论《被损害民族的文学背景的缩图》，介绍了这些被损害民族所运用的语言文字，阐释了波兰、捷克、芬兰、乌克兰、南斯拉夫、保加利亚等国的人种、自然环境与社会环境，以及被损害民族的特性。他在《引言》里论述到为什么要研究被损害民族的文学："凡被损害的民族的求正义求公道的呼声是真的正义、真的公道，在榨床里榨过留下来的人性方是真正可宝贵的人性，不带强者色彩的人性。他们中被损害而向下的灵魂感动我们，因为我们自己亦悲伤我们同是不合理的传统思想与制度的牺牲者；他们中被损害而仍旧向上的灵魂更感动我们，因为由此我们更确信人性的沙砾里有精金，更确信前途的黑暗背后就是光明。"① 此专号里，他发表了《杂译小民族诗（共十首）》。这十首诗歌分别来自亚美尼亚、格鲁吉亚、乌克兰、塞尔维亚、捷克、波兰的诗人土尔苟兰支、伊萨诃庚、恰夫恰瓦泽、洛顿斯奇、谢甫琴科、斯坦芳诺维支、散尔复维支、贝兹鲁奇、科诺普尼茨卡、阿斯尼克。

翻译的这些诗歌，大多是民谣风格。反映民间生活的民谣和歌谣，除了上述《杂译小民族诗（共十首）》，还有《乌克兰民歌》、《佛列息亚底歌唱》、《塞尔维亚底情歌》、《南斯拉夫民间恋歌（四首）》、《乌克兰的结婚歌》、《玛鲁森珈的婚礼》、《花冠》、《乌克兰结婚歌》。这些歌谣，有的抒发反抗家庭包办、追求爱情自由的精神；有的表达对自然和灵魂的吟唱；有爱情的深情与执着，也有情人的离别与幽会，更有丰富多彩的民间婚礼与婚俗。在对社会的描写方面，有的揭示了不平等的地位，表达劝善戒恶的宗教观念；有的表达了真

<hr />

① 茅盾：《小说月报》1921 年第 12 卷第 10 号引言。

挚的爱情与为民族而牺牲的关系；有的表达了在狱中对于祖国新生的渴望；有的在颓废基调里表达对人类的爱心；有的表达在坑道中做工的掘墓人的革命精神；有的表达了对于受压迫的底层农民同情。这些诗歌中流露出强烈的现实关注精神和民粹主义色彩。歌颂民族解放的诗歌也占有很大比重，以《匈牙利国歌》和《英雄包尔》为代表。前者的作者裴多菲是匈牙利伟大的爱国主义诗人，被称为"匈牙利政治复活时代苏生精神的记录者，并且做了那精神的指导者"①。《匈牙利国歌》唱出了反抗专制、呼唤民族独立自由的最强音！《英雄包尔》的作者是同裴多菲一样命运波折的裴多菲好友阿兰尼，诗中抒发了英雄包尔远离他的情人去参加战争，最后酿成爱情悲剧的悲壮情感。两首诗基调高昂，催人奋进！

我们注意到，茅盾的诗歌翻译基本都是由英文转译（也称"重译"）过来的，很少从外语原文直接翻译成汉语诗歌。这种转译现象或许可以作为茅盾关注诗歌的社会意义甚于诗歌文体价值的佐证。如果从茅盾的外语熟练程度讲，他翻译英美诗歌作品应该更为精准一些，为何他避"熟"而就"生"，去转译一些弱小国家民族的作品？原因在于他的"文学为人生"的观念，在于"想借外国文学作品来抗议，来刺激将死的人心"②。转译现象是中国翻译界在 20 世纪上半叶的现象。那个时候熟悉并运用小语种的专家不多，对于弱小民族的文学作品的翻译，主要靠从英语版本转译。王友贵认为这是"意识形态支配翻译活动的结果"③，这种现象被称为"弱国模式"。茅盾清醒地认识到"各宜根据原本，根据转译是不大靠得住的"④。但事实上，茅盾的译诗几乎都是转译的非英语国家作品。

---

① 茅盾：《茅盾译文全集》（第 8 卷诗·文论），知识产权出版社 2013 年版，第 13 页。

② 茅盾：《茅盾全集第十八卷·中国文论一集》，黄山书社 2014 年版，第 283 页。

③ 王友贵：《意识形态与 20 世纪中国翻译文学史（1899—1979）》，《中国翻译》2003 年第 5 期。

④ 茅盾：《译书的批评》，茅盾：《茅盾全集第十八卷·中国文论一集》，黄山书社 2014 年版，第 54 页。

第二节　茅盾译诗"文体意识"的缺失

　　基于上面的论述，茅盾的着眼点并不在文学本身，而在于文学之外的社会担当。这就导致其诗歌翻译中"文体意识"的缺失。这与新文学运动时期新诗文体的散文化具有内在逻辑的一致性。茅盾在译诗文体意识的缺失方面，体现在两个论述上：一是他认定的诗歌翻译原则"以神韵取代韵律"；二是主张新诗语言的欧化。

　　先说"以神韵取代韵律"原则。

　　关于翻译大致有两种方式，用德国学者施莱尔马赫（Schleiermacher）的话说，第一种是译文尽量保持原文的各种要素特征，让译文读者尽量靠近原文作者；第二种是译文尽量采用译者国家语言文体从而消解原文中的陌生因素，不让读者产生阅读障碍，让原作者尽量靠近译文读者。第一种是鲁迅所言"洋气"，第二种即"归化"。五四时期，多数人采取"归化"的方式来从事翻译工作，如胡适主张"全用白话韵文之戏曲，也都译为白话散文。用古文译书，必失原文的好处。"① 并且批评林纾："林琴南把莎士比亚的戏曲，译成了记叙体的古文！这真是莎士比亚的大罪人"。② 茅盾在《译文学书方法的讨论》中就谈到，在"神韵"与"形貌"不能两全的时候，"与其失'神韵'而留'形貌'，还不如'形貌'上有差异而保留了'神韵'"③。茅盾同意邓亨的翻译观点："我以为一首诗的神韵是诗中最重要的一部，邓亨所说'奥妙的精神'，亦当指此，我们如果不失原诗的神韵，其余关于'韵''律'种种不妨相异。而且神韵的保留是可能的，韵律的保留却是不可能的。"④

---

　　① 胡适：《建设的文学革命论》，《文学运动史料选》第一册，上海教育出版社1979年版，第82页。

　　② 同上。

　　③ 茅盾：《译文学书方法的讨论》，《小说月报》1921年第十二卷第四号，又见茅盾《茅盾全集第十八卷·中国文论一集》，黄山书社2014年版。

　　④ 茅盾：《茅盾全集第十八卷·中国文论一集》，黄山书社2014年版，第329—330页。

茅盾意识到有些诗歌是可以翻译的，而有些是不可以翻译的。即使可以翻译的诗歌，也只是保存部分好处而不能完全保留。因此，他赞成意译。关于诗歌的文体，在茅盾看来并非最重要，他认为"神韵"最重要，也是可能翻译的，而诗歌文体所依赖的"韵律"，他认为既不是最重要的，也不一定能保留。至于原诗的格律，"在理论上，自然是照样也译为有格律的诗，来得好些。但在实际，拘泥于格律，便要妨碍了译诗的其他的必要条件。而且格律总不能尽依原诗，反正是部分的模仿，不如不管，而用散文体去翻译。翻译成散文的，不是一定没有韵，要用韵仍旧可以用的。"① 茅盾主张以"神韵"取代"韵律"。

再说诗歌语言形式的欧化。

关于诗歌语言形式，茅盾是主张欧化的。他说："我们应当先问欧化的文法是否较本国旧有的文法好些，如果确是好些，便当用尽力量去传播，不能因为一般人暂时的不懂而便弃却。所以对于采用西洋文法的语体文我是赞成的；不过也主张要不离一般人能懂的程度太远。因为这是过渡时代、试验时代不得已的办法。"② 他声明："我所谓'欧化的语体文法'是指直译原文句子的文法构造底中国字的西洋句调"③，而不是"文学艺术的欧化"。这种诗歌语言的欧化，对于新诗散文化趋势无疑起到了推波助澜的作用。

我们比较一下茅盾与丁文林二人关于肯塔尔《在上帝手中》的译文。茅盾译文如下：

> 我的心终于找得了停留处，
> 在上帝的右手，在他的右手里。
> 我已经过在下的狭的过往的梯口路。

---

① 茅盾：《译诗的一些意见》，茅盾：《茅盾全集第十八卷·中国文论一集》，黄山书社 2014 年版，第 332 页。

② 茅盾：《语体文欧化之我观》，《小说月报》1921 年第十二卷第六号，又见茅盾《茅盾全集第十八卷·中国文论一集》，黄山书社 2014 年版，第 123—124 页。

③ 茅盾：《"语体文欧化"答冻花君》，《时事新报·文学旬刊》1921 年第七期，又见茅盾《茅盾全集第十八卷·中国文论一集》，黄山书社 2014 年版，第 139 页。

那引我们离开幻想的魔力的地方的路。

像那些被一群小孩作践了的
鲜生生的花朵，我而今掷去那忽来的空想
与那些庞大无涯的虚伪：
那都是欲望与理想所要求的啊。

正像一个小孩，当冈损的一天，
他的母亲忽来举起他，带着浅浅的微笑，
并且抱他，在伊胸前，走伊的路。

经过了树林，渡过了海，还有沙漠，还有草原……
睡你的觉罢，呵，我的而今自由的心啊，
你永远睡在上帝的手里！

丁文林译文如下：

在上帝手中，在他的右手上，
我的心得到彻底安歇。
幻想的宫殿已空空荡荡，
我沿狭窄的阶梯拾级而下。

如同必然开败的花朵，用来美化
儿童般的无知．却终将枯萎，
短暂而并不完美的形体
使理想和激情销声匿迹。

像婴儿，微笑得那么空蒙，
被母亲紧紧抱在怀中

穿行在黑暗的生命旅程。

　　森林、海洋、大漠黄河……
　　获得自由的心，你入睡吧，
　　在上帝的手中永远地安歇！

　　相对来说，丁文林的译文更加整饬精炼，韵律和谐，而茅盾译文更加散文化。茅盾译文中的两句"我已经过在下的狭的过往的梯口路。／那引我们离开幻想的魔力的地方的路。"显得比较拖沓，修饰语累赘，即是典型的欧化句式。

　　诗歌文体意识的忽视，不仅体现在茅盾的译诗原则，也体现在他的新诗观念，二者是内在一致的。他曾经与钱鹅湖有过一个争论。茅盾在《驳反对白话诗者》中，针对那些反对白话诗者，进行了有力的反驳。在这一点上，茅盾是对的。但是，那些反对白话诗者虽然是保守主义立场，不过其观点并非一无是处，保守主义者指出白话诗应该"运用声调格律以泽其思想"①，而茅盾认为："现在主张做白话诗者都说声调格律是拘束思想之自由发展的"②。"白话诗固与自由诗同，要破弃一切格律规式。"③ 在对待声调格律方面，二者是针锋相对、水火不容的。当茅盾把"视古人所立的规式格律为诗的永久法式"的观点当作"专制的荒谬的思想"的时候，丝毫没有意识到对方辩友所批评的"诗歌的散文化"对于诗歌文体的破坏。钱鹅湖坚持"形质统一论"，在《驳郎损君〈驳反对白话诗者〉》中，他提出"原诗之要素有二：曰形；曰质。音韵声调格律等等，诗之形也；情绪想象思想等等，诗之质也。苟有形而无质，或有质而无形，皆不得称之为诗。"④ 今天看来，钱鹅湖

---

　　① 茅盾：《驳反对白话诗者》（署名郎损），《时事新报·文学旬刊》1922 年第三十一期，又见茅盾《茅盾全集第十八卷·中国文论一集》，黄山书社 2014 年版，第 197—200 页。
　　② 同上。
　　③ 同上。
　　④ 钱鹅湖：《驳郎损君〈驳反对白话诗者〉》，转引自茅盾《茅盾全集第十八卷·中国文论一集》，黄山书社 2014 年版，第 210 页。

的观念更为公允一些。正如 20 世纪 30 年代梁实秋指出的那样，在新诗初期，"大家注重的是'白话'诗，不是'诗'，大家努力的是如何摆脱旧诗的藩篱，不是如何建设新诗的根基。"① 茅盾一方面坚持新文化运动的白话诗立场，反对文言译诗；另一方面，又主张"择神韵而去韵律"，主张欧化文法译诗。

其实，在五四时期，忽视诗歌文体意识的翻译倾向，是一种共识。郑振铎、沈泽民等人均持此观点。郑振铎说："自从 Whitman 提倡散文诗（prose poetry）以来，韵律为诗的根本的观念已是没有再存在的余地了。因此，我们可以说诗的本质与音韵是分离的；人的内部的情绪是不必靠音韵以表现出来的。"② 沈泽民也认为，诗歌翻译与散文翻译一样，关键在于情绪的表现，而音韵和格式的转译都在其次。茅盾这种以散文方式译诗的方式，忽视了诗歌的文体特质。诗歌翻译的散文化，只是诗歌翻译过程中不成熟的阶段。中国的诗歌翻译大致走过了三个阶段，首先是 19 世纪后半期的以诗译诗阶段，用传统的格律诗翻译西方的诗歌；然后是五四时期西方自由体诗向中国的移植，导致诗歌翻译的散文化；再然后，经过自由体、半自由体向现代汉语格律诗体过渡，逐步实现诗歌文体的等量。

第三节　从《乌鸦》公案看茅盾的译诗立场

我们通过一桩翻译爱伦·坡（Edgar Allan Poe）《乌鸦》（*The Raven*）的公案来讨论茅盾译诗的立场与原则。

关于这首诗，茅盾所坚守的立场是新文学运动立场。1922 年，茅盾以笔名玄珠在《文学旬刊》上发表《译诗的一些意见》。在这篇短文中，他谈到爱伦·坡的名作《乌鸦》。他充分认识到了爱伦·坡诗歌中

---

① 梁实秋：《新诗的格调及其他》，见杨匡汉、刘福春编《中国现代诗论》（上编），花城出版社 1985 年版，第 142 页。

② 郑振铎：《译文学书的三个问题》，《小说月报》1921 年第 3 期。

的音韵美，但是又认为该诗难以翻译。茅盾说："是一首极好而极难译的诗——或许竟是不能译的；因为这诗虽是不拘律的'自由诗'，但是全体用郁涩的声音的 more 做韵脚，在译本里万难仿照。"① 他还抄录了其中的第一节和第十二节做例证，说"直译反而使他一无是处"②。第一节原文是：

> Once upon a midnight dreary，while I pondered weak and weary，
> Over many a quaint and curious volume of forgotten lore，
> While I nodded，nearly napping，suddenly there came a tapping，
> As of some one gently rapping，rapping at my chamber door.
> "Tis some visitor," I muttered，"tapping at my chamber door—
> Only this，and nothing more. "

在茅盾评价这首名作之后，1925 年 9 月，《学衡》杂志第 45 期发表了顾谦吉的骚体译文《鵩鸟吟》，体现了"学衡派"译介国外文学的宗旨："与中国固有文化之精神不相违背"。顾谦吉翻译的题目为"鵩鸟吟"，极具古典诗学意味。

第一，这是由于看到了此诗与贾谊《鵩鸟赋》之间的共通之处。《鵩鸟赋》是汉代文学家贾谊的代表作。鵩鸟，俗称猫头鹰，在中国传统文化中象征着不祥之意，听闻猫头鹰鸣叫则预示着要死人。《史记·屈原贾生列传》和《汉书·贾谊传》载，贾谊被贬任长沙王太傅三年时，有一只猫头鹰飞到贾谊的屋里。贾谊被贬本来心情就不好，加之难以适应的潮热气候，预感自己将存活不久，乃写《鵩鸟赋》，借与鵩鸟的问答抒发忧愤之情，以老庄的齐生死、等祸福之思想求得自我解脱。爱伦·坡在 The Raven 诗中假设当主人公正在伤悼死去的爱人丽诺尔（Lenore）而悲伤抑郁之时，一只乌鸦飞来造访，主客相对，展开一段

---

① 茅盾：《译诗的一些意见》，转引自茅盾《茅盾全集第十八卷·中国文论一集》，黄山书社 2014 年版，第 330 页。

② 同上。

心灵的倾诉和对人生哀乐的探究，在忧愁、哀伤、幻灭、绝望的绝美韵律中，传达出爱伦·坡作品中独特的"忧郁美"。爱伦坡和贾谊有着异曲同工之妙。将"Raven（乌鸦）"翻译为"鵩鸟"，在构思上使西方诗歌经典嫁接到了中国古典诗学的树干上。

第二，诗题为"鵩鸟吟"，诗体为"吟"，也极其符合传统诗学的音乐性特征。因为《乌鸦》在音韵上非常讲究："其诗亦惨淡经营。完密复整。外似自然混成。纯由天籁。而实则具备格律韵调之美。以苦心焦思，集久而成之。波氏又尝撰文数篇。论作诗作文之法。分明吾人取经之资。"① 《乌鸦》一诗共 18 节，每节六行，每节都以 more 结尾押韵，包括 ever more，nothing more 和 nevermore，乌鸦发声的六节，均以 nevermore 结尾押韵。此诗一韵到底，多用重章复沓手法，达到音韵谐美、余音绕梁之效。因此，此诗与我国古典诗歌的讲究用韵具有内在的一致性。顾谦吉的骚体译文《鵩鸟吟》第一节采取富有音韵美的七言古体诗：

> 悲长夜兮凄切
> 耿不寐兮愁结
> 溯往事兮如焚
> 方思乱兮神灭
> 忽闻声兮轻微
> 似有人兮弹扉
> 亦过客之偶然
> 苟舍此兮何希②

"学衡派"对《乌鸦》的翻译，选择"文言文"无疑象征着保守主义文学立场。

第三，"学衡派"的文化使命是"昌明国粹、融化新知"，因此，

---

① 《学衡》1925 年总第 45 期，顾谦吉译《Poe "Raven" 阿伦波鵩鸟吟》的编者按语，作者当为吴宓。

② 顾谦吉译《Poe "Raven" 阿伦波鵩鸟吟》，《学衡》1925 年总第 45 期。

他们的翻译注重东西融合。《乌鸦》的哀婉动人情调和我国古典诗歌哀而不伤的审美价值有契合之处。所以，学衡的编者按语看到了"阿伦波其西方之李长吉乎？波氏之文与情俱有仙才。亦多鬼气。"①

在"学衡派"翻译此诗之前，茅盾即是坚定的新文化运动的立场，当然不会赞同学衡派的保守主义文化立场。他在《文学界的反动运动》中认为，文学界的反动运动主要口号是"复古"，复古的力量有二：一是反对白话主张文言，二是在主张文言之外，再退后一步。茅盾呼吁建立联合战线反抗这股恶潮。1925 年的茅盾已经从新文化立场转型到无产阶级立场，积极参加共产党的革命活动，形成了无产阶级艺术观。1925 年，他的长篇论文《论无产阶级艺术》在《文学周报》第 172、第 173、第 175、第 176 期连载。1925 年茅盾提出："文学者目前的使命就是要抓住了被压迫民族与阶级的革命运动的精神，用深刻伟大的文学表现出来，使这种精神普遍到民间，深印入被压迫者的脑筋，因以保持他们的自救解放运动的高潮，并且感召起更伟大更热烈的革命运动来。"② 茅盾早期的诗歌翻译仅仅是新文化运动的一部分，面对爱伦·坡那首"极好而极难译的诗——或许竟是不能译的"的杰作《乌鸦》，他自然是不会专注于诗歌文本质地。但是，对于富有真正诗歌艺术感和诗歌技艺的翻译家来说，是可以知难而进的。例如，曹明伦在尊重原诗一韵到底的特色和回环往复的韵律的基础上，进行了翻译。曹明伦译文第一节如下：

> 从前一个阴郁的子夜，我独自沉思，慵懒疲竭，
> 沉思许多古怪而离奇、早已被人遗忘的传闻——
> 当我开始打盹，几乎入睡，突然传来一阵轻擂，
> 仿佛有人在轻轻叩击，轻轻叩击我的房门。
> "有人来了，"我轻声嘟喃，"正在叩击我的房门——

---

① 《学衡》1925 年总第 45 期，顾谦吉译《Poe "Raven" 阿伦波鹏鸟吟》的编者按语，作者当为吴宓。

② 茅盾：《文学者的新使命》，《文学周报》1925 年第 190 期。

唯此而已，别无他般。"①

茅盾站在顾谦吉的骚体译文和曹明伦的白话韵律体之间，顾左右而言他，失去了翻译的能力。一方面，他坚决反对以中国旧体诗词的形式翻译西方诗歌；另一方面，他又缺乏对文本质地的准确把握，因而只是望洋兴叹，无力翻译。

事实上，茅盾非常欣赏乃至于喜欢爱伦·坡，喜欢爱伦·坡那种神秘风格的象征主义作家。1922 年，他在《译诗的一些意见》论及爱伦·坡《乌鸦》之后，还翻译了爱伦·坡的恐怖小说《泄密的心》。1919 年他在《解放与改造》杂志上翻译了比利时作家梅特林克的神秘剧《丁泰琪之死》，不久，他又发表了《近代戏剧家传》（1919），介绍了《神秘剧的热心的试验》。茅盾对爱伦·坡的《乌鸦》十分喜欢，但是并没有能力翻译。于是，"乌鸦情结"渐渐进入茅盾的潜意识之中。直到1928 年末，潜意识中的这种"乌鸦情结"才再次外化出来，不过却是外化到了散体文字之中。

1928 年年末，在日本京都处于迷茫与幻灭情绪之中的茅盾写出散文《叩门》。有学者曾对爱伦坡的诗歌《乌鸦》和茅盾的散文《叩门》进行过细致比较，得出一个结论：《叩门》是对《乌鸦》的"拟写"。②我们摘录茅盾的《叩门》中的一个片段：

答，答，答！

我从梦中跳醒来。

——有谁在叩我的门？

我迷惘地这么想。我侧耳静听，声音没有了。头上的电灯洒一些淡黄的光在我的惺忪的脸上。纸窗和帐子依然是那么沉静。

---

① ［美］爱伦·坡：《乌鸦》，见帕蒂克·F. 奎恩编，曹明伦译《爱伦·坡诗歌与故事集》（上编），生活·读书·新知三联书店 1995 年版，第 107 页。

② 王涛：《爱伦·坡名诗〈乌鸦〉的早期译介与新文学建设》，《南京师范大学文学院学报》2013 年第 1 期。

我翻了个身，朦胧地又将入梦，突然那声音又将我唤醒。在答，答的小响外，这次我又听得了呼——呼——的巨声。是北风的怒吼罢？抑是"人"的觉醒？我不能决定。但是我的血沸腾。我似乎已经飞出了房间，跨在北风的颈上，耆然驱驰于长空！

然而巨声却又模糊了，低微了，消失了；蜕化下来的只是一段寂寞的虚空。——只因为是虚空，所以才有那样的巨声呢！我哑然失笑，明白我是受了哄。

我睁大了眼，紧裹在沉思中。许多面孔，错落地在我眼前跳舞；许多人声，嘈杂地在我耳边争讼。蓦地一切都寂灭了，依然是那答，答，答的小声从窗边传来，像有人在叩门。

"是谁呢？有什么事？"

我不耐烦地呼喊了。但是没有回音。①

此种"感情的型"与茅盾十分欣赏的爱伦·坡的诗篇《乌鸦》十分谐协。在文体上，茅盾做了重大改变：其一，将爱伦·坡的诗歌文体转化为散文文体；其二，将爱伦·坡的个性化情感与人鸟对话的封闭性思考，转化为宏大的家国命题。此例也佐证了茅盾从崇尚浪漫主义到主张"为人生的文学"再到共产主义文学的观念嬗变。

结　语

当茅盾将诗歌翻译作为文艺运动的一部分且把诗歌创作暨诗歌翻译视作一种政治意图伦理工具的时候，诗歌的文体规律和诗歌技艺就悬置起来了。于是他的诗歌翻译活动在转化为诗歌创作的时候，就会由于内在艺术动力不足而搁浅。茅盾译诗现象内在蕴含的症候，也就解释了茅盾何以无法在新诗创作领域获得较高成就。

① 茅盾：《叩门》，《小说月报》1929年卷20。

当然，茅盾的这种症候，不仅仅属于他个人。因为在五四运动时期，推翻传统诗学的藩篱是第一要义，而建设新文学范式和新诗文体规范，尚未提到议事日程上来。茅盾译诗的症候是整个诗坛乃至于文坛症候的一个鲜明个案。他的局限正是无法超越时代局限而造成的。

附：茅盾文学年表

1896 年 7 月 4 日诞生于浙江桐乡县乌镇。原名沈德鸿，字雁冰，笔名茅盾、玄珠、方璧、郎损等。

1913 年，考入北京大学预科第一类。

1916 年，到上海商务印书馆编译所任职。

1917 年，出版了《中国寓言初编》，是中国最早的一本"寓言选"。

1919 年 8 月，用白话翻译了契诃夫的短篇小说《在家里》，这是茅盾的第一篇白话翻译小说。

1920 年，开始主持大型文学刊物《小说月报》小说新潮栏目的编务工作。10 月，茅盾加入了共产主义小组，开始为《共产党》月刊写稿。11 月任《小说月报》主编。

1921 年 1 月，与郑振铎、叶圣陶等发起组织文学研究会。

1924 年，编辑《民国日报》的副刊《社会写真》，后改名为《杭育》。

1925 年 6 月，和郑振铎等创办了《公理日报》，不久被迫停刊。

1927 年 4 月初，担任《汉口民国日报》总主编。9 月中旬，完成《幻灭》，11 月至 12 月间，写作《动摇》。

1928 年 6 月，完成《追求》《幻灭》《动摇》，先后在《小说月报》连载。

1929 年 7 月，出版第一部短篇小说集《野蔷薇》，收入五篇作品。与此同时，撰写论文《读〈倪焕之〉》，并开始写作长篇小说《虹》。还创作了《卖豆腐的哨子》、《雾》等十几篇散文。出版《神话杂论》、《中国神话研究 ABC》、《六个欧洲文学家》、《骑士文学 ABC》、《近代文学面面观》、《现代文学杂论》。

1930 年，加入中国左翼作家联盟，曾任"左联"执行书记。创作《豹子头林冲》、《石碣》、《大泽乡》等三篇以上传说和历史为题材的小说。出版《北欧神话 ABC》、《西洋文学通论》、《希腊文学 ABC》、《汉译西洋文学名著》。5 月，出版《蚀》。

1931 年 2 月，完成了中篇《路》。5 月出版《宿莽》（小说、散文合集）。11 月，又写成中篇《三人行》。编辑出版了《前哨》，第二期改名为《文学导报》。开始写作《子夜》。

1932 年，出版《路》。写作《小巫》、《林家铺子》、《春蚕》和散文《故乡杂记》。

1933 年，写《秋收》、《残冬》和《春蚕》，此三篇通称"农村三部曲"。出版《子夜》《茅盾散文集》。

1934 年 2 月，出版《话匣子》。

1936 年 5 月，《泡沫》出版。10 月，出版《印象·感想·回忆》。出版《西洋文学名著讲话》《创作的准备》。

1937 年 5 月，出版《多角关系》《眼云集》。

1938 年 3 月，当选为中华全国文艺界抗敌协会理事。3 月 27 日，被推为《抗战文艺》的编委。

1939 年 3 月，到新疆学院任教。4 月，出版《炮火的洗礼》。

1940 年 5 月到延安，曾在鲁迅艺术学院讲学。

1941 年 2 月，写《风景谈》。同年写作日记体长篇小说《腐蚀》，在《大众生活》上连载，10 月出版。主编专门登载杂文的刊物《笔谈》，发表系列随笔《客座杂忆》。

1942 年 3 月，出版中篇《劫后拾遗》。写作短篇《某一天》、《虚惊》、《耶稣之死》、《参孙的复仇》、《列那和吉他》、《过封锁线》等，除《某一天》外都收集在《耶稣之死》集中。8 月写作长篇小说《霜叶红于二月花》，以及杂文、文学评论等。12 月，出版《文艺论文集》。

1943 年 4 月，出版《见闻杂记》。7 月，出版《茅盾随笔》。10 月，出版《霜叶红于二月花》。

1945 年，出版《第一阶段的故事》、《委屈》、《时间的记录》。10 月，出版《清明前后》，12 月出版《耶稣之死》。

1946 年 3 月，到上海主编《文联》半月刊。

1947 年年底赴香港。

1948 年 4 月，出版《苏联见闻录》《杂谈苏联》。

1949 年 7 月，茅盾参加筹备并出席全国文代大会，在会上作了在《在反对派压迫下斗争和发展的革命文艺》的报告。当选为全国文联副主席和中国文学工作者协会（后改为中国作家协会）主席。中华人民共和国成立后，任文化部部长，主编《人民文学》杂志，先后当选为全国人民代表大会代表，政协全国委员会常务委员和第四届、第五届全国委员会副主席。

1958 年，出版《茅盾文集》10 卷。8 月，出版《夜读偶记》。

1959 年 1 月，出版《鼓吹集》。

1962 年 10 月，出版《鼓吹续集》。11 月，出版《关于历史和历史剧》。

1963 年 11 月，出版《读书杂记》。

1979 年 11 月，出版《茅盾诗词》。

1980 年 5 月，出版《茅盾近作》。

1981 年 3 月 27 日，病逝于北京。5 月，出版《锻炼》、《我走过的道路》。

1982 年 4 月，出版《少年印刷工》。

1984 年 10 月，出版《茅盾书简》。人民文学出版社开始陆续出版 40 卷本《茅盾全集》。

2014 年 5 月，经过茅盾之子韦韬先生授权，中国茅盾研究会副会长钟桂松主编新版《茅盾全集》42 卷由黄山书社出版。

第三章　闻一多（1899—1946）
"文化救国"理想破灭后的焦虑

1946 年 7 月 15 日下午，在民盟中央委员李公朴殉难报告会上做了激动人心的《最后一次的讲演》之后，在即将回到家的大门口，突然枪声大作，闻一多后脑、胸部、手腕连中十余弹，倒在血泊中……从此，闻一多的光芒夺目的名字，灿烂在中国历史的幕布上。或许，是闻一多的革命形象遮蔽了作为学者和诗人的闻一多；或许，也正是他的革命精神提升了闻一多在诗歌史和学术史上的地位。民主斗士、学者、诗人，三个角色复杂地交织在一起，刻画出一个立体的闻一多。而在灵魂的根底，闻一多却是一个文化人格的载体。闻一多的诗歌创作分为三个阶段：清华读书期（1920—1922.7）、美国留学期（1922.7—1925.5）和归国期（1925.6—1946）。从在清华读书时期的"文化救国"理想，到留学美国时期的"文化断乳"，再到归国之后的现实绝望，无不与其文化立场有关。这是考察闻一多诗歌道路的更为深邃的一个视角。

第一节　"在远方"的文化救国理想

闻一多的"文化救国"立场早在清华读书之时就埋下了根基。当时，为了留学，大家普遍重视西学，轻视国学。而闻一多对此很不满，

17岁的闻一多写下《论振兴国学》一文，倡导"葆吾国粹，扬吾菁华"。他说："国于天地，必有与立，文字是也。文字者，文明之所寄，而国粹之所凭也。希腊之兴以文，及文之衰，而国亦随之。"① 他说，要想真正地倡导西学与新务，必须重视国学，方可"窥其堂奥"。他在日记里写道："近决志学诗，读诗自清、明以上，溯魏、汉、先秦。读《别裁》毕，读《明诗综》，次《元诗选》、《宋诗选》，次《全唐诗》，次《八代诗选》，期于二年内读毕。"② 闻一多深受蔡元培的"以美育代宗教"的观念，他宣称"艺术是改造社会的急务"。闻一多起草的《美司斯宣言》写道："生命底艺术化便是生命达到高深醇美底鹄的底唯一方法"，"我们既相信艺术能够抬高、加深、养醇、变美我们的生命底质料，我们就要实行探搜'此中三昧'，并用我们自己的生命作试验品。"③

他早期的诗歌写作其实只是练笔而已，属于青春写作的套路，举凡咏赞自然、爱情、人生、艺术，充满了纯净乐观的童心，洋溢着对"五四"时期的"少年中国"、"青春中国"的纯情弘扬。例如《宇宙》一诗："宇宙是个监狱，/但是个模范监狱；/他的目的在革新，/并不在惩旧。"而他对于大变革时代精神的复杂性、驳杂性尚未有清醒认识，在当时的作品之中，"革新"精神掩饰了时代的残酷。

虽然闻一多早期的很多诗歌不够精粹，显得稚嫩并且过于散文化，但是，却也隐现出扎实的古典诗学基础，以及对于传统文化的纯情弘扬。《二月庐》开始一节："面对一幅淡山明水的画屏，/在一块棋盘似的稻田边上，/蹲着一座看棋的瓦屋——/紧紧地被捏在小山底拳心里。"俨然一幅水墨山水画，鲜明亮丽，富有空间感，深得传统诗艺三昧。《国手》一诗："爱人啊！你是个国手：/我们来下一盘棋；/我的目的不要赢你，/但只求输给你——/将我的灵和肉输得干干净净！"借古代文人的琴棋书画等嗜好，表达男女平等、灵肉统一的现代爱情观

---

① 闻一多：《论振兴国学》，《闻一多全集》第2卷，湖北人民出版社1993年版，第282页。原载《清华周刊》1916年第77期。

② 闻一多：《仪老日记》1919年2月10日条，《闻一多全集》第12卷，湖北人民出版社1993年版，第421页。

③ 《清华周刊》1920年第202期。

念，独出心裁。《香篆》以传统文化意象，化用古典诗词意境，构制诗意。在他早期的诗中，密集地出现了古典诗歌原型和文化母题，如"红豆"、"红烛"、"莲荷"、"琴棋书画"、"咏春"、"黄鸟"以及李白等人物。不过，我们发现，此时的闻一多对于传统诗学意象主要还停留在传统文化的纯情弘扬，变构意识尚不清晰。例如，其长诗《李白之死》不过是对李白《月下独酌》的散文化改写，而对于李白更加深邃的文化人格的大孤独的剖析尚不到位。相较于真切的现实生存，闻一多的诗写路径是"在远方模式"，他只从传统文化的母题里寻找诗意与诗思，还不具有深入现实生存中挖掘诗意的能力和意识。

如果说，闻一多在清华读书时期的诗歌创作是纯情弘扬中国传统文化的"在远方"模式，那么，他留学美国时期的诗歌创作则是另外一种"在远方"：一种处于"文化断乳期"向大陆深情回眸的"在远方"模式。之所以称之为"在远方"，是因为闻一多并未在西方国家的文化语境下扎下根，而是与它产生了深深的隔阂与疏离。他没有找到价值根基意义上的生存之"在场"，反而深受民族歧视之苦，因此，留学经历唤起的更多是民族自卫情绪，此之谓"爱国主义"。于是他倍感寂寞孤独，诗思触角探向中国传统文化的天空。

早在清华读书时，闻一多与美国的生活方式和价值观念就产生了隔阂。他把清华学校学生中的享乐主义生活作风归结为美国化的"物质文明"与"个人主义"的表现，当然这个"个人主义"并不是自由主义哲学意义上的"个人主义"。为此，他提出"让我还是做东方的'老憨'罢！"[①] 1922 年 7 月 16 日，闻一多离开上海，赴美留学。在旅途中他写下了离开祖国后的第一首诗《孤雁》，他以"孤雁"自比，第一句话就以"不幸的失群的孤客！"状写游子的孤独失落。这是他人生的一次"文化断乳"。他对异国他乡的文化想象是阻拒性，而不是接纳性的："流落的孤禽啊！/到底飞往那里去呢？/那太平洋底彼岸，/可知道究竟有些什么？//啊！那里是苍鹰底领土——/那鸷悍的霸王啊！/他的

---

① 闻一多：《美国化的清华》，《闻一多青少年时代诗文集》，云南人民出版社 1983 年版。

锐利的指爪，/已撕破了自然底面目，/建筑起财力底窝巢。/那里只有钢筋铁骨的机械，/喝醉了弱者底鲜血，/吐出那罪恶底黑烟，/涂污我太空，闭熄了日月，/教你飞来不知方向，/息去又没地藏身啊！//流落的失群者啊！/到底要往那里去？/随阳的鸟啊！/光明底追逐者啊！/不信那腥臊的屠场，/黑暗的烟灶，/竟能吸引你的踪迹！"此时他的心情不再像出国之前写的《春寒》、《春之首章》、《春之末章》那种云光岚彩四面合的风格，而是涌现出中国古典文化母题"悲秋"。《秋深了》、《秋之末日》充满了思念故国家园的凄凉之情。

在闻一多的文字里，我们几乎找不到他对于美国政治民主制度与现代文明的接纳。与同样去西方留学的徐志摩、梁实秋不一样，梁实秋对西方的民主与自由理念多有斩获，徐志摩也深受西方民主思想影响；而闻一多却是在民族压迫与民族自卫之间找到张力的平衡。他看到的美国像《火柴》里写的："有的唱出一颗灿烂的明星，/唱不出的，都拆成两片枯骨。"这只失去民族文化之根的"浮萍"，被抛向异国他乡，感到自己是"解体的灵魂"，充满着"失路底悲哀"，"在黑暗底严城里，/恐怖方施行他的高压政策：/诗人底尸肉在那里仓皇着，/仿佛一只丧家之犬呢"。因此，他更加怀念"莲蕊间酣睡着的恋人"和"莲蕊间酣睡着的骚人"，在这里，梁实秋竟然成为中国文化和诗人的载体了。《晴朝》一诗，也典型地表达出闻一多客居美国时的心态与心境："和平蜷伏在人人心里；/但是在我的心内/若果也有和平底形迹，/那是一种和平底悲哀。//地球平稳地转着，/一切的都向朝日微笑；/我也不是不会笑，/泪珠儿却先滚出来了。//皎皎的白日啊！/将照遍了朱楼底四面；/永远照不进的是——/游子底漆黑的心窝坎！//一个厌病的晴朝，/比年还过得慢，/象条负创的伤蛇，/爬过了我的窗前。"在民族歧视的文化对立环境中，他以对立思维表达着对于家国的思念。在《太阳吟》里，他一反古典诗词的"静夜思"模式，以出奇的想象力发出渴念："太阳呵——神速的金乌——太阳！/让我骑着你每日绕行地球一周，/也便能天天望见一次家乡！//太阳啊，楼角新升的太阳！/不是刚从我们东方来的吗？/我的家乡此刻可都依然无恙？"《忆菊——重阳前一日作》浓墨重彩，极尽铺张扬厉之能事，象征着流光溢彩的锦绣中华文化画卷。他选择了登高望远的重阳节，状写思家念国之情：

> 啊！自然美底总收成啊！
>
> 我们祖国之秋底杰作啊！
>
> 啊！东方底花，骚人逸士底花呀！
>
> 那东方底诗魂陶元亮
>
> 不是你的灵魂底化身罢？
>
> 那祖国底高登饮酒的重九
>
> 不又是你诞生底吉辰吗？
>
> ……
>
> 习习的秋风啊！吹着，吹着！
>
> 我要赞美我祖国底花！
>
> 我要赞美我如花的祖国！
>
> 请将我的字吹成一簇鲜花，
>
> 金底黄，玉底白，春酿底绿，秋山底紫……
>
> 然后又统统吹散，吹得落英缤纷，
>
> 弥漫了高天，铺遍了大地！
>
> 秋风啊！习习的秋风啊！
>
> 我要赞美我祖国底花！
>
> 我要赞美我如花的祖国！

　　他以陶渊明自居，以菊花之高洁反衬美国社会。在他看来，西方的花朵"蔷薇"充满"热欲"，"紫罗兰"是"微贱的"，只有菊花才是"四千年的华胄底名花"，"你有高超的历史，你有雅逸的风俗！"即使闻一多在状写美国的风物，也往往会钩连起中国文化。《秋色》有一个副标题"芝加哥洁阁森公园里"，但是开头题记引用的却是陆游的诗句"诗情也似并刀快，剪得秋光入卷来"。全诗由此展开意象，可以说

《秋色》显示了他在异国他乡与中国传统文化的通约。

谈及思念"家"的时候，闻一多说："我想你读完这两首诗（《太阳吟》和《晴朝》），当不致误会以为我想的是狭义的'家'。不是！我所想的是中国的山川，中国的草木，中国的鸟兽，中国的屋宇——中国的人。"① 传统文化中的家国同构现象，在闻一多身上打上了深深烙印，也体现了修齐治平的传统文人人格的传承。

从闻一多留学时期的诗歌创作中，我们可以明显看出，他对于中国的深情思念，多是高蹈的姿态、文化的姿态，而极少在社会现实层面展开与刺探。或者换句话说，这也是"在远方"抒情模式的另外一种表现。在异族文化环境中，深深扎根于闻一多的价值观念的是国家主义，而这个国家主义的内涵，在闻一多那里，更多的是文化意义上的国家观念。闻一多曾经在 1923 年发起"大江学会"，在美国又参与发起"大江会"，该团体即倡导国家主义。他们在"国家主义"前面加上了修饰语"大江的"。关于"大江的国家主义"，大江会这样解释："中华人民谋中华政治的自由发展，中华经济的自由抉择，及中华文化的自由演进。"闻一多的国家主义所采取的基点是"文化救国"。《大江会宣言》关于文化问题的态度是："外人之毁灭中国文化，其祸更烈于操纵政治外交及经济"，因为"一国之文化，乃一国士气民风之所系，国性借以寄托，人性借以安息"，"中华文化之自由演进者，即谋中华文化之保存及发扬，同时且反抗一切西方文化笼统的代替东方文化运动"，这是为了"国家生命之自由演进"②。

不过，诗歌作为极具个人性的艺术样式，并不是振兴中华文化的最佳手段和渠道。闻一多想到了国剧，因为国剧是最大众化的艺术样式。于是，闻一多于 1924 年转学到纽约艺术学院，参与排演戏剧《牛郎织女》、《杨贵妃》、《琵琶记》等古典名著，开展国剧运动，并

① 闻一多：《书集·1922 年 9 月 24 日致吴景超》，《闻一多全集》第 3 卷，生活·读书·新知三联书店 1982 年版，第 601 页。
② 闻黎明：《闻一多与大江会——试析 20 年代留美学生的"国家主义观"》，《近代史研究》1996 年第 4 期。

且收到了良好的效果。1925年又与梁实秋等人组织了"中华戏剧改进社"。本来，按照清华学校的惯例，闻一多留学美国可以研习至少5年，但是，为了发展国剧运动，他暂别了美术学业，毅然提前两年踏上了归国之路。

第二节　理想破碎后的焦虑

在美国时期，闻一多处于现实的"文化真空"中，翘首以盼地建构了一个"在远方"的如花似玉的"文化中国"。民族歧视和民族压迫使他更加向往中国大陆的"归来"，而他的"归来"很大程度上不是"现实归来"，而是"文化归来"。换句话说，那个文化意义上的中华，只存在于文化想象里面。当他真正踏上中国国土的时候，面对军阀混战、列强侵略、山河破碎、民不聊生的现实，他在文化心理上建构起来的"审美距离"被彻底打破，巨大的现实落差使他非常绝望。1925年6月1日，他踏上中华大地时，刚刚发生了震惊中外的"五卅惨案"。5月30日，上海两千余名学生在租界内散发传单，发表演说，抗议日本纱厂资本家镇压工人大罢工、打死工人顾正红，声援工人，并号召收回租界，被英国巡捕逮捕一百余人。下午，万余名群众聚集在英租界南京路老闸巡捕房门首，要求释放被捕学生，高呼"打倒帝国主义"等口号。英国巡捕竟开枪射击，当场打死十三人，重伤数十人，逮捕一百五十余人，造成震惊中外的五卅惨案。在美国的闻一多本就感到中华同胞备受歧视，"五卅惨案"无疑使这种文化隔阂剧烈升级为民族对抗。闻一多归国后的第一首诗《醒呀》，用汉、满、蒙、回、藏五大民族的口吻，控诉帝国主义践踏中华民族的罪行。他在跋中发出"历年旅外因受尽帝国主义的闲气而喊出的不平的呼声"，以期通过诗歌"在同胞中激起一些敌忾，把激昂的民气变得更加激昂"①。

---

① 王富仁主编：《闻一多名作欣赏》，中国和平出版社1993年版，第494页。

闻一多对自己心爱的祖国怀着总有一天会"铁树开花"的信念，大声喊出"咱们的中国！"《一句话》中反复吟咏的"咱们的中国"这一句话就是他的全部情感、全部理想、全部追求。作为一个赤子，诗人迸着血泪，哭叫着投进了祖国的怀抱，却发现"这不是我的中华"。诗人踏上多年怀念的祖国大地时，怀着无比沉痛的心情在《发现》这首诗中写道：

> 我来了，我喊一声，迸着血泪，
> "这不是我的中华，不对，不对！"
> 我来了，因为我听见你叫我，
> 鞭着时间的罡风，擎一把火，
> 我来了，不知道是一场空喜。
> 我会见的是噩梦，那里是你？
> 那是恐怖，是噩梦挂着悬崖，
> 那不是你，那不是我的心爱！
> 我追问青天，逼迫八方的风，
> 我问，拳头擂着大地的赤胸，
> 总问不出消息，我哭着叫你，
> 呕出一颗心来——在我心里！

归国后的闻一多在诗歌艺术探索方面，显示出实绩。他所倡导的国剧运动并不顺利，因而他精神人格中的诗性基因重新被激活，转向诗歌艺术和诗歌技巧的雕琢。他在清华读书时便树立起"为艺术而艺术"、"美育救国"的目标，他在《艺术底忠臣》里呼喊"啊！'鞠躬尽瘁，死而后已：'/真个做了艺术底殉身者！/忠烈的亡魂啊！"他作为一个诗人的抱负主要体现在《诗镌》的创办和个人诗集《死水》的出版。他与徐志摩等人创办的《晨报》副刊《诗镌》于1926年4月1日创刊。《诗镌》是当时新格律诗的大本营和阵地，新格律诗派与自由体诗、象征诗三足鼎立于诗坛。朱自清说："（《诗镌》）虽然只出了十一号，留下的影响却很大——那时大家都做格律诗，有些从前极不顾形式的，也上起规矩来了。"① 而在《诗镌》的作者群体里闻一多的影响应最大，理论建树也最显豁。他归国后三年期间结集的《死水》即是闻一多的代表作。

诗集《死水》不仅奏出了爱国主义最强音，而且多方面揭示了人世疾苦。《什么梦》写照顾婴儿操劳过度的母亲；《大鼓师》写周游世界、浪迹江湖的民间艺人；《也许》、《忘掉她》悼念亡女闻立瑛；《荒村》写人烟断绝的凄惨世相；《罪过》写挑水果担子的老人；《天安门》写车夫"遇鬼"的不幸；《飞毛腿》剖析车夫的内心世界；《洗衣歌》写民族歧视下的洗衣工的愤懑……而诗集《死水》最大的价值在于，这是闻一多关于自己提出的"三美"诗歌主张的实践。在新诗诞生之时，文体意识没有建立起来，语言、意象、结构趋于散文化。早在清华读书时期，闻一多就意识到这一点，他批判了《女神》"形式"和"精神"的欧化倾向，认为"我总以为新诗径直是'新'的，不但新于中国固有的诗，而且新于西方固有的诗；换言之，它不要作纯粹的本地诗，但还要保存本地诗的色彩，它不要作纯粹的外洋诗，但又尽量地吸收外洋诗的长处；它要做中西艺术结婚后产生的宁馨儿。"② 为此，他特别强调诗歌的形体规范。他的新诗虽受西洋文学的影响，但是逐渐摆脱西方浪漫主义那种以汪洋恣肆的诗情冲决艺术规范的弊端，而是将西方的唯美主义与中国传统诗学的锤炼结合起来，力求诗歌艺术形式的完美。在新诗形式的探索方面，闻一多既善于吸收西方诗歌音节体式的长处，又注意保留中国古典诗歌的格律的传统，提出了一套创造新格律诗的理论，也就是闻一多著名的"三美"主张：主张新诗应具有"音乐的美（音节）"、"绘画的美（辞藻）"、"建筑的美（节的匀称和句的均齐）"。③

苏雪林曾将闻一多的《红烛》和《死水》做过比较："《红烛》注

---

① 朱自清：《中国新文学大系·诗集》导言，上海良友图书印刷公司 1935 年版。

② 闻一多：《女神之地方色彩》，《闻一多全集》第 3 卷，生活·读书·新知三联书店 1982 年版，第 361 页。

③ 闻一多：《诗的格律》，《闻一多全集》第 3 卷，生活·读书·新知三联书店 1982 年版。原载《北平晨报》副刊，1926 年 5 月 13 日。

重色彩，《死水》则极其淡远；《红烛》尚有锤炼的痕迹，《死水》则达到了炉火纯青之候；《红烛》大部分为自由诗，《死水》则都是严密结构的体制；《红烛》十九可以懂，《死水》则几乎全部难懂。"① 并认定《死水》是"一部标准的诗歌"。言其标准者，是因为"《死水》字句都矜炼，然而不教你看出他的用力处，这是艺术不易企及的最高的境界。"② 闻一多也很自负地说："北京之为诗者多矣，而余独有取于此数子者，皆以其注意形式，渐纳诗于艺术之轨。余之所谓形式者，form也，而形式之最要部分为音节。《诗刊》同人之音节已渐上轨道，实独异于凡子，此不可讳言者也。"甚至他自信到认为"预料《诗刊》之刊行已为新诗辟一第二纪元，其重要当与《新青年》、《新潮》并视。"③ 闻一多的这种自我认识，真正体现了他对于一个诗人抱负的确认。我们注意到，与《死水》诗集同时期，闻一多还有其他很多诗歌，如《醒呀》、《七子之歌》、《长城下之哀歌》、《我是中国人》、《爱国的心》、《回来了》等，思想意义或许更大，但是，他并没有收录到诗集《死水》之中，因为在他心目中，收录《死水》的 28 首诗，全是实践他的新格律诗的篇什，是实现他的诗歌艺术野心的集结号。

可惜的是，诗集《死水》以及闻一多关于新格律诗的理论思考，只是他倡导"国剧运动"的文化救国情怀受挫后在诗歌史上迸发的"旁逸斜出"之美。随着时局的巨大变化和闻一多个人微观处境的日益窘迫，作为一个卓有建树的诗人，闻一多的诗人的抱负转型了；作为一个出版过《楚辞补校》、《神话与诗》、《古典新义》、《唐诗杂论》、《离骚解诂》等学术著作，在上古文学、金文考古、诗经、楚辞、诸子百家、乐府、唐代文学、神话学诸多领域卓有建树的学者，闻一多"淡出"了。因为偌大个中国，无法安放"闻一多先生的书桌"，"秩序不在我的能力之内"（《闻一多先生的书桌》）。于是，闻一多毅然参加了革命活动，成为民主

① 苏雪林：《论闻一多的诗》，《现代》1934 年第 4 卷第 3 期。

② 同上。

③ 闻一多：《致梁实秋、熊佛西》1926 年 4 月 15 日，《闻一多全集》第 3 卷，生活·读书·新知三联书店 1982 年版，第 625 页。

运动的急先锋。此时，他的诗歌观念也发生了重大变化。

对田间的评价，就体现了闻一多的诗学观念的转型。有一天，他在唐诗课堂上破例介绍了田间的"鼓点诗"："没有'弦外之音'，没有'绕梁三日'的余韵，没有半音，没有玩任何'花头'，只是一句句朴质，干脆，真诚的话，（多么有斤两的话！）简短而坚实的句子，就是一声声的'鼓点'，单调，但是响亮而沉重，打入你耳中，打在你心上。你说这不是诗，因为你的耳朵太熟习于'弦外之音'……那一套，你的耳朵太细了。"① "当这民族历史行程的大拐弯中，我们得一鼓作气来渡过危机，完成大业。这是一个需要鼓手的时代，让我们期待着更多的'时代的鼓手'"出现。至于琴师，乃是第二步的需要，而且目前我们有的是绝妙的琴师。"② 而此时的闻一多自己，也从"琴师"变异为"鼓手"了。

1946 年 7 月 15 日，闻一多作为一个民主斗士的光辉形象，定格在了历史的天空中。他的陨落，不仅是民主运动的巨大损失，对于中国诗坛，对于中国学术，都是巨大的遗憾。历史的尘埃落定了，今天，当我们以文化的目光重新审视"闻一多"这个名字时，一种更深刻的隐痛逼迫我们继续深思。

附：闻一多文学年表

1899 年 11 月 24 日生于今湖北省黄冈市浠水县。本名闻家骅，字友三。

1912 年考入清华大学留美预备学校。

1916 年开始在《清华周刊》上发表系列读书笔记，总称《二月庐漫记》，同时创作旧体诗，并任《清华周刊》《新华学报》的编辑和校内编辑部的负责人。

1919 年"五四运动"的爆发，开始创作新诗，成为"五四"新文艺园中的拓荒者之一，并作为清华学生代表赴上海参加全国学生联合会成立大会。

1920 年 4 月，发表第一篇白话文《旅客式的学生》。同年 8 月，发表第一首新诗《西岸》。

1921 年 11 月与梁实秋等人发起成立清华文学社。

---

① 闻一多：《时代的鼓手——读田间的诗》，《闻一多全集》第 3 卷，生活·读书·新知三联书店 1982 年版，第 401—402 页。

② 同上书，第 404 页。

1922 年 3 月，写成《律诗的研究》，开始系统地研究新诗格律化理论。

1922 年 7 月，赴美国留学，先后在芝加哥美术学院、珂泉科罗拉多大学和纽约艺术学院进行学习。

1922 年，清华文学社出版与梁实秋合著的《冬夜草儿评论》。

1923 年 9 月，上海泰东图书局出版第一部诗集《红烛》。

1925 年 5 月，回国后，任北京艺术专科学校教务长，并从事《晨报》副刊《诗镌》的编辑工作。

1928 年 1 月，上海新月书店出版第二部诗集《死水》。

1930 年秋，受聘于国立青岛大学，任文学院院长兼国文系主任。

1932 年，离开青岛，回到母校清华大学任中文系教授，从事中国古典文学的研究。闻一多致力于中国古代文学研究是从武汉大学开始的。

1937 年 7 月，全国抗战爆发，闻一多随校迁往昆明，任北京大学、清华大学、南开大学三校合并后的西南联合大学教授，积极投身革命。

1944 年，加入中国民主同盟，后出任民盟中央执行委员、民盟云南支部宣传委员兼《民主周刊》社社长，成为积极的民主斗士。

1946 年 7 月 15 日，在云南大学举行的李公朴追悼大会上，慷慨激昂地发表了《最后一次演讲》，痛斥国民党特务。散会后，闻一多在返家途中，突遭特务伏击，身中十余弹，不幸遇难。

1948 年，上海开明书店出版《闻一多全集》（第 1—4 册）。

1951 年，上海开明书店出版《闻一多选集》。

1955 年，人民文学出版社出版《闻一多诗文选集》。

1983 年，云南人民出版社出版《闻一多青少年时代诗文集》。

1985 年，武汉大学出版社出版《闻一多论新诗》。

1942 年，重庆国民图书出版社出版《楚辞校补》。

1956 年，古籍出版社出版《神话与诗》。

1956 年，古籍出版社出版《古典新义》。

1956 年，古籍出版社出版《唐诗杂论》。

1984 年，重庆出版社出版《闻一多论古典文学》。

1985 年，上海古籍出版社出版《离骚解诂》。

第四章 何其芳(1912—1977)

《夜歌》:知识分子改造的心灵文献

20 世纪 30 年代,中国著名的京派文人何其芳在延安一跃成为毛泽东文艺思想的钦定阐释者,成为红色"文艺理论家",变化可谓大矣。1938 年 8 月奔赴延安至 1942 年 5 月延安文艺整风期间,他写下了作为他生命重要刻度的《夜歌》(诗文学社 1945 年版),内中的意蕴也折射出何其芳特定时期的精神裂变,可以看作他人生分水岭的标志。在某种程度上说,何其芳的《夜歌》是小资产阶级知识分子向无产阶级战士转化的心理记录,是特定政治语境下人性蜕变的心灵文献。一个知识分子被改造,有两个层面:一个是运动层面的知识分子改造,是看得见的事件;另一个是看不见的、隐秘的层面,在一个知识分子个体灵魂当中悄悄地进行的,即人性基因的修改、删除、涂抹。一显一隐,二者互为表里,互相渗透。何其芳的《夜歌》正是小资产阶级知识分子在思想改造中的人性蜕变在意象化层面的表现。

第一节 何其芳人性基因的自我改造

在何其芳早期诗文中,我们会一再发现他的文学母题:"爱情"、"自然"、"夜"与"梦",这些都是他的人性基因的意象化呈示。在他的《还乡杂记》里,我们看到了民族动荡下他的这些人性基因的微妙变异与调适。那是一个自然而然的过程。在《夜歌》里，他的这种自然而然的自我蜕变过程面临着更为严峻的战时语境的压力，他那些人性基因的意象化符号比如"爱情"、"自然"、"夜"、"梦"等，无法割舍但是又必须割舍。其变异的剧烈程度及其被删除、修改、涂抹过程中的矛盾、困惑在诗中表现得可谓惊心动魄。我们可以具体考察一下何其芳的人性基因外化到《夜歌》里的几个的意象遭到怎样的删除、修改、涂抹。

一 爱情

爱情是人类非常美好的自然而健康的生理、心理追求，是最美的人性之花。何其芳在《预言》诗集里浓墨重彩地描绘"年轻的神"一样的爱情，爱情赚取了他的多少眼泪，带来了多少梦幻！到了延安，为了革命，他必须放弃爱情。他于1942年2月17日在《解放日报》发表《给 T. L. 同志》时，正好30岁，但是他偏要提出口号："打倒爱情。"是革命的理念驱逐走了爱情，革命生活中的每个人都是"战士"，之间的关系都是"同志"，性别被最大限度地淡化了，突显的是革命价值观念。在革命者看来，只有小资产阶级知识分子才会追求爱情。《夜歌（五）》开篇就写："同志，请你允许我想起你，/带着男子的情感，/也带着同志爱。"这首诗写给他在清凉山带队时认识的一个女孩，回忆起很多生活中温馨的细节，但是诗的后半部却笔锋一转：

> 你也许奇怪
> 我为什么想起了这样多的琐碎的事情，
> 那么，
> 难道我这是一篇情诗？
> 我想不是。
> 我想即使是，
> 恐怕也很不同于那种资产阶级社会里的，
> 无论是在它的兴盛期或者衰落期。

我没有把爱情看得很神秘，

　　也没有带着一点儿颓废的观点。

　　我从来就把爱情看作

　　人与人间的情谊加上异性间的吸引。

　　而现在，再加上同志爱。

　　我并不奇怪我们为什么没有发展为恋爱。

　　我们实在太不接近。

　　延安的同志我想都是

　　忠实于革命，

　　也忠实于爱情，

　　只要生活在一起，

　　而又互相倾心，

　　就可以恋爱，结婚。

　　"忠实于革命"事实上高于异性爱，这不仅仅是指简单的革命加恋爱模式，它其实最终要达到的是以革命意义上的"同志爱"取代性别意义上的"恋爱"。《给 T. L. 同志》中说:"十年是很长很长的。/在这十年中缠绕得我灵魂最苦的/是爱情，/你也说/在知识分子当中，/无论走到哪里，/谈论得最响亮的是恋爱。//有了恋爱的人因为恋爱而苦恼。/没有恋爱的人因为没有恋爱而苦恼。/这真使人感到人生是多么可怜，/假如我们不是想到/另外一个提高人生的名字：革命。"这里隐含着一个公式：爱情＝知识分子＝小资产阶级＝不革命，在这革命年代，唯有"革命"才能提高人生，因此，何其芳提议做一首讽刺诗："让那些以讲恋爱为职业的人/滚蛋吧!"结尾的几句更富有意味了："今晚上我才对你有了兄弟的情怀，/带着同志爱/看你的缺点，/看你的可爱的地方。"人与人之间的关系，完全取代了性别，性别间的关系过渡为"同志"关系这个中性词语之后，再度转化为"兄弟情怀"。作为一个情感细腻丰富的年轻诗人，他于1939年认识牟决鸣，两人于1942年结婚，整整三年的时间，他们都没有留下一个字的感情记录，可以想见，他们体内的爱情基因被删除到了什么程度！

二　自然

何其芳其实非常热爱大自然，他早期诗文中多次出现的"红沙碛"如诗如画，形诸于文，现之于梦，成为美好事物的象征。随着战争的迫近以及随后抗日战争的爆发，走出校园的何其芳在从南开中学到莱阳师范的教书生涯中，对于大自然的态度发生了变化，一方面否定大自然（《于犹烈先生》中认为于犹烈对自然的亲近很"古怪"），对于自己曾经想写书说明植物比人的生活更自由更美丽予以否定；另一方面自己又在内心深处倾慕大自然（《还乡杂记》之《老人》）。诗集《预言》中的《云》以"我爱那云，那飘忽的云……"开始，以"不爱云，不爱月，/也不爱星星"结束，封闭性结构完成了他的自我转变。

而在1938年奔赴延安之后，他的这种转变似乎更为坚决，同时，何其芳在坚决的背后又顽强而执拗地表露出热爱大自然的天性，体现了极大的分裂性人格特征。《欢乐的人们》（1939）中充满了自我否定，他以一个革命者的立场，批判了对于"海洋"、"天空"、"月亮"的热爱之情，认为这是小资产阶级的浪漫。而"一个真正的浪漫派"应该到地上寻找诗意和美感：

> 我最讨厌十九世纪的荒唐的梦。
> 我最讨厌对于海和月亮和天空的歌颂。
>
> 比较海，我宁肯爱陆地，
> 比较月亮，我宁肯爱太阳，
> 比较天空，我宁肯爱有尘土的地上，
> 因为海是那样寂寞，那样单调，

月亮是那样寒冷，

天空是那样远，望得我的颈子发酸，

而且因为我是一个真正的浪漫派，

我能够从我们穿了两个冬季的棉军服，

从泥土，

从山谷间的黄色的牛群和白色的羊群，

从我们这儿的民主与和平，

从我们的日常生活，

从我们起了茧的手与冻裂了的脚，

看出更美丽的美丽，

更有诗意的诗意。

　　大学时期（1931—1935）的何其芳是非常孤独的，在群体生活当中找不到自己的灵魂的归宿，于是就远离人群，走向大自然怀抱，这里面听不到集体的喧嚣，唯有灵魂的宁静。他的诗文里经常显现出他一个人走向旷野的孤独的背影。他是一个在群体中找不到位置的人，而且世俗生活的灰色与琐碎也与其性格不融。对于何其芳来说，大自然是他人性健康的需要。走向大自然其实就是他的一种灵魂的需求。这种人性基因已经充分地意象化到了他的作品之中。走向革命以后，这种意象化的人性基因要被删除。革命是对于人的革命，是人类特有的一种行为，为了革命的需要，与人类的革命行动不能直接相关的"自然"必须在革命的旗号下面删除。何其芳在 1940 年 5 月的《夜歌（二）》中写道：

我不能从床上起来，走进树林里，

说每棵树有一个美丽的灵魂，

而且和他们一起哭泣。

……

"但是，何其芳同志，你说你不喜欢自然，

为什么在你的书里面

你把自然描写得那样美丽？"

是的，我要谈论自然。

我总是要把自然当作一个背景，一个装饰，

如同我有时在原野上散步，

有时插一朵花在我的扣子的小孔里，

因为比较自然，

我更爱人类。

因为，在革命语境下，稍微热爱大自然一下就会扣上"小资习气"的帽子。

但是，何其芳的热爱大自然的人性基因是不是真的彻底铲除了呢？我们看他1941年的诗《河》："我散步时的伴侣，我的河，/你在歌唱着什么？/我这是多么无意识的话呵。/但我知道没有水的地方就是沙漠。/……/我爱人的歌，也爱自然的歌，/我知道没有声音的地方就是寂寞。"当他一个人的时候，他又爱上了小河，爱上了大自然。这里需要注意的是，何其芳不仅将河水视为客观的河水，而且赋予了它会"歌唱"诗性，他向小河倾诉的时候是"多么无意识的话"！一个"无意识"就把他心底的人性基因和盘托出。革命理性需要他删除大自然基因，但是，作为一个活生生的富有感情的诗人，一个人，他的灵魂对于大自然的依赖是无法彻底根除的。这种基因像春天的小草，尽管在僵硬的石头的压制之下，但是，它还会寻求机会偷偷地探出脑袋看看太阳，呼吸一下一直被禁锢的新鲜空气；又像野火焚烧的草，一俟春光乍泻，便又郁郁葱葱。

三　夜和梦

《夜歌》延续了《预言》、《画梦录》等早期诗文中的"夜"、"梦"意象。抗日战争打破了他的梦，唤醒了他的民族危亡意识，促成了他的道德意识的成熟。对于何其芳来说，走出了大学校园，接触了大量的社会现实，可以说是从黑夜走到了白天，从高度自恋走向了广阔的世界。

但是，他这一自然而然的变化并不必然地要把作为一个人的生理本能的"夜梦"删除掉。"夜梦"往往意味着非常自我的私人空间里的回味与反刍。到了夜晚，当我们的眼睛看不到外部世界、触摸不到外部世界的时候，灵魂的手指便开始触摸自己。于是，被压抑的、真正的内心本真的声音，就释放了出来。何其芳由于社会时局动荡和个人处境被动而不得不从重庆奔赴延安，一个小资产阶级知识分子转变为一个革命者，起伏跌宕的人生际遇，会使他在夜晚回味反刍。白天的喧嚣和尖锐的呼喊没了，白天的缺失往往成了梦境的最重要的东西。夜晚和梦境其实是自己的精神空间，它不是一个时间概念，而是一个精神空间，一个象征意义上的人性意象符号。"白天"意味着群体生活，喧嚣与呼喊汇成积极向上的主旋律，遮蔽了内心世界的咀嚼；"夜"则是个人化的私人空间，自我反刍的空间。他的《一个泥水匠的故事》说："虽说在白天，我是一个积极分子，/而且从工作，从人，我能都得到快乐，/不像在梦里那样阴郁，那样软弱。/这使我很不喜欢自己。同志，你说，/对于这些梦我应不应该负责任？/为什么爱情竟如此坚强，/似乎非我的意志所能战胜？"在他看来，"黑夜"隐喻着阴暗，"白天"意味着光明。所以，他竭力将"夜"除掉、将"梦"消灭！他在认真地改造着自己。到了1952年人民文学出版社出版第三版时，书名改为"夜晚和白天的歌"，显得非常有意味。

我们已经说过，知识分子改造有两个层面，即运动层面的知识分子改造和人性基因层面的删改。人性基因被删改的外力是作为运动的知识分子思想改造，有党小组会、生活会、辩论会、批判会等多种方式。被删改的过程里既有何其芳的自律因素，又有他律因素，不免使他产生种种困惑，结局是"白天"战胜"黑夜"，他律转化为自律。虽然他的初版《夜歌》是1942年5月文艺整风以前写的，但是文艺整风前的政治形势对于中国文坛已经是"山雨欲来风满楼"了。中共中央高层内部的矛盾激化导致毛泽东发动了持久深入的政治学习：1938年六届六中全会以后，开展了马克思主义中国化的学习运动。在多次党的高层会议上，毛泽东指出加紧学习，学习马克思主义，把全党办成一个大学校。1940 年 1 月 3 日中共中央发出《关于干部学习的指示》，这一年内发布了七个关于学习的指示性文件，干部学习逐渐正规化。1941 年 5 月 19 日毛泽东在中共中央宣传干部学习会上作了措辞严厉的《改造我们的学习》的报告。这个报告被认为是整风的动员报告，作为高级干部整风开始的一个标志。① "毛主席讲话用语之辛辣，讽刺之深刻，情绪之激动，都是许多同志在此以前从未感受过的。"② 由于张闻天对此文的宣传不足，毛泽东对他进行了十分严厉的批评，张闻天"受到很大震动"，"有委屈的感觉"。自此，整风工作愈来愈强烈。1942 年 2 月 1 日毛泽东在中共中央党校开学典礼上作的《整顿学风党风文风》的报告，一般称为全党整风的标志。在舆论和意识形态领域，毛泽东亲自抓《解放日报》的改版与改造问题，一度使活跃的《解放日报》副刊出现稿源严重不足的情况，毛泽东不得不在枣园大宴文人来组稿。加之对于副刊发表的丁玲、王实味的杂文的批判，这些不能不触及何其芳的心理世界。何其芳 1938 年 8 月底到达延安，很快于 11 月份加入中国共产党，而且由于工作需要，他一直没有公开共产党员的身份。虽然直接的知识分子改造运动尚未在文人中展开，但是，一个装在套子里或者黑箱里的共产党员，面对山城风云的波荡所形成的强大的"势"，他的心里会是怎样一种起伏呢，会是怎样一种自我压制、自我调适、自我改造呢？

何其芳在延安时期一直没有公开党员身份，他作为一名共产党员，自有组织的纪律。同时，他又是鲁迅艺术学院文学系主任，他肩负着培养党的革命干部的任务。鲁艺文学系过集体生活的时候，他既是其中一员，又是这个集体的领导。集体生活的一个重要内容是每周的生活检讨会，即敞开思想，开展批评与自我批评。据朱寨回忆："何其芳同志以系主任的身份出席我们的生活检讨会，其实当时他已经是一个没有公开身份的共产党员。生活检讨会也是没有公开的党组织领导组织的。虽然当时大家并不都知道这个内情，但何其芳同志的异常神情谁都能看得出

---

① 高新民、张树军：《延安整风实录》，浙江人民出版社 2000 年版，第 65、67 页。
② 胡乔木：《胡乔木回忆毛泽东》，人民出版社 1994 年版，第 192 页。

来。他不像平常的会议上那样性急插话，滔滔不绝，而是抑制着感情，默默倾听，不断记录。""他坐在我们的生活检讨会上，像坐在我们中间的船长。"兼具一名普通共产党员和系主任的双重身份，使得何其芳以一首诗这样自我定位：《我把我当作一个兵士》。诗的开头即定势："我把我当作一个兵士，／我准备打一辈子的仗。"结尾再次以这两句重复加以强调，完成了与自我封闭同构的文本结构。在延安这个战时环境下，全民皆兵，一切都实行军事共产主义管制。所以，何其芳特别强调自律，如《平静的海埋藏着波浪》，全诗如下：

平静的海埋藏着波浪，
鸟雀未飞时收敛着翅膀，
你呵，你为什么这样沉郁？
有些什么难于管束的东西
在你的胸中激荡？

我在给我自己筑着堤岸，
让我以后的日子平静地流着，
一直到它流完，
再也不要有什么泛滥。

我看见人把猛兽囚在笼子里，
外面再加上铁栏杆，
这一切都是多事，
不如让鹰飞在天空，虎豹奔跑在深山。

我就要这样驯服我自己，
从前我完全是自然的儿子，
我做了一切我想做的，
但我给自己带来的不是幸福

而是沉重的，沉重的负担。

　　尽管他真实的灵魂就像"波浪"，但是，他仍然必须显现出"平静的海"的样子，把他的灵魂的波浪"埋藏"起来，因为真实的灵魂像鸟儿一样必须收拢翅膀，像泛滥的大海一样必须加固堤岸，像猛兽一样必须加上栏杆。他必须把自己激荡的、丰富的内心世界尽量简化，简化得越简单越好："当我因为碰上了工作中的困难而烦恼，／当我因为疲乏而感到生活平凡而且单调，／我就想我是一个兵士，／一个简简单单的兵士。"

　　在这种时局大势面前，诗人何其芳人性基因中的诗化意象，被一种强大的力量删改了，成为一位无产阶级战士。

第二节　何其芳的战时价值观念

　　那么，这种强大的力量到底以怎样的一种价值观念删改了何其芳的人性基因呢？他的《夜歌》文本里很明显地体现了当时的革命价值观。这种革命价值观的词汇家族包括了很多成员，比如"革命"、"战争"、"新中国"。这一价值理念渗透了何其芳的基因层，逐渐删改了他的本原。现阶段的社会状态是"战争"状态，这种状态决定了只有进行一场革命战争才能获得民族独立，战争语境决定了"革命"的合法性，而革命战争的目的是成立"新中国"，这一切都是符合历史逻辑的，因为，在这一套价值观念里隐含着一种"历史进化论"的思想。战争爆发了，革命开始进行了，民族独立的要求唤醒了民众，新中国的宏伟蓝图等待我们去描绘。这一切都合情合理。关键是，这一套价值理念是不是必然地以无条件放弃个人的一切为唯一手段？在这种所谓的历史规律、历史进化论面前，是不是个人渺小得一文不值乃至可以忽略不计？

　　在那个时代，"革命"成了人生最崇高的境界，或者一种精神的图腾，圣化到了什么都可以为它牺牲、什么都不值钱的地步。《给 L.I. 同志》就试图表明"朴素的真理"：为了革命可以牺牲一切。"你说／你总是感到生活里缺少一些东西。""是的，你并不是指这些物质的东西。……我也感到我似乎缺少一些什么。"但是，诗人说："缺少一些东西又算什么呢，/为了革命/我们不是常常说着牺牲？"然后他再以自律的观念去支配别人："希望你接受我这一点很朴素的意思。"同时，革命理念也直接影响《夜歌》的文本话语方式。革命不再是独白，而是众生喧哗的集体话语；不是轻柔的抒情梦呓，而是粗暴的呼喊。他的诗题目如《叫喊》、《让我们的呼喊更尖锐一些》也鲜明地体现出他的话语主旋律。在喧嚣的革命话语之中，何其芳的独白被压制下去了、被遮蔽掉了。

与革命话语相关的是战争。对于战争的看法，何其芳早期诗文体现出二重性，一方面他不喜欢战争；另一方面他又对战争怀着浪漫的幻想。散文《岩》里透露了这一点："我很不喜人类之中有所谓战争，然于异国中古时的骑士与城堡则常起一种浪漫的怀想，城头上若竖立一杆大旗，那更招展得晴空十分空阔吧……"《还乡杂记》中《乡下》里何其芳的思想仍是苦闷的、矛盾的："如果人类想在地上有一座乐园，必定得用自己的手来建造。如果人类曾经失去了一座乐园，必定是用自己的手捣毁的。/然而我在我自己的思想里迟疑：如果有一座建筑在死尸上的乐园我是不是愿意进去？带血的手所建筑起来的是不是乐园？而不带血的手又能否建筑成任何一个东西？"当抗日战争爆发之后，隆隆的炮火打破了何其芳的爱情"预言"，从"画梦"中醒来，民族独立战争把他推向了现实的轨道，猎猎于延安城头的战旗把他的关于战争的浪漫怀想拉向了现实。值国家危亡之秋，国民党消极抗日，屠杀爱国志士，无疑，延安的大旗在中国大地上格外耀人眼目，使中国共产党成为抗日战争的代言人，成为民族解放与民主自由的象征。"周立波"的名字就是英文"自由"的音译，民族的自由解放是他们的理想，成为年轻一代知识分子投奔延安的价值根基。这时的何其芳，不再单纯地讨厌战争，而是主张从一种性质的战争到另一种性质的战争。《夜歌（二）》中面对残酷的战争，"我们已经丧失了十九世纪的单纯"，面对战争使许多优秀的人被迫做"殉葬的物品"，"我知道他们将要觉醒，/将要把一种性质的战争变为另一种性质的战争。/而且从死亡里，/将要长出一个新的欧罗巴，新的世界！"战争立场进而上升到革命的高度，对待战争的态度（是不是拥护战争）成为划分某个人是不是革命者的标准。革命与战争几乎成为同义词，也就是说，战争的合理性直接导致革命的合法性，反过来，革命的主张推动战争的进行。

那么，战争的目的——也就是革命的目的——是什么呢？毛泽东在《青年运动的方向》中有明确的表述："目的就是打倒帝国主义和封建主义，建立一个人民民主的共和国。"是建立一个新中国。建立一个独立自由的人民民主国家是每一个中国人的理想。于是，中国的历史就是战争史，就是革命史，革命的尽头就是新中国的成立。于是顺理成章地得出结论：历史是前进的，我们一定会胜利的。这是我们的目的、我们的意图、我们美好的理想，并且需要为之而奋斗！但是，这种意图伦理有一个致命的隐患：意图至上、目的至上的历史观，很有可能导致历史进化论、历史理性主义或者说历史决定论的产生。在历史决定论的价值立场里，个人在历史的面前是渺小的、毫无意义的，为了历史的目的和历史规律，个人应该而且必须无条件放弃自己的一切权利。而战争与革命是推动历史前进的手段，在历史决定论的支配下，个人也必须无条件将自己献祭给战争与革命。《让我们的呼喊更尖锐一些》写道："今天轮到我们来为历史的正常前进而战斗了，/我们要以血去连接先驱者的血，/以战争去扑灭战争！"何其芳在《解释自己》里说："把我个人的历史/和中国革命的历史/对照起来，/我的确是非常落后的。"在历史与个人之间他坚信历史进化论。《我们的历史在奔跑着》共三节，每一节的前一段都是重复："我亲爱的姊妹，/年轻的姊妹，/我们的历史在奔跑着，/你看它跑得多快！"重章复沓的章法，强化了历史进化论。他以"我的姑母"和"我的姐姐的女朋友"为例子，写历史女性的不幸，寄托了对下一代美好的期望："但是现在该轮到我来听/你们，你们自己的故事了，/你们幸福的年轻的一代，/你们这些胜利的叛逆者，/你们这些能够主宰自己的命运的人！"《快乐的人们》中，面对"我的小兄弟"的死亡："我们知道/一个人的死亡/并不是太细小的事。//但是，在我们看来，/死亡并不是一个悲剧。/尤其是为了生存的死亡，/为了明天的死亡，更是无可迟疑而且合理。/花落是为了结果实。/母亲的痛苦是为了婴儿。//整个人类像一个巨人，/长长的历史是他的传记，/他在向前走着/……/走向一个乐园。/我们个人/不过是他的很小的肢体，/他的细胞，/在他的整个身体上/并不算太重要。/……/我们和你一样/愿意为着明天/献上我们的生命。"

《夜歌（七）》:"死呢还是活，/这已经绝对不成问题。"让我们想起了哈姆雷特的"To be，or not to be"。哈姆雷特的生与死的形而上命题被何其芳轻轻地弃置了，他认为饲养员、炊事员们"工作得多么坚定，多么快乐！/他们并不思索死与活，/然而他们最知道活着为了什么！""为了大我而活着"是何其芳们的必然选择:"一切为了我们的巨大工作，/一切为了我们的大我。/让群众的欲望变为我的欲望，/让群众的力量生长在我身上。"这并不是说"个我"与"大我"的统一，而是以大我的价值取代个我，"我"应该"向他们学习！"《让我们的呼喊更尖锐一些》坚定地认为胜利在前，这是最后的一场战争，胜利就在眼前。

在历史进化论面前，在历史的车轮面前，何其芳必须把自己献给历史以及历史进程中的一切行动。既然历史是前进的，那么自己必须跟上历史的步伐；前途是光明的，那么只有往前看，不能回顾自己的历史。在"光明"的未来面前，个人的历史都是落后的，每个人的历史都是大历史进程中必须割舍的尾巴。因此，何其芳一再地否定自己的历史。《欢乐的人们》中"第三个男子"即"小地主的儿子"其实是何其芳的自况:"我想不起我丧失了什么，/我有什么可以放弃，/除了那些冷冰冰的书籍，/那些沉重的阴暗的记忆，/那种孤独和寂寞，/那种悲观的倾向和绝望。"《解释自己》中他"……想在这露天下/解释我自己，/如同想脱掉我所有的衣服，/露出我赤裸裸的身体。"通过回忆自己对迂腐、落后、残酷的家族的背叛，以及自己童年的孤独寂寞，来剖析自己的历史，努力割尾巴。但是在割的过程中，他还不太忍心，有留恋，有否定，有辩解，有痛苦。"我曾经是一个个人主义者"，但是他"不会用一个简单的形容词/来描写我过去的个人主义"，"我不能接受浪漫主义，/也不能接受尼采，/也不能接受沙宁"。还为自己的个人主义做一部分辩护，"我犯的罪是弱小者容易犯的罪，/我孤独，/我怯懦，/我对人淡漠"。"一直到西安事变发生，/我还在写着：/'用带血的手所建筑成的乐园/我是不是愿意进去?'/虽说我接着又反问了自己一句：/'而不带血的手又是不是能建筑成任何东西?'//但是，难道从我身上/就看不见中国吗?/难道从我的落后/就看不见中国的落后吗?//难道我个人的历史/不是也证明了旧社会的不合理，/证明了革命的必然吗?"这样，他自觉地成为证明历史和革命合理性的工具。他也曾经考虑个人与国家的关系、个人与历史的关系："呵，什么时候我才能够/写出一个庞大的诗篇，/可以给它取个名字叫'中国'?//或者什么时候我才能够/写出一个长长的诗篇，/可以给它取个名字叫'我'?"但是，"每一个中国人所看见的中国，/每一个中国人的历史，/都证明着这样一个真理：革命必然地要到来，/而且必然地要胜利!"在中国革命历史的进程里，他逐渐放弃自我："我并不把'我'大写/像基督教大写着'神'。/我只是把他当作一个具体的例子，/一个形象，/通过他/我控诉，/我哭泣，/我诅咒，/我反抗，/我攻击，/我辩护着新的东西，/新的阶级!"

战争语境、民族独立的要求、新中国的梦想，被革命理念整合起来，又纳入历史进化论的轨道，构成的这个价值体系压在何其芳的身上。何其芳作为一个个体，当然变得什么都不是，对他来说，实质上是一种革命洗礼。他也认识到他要付出痛苦的代价，但是他会认为自己的献祭是值得的，他的受难成了一种象征，自己好像成了战争语境下十字架上的耶稣，从而成了知识分子群体接受洗礼的个性化的符号。延安文艺整风之后，何其芳就几乎完全成为毛泽东文艺战士的共性符号。他比较成功地把自己从一个革命的同路人改造成革命机器上的一个齿轮，进而变成体制机器的一部分。

第三节　何其芳的自律意识

当然，这种战争语境下的革命观念，铆进何其芳的灵魂并删改他的人性基因，并不是一次性完成的，而是渐进的，既有他的民族意识和道德觉醒的自然成长过程，即自律因素，也有外在战争语境下的革命形势的压力，即他律因素。自律与他律交织在一起，渗透的过程是一次次的自我反刍的结果，这个反刍的困惑、矛盾痛苦的过程惊心动魄地外化为《夜歌》。无论是自律还是他律，对他都是一种自我压抑和自我基因的删除。但又有某种程度的于心不忍，所以他说："平静的海埋藏着波浪"。"波浪"是他的真实状态，或者说是小资产阶级知识分子的精神世界，"大海"是他显现出来的公共面貌，是一个文艺"战士"的身份，他要以战士的政治角色压抑自己内心真实的自我。

但是，无论他怎样"埋藏着波浪"，"波浪"毕竟是存在着的。当白天在公共空间所扮演的革命机器齿轮的角色消退以后，放在床上的那个身体，会不会让被白天压抑的东西放松出来活动一下？《夜歌（二）》题记中他引用《圣经》的雅歌："我的身体睡着，我的心却醒着。"在白天他把自己想象为"简简单单的战士"，无疑取消自己的复杂的情感世界，犹如"睡着"一样，但是在夜晚，他的灵魂的眼睛却是"醒着"的。他清醒地审视自己的灵魂或主动或被动的变异时，他又是困惑与矛盾的。这种困惑与矛盾又不能在白天表露出来，战士的身份要求简单又简单，必须表露得非常"快乐"。所以，他的《夜歌》底色是阴郁的，但又极力显示出"快乐"的心情，尽管有时"快乐"表现得非常笨拙，影响了诗艺的完美。其文本表露出的精神状态是他的快乐哲学：对痛苦的抑制转化为快乐，愿意作一个快乐的齿轮，消失在革命的大机器中。

他早期的《预言》、《画梦录》、《刻意集》、《还乡杂记》等作品中频频流露出对于快乐的怀疑态度。但是现在的战争状态要求必须割除自己阴暗的尾巴。"心境并不是小事，要快乐！"是何其芳的基本态度。《从那边来的人》中写道："道路很长。我看见的东西也很多。/我经历了很多的苦痛，/但我现在记得却是快乐。"《夜歌（三）》以哭泣开头："我的兄弟，你为什么哭泣？/你说你哭泣着为什么生活如此不美丽。"诗人说："是的，还有着更多的不美丽，更大的不美丽！/正因为如此，我们才走到了革命的队伍里。"并且以普罗米修斯盗火譬喻，说明"现代的取火者不复是孤独的"，诗的最后扭转了心情的基调，以快乐结尾："让我们来谈着光明的故事，/快乐的故事！"封闭性的结构，强化了"快乐"的感情取向。《快乐的人们》的情感取向也是从痛苦到欢乐："所有其他的人"："我们还是应该说我们是快乐的，/虽说我们的快乐里带着眼泪，/而且有时候我们分不清哪样更多！/因为痛苦虽多，终将消失，/黑夜虽长，终将被白天代替，/死亡虽可怕，终将掩不住新生的婴儿的美丽，/旧世界虽还有势力，终将崩溃，/战争虽残酷，这已经是最大的接近最后的一次！""第五个女子"："那么让我的歌声/还是投入你们的巨大的合唱里，/在那里面谁也听不出/我的颤抖，我的悲伤，/而且慢慢地我也将唱得更高更雄壮！"在"巨大的合唱"里，个人微弱的声音被淹没了，个人的悲伤转为雄壮的集体声音。从这里，我们不难想象为什么在延安时期那么流行大合唱的艺术样式。

在生活与工作中，作为文学系主任的何其芳特别注意别人的心情是不是快乐。朱寨回忆："他坐在我们的生活检讨会上，像坐在我们中间的船长。""一位同学近来常常独自徘徊，引起同学的关心。这位同学并不否认，但也未加解释，平静地说：'心境不好是个人的小事情。'这种平静的回答反而像意外的投石，在何其芳同志的眼睛里反射出惊诧的光亮，似乎说：'什么？心情不好是小事情？'接着凝神深思。"他的《夜歌（一）》以列宁的伟大形象勉励自己，给同学们做思想工作："因为心境并不是小事情呀。"①

然而，他作为敏感的诗人、年轻诗人，也有他的苦恼。荒煤回忆道："工作中有不同意见和看法，学生中发生了什么使他感到不安和不快的事……工作中感到什么困难，甚至他恋爱中的烦恼、欢乐，他都要对我们讲。……正因为天真、坦率，无论在生活或工作中，其芳有时也有烦恼、苦闷、痛苦的。除了向我们倾诉之外，我还清楚地记得，他有时还会站在山头大声叫嚷道：'哎哟，怎么得了哦！'使得全东山的同志都知道我们的其芳有了不称心的事。"② 他的"非快乐"的情感因素

---

① 朱寨：《急促的脚步》，《何其芳研究专集》，四川文艺出版社 1986 年版。
② 荒煤：《忆何其芳》，原载《光明日报》1978 年 10 月 22 日。

通过隐晦的方式有所泄露,《我看见了一匹小小的驴子》里说:"它来到世界上还不久,/它能够那样轻快地跳跃,/那样快活地呼吸。"但是也隐约地隐含了诗人的忧虑:"它不知道它长大了的时候,/它的背上将压上什么东西。"这只小驴子不正是何其芳自身的一个恰当的写照吗?! 他一方面在努力地改造自己;另一方面又不忍心彻底割掉自己的小资产阶级知识分子的尾巴。割尾巴的过程着实是痛苦的。1939 年艾青批评他的《画梦录》流露了小资产阶级知识分子的颓废思想,何其芳写《给艾青先生的一封信》(1939 年 12 月) 加以辩护;1940 年 5 月8 日写《一个平常的故事》,1940 年写《解释自己》,描绘自己的人生历程,对家族的叛逆与对革命的皈依,认为自己是作为小资产阶级知识分子走向无产阶级革命事业的一员,具有代表性和教育意义。但是他又一直充满着矛盾、痛苦与困惑。1942 年 3 月何其芳在《解放日报》发表了三首诗:《我想谈说种种纯洁的事情》、《多少次啊当我离开了我日常的生活》和《什么东西能够永存》,回忆爱情的伤逝,探索出世与入世的矛盾,渴望生命的意义。其中《多少次啊当我离开了我日常的生活》为我们展示了两个何其芳:一个何其芳"走到辽远的没有人迹的地方,/把我自己投在草地上,/我像回到了我的最宽大的母亲的怀抱里,/她不说一句话,/只是让我在她的怀抱里痛快地哭一场,/或者静静地睡一觉,/然后温柔地沐浴着我,/用河水的声音,用天空,用白云,/一直到完全洗净了我心中的一切琐碎,重压和苦恼,/我像一个新生出来的人,/或者像一个离开了人世的人,/只是吃着野果子,吸着露水过日子。"这是一个自恋的、灵魂深处的何其芳,是大自然之子,或者叫赤子,没有被污染的赤子。另一个何其芳是投身到日常生活的何其芳:"那狭小的生活,那满带着尘土的生活,/那发着喧嚣的声音的忙碌的生活","走在那不洁净的街道上,/走在那拥挤的人群中,我要和那些汗流满面的人一起劳苦","和他们一起去战斗,/一起去争取自由……"。他的灵魂对于宁静的渴求与现实生活的喧嚣,形成鲜明对比。这是内外两个何其芳,也就是"大海"与"波浪"的关系。但是,每当他用灵魂的目光抚摩真实的自己时,立刻就会产生自责:"多少次啊当我离开了我日常的生活","但很快地我又记起我那日常的生活","我是那样爱它,／我一刻也不能离开它",因为"个人的和平是很容易找到","我不能接受它的诱惑和拥抱！"他在《北中国在燃烧》之《黎明之前》中,也用很长篇幅剖析了自己的人生道路。

因此,我们可以想见,何其芳在他的笑容与快乐背后,有着更为复杂的内心省察,而这部分省察由于种种原因,未必能够表现出来,甚至不能形诸文学作品。为了冲淡他的内心郁闷,他就疯狂地工作。他在早期时就特别善于以工作排解痛苦,形成了工作情结。在鲁艺文学系做主任的时候,人们对他的印象最深的就是他急促的脚步。朱寨在回忆何其芳的时候,第一段便是:"他脚步急促。仿佛有一股看不见的气流推拥着,仿佛有一个令人向往的目标吸引着,双脚像秒针一样奔走,两眼像时针一样凝注。像刚举步的幼童放步人生,像初生的安泰脚沾大地,欣喜激动,因抢步而踉跄,不时鞋擦地面,踢踏有声……这是何其芳同志给予我的最初印象,也是最后的印象。"① 他天天忙着编写讲义、上课、批改作业、开生活会、找学员谈心……连晚上的时间都用在工作上了。作为系主任,"正如当时革命队伍里的领导者都是一个集体的家长一样,他操心着我们全部的生活"。② 繁忙紧张的工作填补了他灵魂的空虚,或者说他是以拼命地工作去试图摆脱内心的矛盾与苦闷。

在来延安以前他还喊着倍纳德·萧离开苏联时的那句话:"请你们容许我仍然保留批评的自由。"但在延安的十个月以后,他有了新感受:"在这里,我这个思想迟钝而且感情脆弱的人从环境、从人、从工作学习了许多许多,有了从来不曾有过的迅速的进步,完全告别了我过去的那种不健康不快乐的思想,而且像一个小齿轮在一个巨大的机械里和其他无数的齿轮一样快活地规律地旋转着,旋转着。我已经消失在它们里面。"(《一个平常的故事》)而当1942年5月延安文艺整风之时,自律与他律交织的知识分子自我改造就转化为一场轰轰烈烈的知识分子运动,何其芳就完全被推到了历史的轨道上,不得不"像一个

---

① 朱寨:《急促的脚步》,《何其芳研究专集》,四川文艺出版社1986年版。

② 同上。

小齿轮在一个巨大的机械里和其他无数的齿轮一样快活地规律地旋转着，旋转着。"

可以说，何其芳是一个很认真地进行知识分子改造的人，但他还没有被彻底改造好。在白天的公共空间、在政治行为层面，他基本上改造好了，但是在黑夜，在纯粹的私人空间，在孤独地面对自己灵魂的时候，他的原初的人性基因并没有完全被清除。何其芳在《夜歌》里已经非常个性化地展示出自己一个个人性基因的意象化符号怎样被删除、修改，人性基因又是怎样倔强地隐忍地存在着，见证了思想改造运动是怎样落实在这个活生生的个体身上的。《夜歌》的意义不仅在于写出了革命进程中知识分子改造成为革命战士的过程，还在于真实地记载了体制对他灵魂非常强大的几乎是无法抵挡的诱迫，描绘了他明明知道自己心灵是扭曲的但还要强迫自己扭曲的微妙感觉。他把这种心灵颤巍的频率曲线非常精微地表达了出来，这是非常精彩的。在一种强大的政治力量的压抑下几乎不能喘息的时候，他的笔端还带着最后一缕诗人对自己心灵状态的诗性感悟。遗憾的是，随着延安文艺整风运动的迫近，他的诗性感悟已经荡然无存，他的真正意义的诗歌生命结束了。

附：何其芳文学年表

1912 年 2 月 5 日出生于，重庆万州。何其芳幼年时喜爱中国古代诗词小说。

1929 年，到上海入中国公学预科学习，阅读了大量新诗。

1931—1935 年，在北京大学哲学系学习。

1935 年，大学毕业后，何其芳先后在天津南开中学和山东莱阳乡村师范学校（现鲁东大学）任教。

1936 年，他与卞之琳、李广田的诗歌合集《汉园集》由商务印书馆出版。

1936 年，散文集《画梦录》由文化生活出版社出版并获得《大公报》文艺金奖。

1938 年，《刻意集》（小说、戏剧等合集）由文化生活出版社出版。1938 年北上延安，在鲁迅艺术学院任教，同年加入中国共产党，后任鲁艺文学系主任。

1939 年，《还乡日记》（散文集）由良友出版社出版。

1940 年，《刻意集》（小说、戏剧等合集）增删本，由文化生活出版社出版。

1943 年，《还乡日记》以名《还乡杂记》由桂林工作社出版。

1944—1947 年，两次被派到重庆，在周恩来的直接领导下从事文化工作。历任中共四川省委委员、宣传部副部长，新华日报社副社长等职。

1945 年，诗集《预言》由文化生活出版社出版。诗集《夜歌》由诗文学社出版。散文集《星火集》由群益出版社出版。

1946 年，散文集《刻意集》由文化生活出版社出版。

1948—1953 年，在马列学院任教。

1949 年，中华人民共和国成立以后，他担任中国文学艺术界联合会委员、中国作家协会理事和书记处书记、中国社会科学院文学研究所所长等职，先后当选为第一、第二、第三届全国政协委员，第三届全国人大代表，历任中国文联历届委员、中国作家协会书记处书记，中国社会科学院哲学社会科学部学部委员、文学研究所所长，《文学评论》主编。

1949 年，散文集《星火集续编》由群益出版社出版。

1950 年，《夜歌》（诗集）增订本由文化生活出版社出版。

1950 年，论文集《关于现实主义》由海燕出版社出版。

1952 年，《夜歌》增删本又名《夜歌和白天的歌》由人民文学出版社出版。

1952 年，论文集《西苑集》由人民文学出版社出版。

1956 年，论文集《关于写诗和读诗》由作家出版社出版。

1957 年，《预言》增删本由新文艺出版社出版。

1957 年，《散文选集》由人民文学出版社出版。

1962 年，论文集《诗歌欣赏》由作家出版社出版。

1966 年，被关进"牛棚"接受改造。

1969 年，去河南息县"五七干校"喂猪劳教。

1977 年 7 月 24 日，因病医治无效在北京逝世，享年 65 岁。

1979 年，《何其芳诗稿》由上海文艺出版社出版。《何其芳选集》（第 1--3 卷）由四川人民出版社出版。

1982 年，《一个平常的故事》（散文集）由百花出版社出版。

1982—1984 年，《何其芳文集》（1—6）由人民文学出版社出版。

1984 年，《何其芳译诗稿》由外国文学出版社出版。

1986 年，《何其芳诗文选读》由四川教育出版社出版。《何其芳散文选集》由百花出版社出版。

2000 年，《何其芳全集》共八卷，由河北人民出版社出版。

2004 年，《何其芳集》由中国社会科学出版社出版。

第五章　林昭(1932—1968)
为理想和信念献祭的诗人

在 20 世纪五六十年代的诗群中，我们应该郑重记住一位极富反思精神的诗人——林昭。

林昭（1932—1968），原名彭令昭，苏州人。在 1957 年的反右运动中因公开支持北大学生张元勋的大字报而被划为右派。1960 年 12 月因《星火》"反革命集团案"被捕，1965 年以"反革命罪"获刑 20 年，被长期关押在上海提篮桥监狱。1968 年 4 月 29 日被秘密枪决于上海。两天后，公安人员上门向她母亲索取 5 分钱子弹费。1979 年，北京大学发出"右派"改正的通知，1981 年上海市高级人民法院重新判决她无罪。1981 年，上海市高级人民法院宣布为林昭平反。

林昭自幼具有单纯的政治热情，在中学时代，她就参加了左翼"大众读书会"、"大地读书馆"活动，认真研读马列主义著作和毛泽东的《论联合政府》、《新民主主义论》等手抄本，做过地下党员。1949年，新中国诞生之时，她更是对于新中国、毛泽东、共产党怀着满腔的热情，甚至为了追求进步，与家庭决裂。她的父亲彭国彦曾为苏州吴县国民党第二任县长，虽然为政清廉，洁身自好，但林昭一直视他为"反动官僚"；为了革命，她离家出走，甚至无中生有地揭发母亲。她为了摆脱出身的"原罪"，勇敢地背叛自己的家庭，在生活上和精神上与劳苦大众紧密相连，脱胎换骨般地自我改造。1950 年 8 月，林昭在吴县木渎创作的长诗《望穿眼睛到今朝》，以典型的颂歌模式，十分饱满地传达出对于毛泽东的极端崇拜之情。诗的开头写道:"向日葵向着太阳开,千万家种田人望土改。田是佃种田人半条命,没田没地翻不透身。"然后,叙述农民翻身做主的过程,结尾得出结论:"千言万语并作一句说:亲爷娘没有共产党好!三十年苦头吃穿了,毛主席恩惠比天高。"

命运的转折从 1957 年 5 月 19 日开始。

沈泽宜和张元勋合作的《是时候了》张贴在北京大学校园,拉开了北京大学"五一九"运动的帷幕。而此时国家的局势亦是"山雨欲来风满楼"了。"五一九"风暴中复杂的面相让林昭猛醒深思。在这个喧嚣的风暴中,林昭因为为张元勋辩护,被打成了"右派"。据《北京大学纪事(1898—1997)》记载,北大抓了右派 699 人,其中学生右派 589 人;张元勋在《北大往事与林昭之死》,丁抒在《阳谋》中则披露北大右派共 1500 余人。① 遭到迫害、身陷囹圄的林昭并没有改变她对于毛泽东的忠诚,甚至以血书表达对于毛泽东的父亲般的爱戴。不过,此时的林昭,洞察到当时的各种社会问题,坚持真理,不畏"极左"专制力量的威吓,勇敢地发表意见,最后怀着悲悯的大爱把自己献上了自由精神的祭坛。

第一节　林昭的抒情短诗

在监狱里,林昭为了捍卫自由民主精神理念,与"极左"势力进行了艰苦卓绝的斗争,对新中国和人性进行了深入思考,写下了几十万字的诗词文章。这些凝聚着血泪的文字,彰显了一位热爱新中国、崇拜毛泽东的大学生一步步成为思想成熟、富有民族担当精神的思想型诗人的历程。她的勇气、壮烈与决绝在一个充满了狂热迷信的时代里,闪烁着耀眼的光芒。在狱中,林昭总共向《人民日报》写过三次信,其中两次是血书。单是现在流传出来的第三封信就长达 14 万字,表现了这

---

① 赵锐:《祭坛上的圣女——林昭传》,(台湾)秀威资讯科技股份有限公司 2009 年版,第 133 页。

位"年轻的反抗者"（林昭自称）对"极左"专制、对极权、对人性的极其深刻而尖锐的思考和批判，充分表达了自己不愿做奴才、不苟且偷生、不卑躬屈膝的决心。另有长篇作品，如30万字的《狱中回忆录》和18万字的《灵耦絮语》。狱中诗歌有《牢狱之花》，《献给检察官的玫瑰花》（1962），《将这一滴注入祖国的血液里》，《啊，大地》，《自由颂》四首，《秋声辞》（并序）（1963），《自诔》（1964），《家祭》（1964），《血诗题衣》（并跋），《狱中自题》（1965），《狱中自题》（1965）《狱中血书》，《悼陆有松》（1965），《挂在监狱铁门上的诗》（1965），《血题监狱壁》（1966），《残章》之一、之二，《被捕七周年口号》（1967）等。

在这些诗作中，核心内容便是对于国家民族之大爱以及对自由的追求和献身精神。在共和国初年的歌舞升平的语境下，林昭敏锐地发现了社会问题，表达了对于从深重灾难中走来的祖国的挚爱之情：

> 啊，大地
>
> 祖国的大地，你的苦难，可有尽期？
>
> 在无声的夜里，我听见你沉重的叹息。
>
> 你为什么这样衰弱，为什么这样缺乏生机？
>
> 为什么你血泪成河？为什么你常遭乱离？
>
> 难道说一个真实美好的黎明
>
> 竟永远不能在你上面升起？

"人"是林昭诗歌的出发点，健全的人性、独立的人格、自由的精神，以及为了人的健全发展的体制，便是林昭关于"人"的全部思考。她是那么热爱生活，热爱生活中的"真"、"善"、"美"。她自己多次说："因为这一份该死的'人性'，正是造成林昭本身之悲剧的根本原因！""作为林昭的个人悲剧，那是也只好归咎于我所怀抱之这一份该死的人性了。"① 她认为美在于生活本身。她是个爱吃东西、爱喝酒、

---

① 傅国涌：《读林昭十四万言书》，《南方周末》2008年4月30日。

爱跳舞、爱佩戴野花、喜欢自己动手裁衣的具有真性情的女孩儿，在监狱中她给母亲的信里能够一口气列出几十种不同吃法的食物，不正是她的热爱生活的明证吗？

林昭是如此地热爱我们伟大的祖国，她是如此的渴望我们的国家变得越来越美好、自由、民主，这也是她的家族一代代为之牺牲的理由。1964 年，她在狱中想起英年为革命献身的舅舅，写下《家祭》：

> 四月十二日——沉埋在灰尘中的日期，
> 三十七年前的血谁复记忆？
> 死者已矣，后人的家祭，但此一腔血泪。
> 舅舅啊——甥女在红色的牢狱中哭您！
> 我知道您——在国际歌的旋律里，
> 教我的是妈，教妈的是您！
> 假如您知道，您为之牺牲的亿万同胞
> 而今却只是不自由的罪人和饥饿的奴隶！
> ……

"爱之深、恨之切"。正因为她太热爱新生的祖国，才绝对不允许共和国沾染丝毫的污点；正因为她如此地热爱毛泽东，才对身陷囹圄的自身境况表示最峻切的抗议！她是如此珍视国家自由、民族自由以及个人的自由，并且为之奉献最后的一滴血。在 1957 年风暴来临之前，林昭曾在北京大学学生杂志《红楼》第三期撰文《种籽——革命先烈李大钊殉难三十周年祭》，引述李大钊的话为自己的励志资源："禁止思想是绝对不可能的，因为思想有超越一切的力量。监狱，刑罚，苦痛，贫困，乃至死杀，这些东西都不能钳制思想，束缚思想，禁止思想。……你要禁止他，他的力量便跟着你的禁止越发强大，你怎么禁止他、制抑他、绝灭他、摧残他，他便怎样生存、发展、传播、滋荣……"① 但是林昭并

---

① 傅国涌：《读林昭十四万言书》，《南方周末》2008 年 4 月 30 日。

没有像很多的共产党员先烈一样走向以暴制暴的道路，而是坚持人性与理性原则。甚至面对检察官，她也以非常人性的方式表达她的抗议：

> 向你们，我的检察官阁下，
> 恭敬地献上一朵玫瑰花，
> 这是最礼貌的抗议，
> 无声无息，温和而文雅。
> 人血不是水，滔滔流成河！
> ……
>
> ——《献给检察官的玫瑰花》（大约 1962 年）

她自称身上有书生气和感性，而她的书生气和生命感性又是注入理性的力量的，这种理性的定力大概与她的基督徒立场有关。她早年就读的中学是一个教会学校，她不断地坚称"我信奉基督教"，自己所做的一切都是"为了迷途重归的基督徒的良心"。她的北大同学甘粹也说："她从小信的是在上帝面前人人平等，反右是不平等的，不公平的。为了这个不公平，她出来替他们说话。"① 因此，她对于自由的追寻和牺牲精神，其实是具有宗教意义的殉道行为。

第二节　林昭的两首长诗

理解了这一点，我们就不难理解林昭的两首长诗《普罗米修斯受难的一日》和《海鸥——不自由毋宁死》。② 这两首长诗也是最能代表林昭的创作水平的作品。

《普罗米修斯受难的一日》源于一个神话故事。传说地球上本没有

---

① 傅国涌：《读林昭十四万言书》，《南方周末》2008 年 4 月 30 日。
② 《普洛米修斯受难的一日》，选自《星火》1960 年第一期；《海鸥——不自由毋宁死》，选自《星火》1960 年第二期油印本。

火种，那时人类的生活非常困苦。普罗米修斯为了给人类造福，就冒着生命危险，从太阳神阿波罗那里偷走了一个火种。主神宙斯站在奥林匹斯圣山上，发现人间烟火袅袅，立刻追查是谁盗走了天火。当宙斯得知是普罗米修斯触犯了天规，便大发雷霆，决定要狠狠惩罚他。宙斯派天神用沉重的铁链把普罗米修斯锁在高加索山的悬崖绝壁上，派兀鹰吃掉他的心肝。但是普罗米修斯始终不屈服，坚持信仰。林昭在长诗中借助神话故事塑造了一个 20 世纪 50 年代中国语境下追求自由、为自由献身的殉道者和圣者形象。

长诗分为三个部分。第一部分是朝曦初生之时被钉在高加索山上的普罗米修斯遭受磨难，以及宙斯的威逼。普罗米修斯出场的情景是"钉住的镣链像冰冷的巨蛇，/捆得他浑身麻木而疼痛。"但是"自由光明"一直是他内心的动力，他一出场就呼唤道：

> ……
>
> 娇丽的早晨，你几时才能
> 对我成为自由光明的象征
>
> ……

两只毫无人性的兀鹰残暴地啄食了他的心肝，无情地蹂躏"这片洁白的心胸"，"啄着了他活生生的心，/他痉挛起来，觉得胸膛里/敲进了一根烧红的长钉；/一下，一下，又一下，再一下，/兀鹰们贪婪地啄咬又吞吃，/新鲜的热血使它们酩酊。"而嗜血者则感到的是"游戏、刺激而高兴"。诗歌以遒劲有力的笔触活现出受难者的雕像：

> 佝曲的鹰爪插透了手臂，
> 紧叩的牙齿咬穿了嘴唇，
> 但受难者像岩石般静默，
> 听不到一声叹息或呻吟。

镣铐的边缘割碎了皮肉，
岩石的锋棱磨烂了骨筋，
大地上形成了锈色的影像，
勾下了受难者巍然的身影。

面对宙斯的色荏内厉，普罗米修斯"平静地直视宙斯的眼睛。"宙斯要求他把天火重新归回奥林匹斯宫殿，任宫殿专享，普罗米修斯与之针锋相对，坚定地说：

火本来只应该属于人类，
怎能够把它永藏在天庭？
哪怕是没有我偷下火种，
人们自己也找得到光明。
……
火将要把人类引向解放，
我劝你再不必白白劳神，
无论怎么样，无论那一个
想消灭人间的火已经不成。

他不仅坚持"火"永远属于人类，而且义正辞言地宣告了神族统治的必然灭亡：

神族这样的统治那能持久，
你难道听不见这遍野怨声？
贱民的血泪会把众神淹死，
奥林匹斯宫殿将化作灰尘！

诗歌的第二部分是宙斯的利诱。宙斯假惺惺地装出"亲切"、"和温"的面孔，问普罗米修斯有什么要求，让他"回头是岸"：

你不想再回到奥林比斯，
在天上享受那安富尊荣？
你不想重新进入神族家，
和我们同优游欢乐升平？
……

那你总还希望自由，
总也想解除惩罚和监禁，
难道你不向往像常时日，
随心意飞天过海追风驾云。

普罗米修斯识破了宙斯的伪善本质，斩钉截铁地回答：

可以答复你，宙斯，我不想，
我厌恶你们的歌舞升平，
……

我酷爱自由胜似生命。
可假如它索取某种代价，
我宁肯接受永远的监禁。

第三部分内容是暮晚时分，普罗米修斯醒转过来之后，看到他所盗取的天火在人间的燎原之势：

那一点化成三点、七点、无数，
像大群飞萤在原野上落定，
但它们是那么皎红而灼热，
使星月都黯然失去了晶莹。

这么多了……好快，连我都难相信，
它们就来自我那粒小小的火星，

半粒火点燃了千百万亿处，

光明，你的生命力有多么旺盛，

燃烧吧，火啊！别再困在囚禁中。

　　诗人由衷地讴歌了自由天火降临人间的重要意义："燃烧在正直的书生的灯盏里，/让他们凭你诵读真理的教训，/把血写的诗篇一代代留下，/为历史悲剧作无情的见证。/燃烧在正义的战士的火炬上，/指引他们英勇地战斗行军，/把火种遍撒到万方万处，/直到最后一仗都凯旋得胜，/燃烧，火啊，燃烧在这/漫漫的长夜，/冲破这黑暗的如死的宁静，/向人们预告那灿烂的黎明/而当真正的黎明终于来到，/人类在自由的晨光中欢腾/……凝望那大野上满地灯火，/臆想着未来光辉的前景，/就像正遨游在浩渺的太空，/他觉得精神昂扬而振奋。"

　　普罗米修斯的命运虽惨烈，而更壮烈，是悲剧而不悲观，整首诗洋溢着悲壮的浪漫主义精神。诗歌的结尾尤其富有深意，诗人非常清醒地意识到："这些黎明仍会有兀鹰飞来"，历史往往会反复，惊人相似的一幕悲剧在特定历史条件下还会出现。尽管如此，普罗米修斯做好了准备："他将含笑忍受一切非刑"，他坚信"那个真正的黎明正刻刻迫近……"这又是清醒的乐观主义和理性浪漫主义精神。普罗米修斯这个形象所寄予的宗教献身精神其实正是林昭的自我精神人格的外化和对象化。

　　林昭的另外一首长诗《海鸥——不自由毋宁死》的艺术表现更为深沉，写实与象征、叙事与抒情、悲剧与浪漫等范畴实现了比较完美的结合。诗的开头为完美呈现出"囚犯"群像：

灰蓝色的海洋上暮色苍黄，

一艘船驶行着穿越波浪，

满载着带有镣链的囚犯，

去向某个不可知道的地方。

囚徒们沉默着凝望天末，

深陷的眼睛里闪着火光，
破碎的衣衫上沾遍血迹，
枯瘠的胸膛上布满鞭伤。

船啊！你将停泊在哪个海港？
你要把我们往哪儿流放？
反正有一点总是同样，
哪儿也不会多些希望！

　　"灰蓝色"、"暮色苍黄"、"不可知道的地方"、"沉默"、"深陷"、"血迹"、"鞭伤"等，渲染了十分压抑的悲剧氛围。他们究竟犯了什么罪呢？他们唯一的罪过是追求自由，"把自由释成空气和食粮"。但是暴君们害怕自由就像害怕火一样，竭力用刀剑和棍棒剪除他们对于自由的追求。船上的这群罪犯们其实是追求自由精神的勇士，面对"囚禁、迫害、侮辱……"他们甘愿做自由精神的殉道者。
　　在这个群体中，诗人的镜头缓缓推进，聚焦于诗歌的主人公——"一个苍白的青年"。他仿佛已经"支不住镣链的重量"，但他内心的力量却是十分强大的。当然，他也有自己的梦想，他会想念年轻的伙伴、千百里外的家乡、白发飘萧的老母、温柔情重的姑娘。这是人性最温馨的部分。但是，一种反人性的极左力量扼杀了他的内心世界：

别再想了吧！别再去多想，
一切都已被剥夺得精光。
我们没有未来，我们没有幻想，
甚至不知道明天见不见太阳。

　　因此，为了人性的复苏，为了人性健全地发展，他在灵魂最深层呼唤着"自由"，在那"流血滴滴，遍是创伤"而又"如此刚强"的"叛逆的不平静的心"，用它全部的力量，依然叫着"自由"。他一连用了六个比喻，状写出自由的无限价值："像濒于窒息的人呼求空气，／像即将渴死的人奔赴水浆。像枯死的绿草渴望雨滴，／像萎黄的树木近向太阳，／像幼儿的乳母唤叫孩子，／像离母的婴孩索要亲娘。"然后用七个"宁愿"表达了自己宁愿牺牲个人一切，也要捍卫自由的权利，甚至把自己当作自由精神的献祭者：

> 只要我的血像沥青一样，
> 铺平自由来到人间的道路，
> 我不惜把一切能够献出的东西，
> 完完全全地献作她自由的牲羊。

经历了多少灾难，经历了一代又一代"囚徒"命运的牺牲，面对的仍是"虚妄"、"恐怖的镣铐的暗影"、"张着虎口而狞笑的牢房"、"同类的迫害"、"专制—屠杀—暴政的灾殃"，但这位青年追求者掷地有声地喊出："你存在，自由啊！我相信你存在！"

在茫茫的大海上，终于出现了"海岛"。其实，"海岛"的意象是一个象征，诗人说："只要你没有禁锢自由的狱墙，／只要你没有束缚心灵的枷锁，／对于我来说你就是天堂。""海岛"就是理想的彼岸，就是从此岸的"必然王国"出发所抵达的彼岸的"自由王国"、理想之国。为了梦想中的"彼岸"，这个青年不顾"押送者的枪弹"、"沉重的镣铐"、"身丧海浪"的危险，毅然告别乡土和母亲，告别爱人和战友，"他握紧双拳一声响亮，／迸断的镣铐落在甲板上，／他像飞燕般纵到栏边，／深深吸口气投进了海洋。"在最终的结局——壮烈的死亡到来的时候，他抱定的必死的决心仍然振聋发聩：

> 不管付出什么代价，在我死去之前，
> 也得要吸一口自由的空气，
> 即使我有三十次生命的权利，
> 我也只会全都献到神圣的自由祭坛上。

整首长诗呈现出惊涛拍岸的基调，哀而不伤，虽悲犹壮。因此，诗人为读者幻化出一个极富浪漫主义色彩的结局：就在年轻人沉默的地方，一只雪白的海鸥飞出了波浪，展开宽阔的翅膀冲风翱翔：

> 就是他，我们不屈的斗士，
> 他冲进死亡去战胜了死亡，
> 残留的锁链已沉埋在海底，
> 如今啊，他自由得像风一样。

> 啊！海鸥！啊！英勇的叛徒，
> 他将在死者中蒙受荣光，
> 他的灵魂已经化为自由——
> 万里晴空下到处是家乡！

海鸥（青年追求者）是自由的化身，是一只"不死鸟"，这也正是诗歌的副标题"不自由毋宁死"的内涵。

《普罗米修斯受难的一日》和《海鸥——不自由毋宁死》两首长诗，都是受难者的悲剧故事，都共同体现了浪漫主义的结局。她的宗教精神不是飘在虚幻的天国，而是以自我牺牲的方式捍卫现世应有的自由民主权利，她的殉道精神与我们每个人息息相关。1957年春天，在纪念李大钊殉难30周年时，林昭曾写下这段话："鲁迅先生说：路是人走出来的。但如果没有第一个，也便没有后来的，也仍然没有路。而那第一个遵着遥远的火光，走进没有路的地方去，直到倒下去，还以自己的鲜血为后来者划出了道路的人，将永远、永远为我们所崇敬。只要这条路存在一日，走在路上的后来者，便再也不会忘记他的姓名！"① 因此，我们记住林昭，就意味着我们每个人的精神不再沉沦，意味着我们每个人的精神自救。

---

① 傅国涌：《读林昭十四万言书》，《南方周末》2008年4月30日。

附：林昭文学年表

1932 年 12 月 16 日，出生于苏州，原名彭令昭，林昭是其笔名。

1949 年 7 月，考入苏南新闻专科学校，毕业后林昭随苏南农村工作团参加苏南农村土改。

1952 年，开始在《常州民报》、常州文联工作，期间林昭深入工人之中，撰写了许多报道。

1954 年，林昭以江苏省第一名的成绩考入了北京大学中文系新闻专业。负责校刊副刊《未名湖》。

1955 年春，林昭参加了北大诗社，任《北大诗刊》编辑。

1956 年秋，《北大诗刊》停办后，林昭成为综合性学生文艺刊物《红楼》的编委会成员之一。该刊物主编是乐黛云。《红楼》第 2 期的责任编辑是林昭和张元勋。

1957 年，在反右运动中因公开支持北京大学学生张元勋的大字报《是时候了》而被划为右派。

1958 年 6 月起，在中国人民大学新闻系资料室监督劳动。

1959 年，林昭病情加重，冬天咯血加剧，请假要求回上海休养。

1960 年春，中国人民大学校长吴玉章先生批示准假，林昭由母亲接回上海。在上海认识了正在准备筹办《星火》杂志的兰州大学的研究生顾雁、徐诚，以及兰大学生张春元等人。林昭的长诗《普鲁米修士受难的一日》在《星火》第一期上发表。长诗《海鸥之歌》拟发表于《星火》第二期，印刷后未装订即夭折。星火杂志社人员被抓捕。1960 年，因"阴谋推翻人民民主专政罪"，"反革命罪"被长期关押于上海提篮桥监狱。在狱中，她以血书创作了大量诗歌、散文和书信。

1965 年 5 月 31 日，林昭被判有期徒刑 20 年。

1965 年下半年，第三次给《人民日报》写信。

1968 年 4 月 29 日，林昭接到改判的死刑判决书，随即在上海龙华被枪决。

1980 年 8 月 22 日，上海市高级人民法院撤销之前判决，以精神病为由平反为无罪，并认定该案为冤杀无辜。

1980 年，上海高院再次做出复审，认定以精神病撤销判决不妥，撤销 1980 年裁定，宣布林昭无罪。

第六章　姜耕玉(1947—)
汉语诗性智慧的探触

第一节　在"大海"中打捞汉语诗性"落日"

　　近年来，中国当代汉诗的创作实绩不断被西方诗歌大奖和诗歌节所认可，东西方世界诗人的交流日益繁密……种种迹象表明，中国诗歌正在有效地融入世界诗坛的格局之中。但是，黄灿然在《在两大传统的阴影下》①　中所宣扬的中西诗学传统对当代汉诗的双重压抑，至今并未消失。古典与现代、中国与西方、保守与激进等二元对立的声音仍然不断地进行拉锯战。无论诗人还是诗歌评论家都尚未清晰地寻找到建构现代汉诗发展的支点。当我们把眼光凝聚到诗歌本体元素的时候，就又回到了诗歌常识和原点——汉诗的汉语性，即汉诗的本土性最基本的元素。

　　"当代汉诗的本土性反思与实践"这一话题的提出，是回眸百年中国新诗史的必然结果。中国新诗自从诞生之日起，它的白话语言就与古典汉语相隔断，中国新诗就脱离了传统中国文化的载体——古典汉语，彻底告别了古典汉语文化，离开了汉语诗学传统之源流，走上了脱离汉语母体的不归路。接着是 20 世纪 30 年代的战争环境，诗歌走向战争宣传所需要的 "大众化" 风格。20 世纪 40 年代西南联大诗群在艰苦卓绝

----

① 黄灿然：《在两大传统的阴影下》，见《读书》2000 年第 3、4 期。

之中使现代诗向高峰迈进的日子并不长久，很快就是 50 年代以来的政治清洗，文学语言转型为苏联式的政论风格，政治意识形态话语全方位强势侵入人们的日常话语和文学话语。20 世纪 70 年代末期到 80 年代上半期的朦胧诗刚刚走向正轨，又遭到了第三代诗人的反叛，肆意扭曲语言，盛行的思潮是反崇高、反文化、反美学、反诗学、否定理性中心论、无限张扬自我，没有沉下来思索汉诗何为汉诗，汉语诗歌的载体汉语以及诗歌本体被搁置。二元对立的思维方式使他们盲从历史进化论。在这种诗歌环境下，非常有必要呼吁当代汉诗的本土性。"汉诗的本土性"这一概念有别于流行的"本土化"，因为"本土化"是对当代汉诗发展的误读。我们应该澄清现代汉诗的"西方移植说"，研究思路从"本土化"转向"本土性"。很多人误以为中国新诗完全是西化的东西，应该在移植过程中"化"为中国本土，"本土化"是一个过程。而"本土性"则强调汉诗的汉语诗性智慧及汉语所承载的汉语文化体验，乃是为汉诗新诗寻根。而事实上，中国新诗初受庞德的意象诗影响，而美国意象诗却是深受中国古典诗歌启发而成。西方语言学家和哲学家如索绪尔（F. Saussure）、芬诺洛萨（E. Fenollosa）、德里达（J. Derrida）、罗兰·巴特（Roland Barthes）深深赞叹汉语文字的诗性功能。汉诗与西诗具有思维的同构性，而且汉语具有更加丰富的诗性智慧。

近年来关于文化界的本土性话题在海外文学艺术、比较文学、美学、社会学等领域方兴未艾，而作为民族文化重要载体的汉语诗歌的本土性反思，却显得冷寂得多。海外汉学家刘若愚、叶维廉、程抱一分别在著作《中国诗学》、《中国诗学》、《中国诗画语言研究》中论述了中国诗学思想和诗歌语言，但没有涉及清晰的"本土性"意识。关于当代汉诗的本土性反思，开始于 20 世纪 90 年代。郑敏、任洪渊、姜耕玉、傅天虹、洛夫等学者和诗人已经意识到这一问题，并做了比较深入的思考。东南大学姜耕玉教授的诗学著作《新诗与汉语智慧》（东南大学出版社 2013 年版）对百年新诗进行反思，聚焦于汉语诗性智慧，并从现代性体验中，从今古汉诗的贯通与转换中，展开具体深入的考察与理论探索，确系切中肯綮之力作。

《新诗与汉语智慧》充满了深切的历史反思精神。"五四"文学革命以后，新诗迈入了现代化进程，但是，新诗的现代性造成了传统汉语诗性的隔绝与诗学传统的断裂，以抛弃汉语的诗性智慧为代价，教训惨痛。姜耕玉先生系统而辩证地考察了新诗的猝然发生造成的中国诗歌自由精神的张扬与汉语诗意的流失。回眸百年新诗史，他一方面看到了"先锋"与"新潮"的嬗变所具有的"破坏性的魅力"；另一方面又窥视到所谓的"先锋"与"新潮"深陷"革命惯性"之中的文化虚无实质，呼吁寻找汉语诗学的母语之根，发掘汉诗代代相承的诗性基因。姜耕玉清醒的反思精神，集中体现在曾发表于《文艺报》的与龙泉明、王毅、于坚等人的论争文章《"看"的视角：诗与思》、《关于批评的"语境"、"立场"及文本真实》、《诗"回到能指"：汉语诗意及精神生态的消失》。龙泉明、王毅称"第三代诗群"为"继'五四'新诗运动之后又一次最彻底的反传统运动"，并对新诗潮的极端化倾向予以庇护，褒扬第三代诗人的"剥蚀"（反抒情、反意象、反语言、反诗）态度。姜耕玉则对"剥蚀"概念进行了剥蚀，豁显出这种极端的解构倾向对汉语诗性传统和新诗的发展带来的负面影响。二元对立的思维方式深深浸淫到第三代诗人心里，使他们盲从历史进化论，唯先锋是瞻，策略化写作、平面化写作、欲望化写作、宣泄式写作、炫技性写作流行，沦为"当代诗歌的乡镇作坊"。在这种诗歌环境下，重新思考汉语诗性智慧和语言本体形式，就显得十分重要。姜耕玉指出，第三代诗群进行学理性判断，不能局限于"后现代语境"画地为牢，而要面向新诗潮和西方现代主义两种实际，进行考察。他高度肯定了于坚长诗《长安行》在新诗的现代性和汉语性的双重递增意义，以及内在彰显出的于坚的诗学雄心："真正自在地回到汉语，使我们的诗歌能够字不可易、句不可移、篇不可译，以实现汉语作为独一无二的光辉语言的使命。"①遗憾的是，自称"汉语崇拜狂"的于坚，却从《长安行》后退到《从"隐喻"后退》的立场。姜耕玉尖锐地指出：于坚对"破坏性魅力"的

---

　　① 于坚：《穿越汉语的诗歌之光》，杨克主编：《中国新诗年鉴1998》，花城出版社1999年版。

迷恋，实乃 20 世纪 80 年代极端美学的复活，这种"回到能指的表面"的歧途，将会导致汉语诗意及精神生态的消失。姜耕玉还以台湾新诗转型作为案例，进行深入剖析。台湾历时 20 年的诗学论战，在"离心力"与"向心力"的论争中，创世纪诗社凝练出"新民族之诗型"的观念，深深植根于大中华文化心理结构的民族性和人道主义的世界性，倡导现代诗的先锋性与民族性相结合。台湾的新诗史为姜耕玉的论证提供了坚实的论据。

痛切的反思之后，姜耕玉先生将新诗语言本体的建设性探索置于诗学话语的核心位置。他向诗歌本体研究的突进，经历了具有递进关系的四个层次：诗歌工具论—诗歌精神的自足性—诗歌文本的自足性—汉语母语的诗性智慧与诗性结构。诗歌本体意识觉醒的第一步是，使诗歌从政治、宗教、文化的工具论的异化中摆脱出来。当一般学者还停留在打破诗歌工具论的思想解放层面而呼唤诗歌精神独立之时，姜耕玉已经以破竹之势突入了诗歌文体内部，窥探到诗歌最具魅力的花蕊绽放的奥秘。在《新诗汉语诗性传统失落考察》一文中，他精辟地指出："90 年代流行的诗本体理论，其立论根据，大致着眼于诗的意义或本质。……将诗本体与诗体形式剥离开来，以意义本体代替形式本体的倾向，实质上是因袭 20 世纪初诗体革命的负面表现：把自由体误读为'无拘无束'、'散漫无纪'。"[1] 姜耕玉的新诗形式研究出发点是新诗的汉语本体。他批评了历史上对新诗形式探讨的误区，比如"新格律"概念对新诗自由体的汉语音节的遮蔽，"新格律"试验中模仿外国诗的倾向，新诗"民族形式"的简单化倾向。他清醒地意识到新诗的革命性对自身的严重遮蔽，导致艺术粗糙、散漫无纪，诗美流失。诗歌的散文化和译诗化等倾向，侵蚀了诗歌文体的内在自足性，导致诗歌文类的退化。所以，他孜孜以求立足于汉语诗性智慧的新诗形式建构。他倡导西方现代诗歌和中国古典诗歌的现代"融化"，探寻"化古与化欧"的创造性转化的内在机制。他秉持着解构（创新）与结构（建设）的辩

---

① 姜耕玉：《新诗与汉语智慧》，东南大学出版社 2013 年版，第 63 页。

证关系，做到母语批评语境的民族性与世界诗歌语境的现代性相结合。而激活汉语诗性智慧，融入现代生命体验，浇铸现代汉语的诗体结构，是姜耕玉诗学思想的要义。

汉语方块字具有独特的组织结构和美学功能，象形、形声、会意、指事、转注和假借的形体结构，具有视觉形象和隐喻意义，比字母文字更具有诗意，语字、语象、语感、语境、韵味等辐射出强烈的神秘气息，使汉语具有更加丰富的诗性智慧。索绪尔（F. Saussure）、芬诺洛萨（E. Fenollosa）、德里达（J. Derrida）、罗兰·巴特（Roland Barthes）等语言学家、哲学家都深深赞叹汉字的诗性功能，认为汉字是最适宜写诗的文字。当下的汉诗写作，迫切需要对汉语诗性智慧激活。姜耕玉先生具体研究了诗歌的形式本体。诗歌形式分为外形式和内形式。外形式包括体式、词语、音节、节奏、韵律、色彩、字词组合、建行、分节等元素；内形式也就是意义结构，包括隐喻、象征、意象、意境等元素构成的隐喻结构、情绪节奏、心灵图式、生命体验形式。新诗汉语性最终灿亮于形音义一体的文本。姜耕玉考察 20 世纪 80 年代诗歌艺术的嬗变时，从张力增强和意味增长等方面，论述了语言强度的生成。他倾听现代汉诗的节奏和词汇间隙游走的灵魂，品味汉诗的色调、意趣、神韵，考量现代汉诗诗意结构形式。他研究现代诗隐喻结构的生成与功能，追索意象性语言的模糊体验，探究联觉意象奇妙的心理依据，捕捉抽象的美丽幻象……"字立纸上"（宋代严羽），"下字贵响"（清代袁枚），"汉字无字不活，无字不稳，句意相声，缠绵不断"（清代庞恺），这些诗学境界，非但没有过时，恰恰是现代汉诗所急缺。新诗越来越口语化、废话化乃至口水化，散漫无纪，完全丧失了诗学门槛的底线。姜耕玉先生说："汉语诗性，是一个民族语言艺术的几千年的积淀，是汉诗语言品质的昭示，它总是处于不断的创造之中而彰显活力与灵气。"① 他多年的汉语诗性智慧理论研究，在很大程度上，为现代汉诗写作确立了纯正的标准，也呼应了当下诗坛关于难度写作的严肃追求。

---

① 姜耕玉：《新诗与汉语智慧》封面语录，东南大学出版社 2013 年版。

《新诗与汉语智慧》后附姜耕玉先生的 18 首代表性诗作，是他的诗学理论的自觉实践，是他向传统汉语诗性智慧勘探、开发、转化、重新点燃的一次卓异努力。他特别强调炼字、炼句、炼意，达到"字清"、"句健"、"意圆"，以"捶字坚而难移，结响凝而不滞"为最高境界。诗作与诗论对照研读，汉语之美的匠心独运之处，随处可见。

姜耕玉之所以有此诗学理论之清醒和诗学实践之自觉，盖源自东南大学丰富的新诗谱系。东南大学先后有学贯中西的学衡派以及李思纯、陆志韦、宗白华、闻一多、梁实秋、徐志摩、陈梦家、方玮德等新诗人和新诗理论家，他们疏离激进主义革命思潮，形成了建构性的诗学传统，迥异于以革命为价值导向的主流诗歌史传统。姜耕玉一方面接续了东南大学新诗谱系中的鲜明的文体建构意识；另一方面又扬弃了他们过度西化的偏颇之处。姜耕玉以貌似保守的态度，彰显出尖锐的问题意识和厚实的建构能力，其实走在了现代汉诗的前沿。21 世纪文化背景下，姜耕玉重提新诗的汉语诗性智慧和汉语诗性传统，对传统诗学资源进行现代转换，富有创见地在汉语性与现代性之间架设了一座诗学桥梁。姜耕玉非常欣赏覃子豪《追求》中的境界："大海中的落日/悲壮得像英雄的感叹/一颗心追过去/向遥远的天边"。姜耕玉孜孜不倦地对新诗汉语智慧的思考，不正是在中西诗歌交汇的"大海"中打捞汉语诗性"落日"吗？

第二节　生命远游与精神求索:走进《冈仁波齐》

组诗《冈仁波齐》不仅在姜耕玉的诗写历程暨生命路程中刻下深深的印痕，而且在 21 世纪初年诗坛也具有重要的启示意义。20 世纪 90 年代以来是最容易让人迷失的时代，价值观念多元并存的表象掩饰了人们精神价值的迷乱与虚空，精神的大面积溃败已经变得触目惊心。在这种时代语境下，姜耕玉走出繁华的金陵古城，于 2004 年 8 月独自漂泊西藏阿里，沿冈底斯山谷跋涉 7 天，随朝圣者徒步转山 56 公里，抵达艰险的主峰冈仁波齐山。回到南京以后，他几易其稿，于 2004 年 11 月完成组诗《冈仁波齐》。当读到姜耕玉先生这组诗歌的时候，我们那失去色彩的、背景愈益模糊的生命顿时产生一种强烈的诗性敲打。"终年积雪的山峰"、"炫目的雪光"、"清亮滋润的草泽地"、"白色音乐般的瀑布"、"天真的牦牛"、"倏地过冈的藏羚羊"被放置于"巨岩成沙土"的苍莽世界，深深地攫住了我们的魂魄，那一幅幅剪影般的鲜明意象，充分豁显出人类所渴望的应然的生命境界。可以说，姜先生的此行及其写作，对他、对我、对我们，都具有灵魂寻根的意义。

诗中多次出现"独自"、"静穆"、"寂寥"的字样，我们分明感受到诗歌的抒情主人公像一位孤独的哲人，置身于一种自足的世界，完全专注于冈仁波齐山峰的精魂，去感受原初意义的人性存在。开篇的《静穆》犹如一幅剪影，以明暗的鲜明对比，进行意象造型，为全篇奠定了沉思的基调：

> 峰顶　白色的沉静。
> 七月的太阳滑下了山。
> 古寺顶的金属塔尖
> 渐渐隐入黯淡的蓝
> 黑暗中明亮起来的河流与白牛
> 那是在神山的背面。
> 卓玛拉山口那个转动经筒的人
> 手背沐着一道雪亮。
>
> 四周群峰巨人般肃立
> 拱卫绝顶升起的眩目之光
>
> （《冈仁波齐·静穆》）

冈仁波齐山终年积雪的峰顶在阳光照耀下闪耀着奇异的光芒，夺人眼目。这一道"眩目之光"，犹如一把匕首尖锐地刺疼了我们的眼睛，直抵灵魂。面对如此的神奇之光，谁敢轻言自己伟大？！我们每一个凡人，在它的怀抱里，都是微不足道的尘土。诗人是"行走在冈底斯山的旅人"，这是一次肉体之旅，更是一次精神和灵魂之旅。

在神奇的大自然面前，我们无言，我们只有屏息，只有用灵魂去体悟。"冈底斯山行人矮小/巨岩成沙土。""一个涉水的旅人/探步湍流中/言语全部落水/山川依然那么宁静。"在这里，任何语言都是多余的。我们都是那么渺小，我们只有在孤独与静穆中审视自身，摒弃喧嚣与骚动，专注于灵魂之眼，才会找到丢失的自己。这位旅人正是诗人精神的外化。他的肉体太沉重了，所以需要把灵魂释放出去；他所处的生存环境太异化了，所以他需要离弃繁华都市，从而去寻找自由的本真自我。但是这种"自由"的获得谈何容易？身体、欲望、名利、地位、金钱都成为现代人生命中的不可承受之重，深深地侵蚀了原本的人性，人们的面具层层加厚、加重。很多时候，生存简直就是苟延残喘。所以，这种对本真自我的渴切寻找，不得不通过梦境曲折地宣泄出来：

> 一个裸身男子的影子
> 孑立河源。
> 乌云沉默垂向大地。

> （《7月22日沱沱河沉睡之夜》）

真是着一"裸"字，境界全出矣！"茫茫大地真干净"，"雪域草木稀疏地闪烁/牦牛粗壮见天真。"如此洁净的氛围，需全裸方能完全把自己打开，哪里需要什么修饰？"一个自尊自大的旅人/像蝙蝠坦然舒展在大地上穿行。/黑夜停留在他的羽翼"，他的躯壳留在这里，他的灵性则已经羽化而自由奔腾。但是，诗人完全摒弃了传统士大夫那种"我欲乘风归去，又恐琼楼玉宇，高处不胜寒"的自恋情调。他丝毫没有把人类的命运简单化，而是扎根向下，深入到人类的生存之痛：

> 礁石间没有水流

也不见兽迹

空洞的城堡风的家。

荒原寂火黯淡

苍冥中那个不消失的声音

仿佛是慈母悲伤的呢喃

有时也被母狼似的乌云遮住

被狂风吹断

他们嚎笑时面目狰狞。

……

独自流连玛尼堆。

触摸荒凉的石头

欲与牦牛头骨交谈

我却看见一副无奈的脸

经幡也无奈地飘着

(《冈仁波齐·灯》)

在这里，我们仿佛置身于艾略特笔下的《荒原》，它为我们呈示出人类精神处境的大荒凉，大孤独，大绝望，从而构成人类悲剧命运的隐喻。也正是在这种大荒凉、大孤独、大绝望之中，诗人的自我担当的勇气才得以彰显，他的忧郁与压抑非但没有走向沉沦，反而以乐观的生存态度，"赤裸裸立于风中引吭高歌/以长发为弦"。虽然"前面是空 后面也是空/所有的路没有终点"，但是，"只有起点"四个字，起到了扭转精神向度的作用，收到了"绝望中诞生"的良好效果，将诗歌内在的向下的力的图式，一下子升腾起来。这种大荒凉、大孤独与大绝望的体验，与其说是一种磨难，毋宁说是自我生命的重新发现与再生之源，这是一盏自我的精神之灯，顽强地飘摇于荒原之上。

人类的担当，最终还是以个体的复活为旨归。在巨大的绝望之中，诗人发现了自己生命中被忽略的东西："我默默地等待/回到初生时的哭声。/玫瑰花叮叮当当地响着/从一开始就这么美妙/而我居然不知道。

几十年/像沙坡上樟狼草有雨无雨地绿着/向日葵叮叮当当地响着/我厌倦了。""我居然不知道",短短的几个字,意味深长——生命原本就是这么美好,我居然不知道! 其中包含诗人在特定的人生经历中的失落感与对社会历史的反思,这种自我生命的觉悟,也是一代人的觉悟,具有普遍的人的存在价值。诗中没有直接写现实,但诗的现实批判精神一直隐喻其间。诗人回到了生命的原初,也找到了本真的自己,因此感到"我的嘴唇焦灼",是现实的生存状态,也是生命的渴望。"那高悬的孤独而刚强的水滴/像一颗寒星呈现于天上",这是诗人对现时困境中生命的清醒与坚守的执着。诗并不停留在一般的生命意义上,而有对人类的假与恶的鞭笞,对善与爱的追问:"黑暗中谁的生命在飞翔?"这种质问不正是哈姆莱特式的自我反思吗? 他在上下而求索,用生命奏响"那高悬的孤独而刚强的水滴"。

这种上下求索的自我寻找,使得诗人之躯成为天地之间的载体——从大地飞翔到山峰与天空,承载着天空的光芒和山峰的圣雪,从而辐射大地:

> 带着童贞的震颤　带着最初太阳的光芒。
> 清亮滋润的草泽地
> 我匍匐　吮吸　我哞哞叫
> 我痴痴临风坐。
> 从峰顶落下的白色的音乐
> 从我的头顶飘向恒河
>
> 　　　　　　　　（《冈仁波齐·我的鞋还丢在拉曲河谷》）

诗中自始至终贯穿着的向上与向下的两种力的图式,在诗人之躯这一载体上获得了统一。诗人海子因为向上与向下两种力的图式无法均衡起来,而走向精神的分裂与自戕,而姜耕玉却在诗中很好地获得了统一,从而获得了生命与诗歌的完整。他的再生根植于大地与现世,或者说,他的写作是一种有根的写作,是贴地而行的写作:"只有牦牛静静地低饮

/地籁之音滑过它的嘴边"，诗人与大自然融为一体："我匍匐　吮吸
我哞哞叫"。在这里，诗人的记忆——作为一个真正的人的记忆——才
真正打开，真正获得了言说的能力，"记忆鲜草般复活"，在蓝天歌声
的抚慰下，"我的伤口轻柔似云朵"。不过他的再生不是凌空蹈虚地走
向没有人间烟火的天堂，而是具有现世认同的意义，即"大地上芸芸
众生幸福安康"（《冈仁波齐·灯》）。他不是遗世独立，而是充满现世
关怀："我走向拉曲河下游唱歌的姑娘/与她身后那群羊"。

通观全诗，冈仁波齐作为诗歌意象的核心，一方面具有自足的性
质，内敛而象征，同时它的意义又源源不断地向外挥发氤氲，使得整首
诗富有遥深缅邈的沉思性质。以自然为题材的写作自古有之，但是浪漫
主义诗人抒写大自然的时候，大多是激情宣泄而思味不足。而后现代的
喧嚣又往往把大自然进行扭曲式变形，表达恶谑情感。姜耕玉则专注于
意象的营构，一幅幅立体的剪影、既精致又粗放地横在我们灵魂的视
野。这些剪影在滚滚红尘中的存在本身已经是奇迹，而诗人对它进行的
艺术处理，使之成为象征物，成为人类纯净心灵的载体和客观对应物，
从而最大限度地敞亮了灵魂。他说："这次行旅似乎走过了一生，也是
一次精神的远征和超越。回城后，每每向西遥望那一片陌生而亲近的天
地，总会得到一种心理上的释放和满足。"这种敞亮是指向诗人个体
的，但是又指向整个人类的精神世界，是大自然对整个人类精神世界进
行净化的结果。冈仁波齐山是世界公认的神山，同时被印度教、藏传佛
教、西藏原生宗教苯教以及古耆那教认定为世界的中心。总是有数不尽
的藏族人，以独有的磕长头方式俯仰于天地之间，向圣地跋涉。他们相
信，朝圣是可以用一生的时间去认真对待的神圣之举。甚至可以这样
说：超出苦行意义之上的朝圣之旅是将个体生命之旅推向极致的唯一途
径。这次行旅，既是诗人姜耕玉自我灵魂的寻找过程，也是对人类精神
命脉的一次有效探触。但是，诗人滤掉了冈仁波齐山峰的神的宗教色
彩，而把它当作一种自然实体，在对自然的诗性观照中，重新发现人性
之圣洁。他不是超脱尘世，而是借自然之洁净对抗现代社会对人类生存
与人性的异化。扎西达娃在散文《聆听西藏》中说："西藏人对于悲剧

的意义远不是从日常生活而是从神秘莫测的大自然中感悟出来的。"而姜耕玉则是在日常生存中深深地感悟出人性异化的悲剧之后，又将视野投注到西藏的大自然，以期寻找我们的灵魂去蔽的路径。当我们环视四周，下半身的欲望膨胀与垃圾诗的纵横驰骋，使得诗坛屎粪遍野，体液四溅，我们不得不深深地慨叹：灵魂被眼睛奸污得苦！当解构与颠覆成为肤浅的艺术潮流和伪先锋的时候，《冈仁波齐》所呈现的清洁精神，使之成为追求深度写作的典范，确有匡正诗风之作用！《冈仁波齐》确实具有精神生态和艺术生态的双重启示意义。

诗人在另外一首诗里写道："当一群藏羚羊倏地过冈/整个大地都灵动起来/从高处落下的水把西藏高原敲响。"（《西藏以西》）而我们在品读《冈仁波齐》时，怎能不感受到这组诗歌也像一滴高处落下的水，敲响我们灵魂的高原呢？这种敲击是如此地震聋发聩，足以抵达我们灵魂旷野的每一个角落。在以金钱名利为背景、以高度技术化为手段的灵魂幕布上，当人性变得越来越灰色、越来越异化时，我们多么需要借助这种敲打来保持健康的元色！

附：姜耕玉文学年表

1947 年，出生于江南东坝镇，祖籍苏州，长于盐城。

1968 年，老三届，因"文化大革命"停止高考，4 月应征入伍，带着两本书：《唐诗三百首》和《宋词选》。

1970 年，在解放军报发表关于现代京剧《红灯记》、现代舞剧《红色娘子军》的评论文章。以笔名祁起在《解放军报》副刊发表报告文学《突飞猛进》。

1972 年 9 月 7 日，以笔名祁起在《解放军报》副刊发表诗歌《奔袭》，被选入《战士之歌》（内蒙古人民出版社 1975 年版）。

1973 年 1 月，《河北文艺》第一期发表组诗《月夜刀影》。3 月 25 日，在《人民日报》副刊发表创作谈《选材要严 开掘要深》，署名祁起。该文入选《文艺创作杂谈》，湖北人民出版社 1973 年版。

1974 年 1 月，《河北文艺》第一期发表组诗《露营歌》。

1978 年，结束军旅生涯，转业至盐城市委宣传部，后到市文联任副秘书长，历任盐城市诗歌学会会长，《湖海文学》副主编，文学创作二级。

1980 年，开始发表大量具有影响的关于《红楼梦》研究的长篇论文。5 月，组诗《十顷荡》在《新港》第 5 期发表，同时发表于 5 月 18 日的《新华日报》副刊。

1983 年，参加上海青浦大观园召开的全国红楼梦学术讨论会。6 月，在《红楼梦学刊》第 2 辑发表论文《草蛇灰线　空谷传声——〈红楼梦〉情节的艺术特色兼论情节主体》。论文获 1985 年江苏省哲学社会科学优秀论文三等奖。

1985 年 10 月，当选为中国红楼梦学会理事。12 月第一本著作《红楼艺境探奇》问世。开始转入创作与当代文学批评。

1988 年，开始大量发表诗歌作品。

1990 年，在冯其庸、李希凡主编、文化艺术出版社出版的《红楼梦百科词典》中，被列入红学人物条目。9 月，《模糊体验：诗的意象性语言》发表于《文艺理论研究》第 5 期。3 月，在《诗刊》发表《诗体蜕变：俗而非俗的美学原则》。10 月，在《诗刊》发表批评文章《缘情言志与多样并存的诗歌流派——关于中国诗歌传统与李元洛先生商榷》。参加诗刊举办的常州青龙诗会。

1991 年 3 月，加入中国作家协会。在第 3 期《诗刊》发表《论诗的生命意识》。5 月，应邀参加全国诗歌创作座谈会暨漓江诗会。9 月，在《诗刊》第 9 期发表《抒情诗的自我表现与人民性》，获《诗刊》1991 年度优秀诗文奖。

1992 年 1 月，在《文艺理论研究》发表《论诗歌中的联觉意象》。6 月，出版第一本诗集《我那一片月影》。

1993 年 3—4 月，在《诗潮》发表《中国新诗在现代与传统的交构中发展》，被选入《中国新诗年鉴》1993 年卷。6 月，编选的《92 华文诗精选》出版。7 月，在《诗刊》发表诗论《抽象的美丽幻象》。9 月，参加重庆国际华文诗歌学术讨论会，与洛夫、叶维廉先生首次晤面；调入东南大学文学院，建立世界华文诗歌研究所并任所长；在第 5 期《文艺研究》发表诗论《诗的意味：艺术抽象的强度——兼论当代诗歌形式的嬗变》。

1994 年，在第 2 期《诗探索》发表诗论《沉寂的诗神》。7 月，在《诗刊》发表《诗人灵感来临的孤寂："忘我"的创作境界》。9 月，在《文艺研究》第 5 期发表《中国新诗现代化的艺术道路——评李瑛近年来的诗歌创作》。

1995 年 8 月，专著《跨世纪中国诗歌描述》由百花文艺出版社出版。

1996 年，开始发表大量艺术学方面研究成果。

1997 年 11 月，在第 6 期《中国作家》发表诗作《诗四首》，其中《渔舟唱晚》入选中学语文课本。11 月 25 日，策划组织由世界华文诗歌研究所与诗刊社联合召开的"97 中国新诗形式美学研讨会"。

1998年9月，专著《艺术与美》由山东文艺出版社出版；参加张家港诗会暨全国诗歌创作座谈会。10月22日，在《光明日报》发表《确立新诗的形式本体意识》。在台湾《创世纪诗刊》冬季号发表《台湾现代诗的母语情结》。

1999年9月，在第5期《文学评论》发表《论20世纪汉语诗歌的艺术转变》，获全国新时期20年文学理论优秀论文奖；诗作《白马》、《水域》入选《江苏文学50年》诗歌卷。12月，编著《20世纪汉语诗选》（5册）由上海教育出版社出版。

2000年2月，应台湾中国文艺协会邀请出访台湾，接受联合报《文学之春》系列专访《他带来了诗的献礼——专访姜耕玉教授》。3月18日，在台湾《联合报》副刊发表诗作《草原歌声》。7月，在第4期《文学评论》发表《"西部"诗意——八九十年代中国诗歌勘探》，获第二届鲁迅文学奖评论提名奖，论文被收入《第二届鲁迅文学奖获奖作品丛书》。在台湾《创世纪诗刊》秋季号发表《昌耀：跋涉荒原的行吟歌者》。在东南大学华文诗歌研究所主持台湾余光中、张默、蓉子的讲演。举办大钟亭茶会，南京诗人韩东、张桃洲、戴薇等与张默、蓉子交流。

2001年10月，《艺术辩证法》由江苏教育出版社出版。11月20日，在《文艺报》发表《"看"的视角：诗与思》，引发诗坛争鸣。2002年4月9日，在《文艺报》发表《关于批评的"语境"、"立场"及文本真实》，继续争鸣。10月，参加周庄国际诗人笔会。

2003年3月，在《诗刊》上半月刊发表《新诗要表现汉语之美》。6月，发表《新诗的汉语诗性传统的失落考略》，被《中国社会科学文摘》转载。举办"20世纪汉语诗歌暨洛夫诗歌研讨会"，主持全校洛夫演讲会。

2004年7月15日至8月25日，独自漂泊西藏，沿雅鲁藏布江溯源而上，登上冈仁波齐最高峰卓玛拉山口，获得新的诗之灵感。12月21日，在《文艺报》发表《汉语诗意及精神生态的消失——与于坚先生〈从"隐喻"后退〉商榷》。

2005年3月，创世纪诗刊春季号推出长诗《冈仁波齐》。5月，参加大理国际诗人笔会。8月，诗集《雪亮的风》、诗论集《汉语智慧：新诗形式批评》出版。作为研究对象列入赵思运著作《边与缘——新时期诗歌侧论》第四章第三节。

2006年1月，《艺术辩证法》修改版由高等教育出版社出版。沈奇主编《现代小诗300首》收入《幽兰独白》。6月，参加广东清新女诗人讨论会。7月，应邀参加美国世界诗人大会。12月，在《电影文学》下半月刊发表电影剧本《河源》。《艺术辩证法》获第四届中国高校人文社会科学研究优秀成果艺术学二等奖。

2007年6月，《渔舟唱晚》入选全国义务教育课程标准实验教科书九年级下册《语文》教材。7月，《红楼艺境探奇》配以清代画家相关图片再版。7月，赴黄河源头巴颜喀拉山、格尔木、可可西里，回来后开始写长篇报告文学《可可西里，我为你哭泣》。在第 10 期《文艺研究》发表《资源与转换：现代汉语诗意结构形式探析》。

2008 年 4 月，北京文学推出 6 万字的报告文学《可可西里，我为你哭泣》，《羊城晚报》、《新民晚报》、《青岛日报》等 10 多家报刊连载或选载。7 月，《扬子江评论》发表《新诗"革命性"对自身的遮蔽》，获"长江杯"江苏文学评论奖。10 月，《中国诗人》开卷推出《钟声》十九首，刊有叶橹、孙绍振、王珂、刘剑四家评论。

2009 年 1 月，《2008 年中国报告文学年选》选入《可可西里，我为你哭泣》。

2010 年 2 月，《中国散文 60 年选（1949—2009）》出版，选入《美哉，边地鬼湖》。

2011 年 3 月，《中国作家》（影视版）刊发修改本电影剧本《河源》。7 月，与诗人赵思运教授赴希腊拉里萨参加第 22 届世界诗人大会，亲临古希腊文化遗址和遗迹。

2012 年 3 月，《艺术辩证法——中国智慧形式》第三版由高等教育出版社出版。该书被选为中国图书对外推广交流重点书目。

2013 年 12 月，《新诗与汉语智慧》由东南大学出版社出版。

2014 年 10 月，应邀参加创世纪 60 年庆典。11 月，参加世界华文诗歌研究所举办的"背离与回归——洛夫诗歌创作 70 年研讨会"，任洪渊、叶橹、陈仲义、赵思运等 20 余名诗评家参加。

2015 年 1 月，《新诗与汉语智慧》获第五届紫金山文学奖文学评论奖。12 月 23 日，《文艺报》整版发表《新诗的自由与汉文化的原生力——与洛夫先生一席谈》。

2016 年，在《钟山》长篇小说 A 卷发表长篇小说《风吹过来》。

第七章 李新宇(1955—)
从早悟之诗情到学人之幽思

一个学者写几首诗歌,不算什么大事。一个学者出版一本诗集,也不是什么大事。因为这个世界上每天产生的文字太多了,无论诗歌还是其他文体。何况每天还会产生很多文字垃圾!何况还有很多文人骚客精通附庸风雅之术!但是李新宇的文字不能忽视。他的每一个字都经过了情感和灵魂的浸泡,带着生命的色泽和历史的温度,无论是他的文史学术、散文随笔,还是诗歌篇章,皆是如此。李新宇以人文学者闻名于世,几乎无人知道他压在箱底的一批诗歌。如今,这些"潜在写作"结集为《梦旧情未了》①终于面世。诗集所披示的诗情与诗思,不仅折射出经历"文化大革命"的一代人的精神历程,也叠现出李新宇从诗人角色向学人角色转型的内在逻辑。

第一节 主流话语疏离者的早悟

在"文化大革命"时期,写作者几乎无人能够彻底疏离主流意识形态的规约,从而打上深刻的时代烙印。李新宇同样如此,1974年春天,他参加了县里组织的创作学习班。在学习班里,诗歌的榜样是张永

---

① 李新宇:《梦旧情未了》,北岳文艺出版社2016年版。本章所引李新宇诗歌均出自《梦旧情未了》。

枚，小说的榜样是浩然，作者最仰慕的发表载体是《人民日报》和山东的《大众日报》。李新宇还曾经屡败屡战地参加国务院文化组主办的《战地新歌》歌词征文，其热情可见一斑。

李新宇之所以是李新宇，在于他同时拥有两套诗歌观念，同时书写着"两类不同的文字：一种是准备公开发表的：'东风万里，红旗飘扬'……无论多么虚假，必须豪迈雄壮；另一种是写给自己的，痛苦和烦恼、追求与梦想，热恋与失意，都写下来，却是秘不示人。"①在全民声嘶力竭的唱赞歌和战歌的诗歌面貌之下，年轻的李新宇悄悄地进行着"抽屉写作"，也就是潜在写作。也许，年轻的李新宇当时并未具有理性意义的反思意识，但是透过那些本真的情感抒发，我们感受到一个早慧的年轻人最初的觉醒。他让我们在阳光灿烂的日子和蓝莹莹的天空下，去逼视一个民族偌大的心里阴影面积。也就是他打破了光鲜亮丽的"半张脸的神话"，让我们在另外半张脸的阴影里窥视到年轻人的灵魂悸动。我们应该充分重视他最初的那首《墓志铭》（1973）：

> 这里埋葬着年轻的新宇，
> 一个十八岁的中国诗人。
> 因为爱，他离开了人间，
> 大地和天空有他的脚印。

> 墓穴里只有他的躯壳，
> 瘦枯了，蛆虫也饿得发昏。
> 躯壳上没有他那忧伤的眼睛，
> 也没有他那容易激动的心。

> 他的眼睛留在了人间世上，
> 永远那样默默地遥望；

---

① 李新宇：《梦旧情未了》，北岳文艺出版社 2016 年版，第 253 页。

他 的 心 给 了 一 个 姑 娘，

却 不 知 被 丢 到 了 什 么 地 方。

此诗写于 1973 年，尚未受到强制性的艺术规训（他参加县城创作培训班是在 1974 年）。李新宇将此诗当作诗集《梦旧情未了》的代序，足见其重要性。这首短诗至少隐含着李新宇早期诗歌写作的两大基因：

第一，他早期的诗歌基本都是关于爱情、理想、人生的母题。虽然，李新宇谦虚地说："那时的诗也罢，文也罢，无非是一个年轻人的思想火花和情感波澜。而那个年轻人头脑里并没有多少东西，无论思想还是情感，都常常是自我重复。……当年反复抒写的爱情、理想、人生之类，其实不过几句话的事，写来写去，自己偏偏不厌烦。到了老年来选编，就未必那样珍惜了。"① 不过，1980 年创作的"记忆二题"今天读来依然富有艺术魅力：《逝去的红豆》抒写了一对互相钦佩才华、积极思索人生、追求理想的青年，最终走向悲剧结局，奏出一曲荡气回肠的友谊与爱情之歌；《遥远的记忆》写关于童年的友谊与嬉耍，童年的饥馑与亲情，自我的忏悔与反思，生死之思与故土之念，直击读者魂魄。

第二，年仅 18 岁的李新宇何以频繁地抒写"死亡"意象，凝结为无法化解的死亡情结？在思索爱情、理想、人生这一个基本面貌之下深潜着的以死亡情结为核心的幽暗情感，才是真正的价值之所在。在《我为什么那样忧伤》（1973）、《失望》（1974）、《遗嘱》（1975）、《梦想的葬礼》（1975）、《把我的心放在哪里》（1976 年 11 月）、《最后的祈祷》（1976 年 11 月）、《早春书简》（1978 年春）等诗中，李新宇不厌其烦地表达他那难抑的忧伤。在"阳光明媚"的早晨，"其乐融融"的黄昏，"如此安详"的夜晚，诗人三次强调"忧伤"，烘托"遥远的梦想"带来的"心底一片冰凉"（《我为什么那样忧伤》）。《失望》无师自通地运用了西方现代主义手法，以荒诞变形的方式传达自己绝望之情："晚秋的暮霭里，/站着一个人，/手中提着的，/是他自己的心。/

---

① 李新宇：《梦旧情未了》，北岳文艺出版社 2016 年版，第 251 页。

望着冷冷的湖水，/发出最后的呻吟，/终于咬一咬牙，/把它扔进了湖心……"《遗嘱》再一次强烈地表达出死亡情结："把我全部的诗稿，/放在我的身旁，/让我无归的游魂，/仍然为她歌唱。" 他的爱是那么坚定、痴情、失望、绝望，致使很多诗篇都呈现出负值情感体验。这种频繁出现的幽暗情感，难道仅仅是由于年轻人的敏感？难道仅仅是由于私人爱情的受阻受挫？《梦想的葬礼》抒写了超现实主义的理想主义之境，在"群群蚊蝇"横行的时代，他以诗意的方式表达了对社会决绝的疏离态度，他为自己设计的葬礼都是诗意的："新结的襄衣有青草的芳香，/满树的马缨花纷纷飘落，/为我举行着香艳的殡葬。" 相反，他把日常意义的坟墓比喻为"窒息的牢房"，他渴望："去往人迹罕至的深山，/找一株桂树，静静一躺，/让落花把我埋掉，/没人知道我去了何方……"

1976 年"文化大革命"宣告结束，但是历史的惯性并未刹车，现实的污浊依然深重。《把我的心放在哪里》共四节，每一节第一句话都发出同样的设问："把我的心放在哪里"，他给出的答案是"幽远的山谷里"、"深深的湖水里"、"漫天流云里"、"我的心无家可归。" 颇有那种"这是一沟绝望的死水"的感慨，最终从绝望的社会现实之中避世，在大自然中流浪。《最后的祈祷》写的是："正把自己埋葬"的"苍老的青年"。在劫余众生重返家园的时候，在官复原职，额手称庆的时候，诗人却感到犹如"离群的孤雁"，"一切都已焚毁"，在结尾慨叹："老了，老了，我真老了，/二十四岁已经老态龙钟。/说什么痴心仍在，/其实是鳞斑重重"（《早春书简》）。

李新宇这种频繁层积的死亡意识和苍老难耐的人生感悟，难道仅仅是一般意义的爱情失意和人生迷茫所致？我们知道，"境由心造"，但是诗人的心境往往与更广阔的现实世界相连通。李新宇有一个诗歌观念："诗人必需首先属于他所生活的时空，与之血肉相连，然后再谈是否可以超越他的时空。"① 这一观念决定了他并不是一个高蹈主义者。他是执着于现实情怀的诗人。他质问道家的超脱与高蹈（《问庄子》，

---

① 李新宇序高原《沃土》，写于 2015 年，尚未出版。又见《梦旧情未了》腰封文字。

1977)，崇尚孔子的遗训"未知生，焉知死"(《无须操心》，1977)，他不求超脱避世，不做高蹈派的文人。他在《唯一的终点》(1977)、《生命短暂》(1978)、《人生如梦》(1978) 等诗中对人生和历史进行了独特思考，面对死亡作为所有生命的唯一的终点，面对现世短暂的万事万物，充满了达观精神。不过李新宇的达观不是庄子的超脱，没有人生如梦的颓废，没有达观之后的生命意志的放弃，而是参透人生之后的执着，以坚毅的身影彰显出儒家的弘毅内质。人生虽然短暂如飞舞一个黄昏的蠓虫和只歌唱几个晴天的知了，但是捕捉住人生的每一个辉煌的瞬间来完成自己，才是人生真意。从这个角度讲，李新宇的以死亡情结为核心的幽暗意识，就具有植根现实和历史语境的性质。也正是在这个意义上，他的幽暗意识才可能催生出思想层面的自我认识。一个只知道歌颂光明的人，注定无法成为真正的诗人和思想者。或者说，正是基于社会现实的幽暗意识，孕育了李新宇独立思考的诗人形象。他说："只因为眼睛和头颅还在，/心头才总是这样沉重。"(《月夜致故乡友人》，1976) 早在 1973 年，年仅 18 岁的李新宇就咏叹："小白鹅呵，你在动荡的水中，是怎样自主沉浮的呢？(《碎诗一捧》)"他以小白鹅为喻，开始抒写自己的"独立思考"。

自我形象的完成与凸显是文学创作成功的重要标志之一。对于一般的年轻作者来讲，往往在不温不火的数量的积累中，淹没了诗人的自我，这种创作无疑是失效的。可贵的是，李新宇通过诗歌突显出一个富有独立思考力的主体形象。《致友人》(1975) 写道：

风暴过去了，
大地仍在哆嗦。
扭去枝杈的白杨树伤口雪白，
断臂直指高空，
——那就是我

虽然表达手法略显直白，但是，敢于直面"文化大革命"浩劫的冷峻思考者的形象，呼之欲出！当"文化大革命"结束之后，乐观的群众依然陷入激情澎湃的燃烧状态的时候，李新宇摒弃了廉价的颂歌模式。恰恰相反，他感觉"双唇张开，却只是喘息，/我的舌头长满青苔。"（《沉默》，1977）荒诞的意象，极其鲜明地揭示出人的灵魂由于长期囚禁而失语的状态。面对"白雪皑皑，红梅怒放"的景象，当诗人站在雪中手持红梅照相的时候，"别无选择"地选择了"黑衣服"（《颜色》，1977），意味着祭奠与告别一个旧时代的清醒的历史态度。在1979年那个思想解放之年，李新宇渴望着"当我发声时/没有钢丝勒注我的喉咙。"（《火星小集》，1979）由于他的诗人主体形象的自觉，他的诗歌不仅具有诗情，而且具有诗思的穿透力。面对如火如荼的农村经济改革，他怀着对大地母亲的挚爱进行了深刻思考，写下《诗日记：分田分地真忙》（1980），他清醒地指出："分田单干之后，/公社名存实亡。/只是那群社干部，/仍然在吃皇粮……"曾经的"学用标兵""如今引用语录，/仍然轻车熟路，/信手拈来一凑合，/就是好文章。"

最具颠覆性的作品大概是散文诗《命运三章》（1977）（包括《铺路石子》、《煤炭》、《玛瑙》）。这组散文诗感性地揭示了人的价值异化和命运异化，极富思想锋芒。在崇尚集体主义价值观的语境下，无私奉献精神被奉为圭臬，个人价值被驱逐。铺路石子便是这种观念的最佳意象载体。李新宇对此大胆质疑："静静地躺在这里，一个挨着一个，整整齐齐，日复一日，年复一年，被人踩在脚下，忍受车轮的碾压"，"你是否情愿？"他赋予铺路石子一种更加伟岸的形象："也许你本该是柱石，是桥梁，是纪念碑，是巍峨的华表"，但是最终却是"被安排好的道路"，"被人砸碎，安排在这里"。煤炭"本来是绿色的生命，是欢笑的绿色海洋"，但是由于"天翻地覆"、"高压"、"暗无天日""煎熬"而异化为黑暗的存在。"色泽艳丽，晶莹闪亮"的玛瑙本该属于"乡间少女"，但是却"悠荡在太太的脖子上，匍匐在老爷的手指上"。这种出于"被安排"的命运，导致本真的扭曲与异化。这组散文诗完全可以与1957年流沙河发表的《草木篇》相媲美。李新宇在此诗的附记中记述道：当时县文化馆培训班的张冠钦老师看到后大吃一惊，责令他马上秘密撕毁！他说："你读过《草木篇》吗？还有《禽兽篇》，都是大毒草，你的那组，可称《矿物篇》了。"① 想想 20 世纪 80 年代早期关于人性、人情、人道主义和异化问题的波澜壮阔、旷日持久的大讨论，再看看李新宇这组散文诗，其觉悟之早，就容易理解了。

第二节　长歌三唱：废墟上精神寻找的历程

最能代表李新宇早期创作成就的当属"长歌三唱"（《渤海情》、《长路吟》、《大地哀歌》）。

《渤海情》（1979）是对逝去了的爱情和人生理想的喋血呼唤。"洁白的海鸥"、"洁白的毛羽"、"洁白的浪花"、"洁白的歌曲"、"洁白的嘴唇"、"洁白的泪滴"，营造了一种极富圣洁意味的场景。在这种场景中，"红绒大衣女孩"构成了一个象征，她像"跳跃的音符"，驱散了"墓地"的"荒凉"与"惊恐"，点燃了"一盏冷凝的灯"。诗人深情赞美道："你救活了一个弃儿，/用善的目光，/美的歌，/造就了他诗人的心胸。"然而，"人生，不时传来，/沉船的惊啼"，这只"心中的海燕"最终只能飞起在诗人的灵魂里，任其喋血呼唤。

如果说，《渤海情》是一曲失去的理想之梦的深情回眸，那么，《长路吟》（1979，1981）则是跋涉向前的悲壮之曲。《长路吟》几乎就是鲁迅《过客》的诗歌版，逼真地刻画出一位在人间地狱历险的勇士形象。他肩负着历史的沉重负担，时代的梦魇像无法摆脱的黑夜一般的影子，紧紧缠绕着诗人的身心和灵魂，"像一条蛇，/带着夜露的潮湿，/滑腻，/冰凉。""正钻进我的裤脚"，"任它从裤脚钻入怀中，/钻到心里，/钻向我生命深处，/一路啃咬，/咯吱作响。"其现实环境则是人间地狱：昏暗、泥泞、枯骨、血污、锈蚀的铁钉、毒蛇、死鼠、旧鬼、新鬼，他的感受是"彷徨"、"忧伤"、"虚无"、"悲凉"、"空旷"，

---

① 李新宇：《梦旧情未了》，北岳文艺出版社 2016 年版，第 59 页。

旅人不再是一种主体性存在，而是精神性存在，是"虚无中的虚无，／空旷中的空旷"。诗人为我们描绘了地狱般的生存困境：

> 蛛网下油灯闪烁，
>
> 地毯上狼藉一片，
>
> 石磨已经风化，
>
> 油锅已经生锈，
>
> 锯子的木梁，
>
> 也已经朽断……

命运与魔鬼一直在诱惑他回头，但是诗人坚定地认定："再往前走，／就不再是地狱，／脚下正是地狱的边缘！"诗人为我们塑造了一个人生绝境中的勇士形象，头发苍老如枯草，双脚僵硬如枯杖，血液凝固如蚯蚓，但是不改初心，没有归路，"从黑夜，／到黑夜；从荒漠，／到荒漠；从一处血泊，／到另一处血泊"地奔波。骷髅、幽灵、磷火在密谋着"要烧毁我的思想，／只留下接受指令的神经，／像机器人一样无线操作。"但是诗人冷笑以对，"让思想像原始森林，／在黑夜里生长，／七上八下，／不合规格。"他所倡导的正是一种拒绝被规约的独立精神和自由思想。在"恶棍搂住挣扎的少女，／骗子喝着善良的血，／战士的白骨，／垒成将军的宫殿，／帝王拿臣民的头颅赌博"的历史的废墟上，拒绝绝望，拒绝颓废和超脱，而是坚决地与丑恶搏斗，"直到我坚硬的生命，／把魔鬼的咽喉撑破……"此乃在绝望中诞生的生命意志！他不相信天国故事和圣经，他的信仰在于自己的意志。在没有火把和罗盘、没有马和车的条件下，"深深踏下，／带血的脚窝"就是凭借着"不死的信念就是向导"。

《渤海情》是对逝梦的深情回眸，《长路吟》是向前跋涉的悲壮之曲，《大地哀歌》（1978—1980）则抒写了诗人的灵魂皈依，表达了诗人对于作为童年摇篮和灵魂归宿的大地母亲的一腔挚爱。他从个人情感的回眸、个人主体意志的确立，升华到了对民族命运的沉思。大地不仅是诗人个体情感的归宿，也是民族和历史的象征。中华民族是多灾多难的民族，一次次惨烈而悲壮的战争，一次次用鲜血和生命换来的改朝换代，最终都是"几千年不息的轮回"，一次次"证明往昔暴君的罪恶"。"新贵的銮驾/辉煌/胜过昔日的帝王/碾过鲜艳的伤口/走向胜利的庆典"，极富历史的概括力。面对黄土变成黑土的、体无完肤的、疲倦的大地母亲，面对灯红酒绿的现实情境，诗人愤懑地质问："鲜血可曾使你肥沃？"在廉价的欢呼和伪饰的乐观主义盛行之时，他无法驱除遍体鳞伤的大地之母带来的心头之忧。诗人对民族的历史进行了严酷的审视：

> 你的血管
>
> 那一条条河流
>
> 流出的是腥臭的脓血
>
> 紫红色的浊流
>
> 浸染着你的肢体
>
> 你藏污纳垢
>
> 容纳了人们扔给你的
>
> 全部的肮脏
>
> 什么样的野兽
>
> 不是你哺养？
>
> 什么样的丑恶
>
> 不在你的怀里隐藏？
>
> 你任野兽蹂躏
>
> 与魔鬼交媾
>
> 生出一群又一群饿狼

诗人因为"是谁切割了你的良知/美丑不分"而"痛断肝肠"，带着绝望之情，"成了真正的孤儿/孑然一身/去流浪"。可谓爱之深，恨之切。

有一个细节需要我们特别留意。李新宇在《长路吟》和《大地哀歌》里，表达了对大地的皈依与对太阳的背弃态度，凝结为"逆太阳情结"和"大地情结"。

太阳崇拜其实是一种世界性的文化现象，几乎每一个民族、每一个地区都存在着或存在过太阳崇拜。人类学家爱德华·泰勒说过：凡是有阳光照耀的地方，均有太阳崇拜的存在。新中国成立以后，全国各区域都有毛泽东的颂歌。在中国的整个版图上，毛泽东可谓是太阳神的人格化表现。在群众的心目中，毛泽东就像太阳神一样能够驱散黑暗带来光明、战胜邪恶带来正义。从人类神话学角度讲，太阳崇拜经过了"自然神—伦理神—政治神—宗教神"四个阶段。这也意味着太阳崇拜由具体意义到抽象意义的进化与认识能力的提升。但是，中国并未发展到宗教神的阶段，而止于伦理神和政治神阶段。高福进曾经论述了三个原因：第一，中国古代的礼仪制度比较发达，与此相关的祖先崇拜非常牢固；第二，中国政治上个人权威非常顽强，皇帝、皇权甚至左右了人们的一切思想；第三，中国的个人作用过于强大。[①] 所以，中国的太阳崇拜，更多地延伸到现实的政治生活领域和日常人伦领域，成为政治—伦理之神。由于中国历史上政治的伦理化与伦理的政治化相结合，使得毛泽东既是政治的明灯，照亮中国革命的道路，又把其政治力量转化为亲缘伦理力量，使太阳神成为伦理神。但是，"文化大革命"时期登峰造极的个人崇拜给中华民族带来了深重灾难。李新宇在《长路吟》和《大地哀歌》等诗中较早地意识到太阳崇拜的后果，以诗的方式控诉了"太阳"的威力。《长路吟》里这样描写太阳：

> 现在它来了，
> 在这炎炎的正午。
> 晒着我，
> 像烘烤一条干鱼，
> 很焦急，
> 又很耐心，

---

① 高福进：《太阳崇拜与太阳神话———一种原始文化的世界性透视》，上海人民出版社 2002年版，第97—98页。

把一面烤得通红，

另一面烤得焦黄，

当然，这只是他的愿望。

只有我知道，

暗暗发笑的我，

此时是一副什么模样。

　　深入理解此诗，有两个比照对象，分别是食指的《鱼儿三部曲》
(1967）和芒克的《阳光中的向日葵》(1983）。《鱼儿三部曲》中鱼儿与太
阳的关系几乎就是"朵朵葵花向太阳"的翻版。我们看其中的几个段落：

一束淡淡的阳光投到水里

含泪抚摸着鱼儿带血的双鳍

"孩子啊，这是今年最后的一面

下次相会怕要到明年的春季"

鱼儿迎着阳光愉快地欢跃着

不时露出水面自由地呼吸

鲜红的血液溶进缓缓的流水

顿时舞作疆场上飘动的红旗①

鱼儿临死前在冰块上拼命地挣扎着

太阳急切地在云层后收起了光芒

是她不忍心看到她的孩子

年轻的鱼儿竟是如此下场

鱼儿却充满着献身的欲望

---

① 食指：《食指的诗》，人民文学出版社 2000 年版，第 13—14 页。

"太阳，我是你的儿子

　　快快抽出你的利剑啊

　　我愿和冰块一同消亡"①

　　写作此诗时，食指仅仅 19 岁。食指曾经谈到过这首诗的创作背景："那是 1967 年末 1968 年初的冰封雪冻之际，有一回我去农大附中途经一片农田，旁边有一条沟不似沟、河不像河的水流，两岸已冻了冰，只有中间一条瘦瘦的流水，一下子触动了我的心灵。因当时'红卫兵运动'受挫，大家心情都十分不好，这一景象使我联想到在见不到阳光的冰层之下，鱼儿（即我们）是在怎样地生活。于是有了《鱼儿三部曲》的第一部。"②《鱼儿三部曲》的第三部写了"文化大革命"时期对"解冻"的渴望，虽然"解冻"一词源于赫鲁晓夫时期，食指处于被打成"右派学生"的险境之中，但是，他自己陈述道："我认为第三部构思发自我的内心，我是热爱党，热爱祖国，热爱毛主席的（即阳光的形象）。"③ 从这一背景可以清楚地看出诗歌的真正意蕴并不是红卫兵的觉醒，长诗充满着太阳崇拜和红卫兵的献身情结，属于典型的"文化大革命"主流观念。

　　关于对待太阳的态度和立场，芒克的《阳光中的向日葵》显示出完全不同的路径："你看到了吗/你看到阳光中的那棵向日葵了吗/你看它，它没有低下头/而是把头转向身后/就好像是为了一口咬断/那套在它脖子上的/那牵在太阳手中的绳索"。④ "向日葵"与"太阳"的传统象征关系，曾经牵动了多少国民的伤口，一下子使我们复活了那场浩劫的全部记忆。这一公共象征，是特定历史时期一个民族精神的整体象征。芒克写这首诗，虽然没有清除历史留下的痕迹，但是，他却对那些

　　① 食指：《食指的诗》，人民文学出版社 2000 年版，第 18 页。

　　② 食指：《〈四点零八分的北京〉和〈鱼儿三部曲〉写作点滴》，见诗探索编辑部编《诗探索：1994 年第二辑》，首都师范大学出版社 1994 年版，第 104 页。

　　③ 同上书，第 105 页。

　　④ 芒克：《阳光下的向日葵》，见老木编选《新诗潮诗集》（上集），北京大学五四文学社未名湖丛书，第 195—196 页。

愚昧而失去理智的价值观念进行了清场。向日葵与太阳不是和谐的、顺从的关系，而是对立关系，凸显向日葵的反抗品格。对封建专制主义的决绝态度，使一个觉醒的民主战士形象树立了起来。

李新宇"长歌三部曲"的价值取向迥异于食指的《鱼儿三部曲》，而更多地指向芒克。他笔下的《大地哀歌》真的就像芒克笔下"向日葵"所植根的大地："你看到那棵向日葵了吗/你应该走近它/你走近它便会发现/它脚下的那片泥土/每抓起一把/都一定会攥出血来"。[①] 在《大地哀歌》里，李新宇决绝地写道：

> 我不是太阳的后裔
> 而只是你
> 私生的儿女

在当时的文化语境下，此言蕴含着强烈的弑父意识，简直石破天惊！我们还应该知道，李新宇的"长歌三部曲"比芒克的《阳光中的向日葵》早了整整5年！

与"逆太阳崇拜"相应的是李新宇精神深处的"大地情结"，或者叫"庄园情结"。他在《大地哀歌》里说："我不会与太阳握手言欢/站立，是我不屈的抗议/大地呵，母亲/无论我走向何方/根，永远/在你怀里"。当大地的儿子们翅膀强壮以后，"他们飞向了太阳"，但是最终"找不到太阳远去的地方/西北风使他们发抖/又一次回头向你张望/又一次/欢呼你/歌唱你/一声声'母亲！'/一声声'亲娘！'/从高空中扑向你/紧紧吸住你干瘪的乳房"。大地母亲的儿子安泰如果离开了大地，就是失去了力量。他诅咒祖国大地上的丑恶与血污、愚昧专制，其实内心向往着一片洁净的"大地"。

"大地"是李新宇的文化之母与灵魂所系，而且从青年时期一直伴随着他。2005年他创作的《五十自寿》还动情地写道：

---

① 芒克：《阳光下的向日葵》，见老木编选《新诗潮诗集》（上集），北京大学五四文学社未名湖丛书。

……/五十岁的男人/应该清早起来/拿起扫帚/把院子打扫干净/打开大门/扫净门口的大街/然后回头/端详自己的门楼/拂去门楣的尘埃//

五十岁的男人/应该用粗腰带把外腰扎好/把烟袋别在腰里/倒背着手/站在地头/看儿子们在地里干活/心满意足地/埋怨和唠叨//

……/五十岁的男人/应该不断在祖坟漫步/瞅着日影/用脚步丈量/一遍又一遍/寻找自己的位置/看是否能够/稳稳地靠着先人的双膝/闭上眼睛晒太阳

李新宇在此诗附记中说："看了上面的句子，有朋友说：这是一个农民，小农意识！说得一点儿都不错，我本来就是一个农民，不幸流落到城市，而且失掉了土地，但仍然是农民。所以，我最大的愿望，还是做一个有土地的农民，做一个有历代祖先辛苦营造的自己的宅院和墓地的农民，做一个交粮纳税之后就不被骚扰的自耕农。"① 这段自述蕴含有二：一是他深沉真挚的农民本色之豁显，近年他在天津城郊买了房子，拥有属于自己的一块瓜果菜地，享受着田园意趣；二是象征意义的"精神家园"，这片"精神家园"具有安妥灵魂的深刻意义。他的新浪博客和微信都命名为"学者庄园"，富有深意。新浪博客"学者庄园"的简介，象征意义昭然：

心中一直有一个梦想：拥有一个自己的庄园。我的梦不算奢侈，哪怕只是一个很小的地方，只要能栽几棵绿树，种几片草，烈日下能于葫芦架荫泡一壶绿茶，雨天里能于斗笠下静听自己的庄稼拔节的吱吱声……然而，这对于我来说，却是一个难圆的梦。我被高高地悬在城市的高空，找不到脚踏实地的感觉。

多少年来，心中还有一个梦想：作为一个人文知识分子，应该拥有三样东西：一报一刊一大学。但在我们的现实中，这更是一个

---

① 李新宇：《梦旧情未了》，北岳文艺出版社 2016 年版，第 236 页。

遥远的梦。

现实的世界中难以实现的，只有到虚拟的世界里寻求。我的学生吕海琛为我在新浪建了博客，名为"学者庄园"。但愿它能成为朋友们相聚的一个角落。①

他所孜孜以求的"自己的宅院和墓地"，其实是一位现代学者的精神镜像，"不被骚扰的自耕农"其实隐喻着现代知识分子所捍卫的"独立之精神，自由之思想"。

第三节　从诗人之诗情到学人之诗思

早在1973年的《墓志铭》里，李新宇就清晰地表达了他的诗人角色之自期。开篇就写道："这里埋葬着年轻的新宇，/一个十八岁的中国诗人。"《痕迹》（1977）里写道："不愿默默死去，/人生一世，/应该留下一点痕迹。//痕迹？纪念碑？还是青史？站在高处看，/地球转瞬即灭，/地球没有了，/纪念碑竖在哪里？/青史藏于何处？/谁能看见你的痕迹？"流露出自我价值确证的焦虑。《告别饮马》（1978）里"未来的作家"、"天才的诗人"这种角色自期也非常明确。他早期的一些作品中已经显示出比较成熟的艺术技巧。如《黄昏》（1976）：

> 下工的老牛，
> 拖着疲倦的太阳，
> 一步，又一步。
> 蝙蝠的翅膀，
> 扇走了最后的亮光，
> 灰色的空中，

---

① 学者庄园简介，http：//blog.sina.com.cn/u/1243019541。

遍撒着黑色的破布。

意象的营造，喻象的创设，意境的虚实，语言的感觉化与错接，蒙太奇的组接与转换，都十分新颖。"阳"、"膀"、"光"在发音上的阳刚与内涵的压抑之间构成极大的张力。三个字的押韵到了最后一个字"布"突然失去节奏，貌似败笔，实则强化了内在情绪。

如果李新宇一直坚持诗歌创作，前途自当不可限量。可为什么1982年大学毕业后，他突然向学者角色转型了呢？他在《梦旧情未了》的后记《我的诗和它的时代》里曾经解释过原因：一是个人兴趣发生变化，重心从创作转向研究，于是学者梦浓，诗人梦淡了；二是成为时代代言人的诗人梦破灭。他说："当年猛然崛起的诗歌新潮使正在读大学二年级的我异常兴奋，同时也非常沮丧。兴奋者，一代人的声音已经破土而出；沮丧者，自己以诗歌做那一代人的代言人的梦想已经破灭。因此，我放弃诗歌创作而转向学术研究，并决定立即撰写一部《中国新诗史》。"① 从此，他从诗歌研究开始步入文学研究殿堂，而后涉入整个文史哲研究领域。

他的自况确实道出了一个客观存在。不过，如果考量李新宇整个诗歌创作历程，可以发现他的诗歌质地的嬗变隐含着从诗人角色向学者角色转型的内在逻辑。整个线索大致就是"诗情表达—诗情中蕴诗思—诗思凸显"。在这个过程中，诗人主体意识越来越清晰地叠现出现代知识分子人格内核。而独立自由的精神人格恰恰是现代学人的根基之所在。当初的自我省思——"人生一世，/应该留下一点痕迹。//痕迹？/纪念碑？还是青史？"——无论是诗歌创作还是人文学术研究，在通过文字来实现自我价值方面，可谓殊途同归。

这里有必要论及李新宇的诗歌观念，他说："诗人的成功，并不取决于驾驭语言文字的能力，而是取决于激情与胆识，取决于历史给予的机会。机会永远属于有准备的人。"② 他将诗歌的价值定位于"以诗歌

---

① 李新宇：《中国当代诗歌潮流》后记，山东大学出版社1993年版。
② 李新宇：《也说北岛的诗》，《山东青年报》1987年2月27日。

做那一代人的代言人"。① 李新宇从来都不是一个诗歌本体论者，不屑于去编织语言的修辞和技艺。换言之，他的价值观念决定了他是一个诗歌主体论者。因此，他早期诗歌中的诗人主体形象，在以后的诗歌写作中越来越自觉。随着他的人生历程的延展和思想的淬炼与深入，他的诗思成分越来越强，诗情向诗思偏移。笔者注意到，李新宇有不少具有学术对话和学术思辨色彩的诗作，如《问庄子》、《无须操心》、《唯一的终点》、《生命短暂》、《人生如梦》、《祭徐志摩》（1979）、《致叶文福》（1981）和《戏问顾城》（1982）等。《致叶文福》针对叶文福那首政治抒情诗《将军，你不能这样做》的遭遇，运用讽刺的笔触写道："不能这样写，/应该怎么写？/诀窍也许你知道：/将军改成蒋经国。"这首诗，其实是李新宇以一个诗人的灵魂共鸣与叶文福进行深层次对话，也显示出学人的良知。《戏问顾城》既是诗人对话，也是学者的质疑。无论是《致叶文福》还是《戏问顾城》，都有很多问句，表达诗人自己的思考。如"黑夜给了你的黑色眼睛，/可曾找到你的光明？""习惯黑暗的眼睛们，/能够看到的，/是光明，还是昏暗与泥泞？""星星、贝壳、小花、蝈蝈……/今夜大概又一次集结。/只是我不知道，它是用于哄孩子，/还是真正能够支撑你的梦，/免于冰陷雪崩……"对于"童话诗人"顾城苦心经营的虚幻的"童话王国"乌托邦，李新宇的质疑与反诘，闪烁着学人特有的理性色彩。

到了《梦旧情未了》的最后一辑"无诗的日子"，则更是诗思压倒了诗情。"无诗的日子"收录了李新宇毕业以后从事教学和学术研究时期的 15 首诗歌。之所以命名为"无诗的日子"，当然不仅仅是因为创作量减少，其实还隐含着一种特殊意味，那就是大的语境逐渐由诗意充盈的时代步入诗意稀缺的时代。如果说，李新宇 1983 年大学毕业之前的诗歌总体面貌以诗情浓郁取胜，那么 1983 年之后则是以诗思和风骨取胜。从诗情向诗思的嬗变，意味着一个抒情诗人开始向一位学者型诗人转型。他不再注重情感的抒发，而更多地传达哲理思辨色彩，讲究历史的洞察

---

①　李新宇：《中国当代诗歌潮流》后记，山东大学出版社 1993 年版。

力。他抒写美的生命近在咫尺，"却隔了铁网一重"；取景的多种尝试，最终留下遗憾（《与孔雀合影》，1983）。太白楼徒有其名而李太白从来没有来过，一个永远难以实现的美丽的遐想之梦，隐喻着文化不再的深深惆怅和悲哀（《太白楼》，1984）。《儿子》（2009）对传统家族文化进行了精炼概括，对于农民"宁愿被扒房、罚款，四处逃窜，东躲西藏，也要生儿子"的传宗接代观念："景阳冈上/儿子是父亲的胆/磐石之下/儿子是母亲的腰/宗祠落座/儿子是靠背"，儿子是家族延续的根，李新宇对此不是简单地批判和否定，而是具有学者式的"同情之理解"。

学者时期的李新宇，诗歌创作越来越凸显现代知识分子独立人格的光芒。《雨中答朵渔》（2007）一诗与朵渔的《谷雨：寄新宇老师》，可谓两位具有独立意识的学者型诗人的灵魂共振。一个蜗居中国大陆的天津，另一个远在韩国的济州，二人以诗互相慰藉着去融化"自己心底/层层堆积"的块垒。《古代战俘》（2007）简笔勾勒古代战俘的生存困境：要么以头撞宫殿而死，要么苟且偷生沦为奴隶。李新宇在耀武扬威、旌旗猎猎的辉煌中，敞开了沦为奴隶的战俘们的精神困境："一万只耻辱的老鼠/在心中啃噬/从冬到夏/白天　黑夜"。这首诗从反面证明了独立精神自由人格的珍贵性。《大明帝国的遗民们》（2007）将刀锋对准一个特殊的历史群落——大明帝国的遗民们的精神世界，揭示出"在自己家里/却活在别人的国家/在故乡思念祖国/望眼欲穿"的身心错位、时空错位的历史悲剧，忠君观念与故土情结牢牢地浇筑为一体，积淀在他们心底。历史的车轮残酷地从他们的身心上碾压过去，绿树红花和莺歌燕舞映衬的满地鲜血早已黯淡，子孙们纷纷考科举入仕。遗民们带着绝望进入坟墓时，恢复大明服色，以"生降死不降"的嘱托获取一种心理安慰，实乃阿Q的"精神胜利法"！《深水鱼》（2007）剖析在沉寂无风的酱缸文化中下沉千年的一条鱼的命运，象征着百年知识分子的梦想与精神困境。他的心里在铸剑："闪亮的躯体/淬火的疼痛/疼痛中的怒号/怒号中的飞腾"，但也仅仅是一场梦想而已，所有的激情与奋斗都荡然无存，最终是"一万年过去了/眼睛已经退化/不再寻找光明/只有蓝色的血管/在暗处闪动"。此时，再也没有了 20 世纪 80

年代那种"黑夜给了我黑色的眼睛/我却用它寻找光明"（顾城：《一代人》）的执着与乐观，更多的是隐忍与苦闷。

李新宇从一位纯正的抒情诗人成功转型为人文学者。这一角色的转型与他的诗歌转型是叠合在一起的。他完成了从诗情到诗思的嬗变，而且开始出现诗情与诗思完美结合的范例，如《大明帝国的遗民们》（2007）、《深水鱼》（2007）、《五十自寿》（2005）。我一直在倡言："有诗意的思想"与"有思想性的诗意"的结合，才是诗歌的最佳状态。李新宇的诗歌可以给我们丰富的启示。

附：李新宇自撰文学年表

1955 年，出生于山东青州一个农民家庭。

1965 年，小学四年级，开始喜欢文学作品。最先接触的除了《红旗谱》、《红岩》、《林海雪原》、《三家巷》、《艳阳天》等今天所谓"红色经典"之外，是《千家诗》、《红楼梦》、《家》、《春》、《秋》，还有《莎士比亚剧作选》和普希金的诗。最先迷恋的小说是《红楼梦》，最先迷恋的诗人是普希金，可惜当时读的是《普希金诗集》还是《普希金诗选》已经记不清，只记得里面有普希金夫人的画像，高耸的发结很美，我曾用薄纸蒙在上面描摹过多次。

1973 年，因为无望的爱情，开始写诗，5 月，写出自己比较满意的第一首诗《墓志铭》。

1974 年，开始参加县文化馆为培养工农兵业余作者而组织的创作学习班，成为一名"业余作者"，同时开始给报刊投稿，并订阅当时领导文学潮流的《朝霞》等刊物。开始大量阅读当时走红的作品，小说如《金光大道》、《虹南作战史》、《较量》等，诗歌如《庐山颂》、《理想之歌》、《西沙之战》等。然而，强烈吸引着我的还有另一些作品，如家中在 1966 年焚书运动中漏网的一套 1930 年代出版的《南风》月刊合订本等，以及从各个知青点上抄来的地下流行歌曲《红河谷》、《红莓花儿开》、《送郎出征》等。当然，那时的我已经清楚地知道，模仿前者写出的作品可以给报刊投稿，而带有后者味道的作品只能让它沉睡在自己的笔记本里。

1975 年，开始认真阅读鲁迅。开始只是一本《鲁迅小说选》，接下来却是 1958 年版的《鲁迅全集》。20 年后，我曾在一篇文章中写下这样一段话："直到今天，我仍然要感激鲁迅，是他给了我有生以来最大的思想支持。……当一种建立在自己人生体验基础上的思想受到权威话语压抑的时候，当各种想法得不到阳光照耀下的语言表达的时候，如果发现一些能够表达自己思想的现成语句，那将是一种什么样的兴奋！这一切，我从鲁迅的作品中得到过，是他促使我进一步用自己的头脑思考现实、思考历史、思考人、思考自我和思想本身。我开始沾沾自喜地珍惜着那些仅仅属于自我而与当时流行观点不同的认识。"再接下来，是通过《鲁迅全集》的后 10 卷而接触到外国的小说、诗歌和文学理论。那是无书可读的季节，我却幸运地读了一批外国文艺作品：阿尔志跋绥夫的《工人绥惠略夫》、武者小路实笃的《一个青年的梦》、爱罗先珂的《桃色的云》、果戈理的《死魂灵》、契诃夫的《坏孩子和别的奇闻》、法捷耶夫的《毁灭》……以及札弥亚丁、雅各武莱夫等人的一些小说，还读到了厨川白村的《苦闷的象征》、《出了象牙之塔》以及普列汉诺夫的《艺术论》等。若论这些书的性质，在当时无疑是"封资修黑货"，但因为它在《鲁迅全集》之中，人们便可以公开地读它，而不必担心被查获。《桃色的云》对我影响很大，使我牢牢地记住了解一句话："为一切弱而美的东西而斗争。"这成为我的文学宗旨，至今不曾改变。当然，当时是与我还没有能力反思和清理的"二为"并存的。

1976 年，到大型水库工地参加体力劳动，后从事宣传鼓动工作。

1977 年春，编选并油印第一本诗集《仁河春潮》。

1978 年 10 月，入曲阜师范学院中文系。编选了两本诗集《蓬蒿集》和《野火集》。

1979 年，参与学生刊物《生命》的编辑和刻印工作，同时给《新叶》、《朝花》、《晨曲》等学生刊物写稿。夏季，在渤海湾小清河入海口写成长诗《渤海情》。

1980 年，因为给朋友办的刊物《朝花》写关于徐志摩的文章而阅读徐志摩，为了了解徐志摩而走入《新月》。几乎同时，开始写长诗《长路吟》和《大地哀歌》。两首诗到 1981 年都有改动。

1981 年，鉴于新诗潮的主要代表人物已经就位，决定不再致力于诗歌创作，而开始《中国新诗史》的撰写。由此走入《新青年》，走近胡适、刘半农、沈尹默、鲁迅、周作人、康白情、俞平伯、郭沫若等新诗开创期的诗人。

1982 年，作为毕业论文完成《新诗运动与开拓者群体》，全文 20 万字，后来编入曲阜师范大学中文系 77 级、78 级《毕业论文选》的《试论新诗开拓者》是从中抽取的一部分。同年，开始写《中国现代诗歌史稿》和《中国当代诗歌史稿》，后者于1985 年由曲阜师范大学作为教材印行。

1985 年，主要精力转入当代文学批评，至 1989 年，先后发表《改革者形象的危机》、《新时期文学的个性意识》、《在鲁迅的道路上艰难迈进》、《对反思文学的反思》、《大众化与化大众的冲突》等批评文章。

1991 年，由中国广播电视出版社出版《爱神的重塑》。

1993 年，由山东大学出版社出版《中国当代诗歌潮流》。

2000 年，由浙江大学出版社出版《中国当代诗歌艺术演变史》。

1990 年，开始重读鲁迅、胡适、陈独秀，撰写《愧对鲁迅》、《走近胡适》、《叩问陈独秀》三本对话体的思想学术随笔。同时开始撰写两本观察笔记：《走过荒原——1990 年代文坛观察笔记》和《穿越迷雾——1990 年代学界观察笔记》。此后多年，除学术论文之外，多写散文和随笔，结集出版的有《大梦谁先觉》、《帝国黄昏》、《旧梦重温》、《中国共和那一天》等。

2014 年，出版散文集《故园往事一集》、《故园往事二集》。

2016 年，出版《梦旧情未了——李新宇诗选》。

第八章 杨克(1957—)
本土性生活体验的诗意切片

在当下诗坛，诗人杨克的近 30 年的诗歌创作从不哗众取宠，而是执着于对中国本土性的生活经验与生命体验进行审视，有效地深度介入行走着的历史语境，可以视为"现时代的诗意切片"。20 世纪 80 年代的激情、90 年代的冷寂以及 21 世纪的喧嚣，都在他的诗作中得到了回应。他实现了诗学意义上与生存现实意义上的双重"在场"。他从人的生存和时代语境的夹角切入诗歌，将宏大意图与诗学具象的关系处理得甚为精当，既有效地整合了这个时代的全息图景，最大限度地保留了生活现场的鲜活与丰富，又在内在价值观念上显示出高度的历史理性。

近年诗歌界有一个很有意思的现象：朦胧诗群和第三代诗群中的大部分已经在 80 年代的辉煌中完成了他们的历史使命，很快退出了诗歌现场舞台。虽然在 21 世纪也有诗人复出，如王小妮、徐敬亚、潘洗尘、柏桦、周瑟瑟、默默、洪烛、李亚伟、杨黎、阿吾、苏历铭、老巢等，但是仅仅是一小部分，有学者把他们称为"新归来派"。而杨克的诗歌写作具有鲜明的持续性。他在不同的历史时段，写下一系列重要作品。比如 20 世纪 80 年代的《夏时制》、《北方田野》；90 年代的《杨克的当下状态》、《1967 年的自画像》、《天河城广场》、《信札》、《逆光中的那一棵木棉》、《在商品中散步》、《石油》、《电话》；21 世纪初年的《在东莞遇见一小块稻田》、《听朋友谈西藏》、《人民》、《我在一颗石榴里看见了我的祖国》、《我的 2 小时时间和 20 平方公里空间》、《歌德故居》，等等。认识和理解杨克，应该把他放在 20 世纪 80 年代和 21 世纪来看，应该在较长的时间链条中定位他的创作。他的创作质量没有衰减，始终坚实稳步地"在路上"。

杨克的创作最大特点就是一直深入在诗歌现场，他的诗学立场是清醒的、坚定的，30 年的创作一以贯之。他的"在场"，既是诗学上的在场，又是生存现实的在场。每当社会重大事件发生后，他都亲赴现场，比如，2008 年的雪灾、"512"汶川大地震，他不是体验生活，而是再一次唤醒自己的生命，并且去激活他人的灵魂。基于这种创作自觉，杨克在《对城市符码的解读与命名》中说：诗歌创作应该"从人的生存和时代语境的夹角楔入，进而展开较为开阔的此岸叙事，让一味戏剧化地悬在所谓'高度'中乌托邦似的精神高蹈回到人间的真实风景中。"①

杨克"从人的生存和时代语境的夹角楔入"诗歌时，具有一个鲜明的特点，即很喜欢从"大词"（big word）出发。在他的一些重要作品，如《火车站》、《天河城广场》、《人民》、《在商品中散步》、《广州》、《我在一颗石榴里看见了我的祖国》里，"祖国"、"人民"、"商品"、"广场"、"火车站"等都是"大词"。其实，这种诗很不好写，容易流于概念化和抽象化，无法氤氲出浓郁的诗意。但杨克以"大词"去表达企图，去整合这个时代的全息图景。他深知"于细微处见精神"的艺术奥秘，将"宏大意图"与"诗学具象"的关系处理得甚为精当。例如杨克那首被广为转载的诗歌《人民》，题目叫"人民"，但是起句是"这个冬天我从未遇到过'人民'"。为何如此起句？因为"人民"在 20 世纪的中国，是政府赋予公民的一种政治概念。而杨克的《人民》中的"人民"有了个体生命的温度，空洞的"人民"概念，被活生生的"个人"取代，成为充盈着人文关怀的"民生"。在这首诗里，对于宏大主题与日常生活本相的观照，实现了统一。或许有人说，这首诗欠缺艺术性。但我认为，持这种看法的人误把"技艺"当作艺术性，而不知艺术在本质上是指涉灵魂与生存的，技艺只有融入诗人的灵魂与生存世相之中，才能升华为

---

① 杨克：《对城市符码的解读与命名》，杨克：《笨拙的手指》，北岳文艺出版社 2000 年版，第 157 页。

"艺术性"。这首诗的技巧已经完全潜藏到真实的世相中，民工、李爱叶、黄土高坡的光棍、长舌妇、小贩、小老板、发廊妹、浪荡子、上班族、酒鬼、赌徒、老翁、学者、挑夫、推销员、庄稼汉、教师、士兵、公子哥儿、乞丐、医生、秘书（以及小蜜）、单位里头的丑角或配角，三教九流，芸芸众生，汇聚成大千世界。杨克把一个个的生存角色用蒙太奇组接起来，丰富了生活信息量。而组接的介质便是诗人的基于人道立场的悲悯情怀。诗中没有叙事，但是处处都蕴含着叙事，因为每个人都是一部隐含着屈辱、卑贱、血泪、忍耐的历史；诗中没有抒情，但是最深挚的感情弥漫在诗歌所呈现的世相的纹理之中，貌似漫不经心地出现的每一个角色，实际上都经过诗人的深思熟虑才择取出来。这一个的角色犹如生活画布上的"光点"，以散点透视法渲染出了生存底色，在不经意的点染中，生活原生态的色泽、质地渐渐彰显出来。换句话说，杨克的目的不是揭示"人民"这一政治概念的能指，而是揭示"人民"所寄寓的"场"。电影导演安东尼奥尼曾在大型纪录片《中国》的解说词中说：他"不打算评论中国，而只想开始观察中国的各种面目、姿态和习惯"。这可以作为杨克《人民》的脚注。

　　我曾与杨克讨论过一个问题："安全写作"与"非安全写作"。所谓"安全写作"，指的是那些在精神深度和高度上，以及诗艺的开拓与探索上都匮乏的写作，虽没有致命缺点，但也没有提供诗歌新质，即常说的"平庸之作"。而"非安全写作"指的是诗人的深度指涉与介入，体现了诗人对现实和历史的洞察与良知，揭示了被遮蔽的某些历史真相。"非安全写作"也指的是诗歌技艺上的"非安全因素"，即诗歌写作中的先锋性和探索性，这往往会带来争议。这种"非安全写作"如果不发展到极端的话，还是应该肯定的，因为文学发展需要不断拓展文学艺术自身的元素，"非安全写作"是其动力与活力所在。因此，我们有必要适度把握"安全写作"与"非安全写作"之间的辩证关系。有的时候，诗歌对现实的深度介入，会使得被指涉的对象和那些负面形态产生激烈反弹，不愿意让诗人揭示真实面相的各种因素会干扰诗人。杨克的《人民》这首诗，虽然被多次发表、转载，但是，由于它指涉了生存现实的严峻性，仍然会被部分媒体排斥。他的写作彰显了独立的品格，保持了饱满的思想张力和诗学张力。

杨克在介入现实的时候，最大限度地显示出生活现场的鲜活与丰富，他说："诗人是穿梭于现实与理想的迷宫的孩子，他的好奇心决定了他对鲜活事物的敏感和关注，也决定了在这一切之上生产的异想天开的感悟。……现实是诗意的土壤，它比很多的虚构更有质感和美感。"①而他在贴近现实生存的同时，也具有理性的间离特点，在内在价值观念层面显示出高度的历史理性。曾经有多少人在诅咒"资本社会"的罪恶，又有多少人怀着小农经济的文化心态诅咒城市文明，好像金钱、财富统统是"不义"的，好像商品的每个毛孔里都滴着肮脏的东西。而杨克对农业社会向商业社会、现代社会的转型所展开的历史想象，不是站在保守主义立场单纯地抨击物质生活，而是以诗性的方式融入生活，阐释生活。《天河城广场》强化市民功能，客观地映现出历史的嬗变与转型。《在商品中散步》里，他以诗意的方式为社会主义话语里的"商品"正名：

> 在光洁均匀的物体表面奔跑
>
> 脚的风暴
>
> 大时代的背景音乐
>
> 我心境光明
>
> 浑身散发吉祥
>
> 感官在享受中舒张
>
> 以纯银的触觉抚摸城市的高度
>
> ……
>
> 我的道路是必由的道路
>
> 我由此返回物质　回到人类的根
>
> 从另一个意义上重新进入人生

---

① 赵思运：《另一只眼看杨克——访谈杨克》，《诗歌月刊》（下半月）2008 年第 8 期。

怀着虔诚和敬畏　祈祷

为新世纪加冕

黄金的雨水中　灵魂再度受洗

物质的巨大意义在现实生活中散发出诗意的光芒。杨克对历史和现实的诗性感受，不是单一的，而是复杂的多声部的，既看到了历史进步，又看到了这一转型期布满的灰色地带，看到了人们的迷茫与困惑，但是杨克的总体立场，是对城市文明的正面指认。

不过，他在拥抱城市文明的同时，并没有彻底截断在农业文明时代长出的尾巴。在《在东莞遇见一小块稻田》和《北方田野》等诗作中，我分明感觉到他的理性与感性的分裂：在理性上拥抱城市文明，在感情上留恋农业文明。杨克在东莞遇见一小块稻田所产生的"欣喜和悲痛"是特定时代语境下的复杂情感，一方面是身居大都市的生命被一种独特的自然生命所击中的"欣喜"；另一方面是"稻田"在现代化语境里生存的艰难所催生的"悲痛"，让诗人感到更丰富的象征意义。"厂房的脚趾缝/矮脚稻/拼命抱住最后一些土//它的根锚/疲惫地张着//愤怒的手　想从泥水里/抠出鸟声和虫叫"（《在东莞遇见一小块稻田》），逼真描摹出生命的挣扎。同样的历史阵痛，也深深植入他的《如今高楼大厦是城里的庄稼》："跟水稻争地，跟玉米争地/跟黄豆红高粱争地/跟住在老宅里的男女老幼争地/如今高楼大厦是城里的庄稼//乡村的农作物越种越矮/老人和儿童/是最后两棵疼痛的庄稼/摇晃干瘪的父母，青黄不接的子女/城市深耕直播/建筑日夜拔节，愈长愈高/阳台，顶层和入户花园/又嫁接绿叶和开花的植物"。他正是在农业文明向现代工业社会转型的夹缝中，痛苦地思考着。我一直在关注着，杨克的感情世界里这两种因素的分裂是不是会随着时间的前行而出现弥合？

他的诗作里出现了大量本土性的传统文化意象，如《岭南》、《东坡书院》、《我对黄河最真实最切身的感觉》、《孙中山》、《孙文西路》、《小蛮腰》、《乡愁消隐的月亮》、《长江》、《清明》、《乙丑年夏日再登黄鹤楼》、《黄鹤楼》、《三苏园祭东坡》、《长相思》、《新长恨歌》、《谒

香山普门禅寺观音祖庭》、《青黄（仿河湟野曲"花儿"）》。《赴香港城
大纪念杜甫千三百年诞辰戏仿杜诗》，系辑录 28 首杜甫诗句加以仿写重
构而成。《岭南》一诗，于古今中外的文化视野之中，凝练岭南的中西
合璧式的文化风韵。《东坡书院》中，"撩开浓稠的蝉声"释放出古典
文化的清雅馨香。这都是文化寻根的力作，或曰向传统文化致敬之作。
不过，他的传统诗学意象不是僵死的，而是充满了反思和思辨精神，如
《孙文纪念公园》写出杨克对历史复杂性的理解："辛亥那年／我扬手
咔嚓剪掉帝制／可乡亲／依然以古老的传统／为他竖起纪念华表／蟠龙的
根深蒂固的华表／像两根无形的辫子／整天在他眼前／抽打　摇晃"。孙
文所反对的帝制和专制，却在后人的潜意识深处复活，历史文化心理的
吊诡充满了反讽！另外，《乡愁消隐的月亮》等诗在传统诗学意象之中
寄予了现代哲思，他消解了"月亮"的乡愁母题，从而转义为现代生
命哲学意味的表达：

　　　　五百丈高的桂树纯属虚构
　　　　满头银丝的吴刚
　　　　俯瞰西方大地的西西弗斯
　　　　使尽力气将巨石推到山顶
　　　　同病相怜　砍伐
　　　　形而上的存在　徒劳无功
　　　　如同李白对影成三
　　　　东坡婵娟泪眼相看

　　杨克的另外几首近作，深刻地凸显了诗人在全球化语境下的本土意
识，以及对人类命运的思考。诗作涉及生态、社会与当下个人生存境遇
等诸多命题，更加显示出对人类普世价值的关注。例如，《在野生动物
园觉悟兽道主义》、《有关与无关》、《台风》、《莫拉克》、《额尔古纳的
白杨》、《江河源》、《若尔盖草原》、《青黄》、《达里湖》、《郎木寺朝
拜》等一系列诗篇，密集地聚焦于人类与生存环境的关系，或状写自

然环境的恶化，或反讽动物世界里人性的异化，或以西部湖泊草原纯美的朴素直接去敲打人类的灵魂，唤醒人性的沉溺，让人们思考去如何还原人类的原初本色。杨克的这种观照，既呼应了时代语境的行进历程，有效勘探了具体的时代境遇，又具有了全球性的诗思触觉，实现了诗思的普世价值。

杨克在精神视野和诗学视野上变得更加开阔了，他把眼光放到全球化语境中，在全球化与本土化的对比张力中彰显诗思。最有代表性的是《大》、《我的2小时时间和20平方公里空间》、《歌德故居》、《法兰克福》、《一个人的奥运——第四届奥运会》、《从波士顿回到广州——给TT》等作品。如《大》，作者以母语诗人的身份来到美国的大盐湖、大峡谷、大瀑布、大平原，带着"我纪元前的夏商周秦，我的汉唐，宋元明清，我的1966，我的1978，2012"，与狄金森、奥登、威廉斯、桑德堡、惠特曼、金斯堡进行灵魂对话：

> 我来了，你们的十九世纪错过了汉语
> 奥登来到我的2012，还有，什么入籍？
> 美国这颗卵子还未受精，李白已飞流直下三千尺
> 三百四十九天前我行走于天上的黄河
> 如同好莱坞大片，我还欠一个对手
> 盘旋在大时代，上升，上升。帝国大厦也不够我俯仰
> 我仍作为我而站立，一如广州塔
> 天空博大精深，"像高烧的前额在悸动"
> 欠缺历史和我要求的高度。

又如《我的2小时时间和20平方公里空间》这首诗，在有限的时空里，诗人聚合了俄罗斯姑娘、美国教授、欧洲男孩、阿拉伯女孩、非洲裔黑人，汇聚了大学教授、网络编辑、报社记者、电视台主持人各色人等，信息十分丰富而又瞬息万变，这正是诗人置身于现代大都市的见证。但是，"我突然想起故乡广西　有一个叫巴马的长寿

乡/那些百岁老妪终生上山劳动/喝最甜的水　呼吸最干净的空气/吃玉米和南瓜苗/一生　没有进过一次县城"。在这浓郁的现代都市氛围里，诗人灵魂深处唤起的却是对于本土与故乡的本色山民最干净的生存忆想，令我们感受到现代喧嚣城市里何以寻根的生命问题，极大地拓宽了诗的意境。《歌德故居》则揭示了中国诗人与欧洲诗人的文化通约，"我用平仄的汉语敲门/走进你二千五百首诗歌里/一蓬翠柳刺破墙头的秋色/德语的音节轻重抑扬/惊飞两个鸣叫的黄鹂//我身着西装牛仔/心依旧罩着一件长衫/东西方诗人朝着各自的方向凝望"。杨克以极具民族特色的意象，与歌德进行了一场心灵对话，一种人类共同的文化遗产使东西方诗人的灵魂得以沟通，这种文化通约体现了人类普世价值的传播。

韦勒克·沃伦曾经对文学进行分类："好的"文学和"伟大的"文学。"好的"文学指的是文学性和技艺性的成功，"伟大的"指的是有思想高度、现实广度和历史深度。这两个标准，一般是很难做到融会贯通的。杨克在有效地切入现实的同时，并没有放弃对诗歌自身的艺术追求，而是以诗意的方式和诗艺的方式，双重进入现实世界和艺术世界，最大限度地保留了，或者叫呈现了生活现场的鲜活与丰富。他不让诗的"意义"和"象征"压倒"诗艺"本身。他的作品里意象和场景非常写实，很少有直接的写意和象征，即使有写意和象征也是以写实的效果出现。一块稻田、琳琅满目的商品、广场，这些具象自然而然地蕴含一种内在的意味。他有效地道出了身处的现实语境，似乎有意地规避着象征，貌似"拒绝隐喻"，而实质上他是以敏锐的现代文明触角去探测现代生存的质地。杨克正在自觉地由一位"好的"诗人向"伟大的"诗人行列靠近，他说："一个中国诗人在自己的母语里活着，本身就在世界之中……他同样像普通人那样有冷暖饥饱的切实感受，同样可能遭遇处境的窘迫和精神的屈辱，同样为了命运和天赋人权挣扎奋斗，实在找不到为了'走向世界'而逃避书写'中国经验'的借口。"[1] 杨克的诗

---

① 杨克：《我的诗歌资源及写作的动力》，杨克：《笨拙的手指》，北岳文艺出版社 2000 年版，第 149 页。

学态度，对当下诗坛无疑具有积极意义。

附：杨克文学年表

一 出版

个人汉语诗集：

《太阳鸟》（广西民族出版社 1985 年版）；《图腾的困惑》（漓江出版社 1990 年版）；《向日葵和夏时制》（广西人民出版社 1991 年版）；《陌生的十字路口》（人民文学出版社 1994 年版）；《笨拙的手指》（北岳文艺出版社 2000 年版）；《杨克短诗选》（中英双语，香港银河出版社 2003 年版）；《杨克诗歌集》（重庆出版社 2006 年版）；《有关与无关》（台湾华品文创有限公司 2010 年版）；《编年史》（新死亡诗派年度奖暨中国诗人免费诗集奖 2012 年版）；《石榴的火焰》（花城出版社 2012 年版）；《杨克的诗》（人民文学出版社 2015 年版）等 11 部中文诗集。

个人外文诗集：

《杨克诗选》（日语，日本思潮社 2016 年版）；《杨克诗选》（蒙古语，蒙古乌兰巴托恒字出版社 2016 年版）；《杨克诗选》（英语，美国俄克拉荷马大学出版社 2016 年签约，预计 2017 年出版），其他语种诗集等正在翻译中。

其他：《叙述的城市》（海峡文艺出版社 2002 年版）、《天羊 28 克》（作家出版社 2008 年版）、《石头上的史诗》（广东人民出版社 2010 年版）等 3 本散文随笔集；文集《杨克卷》（漓江出版社 2004 年版）、《我说出了风的形状》（人民文学出版社 2016 年版已签约）。

个人诗文被收入《中国新文学大系》（1976—2000）、《中国新诗百年大典》、《中国新诗总系》、《中华诗歌百年精华》、《中华人民共和国五十年文学名作文库》、《新中国 60 年文学大系诗歌卷》、《百年百首经典诗歌》、《新诗三百首》、《中国当代诗歌经典》、《〈人民文学〉五十年精品文丛》、《大学语文》、《中国文学评论双年选》、《中国先锋诗人随笔选》等各种文选共 300 种以上。

二 主编著作

1998—2014 每年度《中国新诗年鉴》（花城出版社、广州出版社、海风出版社、重庆日报出版社、江苏文艺出版社等）；《〈他们〉10 年诗歌选》（漓江出版社 1998 年与小海合编）；《90 年代实力诗人诗选》（漓江出版社 1999 年版）；《60 年中国青春诗歌经典》（中国青年出版社 2009 年版）；《朦胧诗选》（"中国文库"第 4 集）（中国青年出版社 2009 年版）；《中国新诗年鉴十年精选》等。其中《中国新诗年鉴》引发了世纪之交最大规模的诗学论战，年鉴封面"艺术上我们秉承真正的永恒的民间立场"一句，使"民间立场"写作成为诗学批评的关键显词和一种文学现象的指代。《〈他们〉10 诗歌选》被《南方周末》评为年度 10 本好书中唯一的诗歌集。

三 发表

在《人民文学》、《诗刊》、《中国作家》、《当代》、《世界文学》、《上海文学》、《十月》、《花城》、《大家》、《青年文学》、《天涯》、《作家》、《山花》、《芳草》、《红岩》、《作品》、《广西文学》、《星星诗刊》、《南方文坛》、《诗探索》、《人民日报》、《光明日报》、《文汇报》、《文艺报》、《文学报》、《中华读书报》、《南方日报》、《羊城晚报》、《南方周末》、《南方都市报》、《诗歌月刊》、《诗选刊》、《中华文学选刊》等期刊及报刊上发表了大量诗歌以及评论、散文和个别小说作品，也在 20 世纪 80 年代的杂志《萌芽》、《青春》、《青年作家》、《诗歌报》、《文汇月刊》、《丑小鸭》等发表了诗作。还在《他们》、《非非》、《一行》民刊以及海外报刊和网络发表作品。其中，截至 2015 年 2 月新诗集出版，一些节点有代表性的作品为：20 世纪 80 年代《走向花山》（组诗，1984）、《红河的图腾》（组诗，1985）、《北方田野》（1987）、《夏时制》（1989）、《观察河流的几种方式》（1989）；20 世纪 90 年代《纳尔逊曼德拉》（1990）、《在商品中散步》（组诗 1992）、《石油》（1993）、《杨克的当下状态》（1994）、《热爱》（1994）、《1967 年的自画像》（1994）、《逆光中的那一棵木棉》（1994）、《信札》（长诗 1995）、《电话》（1996）、《德兰修女》（1997）、《天河城广场》（1998）、《没有终点的旅程》（1998）、《风中的北京》（1999）；21 世纪前十年《在东莞遇见一小块稻田》（2001）、《野生动物园》（2001）、《朝阳的一面向着你》（2001）、《人民》（2004）、《春天漂流书》（2005）、《我在一颗石榴里看见了我的祖国》（2006）、《有关与无关》（2009）、《高秋》（2009）；近几年《高天厚土》（2012）、《如今高楼大厦是城里的庄稼》（2012）、《大》（2012）、《石》（2012）、《岭南》（2012）、《地球苹果的两半》（2014）。可见其 30 年来一直保持良好的写作状态，这些诗歌也被国外汉学家翻译为英、日、法、俄、德、西班牙、韩、印尼语等。

四 主要文学经历

国内：

因缘际会，亲历了中国 30 多年来最重要的几个诗歌场域。作为负责记录的小青年，服务于 1980 年春在广西南宁召开的"全国当代诗歌讨论会"（又称南宁诗会），会上谢冕、孙绍振等评论家对北岛、顾城、舒婷等青年诗人所创作的诗给予了极力鼓吹，"不仅负责会议全程的录音，公刘先生谈顾城诗歌的发言也是我给他整理的"。后来因为曲有源在南宁师院（今广西师院）的讲座被举报，亲自销毁了全部录音资料，甚是可惜。1985 年，前去组稿，在四川大学外面的出租房里，遇到赵野，一群人深夜讨论要打出"第三代诗歌"旗号。1991 年台湾《创世纪》诗刊在介绍大陆"朦胧诗"之后，首次介绍大陆"第三代诗歌"，和海子、欧阳江河、陈东东等十多人一起。1999参加了在北京郊区"盘峰论剑"，卷入"知识分子写作"和"民间立场"写作的论战。这几个重要场合都"在场"的诗人，可能是唯一的一个。

20 世纪 80 年代初受北京民主墙运动影响，杨克在南宁也贴过不少诗歌。1986 年12 月底参加了"第三届全国青年文学会议"，这是"文化大革命"后举行的第一次全国青年作家创作会议。与会诗人包括舒婷、顾城、杨炼、于坚、韩东、王家新等。1987 年在秦皇岛参加诗刊社"第七届青春诗会"，与会者有西川、欧阳江河、陈东东、简宁、程宝林、张子选、郭力家等。1991 年与非亚、麦子在南宁创办《自行车》，1992 年在广州参与组稿民刊《面影》，1999 年主编《1998 中国新诗年鉴》至今，在年鉴之前，中国已经多年没有一本年度诗选，尔后，才开始出现了各种诗歌年选。30 年来参加过国内诗歌节和诗会太多，不一一罗列。也参加过新世纪以后的多届全国作代会。应邀参加过在台湾举办的诗会和"两岸高峰论坛"。

国外：

2000—2016 年，参加过 4 次日本国际诗歌节和诗歌活动，有两次是《地球》诗刊邀请，一次是日本诗人俱乐部邀请；另一次是城西大学邀请。在东京大学、日本诗人俱乐部、秋田县图书馆做过演讲，在城西大学做过对话。每次均参加多场诗歌朗诵会。2003—2009 年去过德国 3 次，分别受德国之声国际部、德国国家旅游局、法兰克福书展等邀请，访问过德国的 30 多个城镇，出版了德国建筑旅行笔记《石头上的史诗》，在海德堡大学等朗诵过诗歌，也参加了法兰克福书展多个会议。2015 参加了哥伦比亚麦德林国际诗歌节，与会 70 个国家 100 多位诗人，在新闻发布会受邀作为主宾，是开幕式现场面对 6000 位听众朗诵的 9 位诗人之一，还有个人专场朗诵和对话，以及多场朗诵等。2014 年参加了"亚北欧诗歌行动"，在挪威、芬兰参加过多场朗诵。2016 年参加了英国剑桥大学国王学院举办的徐志摩诗歌艺术节，进行朗诵、交流。从 20 世纪 90 年代末起到前几年，还在澳大利亚、新加坡、印尼、菲律宾、马来西亚等参加过诗歌朗诵等文学交流活动，在悉尼、新加坡等地的图书馆做过演讲。

五 获奖

获"第二届《青年文学》（1984—1988）创作奖"；1988 年获首届广西政府奖"铜鼓奖"；1990 年获台湾"第二届石韵新诗奖第一名"；《山花》年度奖；台湾《创世纪》40 年优选奖；此外还有"首届汉语诗歌双年（2006—2007）十佳"奖，广东省第八届鲁迅文艺奖，广东省第七届五个一工程奖，中国当代诗歌（2000—2010）贡献奖，首届广东中青年德艺双馨作家、《人民文学》的征文诗奖和大赛金奖等。

六　文学工作

1982 年加入广西文联，1991 年至今任职于广东作协，其中 1999—2000 年在北京大学谢冕先生处做访问学者。现任广东省作家协会专职副主席、《作品》文学杂志社社长。系北京大学诗歌研究院研究员，中国作家协会诗歌和网络文学两个委员会委员，中国诗歌学会副会长，广东网络作家协会主席。

第九章　李笠(1961—　)
李笠诗歌中的文化母题意象

对于共和国时期的"去国诗人"① 这一特殊群体来说，由于处于异质文化环境之中，他们的身份认同、价值观念认同、文化认同和语言认同具有更为丰富的辨析空间。李笠便是"去国诗人"的典型个案。李笠1961年出生于上海，1979年考入北京外国语学院瑞典语系，于1987年到瑞典访问，1988年获得瑞典学院的奖学金，同年赴瑞典斯德哥尔摩学习瑞典文学和现代文学理论，从此开始了去国生涯，常年游学欧洲，现供职于瑞典作家协会。他延续了大陆与西方的双重经验，建立了生活经验和文化体验的双重视域。在20多年的漂泊生涯中，身处不同文化语境的李笠在文本中频繁地对中国文化意象进行描画，构成了文化母题意象。"历史人文意象"、"家族意象"、"母语意象"这些文化母题意象既是中国经验的浓缩，又是汉语母语文化的外化。

第一节　李笠诗中的历史人文意象

李笠笔下的文化母题意象首先通过"历史人文意象"体现出来。

李笠自小学开始读唐诗，中学阅读了大量中外诗歌并开始写旧体

---

① "去国诗人"这一概念在本论中指共和国时期离开中国大陆到海外生活和写作的诗人，如北岛、杨炼、严力、多多、张枣、李笠等。本文论述对象是他们去国以后的诗歌创作。

诗，对传统文化情有独钟。他的作品比其他的去国诗人的中国经验更加丰富多彩，而且他的中国经验更富有文化色彩。因此，历史人文意象在李笠笔下频繁地出现。历史人文意象既有物象型意象，如"月亮"、"菊花"、"竹子"、"石碑"、"唐诗宋词"、"春江花月夜"等文化载体，又有人物型意象，如苏武、康有为、梁启超、李白、庄子、屈原等。

"月亮"、"菊花"、"竹子"等意象在古典文化中是非常频繁的物象意象。"月亮"作为传统文化母题意象，则往往寄托着思乡之情。古典诗词中关于月亮的意象比比皆是。海外的诗人寄托对家国之思的最佳载体便是月亮。严力的《中秋月》、《出洋留学的张三》，李笠的《这里与那里》等都出现了月亮意象。如《东方的诱惑》："它们挽着李白的月亮/返回了唐朝//但我走得更远/我在晋朝——在北欧的乡村//种着菊花，数着心跳。"《这里与那里》一诗由诗人所处的斯德哥尔摩的此时此刻，经由"窗口的月亮"而打开思绪，思想情感的触角延伸到诗人的祖国。这个以月亮作为载体，"它曾是母亲挂在天上的镜子"，照亮了祖国文明，"品味李白的诗歌"，"陶罐上游了千年的鱼/穿过历史的洪水"，"一条运载杜甫的帆船/蓝天里，十字旗笑我/逃离象形汉字的脚步"。而且也充满了历史审视："一声惨叫。屋里的黑暗/如洞中的蝙蝠/消散，把魂扔在墙上//一幅原始壁画：野兽/灯在燃烧。灯/看见自己的魂：影子！"在两个国度的时空交错之中，无论是"这里"还是"那里"，"候鸟"一样的诗人"越飞，那透明的棺盖/就越低。每次填写/都是重写重错的地址"。组诗《重访出生地》频繁出现的虎跳峡、上海、大连、藏獒、铁观音、文房四宝、明代家具、黄浦江、外滩、革命记忆、资本浪潮、庄子、李白、民工、诗人、商人，浇铸出杂色的历史记忆和现实境况。《致一个去中国的欧洲游客》中出现了"汉语"、"吃饭打嗝"、"满地吐痰"、"长城"、"龙"、"蚕"、"月亮"、"艾草"、"《道德经》"、"老子"、"玉"的意象，即使到了越南，诗人也由眼前所见幻觉出中国文化意象："深入。一条明朝小巷。乌龟/拖着汉字的石碑走来/闭眼，你才相信走出了故宫"（《穿越越南》）。

李笠说过："我的血液里流着的就是唐诗宋词。具体一点，写诗时，我觉得自己是个活在现代的唐朝诗人，在孜孜不倦地追求所谓的诗的'意趣'。"① 由于李笠非常多地浸润在中国传统文化的河流之中，他的血液里流动着非常丰富的传统文化因子，并且外化到他的诗中：

　　　　种的竹子

　　　　守着花园小路

　　　　守着和我讲母语的早晨的天空

　　　　　　　　　　　——《2006 年 10 月的陶渊明》

　　　　我被弹奏的手指控制

　　　　我是万花筒里的五种色片，五个词

　　　　时而被摇成滚翻的碎银

　　　　时而被劈成零落的花瓣

　　　　时而又被抹成药，撮成盐，挑成喷溅的泡沫

　　　　……江河喧响，水波托起一个 17 岁的少年

　　　　他站在月光笼罩的黄浦江畔

　　　　这是春夜，他默念着一首刚背出的唐诗

　　　　江畔何人初见月

　　　　江月何年初照人……

　　　　他是祖国的花朵，春色

　　　　他要把一生献给养育他的多难的土地

　　　　但波罗的海的冰水

　　　　正从他身后涌来。他没有发现

　　　　他看着漂木般闪过的船影想着古人的诗句

　　　　月光碎成海盗般凶猛的雪花

---

　　① 李笠：《答〈窗口〉杂志问》，李笠：《金发下的黑眼睛——一个漂泊者的忏悔》，上海文艺出版社 2006 年版，第 213 页。

雪花飘成一条喧响的江河

带走漂木，把祖国的花朵

碾成 47 岁的无家可归

于是河水

冻结，静成二十一根容纳所有感慨的琴弦。

————《听袁莎袁莉在雪天的斯德哥尔摩弹〈春江花月夜〉》

值得注意的是，李笠在运用传统文化意象的时候，往往凸显主体意识，深刻地融入了诗人自我的命运体验。如《康有为——梦》和《雪夜听（苏武牧羊）》。康有为因维新失败而流亡日本。1904 年他考察欧洲时，访问瑞典并在沙子岛（Sandhamn）逗留数日。百年以后，李笠在此度假的时候，写下《康有为——梦》，意在呼唤"屈原—岳飞—康有为"所贯穿的诗人的"伟大的汉语"传统——责任、人道、关怀。而《雪夜听（苏武牧羊）》更为深沉动人：

露胸女子在闭眼吹箫。苏武在飞雪弥漫的北海牧羊

他嚼着雪，吞咽毡毛

但他仍拄着自己的母语——汉廷的符节

露胸女子深情地吹着。羊群飘成云朵

羊群说：你不能回朝廷了，为何还在荒无人烟的地方受苦？

羊群说：你母亲已死，你妻子已改嫁，你可以脱胎换骨！

羊群说：朝廷法令朝三暮四，安危不测，你究竟为谁守节？

羊群说：你应该快乐！你的国家叫自由

不停吹奏的嘴巴如风中的樱桃抖颤

悲凉的音乐打开蒙古包上的星空

苏武在酣睡，梦见脚系帛书的大雁

飞入春天的长安。我活着，我没死。啊，归来头已白！

但漂泊在继续。免职和被处死在继续

吹箫的嘴唇颤动成京城的霓虹。羊群

突然静卧成积雪。苏武从音乐厅的座位上

站起，鼓掌："我要继续牧羊。羊是诗，与皇帝的敕封无关！"

诗中的苏武与去国诗人一为"被抛"，另一为主动的"西寻故乡"，都处于异国他乡，但是，二者在本质上具有相同的生存境遇，可谓异质同构，互为映衬，他们的命运让我们思考个人与国家的血肉关系。

李笠与北岛、多多、杨炼、严力最大的不同在于，他的作品的情感质地不是模糊的，而是具有非常鲜明的历史感和现场感。李笠虽然在欧洲多年，但是他的欧洲生活经验就是"淡水鱼在大海里漂泊"（《在欧洲深处》）。《孤独》中："门外的银杏/让我跪下。它说着我的童年的语言"。《向雪夜道晚安》全诗以排比句式组成，流露出浓厚的中国情结："啊，有个知音多好！要是今夜能在这里一起喝酒用汉语交谈多好！"《痰》一诗以非常中国化的生活场景再现了百年历史，在一颗痰里映射中国的风云变幻："爷爷被枪毙前/吐出的痰。它落在我童年的黑暗里"，"因言论放纵而被关押的父亲""抽烟时，他就会吐痰。他把痰吐在烟缸里。他死于肺癌"，母亲临死时也痰如风箱。"我是在吐痰中长大成人的"，并且把吐痰作为表达自己意愿和立场的手段。

第二节　李笠诗中的家族意象

"家族意象"也是李笠诗歌文本中显著的文化母题意象，主要包括"父亲形象"和"母亲形象"。之所以把"父母形象"作为中国文化意象来重点分析，是由于中国传统文化中一直把"国"与"家"看作同构关系。父母这种私人意义的称谓，很多时候隐喻了国家意识，或者隐喻着民族文化的认同，或者隐喻着文化身份的延续。

在中国大陆有一种民族文化的原型意象——"母亲"，"祖国"与

"母亲"的意义经常叠映在一起。去国诗人对于母亲的追忆，也暗含着寻根认族的文化心理。李笠的长诗《源——给母亲》便是他对于身体历史和中国经验的探源。2002 年 12 月 23 日，李笠在母亲去世以后开始写作《源——给母亲》，于 2003 年完成。长诗包括《死后的风景》、《传统》、《鱼》、《原料是怎样变成菜的》、《最好吃的鸡》、《原木砧板》、《泡沫里的手》、《春节及其他》、《照片》、《边喝茶，边看》、《我的母语》、《中国书法》、《无名》、《影子》、《母亲是一道吞噬我的菜》、《1997 年元夜，skeppsholm》、《上海，癌症房》、《多余重逢的瞬息》、《遗书》、《听死者讲汉字》等二十首。其中《最好吃的鸡》融入了父亲在"文化大革命"中被隔离审查后靠边站时"对于小鸡，活/就像我入党一样难！"的沉痛回忆。母亲在洗衣服时"弯曲成象形字里的'女'"（《春节及其他》）。《我的母语》开始便是"它控制我舌头，像翅膀/控制空中的鸟身"。"它的元音是泡饭/辅音是酱菜和油条"，将高度的抽象的语言具象化为"泡饭"、"酱菜"和"油条"，即是典型的中国经验。《中国书法》则把自己看作中国书法的载体和书写的载体："我，一支轮回千年的笔，在写/大地展现死者写过的字/天空俯身观览/并很快又铺上一张浩大的宣纸。"《影子》中墙壁上幻觉出的母亲的影子在说："我是你母亲"、"我是你寻找的家……"《母亲是一道吞噬我的菜》写了诗人的童年和母亲的人生经历，以及"军装喊'万岁'的年代"社会的动荡、人与国的悲剧、命运的漂泊。《1997 年元夜，skeppsholm》化用了孟郊的《游子吟》的诗意："雪落下二十年前的今夜。你/灯下的身影，针。你缝着我的棉衣//我穿着它上学……如同蝴蝶/脱下茧，我脱下棉衣，逃往你针无法触及的地方"，这里蕴含着一个悖论：一方面，他留恋亲情与母爱，这是生命之根；另一方面，他又渴望"逃亡"，逃到母亲"无法触及的地方"，去西寻故乡。极富文化与历史意蕴的是《听死者讲汉字》，作者选择了母亲对"福"、"我"、"物"、"囚"、"从"、"影"、"活"、"死"、"名"、"善"、"国"等十一个汉字的拆解，对幸福、存在、人伦、活、死、身份、国家、战争的朴素理解，涉及的既有物质生存层面，也有哲理层面，充满了对历史的洞察力与文化的敏锐感悟。

如果"母亲形象"更多地体现的是追溯生命源泉的意味，那么，"父亲形象"则更多地作为历史文化的链条。同样是中国传统文化的传承者，后代对于母亲形象的正面认同多于父亲，而对父亲形象的接受更加复杂得多。李笠对于父亲形象的认知，既有象征性的认同与寻根，又有现代意义的断裂，与多多等人并不相同。多多的《我读着》（1991）更多的是写实的父亲形象，意味着对归根意识的感性显现，富有人性的亲切味道，他的《四合院》里父亲的形象则高度抽象化了。他写道："身上，姓比名更重"，这是由东方文化中家谱的规训所定，它表达的是中国传统文化中认族归根的意识，这种意识既是血缘的，也是文化—心理的。结尾一节："把晚年的父亲轻轻抱上膝头/朝向先人朝晨洗面的方向"，这里秉承了古老文化的信仰。"朝晨洗面"作为儒家文化"苟日新，日日新"的象征性仪式，体现了先人对自我内心世界的拷问、对智慧追求的自律。多多正是出于对这种文化的顶礼膜拜，而升华到对文化传承的高度予以诗性表现。而李笠对于父亲形象的态度却是决绝的态度。

李笠虽然在《阴天，看见死去的父亲》、《病中想到父亲》等诗中表达了对于祖辈们无法割舍的生命维系，这也是人性中最柔软的部分，但是他的《从李生发到李西梦》和《给洗礼后的儿子》却辐射出传统与现代、中国与西方之间那种更为复杂的既牵连又断裂的文化信息。《从李生发到李西梦》一诗里，诗人从在斯德哥尔摩听到爷爷李生发的死亡信息开始，以纪实方式，回忆了爷爷李生发的一生并以诗人及其子李西梦做比较。既有强烈的寻祖意识，又具有强烈的断裂意味。李生发的名字打上了"生根发财"的民族文化烙印，也凝聚了"红豆生南国，春来发几枝"、"好雨知时节，当春乃发生"的传统诗意。李生发的一生正是典型的中国经验："二十世纪二十年代，一个十四岁的男孩/从江西某小镇跑到遍地黄金的上海（像八十年代上海人涌向日本）/打工，挣钱，开店，成为小业主/多子多福。他生了九个孩子，取名'荣根''金根'……/但福兮祸兮，他成了专政对象。批斗，劳改。/检查。全家落叶纷飞……"当"我"出生之时，"你死我活的斗争此起彼伏，生生不息/于是每张脸都漂成了鬼魂，残片/于是我——满脸汉字的黄种人——漂到了人稀地广的瑞典"。这种非人的处境，使诗人自我放逐，这种"被抛"状态，既是被动的放弃，又是主动的寻找，这种寻找体现在诗人李笠的人生道路，以及他的下一代。

　　虽然李笠在欧洲生活多年且在欧洲与金发妻子生育儿女，但是文化的隔阂无法消除。这种文化的隔阂通过家庭内部的分化体现了出来。《布鲁玛的鸳鸯火锅》记录了一家人吃鸳鸯火锅的分歧。"金发妻子"、"我"和"一对儿女"产生了家庭内部的文化之争。妻子所代表的欧洲文化与"我"所代表的中国文化"井水不犯河水"，"一个锅，两种世界/就像东西方文明/在地球的两边//一种奇怪的感觉：同床异梦！/或者：一对鸳鸯/不能互相证明各自的存在"，家庭内部的自由带来的恰恰是分歧，这不是一个悖论吗？"伟大的中国文化"遭遇到"全球化"文化语境时，被认为"恶心"、"气味难闻"、"脏"、"像极权的果实——腐败"。专制与自由的选择面临着两难的尴尬处境。这是家庭分歧，隐喻的却是全球化语境中中国文化的位置问题。

　　李笠的儿子"李西梦"其实也是一个象征符号，"西梦，不是建军建国"，这个叫"李生发"的中国人用半个世纪的万里长征播下了一个"棕发黑眼睛名叫李西梦的瑞典人"，这到底是异化还是人的正常选择？李西梦作为中西文化融合的载体，承载了更多的文化意蕴。他在《给洗礼后的儿子》中写道：

> 两种文化的血汇成你——西梦——你父亲
> 那代人的信念：月亮，是西方的圆
>
> 它像灯塔照耀，把青春的船
> 领入西寻故乡的风暴。我看见它们触礁下沉
>
> 你出现了，神奇的锚！我抱着你
> 像纸紧抱着黑字。你教会我倾听哭声

哦，你在漂泊——两种不同的语言

正在你哭声里碰撞成无边的波涛。你也是船！

李西梦在两种文化的交汇中诞生，相对于祖辈来说，他是后来者，是中国传统文化断裂者，是父辈"西寻故乡"的产物，但是西寻故乡的结果呢？——"我看见它们触礁下沉"，西方文明也不能拯救中国。李西梦在"两种不同的语言"的波涛中漂泊，他只有成为"船"，才能自救。李西梦这个中西文明结合的宁馨儿，是中国新诗中出现的全新形象。

第三节 李笠诗中的母语意象

对于去国诗人来说，写作具有自我拯救和自我认同与发现的重大意义，杨炼说："诗歌是我们惟一的母语。"[1] 李笠说："对我来说，家就是诗歌。写诗，是对家的重建，也是对自我存在的确立。但这是一个艰巨漫长的过程。对一个用非母语写作的诗人，家更像是在沙漠中建造花园。一种冒险。"[2] 虽然他们处于异质文化语境，但是他们最深刻的生命存根便是汉语，"母语意象"在李笠诗歌文本中也是非常引人注目的。

李笠的母语意识表达得非常意象化。他有一篇创作谈《白桦语言里的竹子——我的瑞典生涯》，可以与他的长诗《白桦语言里的竹子》对照阅读。用李笠自己的话说，他是一个"用瑞典文写作的移民作家"，是一棵"白桦语言里的竹子"。"白桦"是瑞典精神的植物性写照，"竹子"则是象征了中国语言文化乃至精神人格的植物，是中国文化意象。22节长诗《白桦语言里的竹子》，以隐喻的方式揭示了汉

① 杨炼：《诗歌是我们惟一的母语》，唐晓渡、西川主编：《当代国际诗坛》（一），作家出版社 2008 年版，第 207 页。

② 李笠：《答〈窗口〉杂志问》，李笠：《金发下的黑眼睛——一个漂泊者的忏悔》，上海文艺出版社 2006 年版，第 213 页。

语文化在欧洲语言文化围困中的状态。这棵"白桦语言里的竹子"，"远离池塘。远离/池塘边的茅屋，远离/茅屋背后的山/远离深山不见人的雾//远离寺钟敲响的/黄昏，远离穿越我/径直走入自身的脚步。远离。远离//蝉声，远离给我/语言养分的细雨/远离细雨，那多情的母语"。这棵竹子长着音乐的耳朵，倾听千年二胡，体现了"东方精神"、"汉语筋骨"，杜甫、郑板桥、王维的诗性精神长在他的体内。但是"在白桦的帝国里/你得相信白桦。它/摇着铜铃，便是梧桐/在摇响唐诗，摇出/无边界的丝绸之路/把你和这片新土/摇成一体，和谐"。

　　置身于异国他乡，"如何写？写入哪一个传统？"是困扰李笠的问题。因为用瑞典文只能写现在；他的背景，他的整个中国文化，又需要他运用母语才能精准地传达。"每次听到竹子一词，我就会看见坐在月下抚琴长啸的王维，并激动不已。"① 二十年的漂泊给他的感觉是："你，一个血肉鲜活的汉字，始终被'翻译'纠缠着。你不停地在向陌生的语境解释着自己。"② 后来他往往先用中文打底稿，然后用瑞典文修理。瑞典文的硬冷、直接和逻辑性，精准了中文的意象，简约了汉诗的铺张，淡化了南方的绮丽。他说："汉语养育了我的诗，而瑞典语则赠予了我的思。我在写自己——李笠的——传统。"③

　　"李笠自己的传统"，这一诗写思路最终与杨炼是不谋而合的。杨炼的母语意识非常独特。一方面，他比北岛更多地认识到语言的本体地位，他的语言并没有"异化"为杨炼的血肉本身。另一方面，他又比严力更加超越母语的集体意识，而走向个体生命的创造的意义。杨炼的身份，用他自己的话说，经历了三个阶段：即"中国的诗人"、"中文的诗人"、"杨文的诗人"。④ 他越来越执着于汉语性的探索。杨炼最初的身份是"中国的诗人"，1989 年去国以后的诗歌创作，更多地体现了杨炼极具个人色彩的对汉语自身的探索与汉语所指涉的生存境遇的刻

　　① 李笠：《白桦语言里的竹子——我的瑞典生涯》，http：//www. poemlife. com/PoetColumn/lili/article. asp？ vArticleId = 50058 & ColumnSection = 。
　　② 同上。
　　③ 同上。
　　④ 杨炼：《鬼话·智力的空间》，上海文艺出版社 1998 年版，第 169 页。

入。杨炼较早地从 20 世纪 80 年代以前流行的语言工具论里走出来，聚焦于诗歌的语言性，或者叫"汉语性"。杨炼充分意识到语言的个人化因素，把自己的诗歌语言称为"杨语"，他说："'母语'仅仅依靠你自己继续发展，而你亦借助于这一点，脱出'母语'（母体）的束缚，达到个人面对语言的至境。"① 相对于北岛和严力的母语观念，李笠和杨炼的语言观念更加个人化。北岛说："汉语是我唯一的行李"，严力说："带上母语回家"。李笠和杨炼更着意于在东西方语言文化的夹缝中——或者说是两种语言文化资源中——创生出属于自己灵魂印记的个性化语言。李笠的诗歌可以说是汉语与瑞典语耦合之后孕育的花朵，正如他自己所说："瑞典文的硬冷，直接和逻辑性，精准了中文的意象，简约了汉诗的铺张，淡化了南方的绮丽。汉语养育了我的诗，而瑞典语则赠予了我的思。"②

关于李笠的身份，有人把他看作中国诗人，有人把他看作瑞典诗人，更有人把他看作移民诗人，而他自己直接把自己看作"诗人"，对他来说，诗人是终极的价值之体现。因此，他就没有文化夹缝的挤压感，他会在不同的语境中尽可能达成文化通约。他之所以将《特朗斯特罗姆诗论》作为自己的博士学位论文，是因为特朗斯特罗姆的诗歌具有中国古诗尤其是禅诗的含蓄、简约、暗示等特点，有中国唐朝诗人李白"床前明月光"和杜甫"风急天高猿啸哀"的韵味。李笠自己的诗就是瑞典文化与中国传统文化的耦合的结果。虽然他以瑞典文出版过《水中的目光》、《时间的重量》、《逃》、《归》、《栖居地是你》等诗集，但是在他的长诗《源》和《白桦语言里的竹子》里，我们看到的仍然是根深蒂固的中国文化母题。他说："我毕竟是中国人，从小受着中国古诗的熏陶，骨子里——看世界的方法——还是东方式的。"③ 他的诗歌文本中的文化母题意象，一方面彰显出文化母题的强大吸附力和诗人

---

① 杨炼、高行健：《漂泊使我们获得了什么？》，杨炼：《鬼话·智力的空间》，上海文艺出版社 1998 年版，第 354—355 页。

② 李笠、傅小平：《一个移民诗人的传奇》，《时代报》2010 年 11 月 29 日第 28 版。

③ 李笠：《答〈窗口〉杂志问》，李笠：《金发下的黑眼睛——一个漂泊者的忏悔》，上海文艺出版社 2006 年版，第 213 页。

的文化归属感，另一方面，又是在东西方文化空间中自我选择的重要参照。他的中文诗集的名字就是一个非常好的象征意象——"金发下的黑眼睛"，"黑眼睛"是他灵魂的永远的窗口，是一个非常富有深意的文化符码。

附：李笠文学年表

1961 年，出生于上海。

1968—1974 年，上海凤二小学读书，开始读唐诗。

1974—1979 年，上海凤城中学读书，读古诗、鲁迅、郭沫若、泰戈尔、惠特曼、海涅等，开始写旧体诗。

1979 年，考入北京外国语学院瑞典语系。

1982 年，翻译瑞典诗人哈里·马丁松的长诗《阿尼奥拉号》，创作长诗《丁香梦》。

1983 年，到《人民画报》社瑞典文组从事翻译工作。

1984 年，迷恋特朗斯特罗姆的诗。

1986 年，油印出版自己的诗集（书名已忘）。两首诗收录《中国现代主义诗群大展》。

1987 年 9 月，访问瑞典，见到特朗斯特罗姆。

1988 年 3 月，回国翻译俄国诗人布罗茨基的诗。

1988 年 5 月，获瑞典学院的奖学金。6 月，移居瑞典，在斯德哥尔摩大学专修瑞典文学。

1989 年，出版瑞典文诗集《水中的目光》。

1990 年 9 月，出版第二本瑞典文诗集《时间的分量》。同年，在漓江出版社翻译出版特朗斯特罗姆诗选《绿树与天空》、芬兰女诗人索德格朗诗选《玫瑰与阴影》、瑞典诗人埃斯普马克诗选《遗忘的归途》。8 月，见到布罗茨基。

1991 年，在斯德哥尔摩大学教中文，帮助《今天》杂志编辑诗歌，担任《北欧华人》文化版主编。准备撰写《特朗斯特罗姆诗论》的博士论文。

1992 年，在瑞典一家医院工作，创作长诗《漂泊的日子》。

1994 年，出版第三本瑞典文诗集《逃》。获波尼尔出版社最佳十作家奖。加入瑞典作家协会。获协会两年协作奖。

1995 年 1 月，去拉特维亚旅行，拍摄短片《灰色城市》，11 月，在瑞典一台播出。出版第四本瑞典文诗集《归》。6 月，第一次回国，拍摄《红色城市》和《回家》两部短片。8 月，在瑞典作家协会举办的《诗歌写作班》任教。

1996 年，游圣彼得堡，拍摄短片《白色城市》。此片和《红色城市》、《回家》两部短片先后在瑞典一台播出。

1997 年 1 月，离开瑞典，在南欧旅行，写作《漂游记》。5 月，在维也纳大学、华沙大学的瑞典语系讲课。

1998 年 10 月回国。在上海文艺出版社出版当代瑞典诗选《冰雪的声音》。拍摄短片《两个水城》，该片在瑞典一台播出。

1999 年 4 月，出版第五本瑞典文诗集《栖居地是你》。11 月，迁居罗马。

2000 年，翻译特朗斯特罗姆诗歌全集。长诗《逃往岁月》被收入瑞典 90 年代十人诗选。

2001 年 2 月，在埃及旅行，写作《在埃及》一诗。4 月，《特朗斯特罗姆诗全集》由南海出版社出版。陪特朗斯特罗姆访问北京、昆明。

2002 年 12 月 21 日回国。23 日，母亲去世。开始写《源》。

2003 年，写作长诗《源——给母亲》。《李白》一诗被收入《瑞典现代诗经》。《水和移动》被选入中学语文教材。为昆明奈舍诗歌节翻译北欧当代 7 位诗人的诗作。

2004 年 1 月，从罗马搬家回斯德哥尔摩。6 月，赴北京带特朗斯特罗姆领 "新诗界北斗星奖"。10 月，写作长诗《白桦语言里的竹子》。

2005 年 3—6 月，把自己的瑞典文作品翻译成中文。11 月，制作六年前拍摄的纪录片《脸和声音》。

2007 年，出版第六本瑞典文诗集《原》。

2008 年，翻译《西川诗选》。荣获 2008 年 "瑞典日报文学奖" 和首届 "马丁松时钟王国奖" 等诗歌奖项。

2009 年，翻译《麦城诗选》。

2011 年，翻译出版 2011 年诺贝尔文学奖获得者瑞典诗人特朗斯特罗姆的《特朗斯特罗姆诗歌全集》。出版摄影集《西蒙和维拉》。

2014 年，出版摄影集《诗摄影》。

2015 年 8 月，翻译出版芬兰女诗人索德格朗作品《我必须徒步穿越太阳系——索德格朗诗全集》。

第十章　陈克华(1961—　)
"败德"的身体测绘学家

　　陈克华以惊世骇俗的身体表达成为华语诗界的标志性诗人。我之所以用"惊世骇俗"一词，并不仅仅意指陈克华的诗写行动本身具有行为艺术的性质，而更多地指向陈克华诗歌接受过程中的震撼效果。他的诗写具有很强的行动性和颠覆性，与根深蒂固的二元对立思维诸如"灵与肉"、"男与女"、"异性恋与同性恋"等的问题产生了强烈抵牾，这种强大的张力构成了"惊世骇俗"的文学场景。陈克华通过诗歌，对肉身尤其是男体进行了全方位测绘。可以说，身体美学是陈克华诗写的出发点，也是最终旨归。

　　陈克华的诗歌具有强烈的自我发现、自我认同意识。他的自我认识与发现，虽然也通过社会化存在来完成，但更重要的关注点在于对自我身体的生理、欲望、情感的深挖，通过身体建构来达到对自我的确认，正如维特根斯坦所言："人的身体是人的灵魂的最好的图画。"[①] 因此，他的几乎所有文字都具有极其浓厚的那西色斯（又译作"纳西索斯"）情结。他一天天在自己的诗歌的倒影中凝视自己肉体，通过身体镜像释放自己的灵魂，甚至与诗歌融为一体。陈克华的诗歌正是他的灵魂之河滋养的一朵摇曳生姿的那西色斯之花。

---

　　① ［法］马克·勒伯：《身体意象》，汤皇珍译，周荣胜：《编者的话》，春风文艺出版社1999年版，第1页。

第一节　那西色斯情结：镜像中的自我审视

早在 1985 年，陈克华有一首广泛流传的诗《我与我的那西色斯》：

> 最近，
> 逐渐体力不济。我发觉不能够
> 再只用我这一对枯干下垂
> 塌陷的乳房
> 哺育自己。
>
> "今天该理发了吧？"我问
> 一种对美的质疑
> 陡然暴长，如一株造型凶恶的盆景
>
> 久久我与镜子对峙
> 蓄起的鬓角钉挂在墙上，偶尔
> 可以窥见一种命运的小丑脸谱
> 正偷偷对我仔细端详
>
> "也爱过了吧？"
> 我说。是的，而且
> 早就疲倦已极了——我走过去
> 强吻我自己
> 在每一面镜子上留下指纹
> 和唇印，一如我怪异的签名
>
> 然而我是如此丰富地恋着（你自己看罢）

在相对独立的空间里存活着的

有无数种延伸与歧义

的可能——然而

我只选择了你这一种

"而且连这选择都可能是虚妄的。"我想

因为事实上

别无选择。

　　在这首诗里，"我"既是审视主体，又是审视客体，自己的身体也是一个"他者"。"自我"构成了一种虚妄乃至别无选择的精神镜像。这首诗歌所呈现的那西色斯情结，在很大程度上构成了陈克华写诗的一种原动力。

　　作为一位同性恋诗人，找寻自己精神镜像的时候，不可避免地会涉及"父亲"，父子两代之间的肉身延续与隔断、精神血脉的流淌与阻滞，是重要问题。陈克华的《父亲节想到父亲》里的"父亲"是又一个精神镜像。当"我"面对"父亲"的时候，忽然发现父子都是"内在冷漠"，互相感到不可交流的"惶恐"；然而，随着"父亲"的苍老，随着"我"的长大，随着"我"找到爱的时候，对于"爱"的追求和理解促使父子之间达成了灵魂层面的"和解"。

　　屈原是陈克华另外一个精神共振的那西色斯人格镜像。他在《河——端午写给屈原》里写道：

在消失你的罗盘上

那曾经以你命名的方向

终究成为我宿命的漂移

无法觉察的漂移呵

当整个时代正漂离你

在无岸之河，我却缓缓朝你靠近——

……整个时代也正逐渐漂离我，这一切

仿佛都只是旗的飘动

而　又仿佛都只是时间之风

正是由于陈克华将屈原作为自己的精神镜像，他才真正理解在历史的河流里反复漂洗的屈原的精神境遇："身体是甜的，河水是苦的"、"权力是甜的，诗词歌赋却是苦的"。被时代漂离驱逐的共同命运，使我"缓缓朝你靠近"。一位伟大的同性恋诗人屈原，成为陈克华的精神镜像，具有情感认同和诗人角色认同的双重意义。

那么，是谁塑造了"镜像法则"？是谁规定了合法的"欲望法则"？陈克华的《寻人启事》里有一句："你先替我穿上欲望/再给我一面镜子"，动作的实施主体"你"很明显是公共规则的拟人化。随着"身体就开始发育"，公共规则给定的欲望法则不再合身，也就"深深厌恶着镜子"，但是，无力彻底打破镜子的束缚，无法摆脱给定的欲望的束缚，只好不断增加补丁，以进一步限制身体。悲剧由此而生。他在一首散文诗《藏镜人》中写到，在这个"原是雌雄同体然而异体受精的洪荒时代"，他的欲望里含蕴着宇宙奥义，大脑与肉身谈判最终破裂。镜中的局限使肉体的生命欲望像火山引爆，从而对"镜像法则"和"欲望法则"提出激烈示威、抗议。

因此，陈克华的身体镜像表现主要有两个意义：一是在对自我身体镜像的建构中，折射自我的灵魂律动，以此实现自我确认；二是对营构身体镜像的外在律令进行拆解。

第二节　自我主体的"肉身化"呈现

在中国历史上素有舍生取义、杀身成仁之训，反对躯体，敌视情感，视肉体为仇寇。一部人类史成了理性与感性的斗争史、灵与肉的冲突史。劳伦斯说：

> 躯体本身很洁净，只有受困牢笼的头脑
>
> 充满污泥。它不住地污染着
>
> 五脏六腑、睾丸和子宫，把它们腐蚀得
>
> 只剩一具空壳
>
> 矫揉造作、十足邪恶、连野兽
>
> 也觉得相形见绌

肉体并不邪恶，关键是要解放头脑，洗却灵魂的污垢。周作人说："我们真不懂为什么一个人要把自己看作一袋粪。把自己的汗唾精血看得很污秽？倘若真是这样想，实在应当用一把净火把自身焚化了才对。既然要生存在世间，对于这个肉体，当然不能不先是认可，此外关于这肉体的现象与需要自然也就不能有什么拒绝。"①

在历史上，男性身体和女性身体面临着同样的缺失命运，甚至男体更是忌讳。埃莱娜·西苏说："妇女必须参加写作，必须写自己，必须写妇女。就如同被驱离她们自己的身体那样，妇女一直被驱逐出写作领域……妇女必须把自己写进文本——就像通过自己的奋斗嵌入世界和历史一样。"② 人的机器化进程是越来越严峻的，正如18世纪的拉·梅特里在《人是机器》中所说，人的躯体已成机器，机器使人的躯体摆脱了自然的奴役，然后机器又开始奴役人，人已陷入机器的重重包围中，理性化和机械化压制着躯体本能的冲动、生命的燃烧。关于现代科技对人的身体和肉欲的压制与异化，陈克华在诗中多有体现。《类固醇物语》写道，借助类固醇针剂的手段，人虽然顿时成为肌肉膨胀的"猛

---

① 周作人：《读〈欲海回狂〉》，见《周作人自编集：雨天的书》，北京十月文艺出版社2011年版。

② ［法］埃莱娜·西苏：《美杜莎的微笑》，张京媛主编：《当代女性主义文学批评》，北京大学出版社1992年版，第188页。

男",但是带来的"鸡鸡委顿"的代价,着实是一个有力的反讽。当一座城市也打上类固醇,建筑物也都阳具般纷纷勃起,最终会在地球的皮肤上留下"永远美白不了的斑块"。《天线》一诗表达了高科技的现代都市语境下肉身的虚幻感。陈克华有一首理性较强的《头颅》,从空间和时间两个维度状写头颅内在的宇宙意识,揭示了现代高科技时代"电脑"的诞生使"肉体"正式消失,造成了肉体的异化。

在陈克华的笔下,身体不再充当知识和意义的占位符和替代物,因为意指的身体为身体设置了符号和意义的陷阱。哲学的、神学的、精神分析学和符号学的"身体"将"肉身"紧紧裹住,"身体"成为"去肉身化"的身体,而脱开了身体内部的所有感官、知觉、直觉、欲望、记忆、观念、意识等个性化的生命体验。他勇敢地将自己的肉体放在十字架上,如《肉体十字架》:

> 于是我舍弃天地和屋宇,衣服如兄弟妻子
> 只定居在自己的肉身里
>
> 日夜用贺尔蒙洗濯昏昧的大脑和性器
> 造访小小隔绝的胰岛
> 生养一些体毛和菜花
>
> 并殷勤练习如何膨胀大胸肌和血管丛
> 早晨趁市嚣的瘴疠尚未随风造访
> 我便打开幽门喷门肛门卤门命门
> 浇灌逐日成熟复将委顿的松果体
>
> 涌泉穴有泉涌
> 便日日是好日
>
> 便　春有百花秋有月夏有凉风冬有雪

若无闲事挂心头皆是人间好时节

地，徜徉在我自身的肉体宇宙里
春有青春而冬有老病地

把一切闲事
挂在心头。

究竟是意义的身体，还是肉身的身体？在道与肉身，道与器的孰先孰后的二元对立思维中，陈克华选择了后者，他以肉身触摸思想，以感觉触摸理性，以身体的能指为出发点抵达身体的所指。身体是一座活的庙宇。身体通过"感觉"的自在性而获得肉身意义。不是从意义出发，而是从身体的感觉生发出意义，拆解符号学、症状学、神话学、现象学对身体的劫持，才能分享身体的存在，在身体的感觉中敞亮生命的意义。《我对肉体感到好奇》以大量笔墨涉及精液、唾液、痰液等各种体液，"真理原是如此猥亵而粗暴致死"的极端诗句，夸张地表达了作为欲望的身体释放生命的意义。

身体"body"一词，在梅洛-庞蒂（Maurice Merleau-Ponty）的哲学中是一个核心概念。他的《行为的结构》、《知觉的优越性》、《知觉现象学》等著作中都涉及"身体"一词。在他看来，身体与主体（body-subject）可以互为取代，"我"即我的"身体"，并认为，"身体"并非只是一个外在的认识对象，它具有经历知觉的能力，可使万物在躯体感知中彰显出潜藏的奥秘，进而在主客体的感知中确立躯体所属的人的主体性。所以说，"主体"不是纯粹理性，而是带有肉身体温的所有生命感觉形成的统觉的释放的凝结。作为对象性（object）的身体与作为主体性（subject）的身体，并没有决然的界限。陈克华的《我的肛门主体性》开门见山："一夜之间，我的肛门，就突然有了他的主体性。"肛门不再只是一般的生理器官，而是明确发声"拥有绝对的主体性"：

他可以随时拥有全身上下独一无二的

内外痔　或

梅毒淋病菜花，强烈主张

一切的'经过'之主体性

只要带来更强烈的抽搐、颤抖、撑裂、爽、还要更爽——

虽然，我们的肛门只是个洞

虽然，他主张拥有一切主体性

他调动出所有的性体验，渲染肛门作为性器官的主体性需求。有的时候，陈克华的身体描写，还融入了诗人的形而上的生命思考。如《植入》一诗，可谓是一部关于肉身的简史。从植入子宫开始诞生与发育，一直到出生、成长，性器的植入（青春期的欲望享乐），到皱纹、记忆、倦怠的植入，再到一切的植入开始松脱、瓦解、剥落，人的一生在时间的缓慢进程中，消耗殆尽。这首诗呈现了肉身主体性从建构到耗散的整个过程。

在越来越高度集约化的社会结构中，千差万别的个体化身体都被一个共通的"意义"，整合到公共话语逻辑，从而使每个人都处于"身体政治"的规训之下。社会化的规训机制就是政治技艺，因政治的终极意义就在于规训，要想治理得好，就要泯灭身体个体之间的差异，按照集约化的类别或地位高下之分，将异质的因素按相异的程度逐级剥离出去。每一个身体都有所属的社会场域和文化场域，陷于一个法律空间，每一个身体规定了专有管辖权。陈克华确然走在与时代逆行的方向。他将个体化的身体进行了全方位呈现，让我们逼视我们久违了的陌生而异己的身体，呈现出被切割、被标记、被规定的身体的受难图景。他在《包皮》里质问身份政治："我必须割舍我的包皮/而换取高贵族群的身份证明吗？"他有一组《狂人日记》，集中写出了人的肉身的异化：或写人肉相食的悲剧；或写为逃避文明规约而主体性隐遁的肉体；或写人类与苍蝇基因的结合异变；或写垃圾制造者马桶人；或写"任意统计我预测我杂交我复制我"的豆荚人的悲剧；或写幻想中在大自然里播撒生命而现实中却"逐日腐败的肉躯"的植物人；或写镜中的局限使肉体的生命欲望像火山引爆意义产生激烈示威、抗议。尤其是《蛇人》揭示人的异化更深刻："让肉体化约再化约，成为概念"的蛇人，"为了以腹行走，他为自己的肉体设计出如此简单的几何。不可思议地让生命臣服如此单纯的定律……他弧形优美的身形，也将以无比的愚蠢，逼近死亡。"《透明人》则是另外一种异化，"他们透明化的身躯你无从确认器官的确实部位。包括翅膀、唇、髭、指甲、关节、鸡鸡"。

　　陈克华在诗中就像戳穿皇帝的新装的那个孩子，肆无忌惮地调侃着伪善的政治规训和道德规训。《肌肉颂》将身体拆解为"肱二头肌"、"比目鱼肌"、"肱四头肌"、"大胸肌"、"阴道收缩肌"、"竖毛肌"、"肛门括约肌"、"腹直肌"、"提睾肌"、"吻肌"等二十种肌肉，每一种肌肉下拼贴了主流意识形态的话语，诸如"万岁，万岁，万万岁"、"人民是国家真正的主人"、"祖国的山河更是多么壮丽"、"爱国、爱民、爱党"、"胜利第一""情势一片大好"、"服从、服从，还是服从"等，同时又夹杂了私密话语，诸如"你爱我吗？""快乐吗？很美满"，"正确的性爱姿势"、"真他妈的虚无"。后现代拼贴的杂耍和戏谑风格，让我们从严酷的政治话语的缝隙里窥视到一丝私密的个人话语。他的组诗《不道德标准》乃是向着所谓的道德重整委员会用力掷出的第一块巨石。其中《人人都爱马赛克》批判了无所不在的压制人性、实现道德催眠的"封建力量"；《我只好脱、脱、脱》，以脱的方式解除对"裸体"的忌讳，并以此讽刺贪官、污吏、奸商、刁民。《如果我是封建小阳具，那你就是礼教小淫娃》直击封建礼教的性爱观念。他们假宗教慈善之名，推行精神专制，精神独裁。《第一块石头》对"道德重整委员会"的讽刺更是辛辣："于是你们一干人等人多势众的道德重整委员会的委员们，唱完了道德重整之歌，做完道德重整的处女膜整形，抹上了道德重整的 KV 润滑膏，喷完了道德重整之杀精剂，戴上了道德重整的保险套，叫完了嗯啊嗯唉道德重整之床，流了满床道德重整的淫水，吞下了道德重整的精液，做完了道德重整之爱，洗净了你道德重整的屁眼，穿上了道德重整之内裤，念完了道德重整阿弥陀佛，上完了道德重整的耶稣基督教堂。"伪善面孔昭然于天下！

陈克华不仅蔑视伪善的道德对身体的戕害，而且对既定的性别霸权进行了批判。主流视野中的"历史"（history）是男人代表的历史，男性视角、男性观点、男性声音成为普遍性，而女性视角、女性观点、女性声音被拒斥，被抹去，被忽略，被视为特殊性。历史的话语主体是男性，女性只能被规定，女性的声音被男性盗走了，整个历史是菲勒斯中心论话语（phallogocentric），现代社会是阳具中心（phallocentric）社会和词语中心（logocentric）社会的交融。陈克华不惜以大量猥亵风格的语词，对公共话语进行汪洋恣肆的撞击！《闭上你的阴唇》一诗以恶之花的风格嘲讽那些已经烂熟了的公共规则："性与权力的重新分配／颓废的屄与神经错乱的屎"，戳穿了谎言："当正义之师策马转进围城／这土地已被谎言包裹得无比光荣"。《婚礼留言》以第一人称"新娘"的口吻给对方留言，批判了男女二元对立的霸权婚姻结构。男方赠送一只指环，就作为交换而拥有了女方的身体。在一系列句子中，诸如"你合法使用我的屄的权利"、"你将喂食我以中餐西餐日本料理……／还有你的阴茎和精液／你的脚趾和体毛，／你的性病和菜花"，"你"（新郎）成为句子的主格，而"我"（新娘）则是宾格。在《请让我流血——爱丽丝梦游阴道奇遇记》里，陈克华则为女性代言："我厌倦了继续做一名光明的处女"，大声疾呼"让我流血流血"，尽情释放肉体的感官享乐，批判了世界的伪善。由于世界在抑制生命，"阴道里最深处神秘的光，竟照不亮生命终极的秘密"，所以，"我"才"渴望流血"，"快乐地流血"、"放心地流血"、"虚无地流血"、"趋于极乐地流血"，渴望失去完整性，渴望尖锐而割伤的阳具闯入摩擦的光。

　　陈克华正面表述过他的猥亵诗学："猥亵原只是一种手段，无奈有人对其他视而不见。因为表面上的猥亵，唤醒的是他们自身人格里更深一层的猥亵，那潜伏但永远无法享用的快感。于是他们整齐方正的人格被深深激怒了——他们习于安稳的性格不容任何轻佻的撼动。"① 陈克华的意义正在于此。

---

　　① 陈克华：《代序〈猥亵之必要〉》，《欠砍头诗》，（台北）九歌出版社有限公司1995年版，第13页。

第三节 异性恋霸权的拆解

通过身体描写，陈克华以"败德者"的姿态，勇猛地打破性别阈限，站在异性恋霸权的对面，倔强地表达着自己的立场。

由于被异性霸权的"阳光"压制太久，"我们在黑暗中的秘密之花/终于在集体催眠出的圣洁光环里/集满了足够登陆天堂的赎罪券"（《我们已在黑暗之中进化太久……》），在多数人的集体面前，"我们就是权力"的呼声十分微弱。在异性恋霸权的压制下，陈克华愤激地说：

> 我终于也移植了一个尿。
> 拥有贮制乳汁的双乳
>
> 每月一次
> 倒立精神的子宫，倾泻灵魂的月经
> 本能的腺体肥大
> 爱藏匿阴毛丛中的深穴
> 亚当夏娃不过是洞口霎时掠过的受惊吓的小兔
> ——《我终于治愈了这世界的异性恋道德偏执热》

他以"我是谁我不清楚"的代价，试图消灭性别鸿沟，解构异性恋霸权。在《肌肉妹与胡须哥——侧写名骏与 Funky》、《女人的隐形阳具（哑铃）》、《男人的阴道（庆典）》等诗作中，他穿越了性别的阈限，对性别规定实行了僭越："女人不过是一种伪装"，哑铃被视为女人的"隐形的、不带体毛血管装饰的阳具"。而男人以"肛门"为阴道，绽开的、松弛的、被敲打的、政治正确的、骨盆宽大的、些微伤风的、虚脱感里的、彻底失望的……种种男人的身体，享受着女人般的快感。"在 A 片流行的年代/我们都记得一名拥有三个尿的女人/她的三个屄分别被称作/现象 本质 /和屌"(《在 A 片流行的年代》),呈现了性别的"非本质化"倾向。《我是淫荡的》戏仿杨唤的诗作《我是忙碌的》,以肉欲之欢颠覆了杨唤诗歌中严肃庄重的理性。《一万名善男子与一名善男子》、《住在我身体的 50 个情人》等诗作,彻底颠覆了道德重整家。

他在诗作中,反复表达同性经验。《不道德标本》以五颜六色的性爱色彩,释放出"先天缺少道德基因"的肉体体验。尤其是那首惊世骇俗的《肛交之必要》,大胆颠覆传统的性爱方式,宣泄同性恋体验,公开宣称自己是"败德者","我们在爱欲的花朵开放间舞俑/肢体柔熟地舒卷并感觉自己是全新的品种"。陈克华特别强调"感觉"的丰富性:"抽搐"、"感觉"、"狂喜"、"疼痛"。但是,背德者逐渐脱离了这支叛逆的队伍,投入到多数人的队伍,"肉体的欢乐已被摒弃",多数者的暴力和多数者的集体逻辑的暴力,摧毁了败德者的独立与尊严。所以,诗歌不止一次地说:"肛门其实永远只是虚掩……""肛交",在基督教中,往往被视为"兽交"。因为,只有人类才是唯一面对面性交的动物。教会只认可一种所谓自然的交配方式,也就是托马斯·桑切斯神父(Thomas Sanchez)在 1602 年所叮嘱的姿势:"女人仰躺在下,男人俯身其上,将精液射入专司生殖的器官"[1],而其余姿势均被看作禽兽行为,因为直到 17 世纪,教会视野中的性交实质意义在于生育,交媾的快乐只是附属的东西,单纯的肉欲之欢是罪恶的。"不可反面性交",长期成为人类的规训。伊斯兰地狱的第一层即是肛交犯,而女同性恋者则受到以石块击毙的惩处。在现实生活中,肛门往往被视为通往地狱之门,但越是压抑,越激发起艺术家诗人的灵感,成为一种仪式、节庆。约翰·彼得在著作《管口的特性》里写道:"屁眼就是如此重要,屁眼存在,故我们存在。"[2] 法国著名诗人阿波利奈尔以"玫瑰花瓣"诗意

---

① [法]让—吕克·亨尼希:《害羞的屁股——有关臀部的历史》,管筱明译,新星出版社 2011 年版,第 192 页。

② [法]约翰·高登(Dr. Jean Gordin)、奥立维尔·玛帝(Dr. Olivier Marty):《屁眼文化 Historires du Derriere》,林雅芬译,(台北)八方出版社 2005 年版,第 116—117 页。

地描绘肛门。愕司多·德·波里尊（Eustorg de Beaulieu）以"屁股"为题，盛赞女人的屁股。拉伯雷（Rabelais）被誉为"粪便文学大师"。彼得·觉尼（Pierre Janet）还主编了《粪便文学丛书》。对于同性肛交，几乎没有例外地认为是变态和罪恶行为，是道德沦丧者的表现。法国的萨德侯爵（Marquis de Sade）所著小说《索多玛的一百二十天》（Salò o le 120 giornate di Sodoma）即是一个极端的集成体。克索斯基（P. Klossowski）评论道："萨德作品中所描述的肛交行为，是所有堕落行为的主要表征。"① 安龙与凯福（J. -P. Aron et R. Kempf）也说道："总之，肛交者纯粹就是野兽的转世。"② 而陈克华的诗歌赋予了肛门一种哲学的主体性内容，本来作为生理器官肛门"拥有绝对的主体性"（《我的肛门主体性》），是拥有巨大的生命欲望和生命感性的快乐主体。

同性之爱崇尚"快乐原则"，这种生命的快乐甚至具有超越生死的力量。熊熊燃烧的《肉身之焰》虽是发自灵魂深穴的欲望流泄，但生命之火最终还是借助肉身而点燃。《即使在情人的怀里》写道：

> 天已经显老而海水悄悄干了
> 钻石腐烂
>
> 我仍执意躺进你的怀里
> 我执意我还是一个清醒完整的我
> 我执意孤独必须如恒星照耀
>
> 即使，悲哀已达极限
> 自银河泛滥……

这种爱欲超越了时空而抵达永恒，让我们想起了古诗《上邪》：

---

① ［法］约翰·高登（Dr. Jean Gordin）、奥立维尔·玛帝（Dr. Olivier Marty）：《屁眼文化 Historires du Derriere》，林雅芬译，（台北）八方出版社 2005 年版，第 151 页。

② 同上。

"我欲与君相知，长命无绝衰。山无陵，江水为竭，冬雷震震，夏雨雪，天地合，乃敢与君绝！"《停车做爱枫林晚》："我们于是停车坐爱/做到直到身体里的血也都流尽/只剩下黑……""我们要在彼此身体里/找到黄昏。"《蜷伏》中，将爱人比喻为手臂围成的阳光海湾，脸贴着海面，感受到"你体内最细致的动荡/或是海底火山浅浅地睁眼转眸/或是一株失根海草的无声行吟//我的蜷伏模拟着死/漂流在你阳光璀璨云潮涌动的热带/是的，只有当模拟着死//我才分明察觉//我正爱着"。《半生之愿》审视后半生的身体："松弛，柔软，瞌睡、警醒，满足，不满足，虚玄，实际，欲念强大，心思缜密，感官化，心灵化，狂暴，脆弱，痛快，绝望，爽而又爽，对立统一的矛盾体，对生命欲念的顽强与执着。"《重蹈》将爱情与身体剥离开来，试图证明性爱高潮至上，"我如何向你说明我已不相信爱情"。《写给那没有救你的朋友》送给公开同志身份的福柯，逼视福柯虐恋的快乐带来的艾滋死亡。

虽然他在《保险套之歌》里说"灵肉根本毫不相干的两码子事，如同/鸡兔同笼/水火同源/屎尿同口"，但陈克华其实还是主张灵肉统一论的，他的《孤独的理由》即表达作为联结两个肉体的媒介——灵魂的缺失带来的孤独。他有很沉痛的一首《蝴蝶恋》，前引夏丏尊《弘一法师之出家》的句子："他的爱我，可谓已超出寻常友谊之外……没有我，也许不至于出家。"这首诗可谓抒写夏丏尊与弘一法师超越生死的一曲恋歌。"吾爱汝心/吾更怜汝色/以是因缘，情愿/历/千千万万/劫难，一如蝴蝶/迷途于花的暴风雨。"他苦苦执念于"终究一生不过是场漫长的辞别"，终究无法"舍下了情，舍下了痴，舍下了悲，舍下了欣"。《青春猝击——写给杜二》、《像你这样的朋友——写给梁弘志》、《在高处——伍吴国柱》中，陈克华与朋友们之间的共鸣，超越了肉欲，面对共同的话题，如青春、性别、记忆、寂寞、生死等，更是体现了情感和灵魂上的惺惺相惜。他于2012年12月出版的诗集《当我们的爱还没有名字》中描写的对"爱情"和"肉体"的欲望之爱，已经走出异性恋话语霸权下的尖锐紧张性，甚至拳交和捆绑之交等虐恋形式的爱欲，也不再是嚣张与紧张，而是真正进入了自我内心世界的探

究。此时的陈克华，已臻于洗尽铅华之境。典型之作是《男男爱谛》
一诗：

> 终于，我来到长得和我一样的男孩
> 的身边　并肩躺下
> 如青鸟遗落巢里的两根羽毛
> 那般自然　那般华美
> 那般理所当然的对称
>
> 且那般洋溢着幸福的暗喻——
> 是的，一个和我一般温暖
> 心如处子　身如脱兔　的男孩
> ——我们相互爱着
>
> 超越生殖　没有婚礼
> 也不会有花朵的盟约和节庆的祝福
>
> ……
> 我们或将在一下秒改变心意
> 但在仅存的此刻当下
> 我们斥退了异性恋热症的嚣张喧嚷
> 清明如菩萨
> 经历十地　阿僧祗劫里誓不成佛
>
> 要以俱足的无根六识　七识　八识　难得人身
> 证得佛陀在苦集灭道
> 之外不忍宣说的　男孩与男孩之间的
>
> 爱谛

但是，同性爱依然是弱势群体，依旧笼罩在异性恋霸权的主宰下。诗集《当我们的爱还没有名字》，书名便清晰地揭示了同性爱的尴尬处境。陈克华有一首《失足鸟》，引用《圣经》语录"神看那人独居不好"，表达的恰恰是人类在床笫之间流浪、漂游在众多挺立的性器丛间，而灵魂却得不到栖息的命运。由于叛逆了"不可反面性交"的告诫，人就像失足鸟被罚以失去双足终身飞翔。这种命运令我们想起了王家卫导演的电影《阿飞正传》中的台词："这个世界有种鸟，是没有脚的，它只可以一直飞啊飞，飞到累的时候，就在风里睡觉，这种鸟一生只可以落地一次，那就是它死的时候。"陈克华的《失足鸟》即是同性之爱漂浪天涯的象征性写照。

第四节　《BODY 身体诗》:男体的元构造学

陈克华剥离开公共话语逻辑的规训，拆解异性恋霸权，释放同性恋生命快感，最终绽放的是纯粹的"肉身"之花。肉欲裸呈，让"哑铃"也唱出属于自己的生命之歌，才是陈克华的目标。2012 年，陈克华抛出诗集《BODY 身体诗》，对于陈克华本人来讲，是水到渠成的事情，而对于诗界，却是一个重要事件。

这应该是第一本关于男体专题诗集暨摄影集。从来没有一本诗集如此集中地展示男性身体意象，从来没有人如此逼真而酣畅淋漓地挥洒男性人体的魅力。《BODY 身体诗》集中收录了陈克华 2005 年年底至 2006 年间 27 首男体诗，分别描绘××处、耻毛、大腿、小腹、小腿、包皮、皮屑、肌肉、舌头、尾巴、秃、肚脐、足踝、乳头、背、胸膛、脊椎、痔、眼球、眼袋、痘痕、腿四头肌、私处、皱纹、头颅、龟头、摄护腺等部位，堪称男性身体的地形测绘学。

男体在主流艺术史、文学史中，一直是沉默的。陈克华曾为自己的一本诗集命名"欠砍头诗"，即表明男体和同性欲望与传统主流性文化的紧张关系。《欠砍头诗》的第一首诗是《哑铃之歌》。"哑铃"即是男性生殖器的隐喻，也是诗人自我身体镜像的隐喻。陈克华默默地倾听沉默的肉身："哑铃仿佛/有一首歌/我也仿佛；/但我们都只是缄默"。"哑铃轻轻唱了一首歌/他又哑又重/也听不见我咬在牙床里的歌"。"缄默"在这首诗中反复出现了四次，可以说，"缄默"便是我们共同的生存境遇。他对于哑铃的亲近与凝视，具有自我灵魂回归、自我寻根的意味："我知道我总是回到哑铃面前/像树回到泥土，像云回到窗前/光荣回到冠冕，口号回到/桅般矗立的拳头/梦回到微湿的眼睫/回忆回到纯洁的少年肩头"。但是，最终的命运却是"这次轻轻唱了一首歌/我和这个世界都没有听见。"而在《BODY 身体诗》里，男体被触摸到了，被感觉到了，被全方位打开了，色、香、味、形、神、义统统被释放出来！

　　女性的身体写作目的是想摧毁菲勒斯中心话语体系，埃莱娜·西苏说："几乎一切关于女性的东西还有待于妇女来写：关于她们的性特征，即它无尽的和变动着的错综复杂性，关于她们的性爱，她们身体某一微小而又巨大区域的突然骚动。不是关于命运，而是关于某种内驱力的奇遇，关于旅行、跨越、跋涉，关于突然地和逐渐地觉醒，关于对一个曾经是畏怯的既而将是率直坦白的领域的发现。妇女的身体带着一千零一个通向激情的门槛，一旦她通过粉碎枷锁、摆脱监视而让它明确表达出四通八达贯穿全身的丰富含义时，就将陈旧的、一成不变的母语以多种语言发出回响。"[①] 虽然，男性诗人也有过身体写作，但鲜有对男性自身躯体性属的描摹，更多的是把目光投向女性身体，"他"是一个对异性的观察者和窥视者，古典绘画中的女性裸体形象大都面向画面之外，接受着一个虚拟的男性观察者目光的审视。陈克华则将笔触聚焦于男性身体，具有辟荒意义。

　　陈克华对男体被主流话语的命名所遮蔽的现状表示了严正抗议。他拒绝打马赛克的身体，在《××处》结尾发出质问："但我真正想知道的是//为什么是××处？"他在《私处》里高呼："私处吾皇万岁，万岁，万万岁……私处。人体惟一人人平等之国：每个人都有一个私

　　① ［法］埃莱娜·西苏：《美杜莎的微笑》，张京媛主编：《当代女性主义文学批评》，北京大学出版社 1992 年版，第 201 页。

处。"最原初的身体最具有人生而平等的民主的真意。他戳穿了为"大我"牺牲"小我"的公有思想制度的荒谬性:"公开公式公有公社化/统一管理并且集团共享/严格管理不容许一个人同时拥有两个屁或两个屁/或一个屁一个屁//只能一个屁或一个屁(别无选择)"。在诗的最后,以"永劫回归无解矛盾"来对抗"大爱无言",以"私处刺青如秘密组织背叛的旗帜"来对抗"大爱无私",以"私处伟哉自在空性"来对抗"大我无我"。他为"体毛"正名,《耻毛》的批判锋芒直指命名上的器官歧视:

> 耻?——
> 我亲爱的耻毛
> 茂盛于耻骨之上
> 像一盘永远不见天日的盆栽
>
> (为何不是礼毛义毛廉毛?
> 我们必须引此体毛以为耻吗?
> 这要算是一种器官歧视吗?)

陈克华还把笔触刺向集体无意识的话语。当我们在用"圆润"、"肥大"、"鲜红"、"带紫"、"多汁"这些词语描述物体的时候,人们往往会想到"乳头"、"嘴唇"、"鼻头"、"脚趾"等性器。大众话语其实代表了一种集体无意识的语言催眠,遮蔽了个人化的情感选择,陈克华在《龟头》一诗打破了大众话语的禁忌,做出极其个性化的回答:"我还是最偏好/龟头"。此处的单人称"我",代表着敏感于肉体觉醒的独特的"个体"。

陈克华服膺心理学家赖希的名言:"你的身体就是你的潜意识。"他对身体这部"构造复杂的发电机"进行了拆解还原式的立体透视。每一个部件的拆解,不是解构,而是对肉身的重新建构。而且,这个"肉身"不是物理意义和一般生理意义的肉身,而是充满着丰沛欲望的肉身。带着对人类物种肉身的爱的眼睛去看，就会发现，人体的每一个局部都不是孤立的，而是内在充沛生命浇筑一体的性欲对象。所以，陈克华笔下的肉身，处处都是性器官，"去生殖器中心"主义贯穿了始终。如果说，《××处》、《私处》、《龟头》、《乳头》、《耻毛》刻画的是正面的性器官意象，那么，《大腿》、《小腹》、《小腿》、《包皮》、《皮屑》、《肌肉》、《舌头》、《尾巴》、《秃》、《肚脐》、《足踝》、《背》、《胸膛》、《脊椎》、《痔》、《摄护腺》等刻画的是"泛性器官意象"。"痘痕"明明是一种病理之相，但着实也在证明着"雄性"的性别确认。他消解了与舌头有关的文化意义，诸如爱情、政治、权力、亲情友情的甜言蜜语，让舌头回归到纯粹的肉欲载体，"在吻过之后继续怀想//虽然其实/只是舌头"（《舌头》）。连普通的背部也成为惊心动魄的性意象，"所有人类的性器官都在正面/一种肃简严肃的人生观/遗漏了广大壮阔的/背"，他将"背"比喻为"无边草浪波澜起伏的/游牧人随身携带的/一张　大　大　厚　厚　的蒙古毯"，比喻为"北国草原里埋伏的裸兽"，比喻为"豪华瑰丽至惊心动魄的/大块面呈现的"，比喻为"一只老虎"（《背部》）。他将按照古希腊男体美的典范，描绘"足踝"，足踝犹如大理石般光泽（皮肤）和条理（血管），如"浮雕般被打磨过"，这种男体美最适合"吻"和"啃一啃"，弥漫着强烈的潜意识性意识。男人进化的残留物"乳头"，也被陈克华比喻为"战场上遗留的未爆地雷"，蕴含着蓬勃的生命原欲，在手指叩访或啮齿的造访时，也会性器官一般"勃起"。《肚脐》一诗的诗艺处理，更加含蓄：

> 静静随呼吸起伏的海面
> 我来到一处漩涡
> 中心
> 深陷
>
> 像小猎犬号无人太空船

来到宇宙中心的黑洞岛屿

"温暖而脆弱的中心呵……"

胃寒

而怕痒

我吻着漩涡了

被吸入黑洞般光线曲折底坠落——

此刻，我知道远处有海啸一般的战栗袭来

是宇宙打了一个喷嚏。

"肚脐"作为性意象，蕴含着美妙的性体验和澎湃的生命激情。就是这样，陈克华面对男体这块广袤的陌异土地，用生命去完成他对身体的地形测绘学。我们也借助陈克华的"身体诗"完成了对自我肉身的省察和重新认识。

在陈克华的笔下，人的身体的主体性，首先不是纯粹理性形态的，而是感性形态的主体性。这一生命主体保持着绝对自足的形态，与纯粹大自然保持着和谐性。莎士比亚在《哈姆雷特》中对人类给予了至高赞美："吸天地之灵气，汲日月之精华。人类是一件多么了不得的杰作！多么高贵的理性！多么伟大的力量！多么优美的仪表！多么文雅的举动！在行为上多么像一个天使！在智慧上多么像一个天神！宇宙的精华！万物的灵长！"克莱尔沃的圣伯纳德（St. Bernard of Clairvaux, 1090—1153）也说过："火在眼睛里；气在形成言语的舌头上；土在以触摸为己任的手中；水在生殖器内。"① 陈克华在《眼球》、《皮屑》、《皱纹》等诗中描写身体的时候，经常敏锐地感受到身体与宇宙和大自然之间的共通体验。他常常将裸体置于大自然之中，刻画人与大自然的交媾："他裸伏在每一丛月光的岩顶/接受和风与露水的爱抚，久久/再

---

① Jean-Luc Nancy, Corpus, in Corpus, trans. Richard A. Rand, New York: Fordham University Press, 2008, pp. 1 – 121.

弓起身子，对着满月／向着朝阳射精"(《盟誓》)。将性爱意象以大自然
和宇宙意象出之，也是陈克华的惯用技巧。上述的《肚脐》充满了宇
宙与大自然的无限魅力，强烈的感性力量，呼应着宇宙的力量。又如
《胸膛》：

　　我所向往的一种宽广
　　厚实的泥土
　　与泥土下　大地优美舒缓的呼吸——

　　在男人颈项之下
　　小腹之上
　　大幅起伏　如山峦　如海洋——

　　我的心如帆　偷偷
　　在月全蚀的时刻　划到宁静的大海中央
　　空气黑墨　群星扎眼
　　我躺平在一叶甲板　如漆的海面
　　轻晃我的晕眩

　　贴紧在地球的胸膛上
　　我分明觉察了那呼应着宇宙的庞大脉搏：

　　"我爱你至深
　　深至以你的呼吸　循环我的血脉……"

　　当月光重返的时刻
　　我裸着的胸膛

　　刺满星群坠落的轨迹……

"泥土"、"大地"、"山峦"、"海洋"都是人的身体的对应物。走向"胸膛",就具有了一种皈依大自然的终极意义。

结　语

陈克华在《骑鲸少年》时期,初现"那西色斯情结",开始以内视角关注自我,以肉身承载情感和思考;《欠砍头诗》凸显背德者的自我角色意识,显示出自我与主流意识形态的尖锐紧张关系;《善男子》时期则逐渐走向自我角色的张扬与积极肯定;《BODY身体诗》聚焦于男性身体意象,开掘了一口深井。他从"那西色斯情结"出发,最终完成的是"那西色斯情结"的身体外化。而一个人的成熟,必须走出"那西色斯情结"的阈限,达成完整的自我。我们也在他的其他作品中,读到关于社会公众事件的立场表达,但是陈克华给我们的感觉仍然是未能从"那西色斯情结"里面走出来。

A. 马塞勒曾给自我下过定义:"一个完整的个人。"① 完整的自我,在西方现象学中,分为三部分:即"内在自我"、"人际自我"和"社会自我",三者处于对立统一之中,最良好的状态是三者协调互动。"内在自我"是"与孤独中的内在体验相伴的心理状态"②,它是维护个体自我的根本。但人类渴望完整存在是人之本能,个体必须走出内在自我的自闭情境,寻求与人际自我、社会自我的交合点,孤独才会消失。作为一位同性恋诗人,自我角色的实现面临的压力尤其艰巨,他所面临的生存空间也许会更开阔而艰辛。

在《笑忘录》中,米兰·昆德拉主张应学会谈论自己肉身的希望,而不是整个人类的希望。尼采借助于查拉图斯特拉的诗成功地将肉身重置于哲学的中心。他的七弦琴弹唱的是:我的存在彻头彻尾只是肉身而

---

① 〔美〕A. 马塞勒等主编:《文化与自我》,任鹰等译,浙江人民出版社 1988 年版,第 98 页。

② 同上。

己，造化的肉身仅把灵魂作为自己意志的一双手。"肉身"问题是每个人的核心问题。"肉身"是我们的出发点，也是我们的归宿。但是，从出发到归宿，这之间的长长的抛物线或曲线，是十分丰富而复杂的。每个人既是"个体化生存"，也是"社会化"生存。身体的"在场"，是诗歌永葆生命的源泉。笔者在想：走出"那西色斯情结"的陈克华，更大场域中的陈克华，又会是怎样的？

附：陈克华文学年表

1961 年 10 月 4 日出生于台湾省花莲市。祖籍山东省汶上县。

1977 年，高二，在花莲高中发生一次诗的高峰经验，从此知道自己内在诗人的本质而开始写诗，参加校内诗社"北极星"。也是校内作文比赛的能手。

1978 年，高三，代表花莲县参加台湾地区"全国语言竞赛"作文组，获得第一名。

1979 年，18 岁，考入台北医学院医学系。首次投稿《联合报》获痖弦赏识，以《第六棵枫》等三首诗刊登于《新人月》，正式敲开文坛大门。大学时代同时有机会从事剧本及歌词的创作，短短数年间有近百首畅销"国语"流行歌曲问世，得到金鼎奖的肯定，剧本亦提名金钟奖。

1980 年，大二，得知自己的性向而创作《星球记事》，呈现自己性取向认同的心路。参加诗杂志《阳光小集》（向阳主编）。同年填词《台北的天空》，之后由王芷蕾主唱。

1981 年，首次出版诗集《骑鲸少年》兰亭版。《唐三彩》获"全国学生文学奖"，《水》和《星球纪事》获时报文学奖。

1982 年，获第一届阳光诗奖。

1983 年，《文革之后》获"全国学生文学奖"。《建筑》获时报文学奖。

1985 年，散文集《爱人》由汉光出版。《我们在中国相遇》获"全国学生文学奖"。《病室诗抄》获时报文学奖。

1986—1994 年，由校园进入医院实习和当住院医师。由于内心社会化的压力和外在白色巨塔的封建保守，两相催逼，使得作品呈现色情加暴力的外貌，实则是批判力道十足的政治诗（从《欠砍头诗》至《美丽深邃的亚细亚》）。

1986 年，诗集《我捡到一颗头颅》（汉光）出版。《我捡到一颗头颅》（I Pick up a Skull）充满医学的词汇，借着对人类身体的理解，谱出更深刻的人类孤寂感，吸引读者一读再读。诗集《星球记事》（时报）、诗集《日出金色——〈四度空间〉五人集》

（四度空间诗社，文镜）出版。《带你回桃源》获"全国学生文学奖"。《室内室计》获时报文学奖。

1989 年，小小说集《陈克华极短篇》（尔雅）出版。散文集《给从前的爱》（圆神）出版。

1990 年，散文集《无医村手记》（圆神）出版。

1993 年，诗集《我在生命转弯的地方》（圆神）出版。《我在生命转弯的地方》（At a Turning Point in My Life）收录陈克华高中至大学时期的作品，认真无懈地用文字处理每一道情感的色彩与光影。从青春的风暴当中走过后，以浪漫的文字寻回青春的足迹，是作者初踏入文坛即备受瞩目的第一本抒情佳作。诗集《与孤独的无尽游戏》（皇冠）出版。

1995 年，诗集《欠砍头诗》（九歌）出版。《欠砍头诗》（Sodomy's Necessity）中陈克华秉严肃创作的原则，以诗大胆呈现性与肉体，惊世骇俗，在看似不道德的题材中，透露出新时代的道德与良知。散文集·剧本《恶声·陈克华电影笔记》（皇冠）出版。1995 年后因练习静坐而发现呼吸与脑波、诗的节奏音乐性之间的相关，而开始情色路线之外的禅佛路线的创作。

1997 年，诗集《别爱陌生人》（元尊）、诗集《新诗心经》（欢喜文化）、诗集《美丽的深邃的亚细亚》（书林）出版。《美丽深邃的亚细亚》（Beautiful Mysterious A-sia）是诗人在《欠砍头诗》的《色情时期》之后的诗作集子，读者可以在这本仍留有色情遗迹的文字里发觉诗人另一层的企图，亦即借由文字的瞭望台翘首宇宙与人生如谜的夜空，并在诗的领域里企图与"人"真正对话。本诗集共分为六辑：《车站留言》、《Deja'vu》、《美丽深邃的亚细亚》、《不要戴套子，好吗?》、《爱上官僚的爱丽丝》以及《京都遇雨》。诗人透过诗的文字凝视诗之外的广大世界，并因此得到一个令人惊叹的、清晰而华美的视野。歌词集《看不见自己的时候》（探索文化）出版。小说《爱上一朵蔷薇男人》（元尊）出版。从 1997 年到 2000 年，前往美国哈佛大学医学院任研究员。现任台北荣民总医院眼科医师，"国立"阳明大学助理教授。

1998 年，诗集《因为死亡而经营的繁复诗篇》（探索文化）出版。散文集《在城市中迷失的地图》（元尊）、散文集《颠覆之烟》（九歌）出版。《地下铁》获联合报文学奖。

1999 年，《当时间之风吹起》获时报文学奖。

2000 年，《焚烧之瞳》获文荟奖。《美丽深邃的亚细亚》获台北文学奖。

2001 年，诗集《花与泪与河流》（书林）出版。

2002 年后，因多涉及摄影和诸影像视觉创作，举办过多次个展及得奖，便在出版品中多结合两者发行，如《我旅途中的男人》、《寂寞的边境》等；2000 年后因有感于政党轮替后"国族主义"的高涨和族群对立的日益严重，也写诗结集为《啊大，啊大，啊大美国》。

2003 年，散文集《哈姆·雷特》（九歌）、散文集《我和我的花痴妹妹——写给异性恋男人的情色笔记》（春天）出版。

2004 年，散文集《给从前的爱》（小知堂）、散文集《梦中稿》（小知堂）出版。

2005 年，举办摄影展《陈克华的视界地图》。

2006 年，诗集《善男子》（九歌）出版。《善男子》（A Good Son）诗风大胆，锐意求变，题材多元，荤腥不忌。其中又刻意发展情色暴力路线，同时尝试诗创作的破与立，痛恨政治和谎言，更以台湾社会题材入诗。坚信诗人必是赤子，以赤子心眼观察婆娑世界，欲海爱染，是其胜场，更是华文世界第一本以同性恋情欲为主题的诗集。散文·摄影《寂寞的边境·陈克华的视界地图》（小知堂）出版。

2007 年，诗·散文·摄影《我旅途中的男人。们。》（原点）出版。举办摄影展《佛途旅次》《着相》。

2008 年，摄影集《看见不看见的空间》（与郑慧正合著，二鱼文化）出版。举办摄影展《花季》、《邂逅拉达克》、《浮生梦游》、《一花一净土》、《石头秘语》，绘画展《裸镜告白》、《花非花》。

2009 年，歌·摄影《凝视》（CD·巨礼）出版。诗集（英汉对照）《我和我的同义辞》（角立）出版。举办摄影展《寂静花开》《曼陀罗花开了》《我的天》。

2010 年，诗·摄影·绘《心花朵朵·陈克华的心经蔓陀罗》（台湾明名文化）出版。举办摄影展《我的曼陀罗》。

2011 年，举办摄影展《无相之相》。《寂寞.Autopsy》（香港中文大学出版社）出版（2011 香港国际诗歌节）。

2012 年，散文集《老灵魂笔记》（联合文学）出版。诗集《当我们的爱还没有名字》（秀威资讯）出版。在台北两次举办画展《圆形毕露》，在台北和花莲分别举办画展《暗之华》。

2013 年，散文集《我的云端情人》（二鱼文化）出版。诗集《渍》（秀威资讯）出版。举办摄影展《天花乱醉》（乙皮画廊）。举办画展《花花世界》《暗之华 + 花花世界》。

第十一章　海子(1964—1989)
回眸诗人之死

第一节　流亡与栖居:海子诗歌的母题

对于一个半神和早逝的天才

我不能有更多的怀念

死了，就是死了，正如未发生的一切

从未有人谈论过起始与终止

我心如死灰，没有一丝波澜

……

这是诗人戈麦在海子自杀（1989）后献给海子的诗篇，而次年他却由于无法忍受"人的悲哀"而自沉于北京西郊万泉河。我将这首诗再次献给海子、戈麦以及活着的诗人、人。

正如萨略特所言：当今已步入了"怀疑的时代"，那么，"诗人如何走出怀疑的时代，如何步出死亡的阴影，从而坚实地矗立在这片大地上"就成为一个需要重新思考的问题。每个诗人的死都有具体的原因和具体的导火索，但是他们的死并不是瞬间的突发，而需要我们考察诗人们的原动力和审美内驱力，即他们对现实、历史、世界、人生、命运的总体理解和体验。他们面对无论多么黑暗的现实，总是在自给自足的艺术王国里葆守着一份本真，一份纯粹，他们珍惜自己的每一片羽毛，宁肯自毁也不愿被玷污。

这些诗人悲剧的原因之一在于他们对待诗歌艺术的功用态度。他们大多由于对诗歌拯救现实的绝望而自杀，他们把诗歌当作挽回灵魂失落的手段，这种失落能够在无形中摧毁人的尊严和人的信仰，使人放弃生命中最有价值的部分，所以，灵魂的拯救成为诗人们最关注的一个问题。他们把人的价值、本质、命运当作一个形而上的问题来思考探讨，把焦点放在人的灵魂的寻回与重建方面。他们试图以诗歌唤起人们对自我生存状况的注视，用更充实的生活来证明自己的存在，向社会的黑暗提出责难和抗议，揭示出个体生命中所有的苦难与疼痛、危机与自焚、分裂与毁灭，警醒人们对自己有一种清醒的认识，从而不断改变我们的生存环境。这本是高尚的诗学理想，但问题是他们过分夸大了诗歌的功用。文艺从来都不会立竿见影地改变政治和现实。诗的功用是一个潜移默化的长期的灵魂建设问题，正像诗歌从来不是政治的妓女一样，政治也不会乖巧地作诗歌的奴仆，有些恶劣的现存状态在特定范围内还没有完全丧失其必然性，我们应有清醒的认识。臧棣说："诗歌不是抗议，诗歌是放弃，是在彻底的不断的抛弃中保存最珍贵的东西。诗歌也不是颠覆和埋葬，诗歌是呈现和揭示，是人类的终极记忆。"[1] 贵州诗人黄相荣也说："派生诗的诗人本身就是虚幻的，对于现实来说。明智地承认这种冷酷的客观实在可以阻止我们去做以诗来改造世界或净化人类的幼稚的幻梦。"[2]

戈麦在一封不曾发出的信中说："很多期待奇迹的人忍受不了现实的漫长而中途自尽……我从不困惑，只是越来越感受到人的悲哀。"[3] 他追求的是绝对的完美，一种虚幻的完美，他不能容忍妥协这一人性的弱点而自杀了。我把他们的自杀称之为"诗性自杀"，即他们把自杀作为一种诗歌行动，以其死完成一首悲壮的行为主义诗篇，高度自恋

①　戈麦：《彗星》，漓江出版社 1993 年版，第 251 页。
②　徐敬亚等主编：《中国现代主义诗群大观》，同济大学出版社 1989 年版，第 337 页。
③　戈麦：《彗星》，漓江出版社 1993 年版，第 229 页。

（中性词语）的自我生命与诗歌彻底融为一体。对于诗人来说，"死亡不仅具有个体生命的意义，而且拥有群体生命的意义；个体生命能够从死亡中得到解脱，但是群体生命却能够从死亡中获得警示：更深刻地认识和理解自己的生命，尽量避免再次堕入深渊。"①

然而事实情况如何呢？这些诗人们为了灵魂的羽毛而放弃了沉重的自身，换来的是什么呢？芸芸众生都在关注现实，关注色情肉欲，关注自我荣誉，关注一己悲哀，却唯独对死亡麻木。"海子们"的自杀犹如一粒小小的石头无声无息地沉入铜臭滚滚、红尘滚滚的世俗大海中，起初还可作为文人们饭后的谈资，渐渐地连依稀的淡红也褪尽了。如果把"海子们"的精神比作大雁塔的话，那么，韩东的《有关大雁塔》正揭示了海子之后的生存现状：

> ……
>
> 有关大雁塔
>
> 我们又能知道些什么
>
> 我们爬上去
>
> 看看四周的风景
>
> 然后再下来
>
> 走进这条大街
>
> 转眼不见了
>
> ……

在这种现实境况下，我们应当重新考虑诗人的肉身问题。在《笑忘录》中，米兰·昆德拉主张应学会谈论自己肉身的希望，而不是整个人类的希望。尼采借助于查拉图斯特拉的诗成功地将肉身重置于哲学的中心。他的七弦琴弹唱的是：我的存在彻头彻尾只是肉身而已，造化的肉身仅把灵魂作为自己意志的一双手。②

———————

① 殷国明：《艺术家之死》，花城出版社1990年版，第130页。

② 刘小枫：《沉重的肉身》，华夏出版社2004年版，第86页。

那么，在现实生存中如何保全沉重的肉身而又不使肉身与灵魂分离呢？奥地利伟大的诗人里尔克的诗路历程无疑将会给中国诗人一些有益的启示。

里尔克早期是一个浪漫主义的激情鼓手，只是凭着个人的主观情感写诗，那焦躁不安的情绪，无家可归的哀伤和对孤独的咏叹构成了他诗情的核心。后来他意识到这种诗风将会把他推向自恋的歧途上去，因为自文艺复兴以来，由于人对自我价值的过分倚重，形成了自我中心主义的思潮，诗歌中的浪漫主义导致了一种颓败和自恋情结，人愈是挣脱与外部世界的关联，愈是走向自我的中心，这无疑是哲学、艺术、文学的历史误导。德国诗人诺瓦利斯曾说："我们漫无边际地四处追求无条件的东西，然而我们总是找到物。"[①] 里尔克通过对自我与世界关系的思考，重新给自我定位，坚定地扭转了诗风，从灵魂的流亡到灵魂的栖居，告诉我们灵魂的故乡是大地，是客观的"物"。对"物"的发现和思考，构成了里尔克一生的重大转折，也是使他成为一个伟大诗人的坚实开端，大地和物对于人类来说，具有终极意义和价值。我们看到，愈是抬高主体价值，愈是沉湎于自我，所走的路就愈狭窄。大地才是存在的整体，万物才是真理的寓所，把灵魂交付大地，把生命交付万物才是真正的诗路。诗人应更多地接受这个世界，主动地去承担苦难的人生，只有全身心地潜入大地，沉入到事物内部，才能揭示深蕴的内涵，去承受悲哀，在对悲哀的忍受、认识、接受过程中使灵魂渐趋成熟。里尔克在给一个青年诗人的信中说："我们悲哀时越沉静，越忍耐，越坦白，这新的事物也越深、越清晰地走进我们的生命，我们也就更好地保护它，它也就更多地成为我们自己的命运。"[②] 在里尔克这里，现实与理想、物质与精神、艺术与生活这些对立的范畴获得了统一，实践性的现实生存与非实践性的审美生存获得了平衡，从而结束了诗人灵魂长久的漂泊飞翔状态，为灵魂找到了博大厚重的依附——大地和万物。他的历

---

① 转引自崔建军《纯粹的声音》，东方出版社 1995 年版，第 34 页。

② ［奥地利］里尔克：《给一个青年诗人的十封信》，冯至译，生活·读书·新知三联书店 1994 年版，第 51 页。

程对中国诗人的精神出路有着重要启示意义，让我们重新考虑诗人生存的本体论问题，为自己的灵魂找到真实可靠的根基。

由此，我又想到了当下的中国诗人。我们不要希冀遗世独立，而应该扎实地沉入大地和现实，做好准备去承担新的苦难。20世纪末并不是悲观绝望的黑夜，21世纪初也不是盲目乐观的黎明，对时光的任何浪漫企盼都是虚妄的。"跨世纪意味着既拥有一个结束，又拥有一个开始，也许更意味着拥有一个完整的过程。……现在，活着的这些人大体都能这样地既面对一个世纪的日落，又面对一个世纪的日出，这无疑都是些生逢其时的幸运者。但这些富足的拥有者，却必须为这一历史机遇付出代价，造物者冥冥之中无情地展示了它的公正。"① 这正是谢冕老人清醒的认识。而对于当下的青年诗人们来说，要以积极的态度主动地去承担起真实的人生，"挺住就意味着一切"！

第二节　《麦地》的症候式分析

在海子的老家安徽怀宁，小麦并不是主食，同样出生于安庆地区的诗人陈先发和余怒，在作品中就极少有麦地意象。为什么"麦地"、"麦子"意象却贯穿了海子的整个创作历程？这显然不是一个写实性的意象。按照西川编的《海子诗全编》的诗目，海子正式开始诗歌创作是在1984年。1985年1月他的《熟了麦子》中首次出现"麦子"意象，接着又有《麦地》（1985）、《五月的麦地》（1987）、《麦地　或遥远》、《麦地与诗人》（1987）问世。一直到1989年他辞世前夕写下《黎明（之二）》（1989）、《四姐妹》（1989），还在清晰地呈现一个"绝望的麦子"的形象。可以说，"麦地"意象构成了海子的生命存根。《麦地》一诗最具有原初意义。

诗的一开始便像默片的一个镜头，呈现出农民的本真生存情景：

---

① 谢冕：《跨世纪的机缘》，见《跨世纪文丛》总序，长江文艺出版社1993年版。

吃麦子长大的

在月亮下端着大碗

碗内的月亮

和麦子

一直没有声响

　　这个开头实际上承续了《熟了麦子》的基调，"麦子"隐喻着人类生存之根。只不过《熟了麦子》里的压抑情绪蜕变为幸福、和平的达观情绪。结尾一句"养我性命的麦子"照应了开头，整首诗充溢着生存的温暖与感恩情绪。

　　《麦地》的内在精神力的图示是扎根向下的。虽然在海子的大量作品里充满了太阳与大地的矛盾，但是，海子的精神支撑点却是大地。"麦地"、"河流"、"水"、"粮食"、"家园"、"草原"、"湖泊"是他灵魂皈依性的意象，流露出生命的源头意识和深深的家园意识。"太阳"是他的精神分裂与流浪的象征性意象。"月亮"和"太阳"同样都在天空，但是，"月亮"的存在感是通过大地得以显现的。在这首诗中，"月亮"意象与"麦地"意象相辅相成。月下种麦，月下护麦，月下收麦，月下会见情人，月下吃饭，营造了一种静谧阴柔的和平之境。"看麦子时我睡在地里/月亮照我如照一口井"。也富有象征意义。诗人的命运与大地紧紧联系在一起，麦地成为诗人的精神皈依。将"我"比喻为一口深井，其实寄寓了汲取大地精神之源。麦地的精神内涵有多丰厚，诗人的精神之井就有多幽深。大地是诗人永不衰竭的精神养料。

　　诗歌的意象具有清晰的写实性，但是营造的境界却具有极强的象征性。"麦地"和"麦子"从自然意义上讲，并不是海子老家的本土性的物象；作为意象，这些其实是他的精神心像。他在西宁、青海湖、格尔木、西藏（拉萨）、敦煌、河西走廊、嘉峪关、额济纳、包头、呼和浩特等地的壮游历程中，形成了"你在高原"的精神渴望，于是兰州的"麦子"意象第一次进入他的诗中时，就已经成为海子自我形象在精神高地的外化物了。"麦地"和"麦子"意象，既凝聚了海子的家乡生存体验，更带有海子自身的精神认同，富有精神寻根的意味。他说："麦浪——/天堂的桌子/摆在田野上/一块麦地"。麦地和麦浪即是"天堂即在人间"的形象化表述。"麦地"即是人类的归宿和生命存根。由于我们都拥有共同的生命存根——"麦地"，所以，"我们是麦地的心上人/收麦这天我和仇人/握手言和/我们一起干完活/合上眼睛，命中注定的一切/此刻我们心满意足地接受"。这里包含的人道之爱的力量，以极大的吸附力消弭了人与人之间的隔阂与仇恨。

他这种博爱意识一方面具有浓郁的家园意识，"家乡的风/家乡的云/收聚翅膀/睡在我的双肩"；另一方面，他将触角推及到世界各地，世界古老文明的血脉在这里融通。他虚构出一幅盛世情境：

> 这时正当月光普照大地。
> 我们各自领着
> 尼罗河，巴比伦或黄河
> 的孩子在河流两岸
> 在群蜂飞舞的岛屿或平原
> 洗了手
> 准备吃饭

海子将这个世界进行了极简主义的处理。人们都拥有同样的背景（"月光普照大地"），无论是"河流两岸"还是"在群蜂飞舞的岛屿或平原"，人们都生活在麦地里，以麦子为粮食。"月亮下/一共有两个人/穷人和富人/纽约和耶路撒冷/还有我/我们三个人"。

"我们三个人/一同梦到了城市外面的麦地"这句话特别富有深意。第一，这是海子的"梦想"；第二，这是一块城市外面的麦地。二者共同的内核是一个乌托邦而已。这个乌托邦同时又是异托邦，异于现代城市文明的回眸远古农耕文明的生命归宿。海子自幼在安徽农村长大，1979年，15岁的少年查海生只身来到大都市北京，一直到1989年辞世，十年的青春期，并未建立起现代文明意义的价值坐标。他依然停留在乡村的精神领地。虽然他到大西北、西南边陲壮游，但是所形成的价值观念和审美趣味，丝毫不带现代都市气息。据西川的回忆，海子在北京的十年，属于典型的"宅居"。在海子的房间里，找不到电视机、录音机、收音机，海子也不会跳舞，不会骑自行车；甚至在他离开大学的六七年里只看了一次电影。因此，他一直深深蛰居在远古农耕文明的记忆之中，在都市生存反而一直产生"被抛"感。他笔下的乡村记忆是如此的和谐、质朴、温暖、祥和，近乎神圣地呈现出纯净的浪漫主义风格。身居都市的诗人，唯有来到麦地，才能得到灵魂的洗礼。"白杨树围住的／健康的麦地／健康的麦子／养我性命的麦子！"体现了海子完全农耕时代的"世界大同"理想，正如他在《五月的麦地》中所写："全世界的兄弟们／要在麦地里拥抱／东方　南方　北方和西方／麦地里的四兄弟　好兄弟／回顾往昔／背诵各自的诗歌／要在麦地里拥抱"。

　　海子，一个孤独的诗人，一个绝望的诗人，一个生活在只属于他自己的世界的诗人。在温暖的意象背后，我们看到的是他与这个世界的隔绝感。在《麦地》中，海子是以第一人称抒情的，他所面对的隐含读者是"你俩"、"你们"。而且，他自己是超越于"你俩"和"你们"之上的身份。比如第二节的"和你俩不一样／在歌颂麦地时／我要歌颂月亮"，一下子就与世俗抒情态度拉开了距离。他虚构出的"月亮"下的麦地，既有浅浅的现实的影子，又蒙上了浓厚的迷离梦幻色彩，极具象征意义。最后一段："就让我这样把你们包括进来吧／让我这样说／月亮并不忧伤／月亮下／一共有两个人／穷人和富人／纽约和耶路撒冷／还有我／我们三个人／一同梦到了城市外面的麦地"。"我"同样是超越现实中"穷人和富人"、"纽约和耶路撒冷"二元对立之上的"第三个人"。这个"第三个人"其实带有了神性特征，或者叫"救世主"。海子是一个渴望扎根大地的诗人，但是其骨子里却是一个浪漫主义的漫游者。这颗麦子是远离都市的生命存在。

　　在现代都市里，他无法找到内心的麦地。他的所有"麦地"境界，都是一场梦幻。因此，"麦地"之梦注定是绝望结局。在海子自杀前夕，两首诗中出现过绝望的麦子：一是《黎明（之二）》："永远是这样美丽负伤的麦子/吐着芳香，站在山冈上"。二是《四姐妹》："空气中的一棵麦子/高举到我的头顶/我身在这荒凉的山冈……一棵空气中的麦子/抱着昨天的大雪，今天的雨水/明日的粮食与灰烬/这是绝望的麦子/请告诉四姐妹：这是绝望的麦子/永远是这样/风后面是风/天空上面是天空/道路前面还是道路。"这里的"麦子"就是诗人的化身。

诗人们的生活往往是非实践意义的审美生存，因而现实与理想、物质与精神的生存矛盾就进入其诗篇凝结为基本母题，在这基本母题中展开他们灵魂的所有冲突。这种冲突又具有一种自我生成、自我衍生性，愈是深入现实和物质世界，愈是由于其邪恶而遁向圣洁的诗国；愈是发现诗国之圣之纯，愈是要远离现实。他们自毁的根源在于其更多地沉于非实践意义的审美现实而抛弃了实践意义的现实生存，成为无限漂泊的灵魂。但是，实际上，作为灵魂避难所的"麦地"意象只是一场"乌托邦"，甚至变异为"异托邦"。

海子走到了人生终点，"一个黑夜的孩子，沉浸于冬天，倾心死亡/不能自拔，热爱着空虚而寒冷的乡村"（《春天，十个海子》），"丰收之后荒凉的大地/人们取走了一年的收成/取走了粮食骑走了马/留在地里的人，埋得很深"（《黑夜的献诗》）。这个以"麦地"为生命存根的诗人，最终殉身于"麦地"的乌托邦，弃绝了人世，于是"乌托邦"成了"异托邦"。

附：海子文学年表

1964 年农历二月十一日（公历 3 月 24 日）出生于安徽省怀宁县高河镇查湾村，在农村长大。

1968 年，在公社参加"毛泽东语录背诵比赛"，取得第一名，年仅四岁，是参赛年龄最小者。

1969 年，在查湾村读小学一年级。

1974 年，考取高河中学初中部。

1977 年，考取高河中学高中部

1979 年，考取北京大学法律系。

1981 年，结识骆一禾。

1982 年，开始创作诗歌。

1983 年，毕业分配至中国政法大学校刊编辑部。同年，结识西川。

1984 年，调入中国政法大学哲学教研室教授美学。开始长诗《河流》、《传说》的创作。

1985 年，完成长诗《但是水，水》的创作，并开始《太阳》的构思。以海子的笔名发表《亚洲铜》一诗。

1986 年，获北京大学第一届艺术节五四文学大奖赛特别奖。远游内蒙古、青海、西藏。加入"中国当代新诗潮诗歌十一人研究会"，完成《太阳·断头篇》及《太阳·土地篇》的一部分。

1987 年，开始创作《太阳·大扎撒》。

1988 年，再次远游青海、西藏等地。6 月 13 日至 9 月 22 日完成《太阳·弑》、《太阳·你是父亲的好女儿》。获第三届《十月》文学奖荣誉奖。

1989 年 3 月 26 日，在河北山海关附近卧轨自杀。身边带着四本书：《新旧约全书》，梭罗的《瓦尔登湖》，海雅达尔的《孤筏重洋》和《康拉德小说选》。他的遗书中写着"我的死与任何人无关"。

1990 年，海子长诗《土地》被列入《世纪末诗丛》由春风文艺出版社出版。

1991 年，《海子、骆一禾作品集》由南京出版社出版。

1995 年，《蓝星诗库：海子的诗》由人民文学出版社出版。荣光启编《那幸福的闪电——海子经典抒情短诗精选》由湖南文艺出版社出版。

1997 年，西川编《海子诗全编》由上海三联书店出版。

2001 年 4 月 28 日，与诗人郭路生（即食指）荣获中国文学最高奖项之一——第三届"人民文学奖诗歌奖"。

2002 年，《海子的诗》由时代文艺出版社出版。

2004 年，余徐刚著《诗歌英雄：海子传》由江苏文艺出版社出版。

2006 年，《海子诗集》由鹭江出版社出版。

2009 年，西川编《海子诗全集》由作家出版社出版。

2010 年，边建松著《海子诗传——麦田上的光芒》由江苏文艺出版社出版。

2013 年，倾蓝紫著《今夜我不关心人类，我只想你：海子诗传》由光明日报出版社出版。

2014 年，刘春《海子、顾城——两个诗人的罗生门》由译林出版社出版。江雁著《海子诗传：我只愿面朝大海，春暖花开》由时事出版社出版。西川编选《骆一禾　海子兄弟诗抄》由江苏文艺出版社出版。

2015 年，吴韵汐著《天空一无所有　为何给我安慰——海子诗传》由中国纺织出版社出版；胡亮著《永生的诗人：从海子到马雁》由北岳文艺出版社出版；夏墨著《春暖花开：海子诗传》由石油工业出版社出版；李清秋著《没有任何夜晚能使我沉睡：海子诗传》由现代出版社出版。

第十二章　潘维(1964—　)
江南文化的诗意解码

　　十五国风从十五个方向吹来，吹了三千年，仍然能够让我们感受到它们清新而永恒的地域文化气息。可以说，自古以来，诗歌与文化、地理紧紧地融合一起，形成了丰富斑斓的地理文化意象。在江南文化的世界里，潘维是鲜明的诗性符号之一。潘维拥有多种极其繁复驳杂的标签。刘翔曾在《潘维：最后一滴贵族的血》里说："潘维是一个怪杰，他集激进主义者、政治幻视者、农民、市民、贵族、肉欲分子、无产者、观察者、局外人、抒情歌手、儿童、有着'革命的嘴脸'的革命者于一身，他是一个用血、用肉来沉思现实的人。"[1]　而这众多的面目，都难掩他内在精神上强烈的角色自期——"汉语帝王"。而他作为"汉语帝王"的野心，最终通过江南文化地理意象呈现出来，诸如"江南雨水"、"少女"、"太湖"、"巨龙"等意象，既是他灵魂深处最重要的元素外化为诗歌的创作母题，构成破译潘维灵魂密码的钥匙，同时，又是潘维破译江南文化的诗意密码。

第一节　"江南"的"水"

　　在潘维的诗中，出现最密集的意象大概是"江南的雨水"。他的诗

---

　　①　刘翔：《潘维：最后一滴贵族的血》，《星星》（诗歌理论版）2010 年第 12 期。

集之所以命名为《水的事情》，肯定与其灵魂秘语有关。《遗言》开篇
"我将消失于江南的雨水中"，既奠定了诗作的基调，也渲染出潘维的
灵魂底色。"江南地理"是潘维诗歌最醒目的标志。正如福克纳的约克
纳帕塔法、莫言的高密东北乡、扎西达娃的西藏，"江南"成为潘维灵
魂深层不可揭移的邮票，成为他的生命存根。江南，是多雨的江南，似
乎永远都是阴郁而潮湿的。阴性的"水"意象，成为潘维血脉中最充
沛的精神元素。他在诗中反反复复地出现"水"意象：

> 夜晚，是水；白天，也是水
> 除了水，我几乎已没有别处的生活
>
> （《鼎甲桥乡》）

> 水做的布鞋叫溪流，
> 穿着它我路过了一生。
> 上游和下游都是淡水。
>
> （《进香——给杨岭》）

有时，他咏叹"水"的变形意象"雪"：

> 大雪在通往树林的中途，
> 留下纯洁；
> 使我得以在一片白色里窥视，
> 巍峨的苦难，
> 所负载的万象。
>
> （《进香——给杨岭》）

从理想的状态来讲，"水"是流动的，可以冲刷历史的污浊、可以净
化生存环境，"水"和"雪"都洁净的化身。所以，在《东海水晶——
给胡志毅》里，他写道："我喜欢草尖上的液体水晶"，"液体水晶"是

洁净的象征，相反"人不过是一点杂质……/人声鼎沸，交响成黑煤。"意象的强烈对比，彰显出潘维对自然的亲近，以及对"黑煤"那种人性杂质的远离。我们就不难理解潘维何以把自己比喻为"一座水的博物馆"（《炎夏日历——给方石英》）。

　　然而，潘维并没有对江南地理做单一的"纯化"处理。他有效避免了一般意义上"地理诗歌"写作的浅薄与单一，而通过对灵魂的深度刻画，彰显出爱之深、责之切的复杂情状，从而深入剖示了一个时代的纹理。《江南水乡》里："一股寒气/混杂着一个没落世纪的腐朽体温/迎面扑来。江南水乡/白雪般殷勤，把寂寞覆盖在稀落的荒凉中"；"对紫禁城的膜拜，对皇权的迷恋，/使宅院的结构，阴黑如一部刑法"；"阴寒造就了江南的基因，那些露水，/凝成思想的晶体，渗入骨髓"；"腐败在贿赂他的眼睛"……这里充斥着颓败的物象："虚弱的美女"、"贵族们的恐惧"、"逃亡的马车"、"残废的沉默"。这些都强烈激发起他的双重情感：一方面，他竭力逃脱江南水乡的历史颓败对他的纠缠与制约，深深地"吃惊于自己是一座水牢"（《天目山采蘑菇》），宁作一个自由的"异乡人"；另一方面，又无法在精神上逃出"永远是生养他的子宫"的那片土地。最终，"我将消失于江南的雨水中"，灵魂的回归，体现了强烈的文化寻根意识。

第二节　潘维的安尼玛情结

　　如果说，"江南雨水"是潘维灵魂的底色，那么，他的精神伴侣即是"非法少女"。这是与第一个母题"水"相关的另一个创作母题。正如《红楼梦》中贾宝玉所说："女儿是水做的骨肉，男人是泥作的骨肉"，潘维固执地在诗作中反复咏赞"水"的人化意象——少女，也是自己灵魂的渴求。他说：

　　　　别把雨带走，别带走我的雨

它是少女的血肉做成的梯子

爬上去，哦，就是我谦逊的南方

……

……千万别触动玫瑰

它们是雨的眼珠，是我的棺材

（《别把雨带走》）

这黎明，这从未关爱过的表妹的宁静：

柳枝滴下枯绿，

地平线穿进针眼，把一抹霞彩

缝补在东方。

……

花瓣的薄膜游向处女。

高贵只接受鲜嫩的事物。

（《西湖》）

他至少有 20 首写给女性的诗篇，主人公有孟晓梅、J. H. Y、艾米莉·狄金森、L. S、C. Y、B. Y. T、陆英、顾慧江、王瑄、苏小小、王音洁、ZXH、杨岭、杨莉、明姬、徐雯雯，等等。他在《框里的岁月》题记里写道："每一次接近岁月/少女们就在我的癌症部位/演奏欢快的序曲"。"少女"是医治诗人灵魂疼痛的良药，已经成为潘维灵魂的对应物，甚至成为他的灵魂的组成部分："我，潘维，一个吸血鬼，将你的生命输入我的血管里"（《致艾米莉·狄金森》）。

这里，我们有必要引述一个西方哲学概念："潜意识双性化"。柏拉图和弗洛伊德都提出过人生来就有"潜意识双性化"倾向。荣格也认为，一个人同时具有"男性的女性意向"和"女性的男性意向"，这种分法避免了生理上、心理学上严格的雄性与雌性对立的简单性。荣格把前者称为安尼玛（anima），后者称为阿尼姆斯（animus），他认为，最雄健的男子也有安尼玛，她是男性无意识中的女性补偿因素，"他"

常把"她"投射到女性身上；而最女性的女子也有某些心理特征证明身心中的阿尼姆斯存在，女性也有潜在的男性本质。因此性别之间的对立主要是个人内部安尼玛和阿尼姆斯之间无意识斗争的一种投射，两性间的和谐依赖于个人内部的和谐。① 所以，一个人愈是深入地认识自己，愈具有自我的觉知，也就愈了解自己灵魂所投射到的异性，也就容易做到两性和谐相处，互洽互补。正是在这一意义上，人本主义哲学家更将"双性化"的自我实现看作人类健康的全新概念，认为人的双性化将会成为人类理想的角色模式。加斯东·巴什拉在《梦想的诗学》中赋予了诗学一种梦想性质，而梦想的实质是什么呢？他说：

> 阴性与阳性的辩证关系是按深层的节奏开展的。这一辩证关系，从不太深处开始，总是从不太深处（阳性）走向深处，走向越来越深处（阴性）。……我们会找到全部舒展的阴性，在其宁静中歇息。②

这种阴性的核心——梦想的实质——是诗的核心和人类灵魂的归宿，也是我们每个人安宁的内在起源，是我们身心中自足的天性。荣格说："我为安尼玛下了极简单的定义，它是生命的原型。"③ 这是静止、稳定、统一的生命原型。这是潜藏于每一个男性和女性最深处的核心本质。潘维以女性作为自己灵魂的对应物，甚至自己灵魂的一部分，正是在深层探寻自己生命原型安尼玛的表征。他笔下的人物即使是男性，当他一旦具有生命本质的时候，也更多地彰显出内在的安尼玛特征。他写诗人泉子，突出了泉子"潮湿的身体"、"尘埃般疼痛的脸"、"忧郁"、"羞愧"、"无辜"、"绝望"、"怜悯"、"悲剧"等内涵。诗人泉子像"小男孩"一样，因为"拒绝成长，专注于"匿名活在一首诗里"，所

---

① ［美］C.S. 霍尔/V.J. 诺德：《荣格心理学入门》，冯川译，生活·读书·新知三联书店1987年版，第53页。

② ［法］加斯东·巴什拉：《梦想的诗学》，刘自强译，生活·读书·新知三联书店1996年版，第76页。

③ 同上书，第118页。

以愈加成熟"，结尾的"承接不可复制的水滴"，使诗人具有了阴性的"水"的特质，赋予了纯净的本质内涵。

正是由于潘维深层对于女性的灵魂体认，所以，他经常以"拟女性角色"的诗写视角进入诗篇，如《冬至》、《除夕》、《隋朝石棺内的女孩——给陆英》。尤其是《隋朝石棺内的女孩——给陆英》："日子多么阴湿、无穷，/被蔓草和龙凤纹缠绕着，/我身边的银器也因瘴气太盛而熏黑，/在地底，光线和宫廷的阴谋一样有毒。/我一直躺在里面，非常娴静；/而我奶香馥郁的肉体却在不停地挣脱锁链，/现在，只剩下几根细小的骨头，/像从一把七弦琴上拆下来的颤音。"诗人与女主角的身份彻底融为一体，诗歌的内涵勘探既是肉体的，又是人性的；既是性别的，又是历史的。

"少女"是潘维灵魂的伴侣，不要忽略的是，这个"少女"有一个修饰语——"非法"：

> 我将带走一个青涩的吻
> 和一位非法少女，她倚着门框
> 吐着烟，蔑视着天才。
> 她追随我消失于雨水中，如一对玉镯
> 做完了尘世的绿梦，在江南碎骨。

这个片段活灵活现了现代女性不羁的自由魂灵。我们说，少女往往是潘维灵魂的对应物，但是，也只有如此落拓不羁的性格，才配做潘维的灵魂伴侣。理解了这一点，才能真正进入潘维的内心的喧嚣、漂泊、寻找过程，以及这个过程里所激发的创造力。

第三节 "太湖/巨龙"意象

接下来，是潘维灵魂的归宿——"太湖"意象。以及"太湖"孕育出的"巨龙"意象。

他在多首诗中都有过"太湖作我的棺材"之类的表达。《遗言》一诗，再次申说"我选择了太湖作我的棺材"，可见，"太湖"意象在他灵魂里是多么的浩瀚与深邃。潘维曾在1994年写出了他一生中具有重要刻度的大气磅礴的巨作《太湖龙镜》。沈健称之为"对人性、幻美、道德、暴力、权力和历史等主题的关注使长诗成为一部关于江南的林林总总的百科全书"①。"根据诗人胡嘉平的回忆，这组诗其实是在一次巨大的危机中完成的。当时，一场失败的爱情、一次突如其来的强权拆迁，一下子将诗人抛进了现实与理想的高度紧张之中，诗人敏感的灵魂像初秋的虫子一样置身于肉体的痛苦与悲哀之中。"② 时在浙江长兴县电影公司做电影拷贝质检员的潘维，请了两个月的假，躲在一座临河的房子里完成了这部重要作品。

非常有意味的是，在《遗言》里，潘维并没有渲染他灵魂的归宿——"太湖"，而是说：

> 我选择了太湖作我的棺材，
> 在万顷碧波下，我服从于一个传说，
> 我愿转化为一条紫色的巨龙。

他的真正用意在于自己转化为"太湖""万顷碧波"下"一条紫色的巨龙"。这是"江南雨水"、"如水的少女"、"太湖"中滋养出的巨龙。这条"紫色巨龙"实际上构成了诗人潘维的"灵魂图腾"。"巨龙图腾"虽然是潘维潜意识的显现。但是，在近作里频繁出现，几乎跃上意识的水面。《开发区》也隐约透露出龙意象："可能不小心，我释放出了龙身蜿蜒的愿景？"《秋浦歌》也写道："一条龙附体结晶成钻石的矿脉"。《不朽之舟——跨湖桥遗址博物馆独木舟》中的"不朽之舟"其实也是"龙"形象的变体：

---

① 沈健：《雨水的立法者：潘维评传》，《星星》(诗歌理论版)2008年第8期。
② 同上。

不朽之舟。来从地下的中国。

一层层剥开，贫瘠的、肥沃的、盐碱的各种泥土，

会目睹繁茂的根系强健地忙碌着。

我是其中最敏感、脆弱、无形的那根触须。

似乎，布谷鸟的啼唤、野鸭的扑扇、白鱼的跳跃魔法般粘合起

这散架的独木舟，一颗雾蒙蒙的灵魂

划着桨。至少，在进化论里，它装载的孤独

打败了一支太平洋舰队，以及时代批发的骄傲。

"穿透水晶罩——不朽之舟，不朽在地下的中国。/它静静地，停止了划行、腐烂，接受神话。"这个"不朽之舟"为什么不能解读为潘维在潜意识里自期的一个自我角色呢？

"巨龙"在古典文化典籍中，无论指的是"男根"还是"帝王"，内涵都是"阳气"。如果说，"男根"象征着肉体生命力，那么，"帝王"则象征着精神的生命力。如果"江南雨水"、"如水的少女"、"太湖"是"阴性意象"，那么，"巨龙"则是丰腴的"阴气"所滋养出的充沛的"阳性意象"。很多人都认为潘维的私宅设计得阴气太重，或许是因为潘维的阳气太盛，必须用充足的阴气，才能获得生理、心理乃至灵魂的平衡。

沈健在《雨水的立法者：潘维评传》里这样描述潘维在杭州的那座浸淫了中国传统文化的精气与神韵的私宅，是如何充满黏稠的阴郁、朽黯和古意的：

扑面而来的是一种缭绕的幽气，是一种发绿的银纹，是一缕缕柔媚无骨的狐魂仙灵，自古琴弦上，自陶罐深处，自发黄的线装书内。

整日紧闭的窗帘和昏暗的灯光，将一种神秘、阴柔、女性的馥郁散播在空气的每一缕弹性与折皱之中。仿佛，有无穷的淫乐、阴谋、政变正在酝酿；又好像有举世皆惊的美与画在妊娠。如同古运河上帝王船队中，最机密、核心的一个船舱，那些来自床第、书

桌、剑匣和一些汉语盘旋柔韧的撞击声，起伏在做爱的波涛之中，丝潮健涌，虎踞龙盘。

这是一个有着帝王生涯的奢侈迷梦的诗人后院，摆放着渴望不断迎娶的西湖婚床，也盛装着动用真气的梅花毒酒的太湖棺材。这儿，太极八卦图、发绿的古玉、乾隆画像，千年前的美女的呼吸，梳理着一种封建的美。①

诗人江离在《潘维：堕落尘世的天才》一文中，这样描述潘宅：

他把自己的家布置得很阴暗，窗帘总是拉上。除了令人眼花缭乱的五千多册藏书之外，还有他收集的古旧的江南木质雕花推窗，乾隆皇帝画像，各种拓碑文字，以及陶罐等等，他毫不隐讳地称自己是一个喜欢封建的人。②

按照中国传统文化中阴阳平衡互补的理论，潘维何以如此钟爱阴性的"江南雨水"意象？他何以如此痴迷"少女"的人性馨香？他何以把"太湖"作为自己的棺材？也许，他的阳气太盛，必须有如此黏稠的阴性意象，方可平衡他内在的阳气。他在诗里彰显的更多的是阴性气质，殊不知，潜藏更深的"巨龙"意象才真正是潘维的精神图腾。

潘维确实有着浓厚的贵族情结和帝王情结。他的故乡在浙江省湖州长兴。春秋时期，长兴即为重要的政治、军事、经济、文化之要地。南朝开国帝王陈霸先及其后代陈后主曾生活于此。而陈后主是不爱江山爱语言的著名奢侈文人。潘维在《梅花酒》里说：

这些后主们：陈叔宝、李煜、潘维……
皆自愿毁掉人间王朝，以换取汉语修辞。

---

① 沈健：《雨水的立法者：潘维评传》，《星星》（诗歌理论版）2008 年第 8 期。
② 江离：《潘维：堕落尘世的天才》，《星星》（诗歌理论版）2010 年第 12 期。

有一种牺牲，必须配上天命的高贵，

才能踏上浮华、奢靡的绝望之路。

在上初二时，潘维为了维护自己的思想（思维）尊严而"勃然大怒，掀翻课桌，抛开课本，冲出了平行线、圆切线、辅助线，冲出课本、学校与老师喋喋不休的引领"①，勇敢地逃出体制化教育的藩篱。这种叛逆，不正是少时的"帝王"之气吗？无怪乎他在《那无限的援军从不抵达》里面说："我保存了最后一滴贵族的血"。

第四节 "汉语帝王"的宿命

当然，随着生活阅历的叠映，潘维的"帝王之气"由少时的叛逆，转化为了一种文化野心，具体而言，他的理想是为伟大的汉语再次注入伟大的活力。他要在语言的王国里成就一个"语言贵族"，一个"汉语帝王"！

潘维的诗学资源其实是十分丰富的，他在不同的诗写阶段研读过希门尼斯、福克纳、布莱、米沃什、布罗茨基、曼杰尔斯塔姆、沃尔库特、夸西莫多、兰波、杰弗斯、赫尔曼·黑塞、阿莱克桑德雷、阿赫玛托娃、艾米莉·荻金森，但他最终还是回到了汉语的草原。他曾经呼喊"灯芯绒裤子万岁"，向"爱因斯坦"和"新的但丁：约瑟夫·布罗斯基"致敬，坚定地确认自己的"诗人角色"，但是，最终"他毫不隐讳地称自己是一个喜欢封建的人"（江离语）。在《冬至》、《除夕》、《彩衣堂——献给翁同龢》、《隋朝石棺内的女孩》等诗作里，潘维都表达了对传统文化和传统诗学的钟情。而作为传统文明象征的"西湖"遭受现代商业语境的侵蚀："旅游业榨干了诗意，/空气也挂牌制币厂。/人民在楼外楼，醋鱼是山外山。/几片乌云，感动白堤（《西湖》）"则

---

① 沈健：《雨水的立法者：潘维评传》，《星星》（诗歌理论版）2008 年第 8 期。

令潘维伤怀不已。

《彩衣堂——献给翁同龢》乃为传统文化招魂之作。近代史上著名政治家、书法艺术家翁同龢，学通汉宋，文宗桐城，诗近江西，工诗，擅画，尤以书法闻世。其书法遒劲，天骨开张，造诣极高，为同治、光绪年间书家第一，几乎成为中国传统文化的精神人格符号。"傍晚，老掉牙了；／书香，被蛀空了；／梁、檩、枋、柱处的游龙不再呼风唤雨；／天伦之乐是曾经喜上眉梢；／整座宅第，静候着新茶上市。"现代商业语境下翁同龢故居门前冷落，令我们为一代文脉落幕的"精神苍茫"而慨叹。纵有"领头的翁家有一件尽孝的彩衣，／有一条联通龙脉的中轴线，／可依次递进命运的格局。"但是，打开那"精细、丰裕的心灵"，却是"虚无弥漫，一头狮子游戏着地球"。"一头狮子游戏着地球"的荒谬，令我们联想到"我，潘维，汉语的丧家犬，／是否只能对着全人类孤独地吠叫"（《今夜，我请你睡觉》）。纵然你是雄伟的狮子，但是在喧嚣的后现代语境下，文化之子也只能像"汉语的丧家犬"一样倍感孤独。

潘维对于汉语的高度自觉充分显现在《潘维诗选》的序言和《水的事情》的跋里。他虽然认可古代有几位大诗人曾到达一种"直观的汉语语境"的境界，他们"用非凡的天赋向我们提供了一些更人性的世界观"。但是，"现实的眼光若没有经历语言的提升，就不会具有普遍意义和思想深度"。"写作在很小程度上是个人行为，它更多的是文学行为，再进一步就是语言行为，最后当然是灵魂行为。"他说："一个诗人不是诗歌的母亲，语言才是诗歌的母体，诗人只是助产师而已。诗人接生出来的也许是一颗嫩芽，也许是永恒之光。语言是人类文明的时间。一首诗是一场信仰仪式，为了文明而做的一场心灵仪式。"①

被称为"现代汉语之美硕果仅存的高地"的潘维，在很早就显示出卓越的语言天赋。早在 1986 年，他就写出了作为诗集开卷之作的

① 《潘维诗选》自序，浙江文艺出版社 2008 年版。

《第一首诗》："在我居住的这个南方山乡／雨水日子般落下来／我把它们捆好、扎紧、晒在麦场上／入冬之后就用它们来烤火／小鸟赤裸着烫伤的爪／哭着飞远了／很深的山沟窝里／斧头整日整夜地嗥叫／农夫播种时的寂寞击拍着蓝色湖岸"，抽象与具象叠合，写意造境，虚实交映，颇富艺术功力。《春天不在》写道："春天不在，接待我的是一把水壶／倾注出整座小镇。寂静／柔软地搭在椅背上。我听见／女孩子一个个掉落，摔得粉碎"。意象的错接十分奇崛而富有情趣，对抽象的"寂静"的具象化呈现，以及对于女孩子命运的潜意识直觉，显示出极其细腻的成熟技法。近年的《冬至》、《除夕》更为纯熟。《除夕》："守岁的不眠之夜如同猫爪，／从鼠皮湿滑的光阴里一溜而过，／微倦，又迷离。"写出了时间的质地与纹理。而《冬至》的语言更是被诗性智慧打磨的锃亮：

> 虫蛀的寂静是祖传的；
>
> 高贵，一如檀木椅，
>
> 伺候过五位女主人的丰臀，
>
> 它们已被棉布打磨得肌理锃亮。
>
> 唉，那些时光，看着热闹，
>
> 实际上却不如一场大雪，
>
> 颠簸、自在，
>
> 鹅群般消融。

"寂静"以"虫蛀"修饰，获得了具象呈现，接着转义为多年的檀木椅，再转义为五位女主人的命运绵延，直抵历史深处与腠理。一切热闹的"尘埃"都落定在这个冬至的日子里。对于时光如此细腻的呈现，深得汉语智慧的奥妙。

他在诗集《水的事情》的跋里谈及自己的写作内驱力问题：

> 最初是源自一种想表达的欲望，其实可以说是个体生命在寻

找社会意义，他在时间的茫茫人海里寻找自己的那张脸；再进一步，美学企图产生了，也就是说希望用语言炼金术，拯救出某些人性的纯真；最后抵达，每首诗都是一场文化仪式，用来调整灵魂的秩序。①

　　他最近的一些作品，在锤字炼句、与立意造像方面，更是呈现出令人讶异的气度，体现出"语言炼金术士"的品质。每一个字，他都拿捏得各得其所。他对于诗歌文体和语言十分考究。他说："一步步走来，我坚持一点：精确，精确，更精确。我从未突破一个基本底线：文学引领人类文明，而不是诗歌模仿日常生活。""我不信赖随心所欲的草率写作，世界早已证明，诗歌语言的粗糙和意义的简单化与社会堕落是同步的。"② "他划着船，湖面是一块钢铁，/四周是城市越积越厚的脂肪层（《对一位朋友的翻译》）。"他所钟情的"水"诗性意象"湖面"遭受现代化侵蚀之后的无言控诉，真的具有一种"踏石有印、抓铁留痕"的力度与质感。《柴达木盆地》吞吐天地之象，缀连成诗："扛着云梯的昆仑山脉，/把须状闪电烙在盐湖上。/波纹扩展，给油菜花和胡杨林镀金，/终止于风蚀成迷宫的雅丹地貌。"

　　《永兴岛》开头就气度非凡：

　　　　仲夏升起芭蕉叶拱顶，
　　　　我听见细沙在问：永恒什么时候完工？
　　　　船长答道：还在波涛上颠簸。
　　　　永兴岛，一只龙窑烧制的瓷器水母，
　　　　正一张一弛呼吸着南海；
　　　　触须，心电图般联通着南沙、西沙、中沙群岛。
　　　　那蓝绿变幻的海水，
　　　　是由我家乡最昂贵的虫子——春蚕

---

①　潘维：《水的事情》跋，北岳文艺出版社2013年版。
②　同上。

织造的丝绸。单一的季节
　　其实铺展着经纬合奏的管弦乐。

对永兴岛的状写大处落笔，极富想象性和形象性。意象组接奇绝而妥帖，既有波涛汹涌雄浑之浩大，又有细腻柔婉如丝之质感。他调动了视觉、听觉、触觉等多种感官。显然，在这些近作之中，他的语言运用犹如从生命和灵魂里淘洗出来的矿藏一样，那样珍视，带着生命的魂魄和灵魂的体温。那些文字，在很大程度上，与他的身体器官融为一体。他说："不久之前，我仿佛天眼突然开启，我明晰地认识到，是汉语选择了我这个器官，为它奉献。不知道是幸抑或不幸，我别无选择。我的性格、心智，我的孤独、痛苦和颓废的迷失，我的交往、阅读、荣誉和失落的时光，一切的一切，都是汉语在塑造我这个器官。我的人间岁月是汉语赐予的礼物。"①

潘维的野心在于，"在中国文化的风水宝地——我的江南乡土上，谦卑地做汉语诗魂的守护者。"②"汉语帝王"是他永远的宿命。这一条汉语帝王的"巨龙"说："我长着鳞，充满喜悦的生命，/消失于江南的雨水中。"《遗言》的这个结尾与开头形成了回环照应，再次强化了他的江南地理诗学。"西湖梦在宋词里泛滥，/柳浪闻莺最红的野花，敲亮了晚钟。/听清楚，更大一片开阔/留给了回声。"同样，汉诗诗歌也为潘维留下了很多的空间，"欣慰的是，几百年积累下来的庞大诗歌空间，尚未被伟大使用过，为才华提供了千载难逢的施展机会。"③

他选择了一个绝佳的文化坐标安置自己的诗学位置：西湖。"我用历史的糖果许个愿：/在湖畔，我的铜像/将矗立起龙的灵感；/等待，一张又一张宣纸穿越烟云。"（《西湖》）"西湖"意象集纳了潘维诗歌里"水"、"女性"、"湖"等几乎所有的意象元素，洒脱出一个"汉语

---

① 潘维：《水的事情》跋，北岳文艺出版社 2013 年版。
② 《潘维诗选》自序，浙江文艺出版社 2008 年版。
③ 潘维：《水的事情》跋，北岳文艺出版社 2013 年版。

帝王"的精神气度。而这个文化坐标又是在向一种伟大的秩序致敬的："每一首诗，无论容纳了怎样的意义冲突、矛盾、复杂，但都是在向一种秩序致敬。这秩序，由神殿里的群像：屈原、杜甫、李商隐、曹雪芹、莎士比亚、清少纳言、波特莱尔、叶芝……等等构成。"① 潘维的汉语写作，即是这个伟大秩序中的一个链条。潘维作为"汉语诗魂的守护者"的见证与努力，其间所浓缩的灵魂密码，既是潘维个人的，同时又蕴含着汉语诗歌的古老而新鲜的文脉。

附：潘维文学年表

1964 年 5 月 11 日，出生于浙江省湖州安吉县孝丰镇。

1974 年，随父母迁居湖州长兴县。

1978 年，因读到普希金和拜伦，开始写诗。

1980 年，收《诗刊》编辑王燕生信，说"别人写了 20 多年的诗，比不过你"，深受鼓舞。

1984 年，未发表过作品，但经柯平推荐加入湖州市作家协会。

1985 年，在《星星》诗刊上第一次正式发表《季节》，在《水乡文学》上发表组诗。

1986 年，写出《第一首诗》及一些成熟的作品。

1989 年，获湖州市青年诗歌大奖赛特等奖。获《诗歌报》首届探索诗大奖赛三等奖。

1990 年，获宁波《文学港》杂志"天马杯"全国诗歌大赛特等奖。

1993 年 9 月，出版第一部个人诗集《不设防的孤寂》（今日中国出版社 1993 年版）。

1994 年，创作长诗《太湖龙镜》。

1995 年，经夏季风、盛子潮介绍加入浙江省作家协会。

1997 年春，调往浙江省文联《东海》杂志社工作，担任诗歌编辑。

1999 年，进入浙江长城影视有限公司，任办公室主任，制片人。

2002 年 8 月 16 日，在杭州河坊街"观复会所"举办个人作品朗诵会。沈健为潘维写下评传《液体江南：汉诗地图中的一个陆标》。

2003 年，出版《潘维短诗选》。拍摄大型纪录片《丝绸之路》。

---

① 潘维：《水的事情》跋，北岳文艺出版社 2013 年版。

2005 年，获西峡诗会"江南天王"奖。《潘维短诗选》获国际炎黄文化研究会"优秀诗集奖"。与陈东东、长岛、江弱水、李少君、庞培、杨键和张维等友人联合发起"三月三诗会"。

2005 年 9 月 15 日，在浙江安吉县，和诗人梁健一起策划举办"江南天赋诗歌朗诵会"。

2006 年，与"三尚艺术"组织了第二届中国—杭州"不完整世界"之系列活动——诗画·印刷。被《诗歌月刊》、当代汉语诗歌研究中心授予"杰出贡献奖"。

2007 年，入选"乐趣园"网站"1979—2005 中国十大优秀诗人"。作品入选《中国诗歌排行榜》、《2007 年度好诗榜》等重要榜单，获中国南京·现代汉诗研究计划"2007 年度诗歌贡献榜人物"。

2007 年 8 月，出版合集《夜航船——江南七家诗选》（上海文艺出版社 2007 年版）。

2008 年 2 月 7 日，参加黄山海峡两岸诗会。

2008 年 2 月 23 日，《今天》诗歌论坛举行潘维诗歌研讨。

2008 年 4 月 18—20 日，组织参加"三月三"诗会（苏州同里）。

2008 年，组织杭州 5·12 地震募捐诗歌朗诵会（杭州印象画廊）。

2008 年 9 月，出版诗集《隋朝石棺内的女孩》（世界知识出版社 2008 年版）。

2008 年 11 月，出版诗集《潘维诗选》（浙江文艺出版社 2008 年版），并获浙江省作家协会"2006—2008 年度优秀文学作品奖"。

2009 年 3 月 19—23 日，受韩裔法国画家明姬邀请参加韩国济州岛"中韩诗会"。

2009 年 3 月 29 日，参加南京首届凤凰台诗歌节暨 17 届柔刚诗歌奖颁奖，获主奖。

2009 年 4 月 24 日，参加中法诗人"诗人的春天在中国"活动（印象画廊），为杭州召集人。

2009 年 6 月 17—21 日，参加新疆维吾尔族自治区政府的"新诗写新疆"首届诗会。

2009 年 8 月，诗作入选《诗歌精选：新中国六十年文学大系》（长江文艺出版社 2009 年版）。

2009 年 9 月，与肖向云一起主编《野外诗选》（浙江文艺出版社 2009 年版）。

2009 年 10 月 14—23 日，应瑞典笔会邀请去斯德哥尔摩朗诵个人作品。2011 年诺贝尔文学奖得主特朗斯特罗姆邀请至家里做客。

2009 年 12 月 19 日，《雪事》获"中国 2009 年度最佳爱情诗奖"（《诗选刊》杂志社）。

2010 年 4 月 19 日，组织策划第三届"不完整世界"之中国—北欧公共朗诵。杭州黄楼酒吧举办。

2010 年 4 月 20—22 日，参加黄山国际诗会。获诗会颁发"诺贝尔文学奖预备奖"。

2010 年 5 月 7—9 日，参加白洋淀诗会（《诗探索》杂志社）。

2010 年 6 月，加入中国作家协会。

2010 年 9 月 19—20 日，参加北京宋庄艺术节。

2010 年 12 月 20—22 日，《诗探索》杂志、《星星诗刊》等在杭州举办李亚伟、潘维诗歌研讨会暨第二届天问诗人奖颁奖会。获第二届"天问诗人奖"。

2010 年 11 月 5 日，策划、组织诺贝尔文学奖评委埃斯普马克等欧洲诗人来杭。举行黄楼朗诵会。

2011 年 4 月 22—25 日，参加溱湖国际诗人笔会。

2011 年 9 月 9 日，杭州舒羽咖啡举办"一代代的我们，灿烂流逝在潘维的诗歌里"潘维个人朗诵会。

2011 年，获 2011 首届新汉语文学传媒大奖提名奖（《延安文学》杂志社）。

2012 年 4 月 16 日，参加《台北/杭州，诗歌双城记》并主持诗会。

2012 年 4 月，出版中国当代艺术家画传《熔炼》（河北教育出版社 2012 年版）。

2012 年 4 月 29 日，西藏拉萨诗院举办"潘维诗歌研讨会暨朗诵会"。

2012 年 5 月，参加"首届西湖诗歌节"。

2012 年 6 月，荣获《诗刊》年度诗歌奖。参加"江南之春"首届南太湖诗会。

2012 年 6 月 5 日，创作诗歌《今天叫吴斌》，是新中国成立迄今 CCTV 新闻联播唯一播送的诗歌作品。

2012 年 7 月 30 日，参加在青海省德令哈市举行的首届"海子青年诗歌节"。

2012 年 9 月，参加"2012 年大运河首届国际诗歌节"。

2012 年 9 月，组织中国美院著名教授、画家参加海南观澜湖写生计划。

2012 年 11 月 23 日，荣获 2012 两岸诗会首届桂冠诗人奖。

2012 年 12 月，应邀出席瑞典驻上海领事馆文化晚宴，一起出席的还有诺贝尔文学奖评委埃斯普马克等。

2012 年，职称获得"国家一级作家"。获浙江交通首届文学艺术梅花奖"特别贡献奖"。

2012 年 12 月 29 日—2013 年 1 月 5 日，参加中国 12 位诗人与台北教育大学文化对话。在佛光山与星云大师进行了 2 次座谈。

2013 年 3 月，入选《中国新诗百年大典》（长江文艺出版社 2013 年版）

2013 年 3 月 11—17 日，应澳门特区政府邀请参加澳门文学节，受特首办公室宴请。

2013 年 3 月 30 日—4 月 2 日，出席北京 798 香港当代美术馆赵红尘《万物副本》展览开幕式，此展览是画家为见证与潘维的友谊而举办的。

2013 年 4 月，出版合集《江南诗人十二家》（长江文艺出版社 2013 年版）。

2013 年 4 月 11—12 日，参加江苏太仓"三月三"诗会，为组织者之一。

2013 年 4 月 26 日，出席杭州钱王祠"游园今梦"多媒体剧演出，为其中文字作者。

2013 年 4 月，进入教育部中文学科教学指导委员会组编的《中国新文学史》（高等教育出版社 2013 年版）。

2013 年 5 月，出版诗集《水的事情》（北岳文艺出版社 2013 年版）。

2013 年 5 月 10 日，出席上海复旦大学"第三届复旦诗歌节"。担任此届评委会主席。

2013 年 5 月 11 日，上海复旦大学举办潘维诗歌朗诵会暨《水的事情》发布会。

2013 年 7 月 3 日，浙江温岭参加"莫道江南无沧海"论坛并主持会议。

2013 年 7 月 6 日，北京国奥村艺术家会所举办"潘维诗歌朗诵会"。

2013 年 7 月 8 日，担任浙江卫视"华少爱读书"节目嘉宾，介绍新书《水的事情》。

2013 年 7 月 18—26 日，参加西双版纳宣传部和"艺术云南"主办的"梦云南"之行。荣获"曼朗诗歌奖"。

2013 年 8 月，出版诗集《梅花酒》（台湾秀威出版社 2013 年版）。

2013 年 8 月 7—12 日，参加"青海湖国际诗歌节"。

2013 年 8 月 26 日，参加"渡·爱"2013 外滩艺术计划。其中"潘维个人专场朗诵会"在黄浦江轮渡上举办。

2013 年 9 月 9—14 日，参加澳门第二届中葡诗人交流会。

2013 年 9 月 16 日，杭州国际戏剧节开幕演出，做唯一的开幕讲话。

2013 年 10 月 14—18 日，以导师身份参加《诗刊》第 29 届青春诗会。

2013 年 11 月 12 日，《天津诗人》举办"看见生活——潘维天津诗友会"。

2013 年 11 月 19 日，与雷竹君在西湖区登记结婚。

2013 年 11 月 25 日，参加深圳第四届公益诗歌晚会。

2013 年，获第一届"鲁迅文化奖"提名（搜狐网与鲁迅文化基金会主办）。

2014 年元旦，参加"海峡两岸诗会"。任职海南热带海洋学院教授。

2014 年 3 月，获第十二届华语传媒年度诗人提名。

2014 年 8 月，获第六届"闻一多诗歌奖"（《中国诗歌》杂志社）。

2014 年 10 月 11 日,参加深圳"第一朗读者"潘维和一回专场。获最佳诗人奖。

2015 年 8 月 15 日,参加 2015 首届武汉诗歌节。同时领取了第六届"闻一多诗歌奖"。

2016 年 6 月 10 日,参加杭州第五届大运河国际诗歌节。

第十三章 格式(1965—)
语言窄门的窥视者

第一节 语言本体的自觉

格式的诗学论集书名叫"看法",是个很主观化的词语,一般翻译为"view"或者"opinion"。但是格式把它翻译为"viewpoint",是"观点"的意思,观点则具有较强的客观性,是站在一个"点"上去"观"。也就是说,格式对诗学的"看法"是有明晰的"出发点"的,明白了这一点,才能够抓住格式的诗学批评的特殊个性,才能找到他窥视汉诗秘密的幽径。

那么,格式窥视诗歌秘密的出发点究竟是什么呢?答案是语言。格式首先是一位先锋诗人,然后才是先锋批评家,因此,他对诗歌的评论,均本于诗人的敏感与技艺上的自觉。"语言本体的自觉"便成为格式诗学批评的出发点。对语言的敏感、对文本的敏感,贯穿了《看法》(中国戏剧出版社2008年版)的始终。也正是这一点,使得格式避免了很多非诗学意义的"假"、"大"、"空"式批评。

在他的批评文章中,多次摘引欧阳江河、海德格尔等的语录,如:"诗的活动领域是语言。因此,诗的本质必得通过语言的本质去理解"(海德格尔),"诗歌只做只有诗歌能做的事"(艾略特),"够格的诗歌写作,其实一定带有工作的性质,词就是工作对象"(欧阳江河)等,其意义就在于彰显、强调、强化格式自身的诗学立场。这种诗学立场的坚定，正体现了 21 世纪以来世界哲学重心的转向，即由对于外在表达对象的重视转换到对传达本身的重视，重视传达的精准，就必然会导致将语言置于中心位置。强调语言的本体地位，并不是形式主义，因为注重自我的表达是否精准，恰恰意味着更加自我化、更加主体化了。诗学在最本质意义上其实是能够接通哲学的，诗学应该是哲学意蕴中最敏锐、最柔软、最丰富、最细腻的部分。如果把诗人主体的生存感受、生命体验与精神价值的表达精准与否放置首位，那么，语言必然要成为本体因素。

格式格外重视对汉语的审视，发现诗学领域里种种似是而非的语言观念，并予以辨析。他敏锐地意识到语音差异性与文字同一性的关系，并且将这一矛盾视为现代汉语表述的内在矛盾，清理了人们在诗学认识上的一个重大误区，"不是语言的'误会'和'误读'造成了社会冲突——而是各式各样的地方性、差异性的社会力量和社会冲突，经常借助于方言对于共同语的'误会'来表达和申诉自己。"① 白话不断的书面化和标准化，造成了以同质化的话语霸权来取代方言的丰富多彩，压抑乃至取消诗人创造的自由秉性。格式呼吁道："由此可见，一个诗人的任务，就是利用个我的语言对现实的语言秩序进行拨乱反正。"② 这一呼吁洋溢着一个诗论家的使命感。

《看法》的第三部分收录的十篇文章全部论涉汉诗的语言和文本。《算账，在秋天进行》是"极光论战"引发的关于口语的思考，文章厘清了"口语诗"、"口语"等概念的含混之处，并富有新意地把方言引入以加大口语宽度，对于口语作为语言质素和口语的阶层分析，颇富论辩色彩，赋予诗写者一种使命，具体地说，就是"以新的语言形式凝聚矛盾分裂的现代经验……在变动的时代和复杂的现代语境中坚持诗的美学要求……面对不稳定的现代汉语，完成现代中国经验的诗歌'转

---

① 格式：《每个人都在定义他自己——中间代漫议》，见《看法》，中国戏剧出版社 2008 年版，第 17 页。

② 同上。

译'，建设自己的象征体系和文类秩序"①，以清洁的精神刷新口语的内质，口语的真正价值在于使存在的本真意味得以呈现，"让存在自身出来说话，彻底放弃不必要的强调"，因为过分注重语言的"强调"，意味着诗人对语言把握的不信任、对读者的不信任、对诗人自我的不自信。

在这里，我要特别推荐两篇值得细读的文章：《从句子开始》、《限定》。他对古代汉语的"韧性"和现代汉语的"脆性"的分析，新意豁然，发人深省。由于古人非常注重对前辈诗人、同辈诗人和个人诗写经验的总结，古代汉语呈现出句子的"韧性"，语感的整体丰厚度大大增强。加上千年农业文明的积蕴，古代汉语自足而成熟，语言富有"紧缩与囊括"的质地；相比之下，当下诗人对语言的态度就令人汗颜了。本来现代汉语积年太少，在这个成长期又不断面临着裂变，呈现出"轻薄"质地，加之诗人对母语的不尊重，肆意扭曲语词，更加剧了现代汉语的"脆性"，无法释放出汉语所蕴含的诗人精神信息和所指涉的生存现状，语言成为被淘空的碎片。格式倡明"从句子开始"，既是对语言的尊重，也是对诗写行为的尊重。当我们把语言重新置于本体地位时，语言自身的质地和色泽就应该通过诗人的精心运斤显豁开来，而且只有在这方面，诗人之所以为诗人的魅力才显现出来。极端一点说："谁懂得了语言制作，谁就掌握了诗歌。"这当然需要诗写的难度，而诗写难度主要就体现在语言的运用上。为此，格式提出了三点限定：题材、语言、手段。限定是一种标准，一种尺度，"对词语内空间的打量，对词语内节奏的倾听，对词语的甄别，都令我们对语言暴力的真相，认识得更加清晰。"②

格式的文章需要细读，因为他常常在不经意间灿出灼见，启发我们进一步思考，读者稍不留神，这种灼见就会被忽略而去。比如，《语言是有潜结构的》是十则诗语随笔，篇幅短小，而深意颇丰。格式评说于小韦的小诗《火车》（"旷地里的那列火车/不断向前/它走着/像一列火车那样"），敏锐地抓住了诗的要害——命名的尴尬。格式析出了诗

---

① 格式：《算账，在秋天进行》，见《看法》，中国戏剧出版社 2008 年版，第 85 页。

② 格式：《限定》，见《看法》，中国戏剧出版社 2008 年版，第 96 页。

中那种由于命名的尴尬带来的"彻骨的单调与荒凉"。"旷地里的那列火车"是一个特指，是带定冠词"the"的"火车"，是实存的火车，而"像一列火车那样"里的"火车"是带不定冠词"a"的火车。特定的"旷地里的那列火车"由于找不到具体的命名方式，而不得不使用抽象的"火车"，这一不可名状的尴尬，正说明了存在远远大于语言的现实。这种荒凉感，也带有"元诗"的诉说味道，正如格式所说："任何命名，都是宿命的，无论真与伪。任何命名，都具有一定的指认性，无论与最后认定距离有多远。"①

千万不要认为格式是形式主义者，语言从来都不是孤零零的物理意义的符码，它是从灵魂、生命、感情之海里流溢而出的，是饱蘸着湿漉漉的生命润泽孕育出来的。格式清醒地认识到：讨论语言应该从语言的背后或者语言的前提谈起，否则会割裂整体；应该从生命本体来认识语言，语言是一种以生命的展开而生长着的形态。他说："真正的语言能一下子刺疼你的心脏，然后让你沉默，继而让你感到孤独。"所以，严格地说，格式的诗学立场应该是"语言—生命本体论"。所以他的诗评话语也充满丰富的生命情调，这就与学院派的纯理论话语风格迥然有别。他的行文总是充满了诗性、体验、弹性、趣性，甚至夹杂着方言俚语，生动活泼，可读性很强。他这样论述安琪的特点："安琪善于发现每个词语的私情，并采取多种手段鼓励寄身于不同体系的词语大胆私奔，即使乱伦也没有关系。其情形有时类似于偷渡，有时又类似于走私，至于通过此类非法手段获取语言的增值部分，只有安琪自己心知肚明。"② 如此精妙的语言在书中比比皆是。他论述色情语言，独辟蹊径。格式固执地认为，世上最好的艺术语言就是色情语言，因为"它准确的暧昧，直接的了然，让你主动去贴近它，体味其中的妙不可言。""荤解放了语言的板结，同时也制止了语言的沙化"③，因而，他主张语

---

① 格式：《语言是有潜结构的》，见《看法》，中国戏剧出版社 2008 年版，第 114 页。

② 格式：《语言的私奔》，见《看法》，中国戏剧出版社 2008 年版，第 52 页。

③ 格式：《小说九十年代诗歌文本的三种取向》，见《看法》，中国戏剧出版社 2008 年版，第 30 页。

言的荤素制衡。这样的论说，就把一个看似形而下的问题升华到人性化的语言的高度，语言与生命融而为一了。

　　秉着"语言—生命本体论"的诗学立场，格式在对诗人个案的剖析中，保证了解读和阐释的有效性，做到鞭辟入里，丝丝入扣，透过语言的腠理而切入生活的腠理，并深深地探触到诗人灵魂的底盘。比如格式对殷龙龙、伊沙和曾蒙的解读。他认为，殷龙龙吃力地说出汉语，绝对不是缘于个我的身体残疾，而是出于对汉语的一种内在恐惧，一种像玻璃一样的羞涩，透明、尖锐、会刺人的羞涩。伊沙的"结结巴巴"是词语的解构，殷龙龙则是呈现语言的真相。同样以"大词"（big word）写作，殷龙龙由于在意识形态话语占主导地位的京城生活积年，识透了大词的"血腥"，对大词的处理和消化具有了生命和灵魂的血肉感受；而曾蒙的《病历》一诗中，作者的感受力却饱受大词之害，影响了对于语言的色泽、节奏、空间等因素的感悟。格式特别善于比较相似的诗人的语言特色，在比较宇向和寒烟时，他概括道："就语言的内存上，宇向显然不如寒烟高强；但从语言反弹的空间来看，寒烟又的确不如宇向舒展。"① 格式对潘维的分析放置于南方的文化地理之中，通过对"南方的阶级分析"，在阴性的腐蚀这个文化地理语境里，论述潘维如何擦掉汉语浓郁脂粉气去还原南方本来面目，从而在阴性磁场中保持定力。他论述祁国的长诗《晚上》，也立足于文本中词与词、句与句、节与节之间的荒诞语法，以此方法对诗人的密码进行破译，对这一"病毒性极强的诗文本"进行想象式解码还原。格式对语言的敏感，几乎无人能及，把安琪的诗写概括为"语言的私奔"，感性而妥帖，精妙绝伦！对赵思运《毛泽东语录》的反讽手法的论说，流泻的是论者的诗、语、思的智慧。他在看到马累诗歌语言的"沉静"、"清澈"、"富有张力"的同时，"从声音的空间感、声音的造型能力、声音的想象能力入手，深入探讨一下乐音与噪音的关系，就会发现马累的乐音太多，应该适度溶入一些噪音"，以便"使一个人诗写语言的糙感迅速增生"，

---

① 格式：《在黑暗中所有的东西像人》，见《看法》，中国戏剧出版社 2008 年版，第 59 页。

可谓细致入微。《看法》的第四部分收录的文章都是作品细读，涉及的诗人有魔头贝贝、杨键、余怒、韩东、海子、杨黎、左后卫、孙磊、姚振函、汤养宗、孙文波、叶辉，无一不是基于"语言—生命诗学"立场的言说与品读。

格式的诗学评论还有一个特点，就是鲜明的问题意识。他说过："我的写作来自阅读，但常常是对阅读的背叛。"这种理性的间离式观照，使他在考察现象时，一下子就能窥视到对象匿藏的秘密，直抵命门和死穴，稳、准、狠！《当下女性诗歌书写的软肋》一文指出女性诗歌写作的软肋：有感无觉、有情绪无内容、有经历无经验、有境遇无境界，并且提出"三反"（反自恋、反任性、反夸张），切中了要害。他说："一般说来，女性在具体的诗写中比较喜欢处理情感类的题材。但是，情感类的题材，一旦缺乏必要的自省与控制，女性诗写者不是沦为情感的奴隶，就是在持续的自我感动中迷失自我。"[①] 其实这些问题，都可以归结到有"觉"无"悟"。所谓"觉悟"即是透过一般意义的情感、经历、境遇而深入深层生命乃至实现自我价值的认定。其实，本文前面所论及的格式的"语言本体论"立场的自觉，以及他对诗歌语言方面的评论，无不彰显出他那犀利的问题意识。再比如，人们普遍在为20世纪90年代诗歌写作中出现的"叙述"叫好的时候，格式看出了它内在的隐患和症结，呼吁"叙述"应该使"智性"与"诗性"相结合，强调二者的平衡与适度问题，他认为："没有智性的叙述，其文本容易一览无余，一泻千里。没有智性的诗性，其文本是有见无识，有眼无眸，臆想，偏执，神经质，单相思，白日梦。没有诗性的智性，其文本枯槁，干硬，无趣，无活力。"[②]

诗评界一直流行的是社会学批评。格式并不是没有社会学批评的底气，而是他知道，诗学评论是"有所为、有所不为"的事情，在架空式的社会学批评中，究竟有多少人能够真正有效进入汉诗文本呢？从文

---

① 格式：《当下女性诗歌书写的软肋》，见《看法》，中国戏剧出版社2008年版，第3页。
② 格式：《小说九十年代诗歌文本的三种取向》，见《看法》，中国戏剧出版社2008年版，第27页。

本切入的诗歌批评，才更有利于揭示"诗歌内部的真相"。从诗歌文本出发的发掘，才是真正诗学意义的批评，即使社会学批评方法，也应坚持这一立场。格式在评论马累的诗作时，论及他诗中的基督教的原罪意识时，流溢出思想上的卓见："让集体承担责任是国人逃避个人责任的惯用伎俩。说出存在时用'我'，说出责任时用'我们'，罪责的丧失造成了国人信仰的匮乏、不定的立场、摇曳的态度、暧昧的腔调在现实中轮番上场。"①

格式在《干净的欺骗》里论述"安全的写作"问题，也充满了思想的烛照力度。"安全写作"是一个非常有价值的话题。"非安全写作"与"安全写作"的关系是一个值得思考的问题。所谓安全写作，指的是那些无论精神深度和高度还是诗艺的开拓与探索上，都严重匮乏的写作，虽然没有致命的缺点，但是也没有为诗歌史提供任何新质，也就是我们常常说到的"庸诗"。而"非安全写作"指的是对现实的深度指涉与介入，体现了诗人对历史的洞察与良知，揭示了历史被遮蔽的某些侧面，这种揭示会带来非安全性的因素，有的时候，会使得被指涉的对象，那些负面的形态，产生激烈反弹；有的时候，不愿意让你揭示真实面相的"权力"因素会干扰你。当然，这只是其中一个方面，"非安全写作"另一方面指的是诗歌技艺上的"非安全因素"，也就是诗歌写作中的先锋因素、探索因素，有时带来一些"骚动"，产生争议。这种"非安全写作"如果不发展到极端，是应该肯定和提倡的，因为文学史需要不断地拓展诗歌自身的元素，"非安全写作"是文学史的重要动力与活力。格式的这篇《干净的欺骗》，应该引起更多的人去深入思考！

笔者对格式的《语言是有潜结构的·我为什么不和他们共进晚餐》中的一段话很欣赏："我要从他们中走出来，更要从我们中走出来，试一试离开团队的风力。我不是反对他们，也不是反对我们，只是为了写作的自立。孤立需要勇气，更需要清醒的理智。孤立肯定是一种伤害。

---

① 格式：《我可以在每一个词中减轻我的罪》，见《看法》，中国戏剧出版社2008年版，第73页。

请别介意，我不是存心的。"① 这就是一直贴近诗歌现场但是又默默地独自思索的格式。《看法》一书封面上的"一个体制外批评家对中国当代先锋诗歌理论的另类架构，一个先锋诗人对中国当代诗歌现场的新观察"，是对格式的准确定位。如果大家对格式感兴趣，可以通过《格式在九十年代》（代后记）进一步了解他的诗歌创作、研读、思考的历程。

第二节　格式的"图穷匕见术"

格式将对于诗歌语言意识的敏感转化为诗写实践，深谙"图穷匕见术"。我们且以组诗《既而寄》为例，予以分析。

我在评论文字中特别喜欢用"腠理"一词，而格式则喜欢用"匕现"一词。因此，我常常感觉到格式笔下"图穷匕见"的精准与犀利。他常用"匕现"，而不用"毕现"一词，因为"毕现"强调的仅仅是展现之程度，而"匕现"强调的呈现之尖锐，把玩之，感觉力度沛然。

在格式的诗论或诗作中，一直隐含着犀利的锋芒，这种锋芒既表现在语言上，也表现在诗思上，二者绵密地浇铸为一体。他既能精准地将匕首楔入语言的纹路与腠理，又能尖锐地彰显生存困境的蛛丝与马迹。组诗《既而寄》的开篇《住在石景山》即是范例，对"石景山"三个字的拆解与重组，泄露出历史与意识形态里蕴藏的毒气。对这种毒气的释放与清扫，构成了格式组诗深层流贯的血脉。格式非常懂得语言的节制，深谙表情达意的过程感，他的匕首都不露痕迹地卷进语言编制与打开的过程里。整个过程叫作——图穷匕见。这一特色贯穿了这一组诗的每一首。

这一组诗有一个关键词："天"。理解了"天"的最高象征意义，就理解了格式的"格君心之非"的深意。《邻居》、《主角》、《侏儒》、《笼中对》多次出现"天"，尤其是《邻居》频繁出现六个"天"，渲

---

①　格式：《语言是有潜结构的》，见《看法》，中国戏剧出版社 2008 年版，第 118 页。

染了暧昧迷离的语言气息。"天"在古代文化中至少象征着"君权"、"父权"、"夫权"。在《辞海》中,"天"的前四个义项是:①犹"颠",人头;②天空;③上帝;④所依存或依靠,指君权、父权夫权所代表的宗法制度和政治制度。从孟子提出"惟大人为能格君心之非",到程朱理学的"格君心之非",无疑都是"正天下"的正统意识形态。格式居住地即在董仲舒的景州附近,董仲舒也以"屈君而伸天"的态度敬畏天意。格式则是对意识形态象征的"天"进行了辛辣解构。

《主角》里的主角,俨然是陪老百姓打牌的"帝王",他以卓越的智商高高在上地审视每个玩家的举手投足和内心的细微波澜之时,深层不也隐含着强烈的自嘲?"我发现,我的牌要么别出要么毁掉自己",这位帝王的尴尬处境几乎被逼上绝境了。我们群众不知道,但是帝王自己是知道的。如果说,《主角》是帝王危境内心独白的夫子自道,那么,《侏儒》则是"无法被看作成人"的侏儒对于"庞然大物"的"天"的无情蔑视。他"矮小",但是在"逆风处"他很伟大,他"能够分清何为民间的汗臭/何为体制的苔藓?"这个侏儒的草民立场,使他产生了小孩子揭穿皇帝新衣的真相的效果:

> 你站着不动,完全可以像天空那样俯视我
> 但我不会把你当作天,因为天
> 从来不会挡住我的视线。心情好的时候
> 我可以把你视作一幢危楼,你垮塌的瞬间
> 我宁愿以为你为我倾倒;倒在我的脚下

他看到了体制的危楼面貌,看到了"天""俯视我"但"从来不会挡住我的视线"的虚妄,预感到"垮塌的瞬间"。无论诗中的"911"还是"119",都隐喻着一种政治语言,一种政治预言,一种政治寓言。

《赌徒》拆解了经典的政治语录,如"群众的眼睛是雪亮的"、"群众是真正的英雄"。

你看见了手、纸牌和骰子

你叫来老乡和同学接着看，还是手、纸牌和骰子

你们相信了看见，就是不愿相信看不见的

在看不见的白天，你们没有看到政府正在洗牌

它把你们都洗干净了。你们心无挂碍，瞬间被神话

"群众是真正的英雄。"说这话的人儿

把你们掷成了骰子

　　《笼中对》化用"隆中对"，把经典语录"人民，只有人民，才是历史的主人"，异变为"人民，只有人民，才能打造历史的笼子"，语言智慧本身融入了历史智慧。当我们读到"鸟把林子当成了笼子"的悖论时，不禁想道："我们走出了林子么？"

　　"天不变道亦不变"，景州人董仲舒如是说。谁能参透"天"与"道"的关系？

　　格式，就是那个"熟谙杂技的兄弟"。他熟谙诗歌的杂技，熟谙生存智慧和历史智慧的杂技。

附：格式文学年表

　　1985 年，写作诗歌《哈雷慧星》，1988 年刊发于《山西青年》第一期，并获"展望杯"全国青年诗歌大赛优秀奖。同年，与小说家高洪玉创办拓荒文学社，社员 65人，涉 18 个省份，出版民刊《拓荒》，共计 9 期。

　　1986 年，写作诗歌《狼孩》、《扶犁手》。与诗人于长征、尹伟杰等创办五行诗社。

　　1987 年，写作诗歌《雕像》、《卒子过河》，分别刊发于 1988 年《诗神》第二期，1988 年《城市文学》第二期。

　　1988 年，写作诗歌《女人有可能这样颠覆我们》、《六月雪》（长诗）和《大河上下》，其中《六月雪》刊发于 1988 年 3 月 26 日《太原日报》"双塔"副刊，《大河上下》获 1990 年全国探索诗大赛优秀奖。加入山东省作家协会。

　　1989 年，写作《爱牙日纪实》、《故宫一游》、《海子：加入钢轨》《习惯水果》（组诗）和《美人进行曲》（组诗），其中《爱牙日纪实》刊发于 1990 年《星星》第十期，《故宫一游》获 1990 年《青年世界》主办的"睛睐杯"全国诗歌大赛优秀奖。

《习惯水果》刊发于 1990 年第二期《黄河诗报》"山东汉子"栏目。

1990 年，写作长诗《在石家庄吃梨》、《大战苹果》、《海子提案》，《北上》和短诗《字》，短诗《字》获《诗神》主办的第二届"酒神杯"全国诗歌大赛优秀奖。参加首届中国新乡土诗研讨会。

1991 年，写作长诗《雪崩》，组诗《月光下的玉米地》、《冬至时分，我们谈起乌鸦》，后者刊发于 1992 年《诗神》第 12 期。民刊《诗建设》刊发《在石家庄吃梨》、《大河上下》等作品。参加首届世界语文学青岛笔会、秦皇岛诗歌基地笔会。

1992 年，写作组诗《三、六、九，往外走》、《白色山冈》、《母亲属羊》、《褐色鸟群》、《圣人的日常生活》，长诗《雾》、《铁》。其中《圣人的日常生活》获 1994 年《科学诗刊》主办的全国诗歌大赛二等奖。

1993 年，写作组诗《康熙字典》，后收入《中国探索诗选》；写作长诗《谷子》、诗论《温暖》；出版诗集《不虚此行》。

1994 年，写作组诗《盲人摸象》、《苹果园车站》、《槐树在老家老去》，后者刊发于 1999 年《星星》第十期。参加诗刊社主办的北京改稿会。

1995 年，写作组诗《李氏的家事》、《右派》、《延吉》，长诗《混血之城》。

1996 年，写作诗歌《月光》、《香椿树》、《落英》、《钳工》、《纸婚》，诗论《误读·失语·客观》；其中《月光》，刊发于 1999 年《诗刊》第 12 期；参与民刊《诗歌》的编辑工作。

1997 年，写作组诗《日全食》、《王春光》，长诗《家居德州》、《新龙门客栈》、《建设街》，出版诗集《盲人摸象》，长篇诗歌对话《诗歌的魅力》。

1998 年，写作诗歌《砍柴的人》、《同床异梦》，诗论《温暖：平衡语言的冲突》。

1999 年，写作组诗《神探》、《一斤半的玫瑰》、《酒瓶》；与诗人长征、雪松等发起"九十年代诗歌"研讨会。

2000 年，写作诗歌《市政府》、《哑巴美人》、《灰暗》、《产科医生》、《超短裙》、《一天的幸福如何计算》，诗歌随笔《格式在九十年代》；参加南岳诗会，并发表《小说九十年代诗歌文本的三种取向》的主旨演讲；与孙磊、宇向等合著《七人诗选》，由中国戏剧出版社出版。

2001 年，写作诗歌《人工流产》、《老水壶》、《孤儿院》、《放学的孩子》、《干巴姜》、《减肥术》，其中《人工流产》、《老水壶》刊发于 2002《人民文学》第二期，后几首分别刊发于 2002《诗刊》第二期、2003 年《作品》第三期；写作女性诗歌系列评论《词语的私奔》等数十篇，刊发于 2002 年《诗歌月刊》第三期；参加《诗歌月刊》主办的"金华诗会"。

2002 年，写作诗歌《纸醉》、《与一个人抒情的人共进早餐》，诗论《限定》，中间代系列评论《像玻璃一样羞涩》、《夜晚的秩序》等数十篇，七零后系列评论《我本就是个可疑的人》、《我可以在每一个词中减轻我的罪》等数十篇；在各大网站发布后，引起强烈反响，后陆续被《安徽文学》、《福建文学》等国内核心期刊转发。

2003 年，写作长篇诗论《每个人都在定义它自己》、《我要走很远的路才能看见地主》；2003 年《人民文学》第一期"新汉诗"栏目推出组诗《低音》；全年为《星星》主持"好诗月月评"栏目；撰写系列文章《稀缺是一种见证》等 12 篇；参加第二届河南"西峡诗会"。

2004 年，参与"极光论战"，撰写《是山而不是高山》、《从句子开始》、《本分的抒情》、《干净的欺骗》等系列文章数万字；在《星星》开设理论栏目"黑白配"，对海子、韩东等诗人的经典名作发表《拒绝今天》、《绝对世俗》等质疑文章；写作组诗《单向街》、《在我们国家》，长篇理论文章《饥饿的挥霍者——莫言论》；参加广东清远中国女子诗歌研讨会，发表《当下女性诗写的软肋》主题演讲；参与《中间代全集》的编校工作。

2005 年，与诗人安琪完成对话《所有的生活都为诗歌展开》，与诗人丛小桦完成对话《看见什么就是什么》，与诗人苏非舒完成对话《与物相处》；组诗《单向街》获第十三届柔刚诗歌奖；组诗《在我们国家》刊发于《诗选刊》第三期"最新势力展示"栏目，引起广泛好评。

2006 年，为诗人宋峻梁、沈河等人的诗集撰写序近百篇；与诗人丛小桦、冯杰旅行于太行山数日。

2007 年，参加山东省作协主办的第二届高级作家研讨班。

2008 年，出版诗论集《看法》；与诗人姚振函完成对话《质朴是义无反顾的先锋》，与青年书法家于明诠完成对话《传统就是生，活》；主持新世纪经典诗歌点评和德州诗人佳作点评；主编《德城文苑》春之卷、秋之卷；5 月，在京主持搜狐网主办的当代先锋诗高峰论坛；8 月，游走于珠三角城市群。

2009 年，在南岳广济寺修禅一周；写作组诗《卷土重来》，长诗《乐陵》，长篇系列诗话《说法》；加入中国作家协会。

2010 年，写作组诗《住在石景山》、《抑郁症》、《精神病院》、《看守所》、《街道》和长诗《子曰》；参加"红山诗会"，结识诗评家董辑、张无为等。

2011 年，写作组诗《无畏的人可以泪流满面》、《最美的时光》、《史记》；组诗《既而寄》获第三届张坚诗歌奖 2010 年度诗人奖；出版诗论集《对质》。

2012 年，写作组诗《如何过好情人节》；与诗人草树完成长篇对话《诗是重构的时间》（近两万字）；出版诗集《本地口音》；在临盘油田开设大型诗歌讲座《只是因为在人群中多看了你一眼》。

2013 年，写作组诗《一代人》、《在井冈山立秋》、《肖何庄》，对话《当下汉诗的标准》，撰写艺术评传《看见你，才是我》；组诗《终南山》被《诗刊》、《自在客》等国内诸多刊刊载，组诗《墙》获首届国际华文诗歌奖优秀作品奖；组诗《父亲》获首届金迪诗歌奖优秀奖；结识诗人杨炼、翟永明、藏棣、杨小滨等；参与民刊《中文》、《乌托邦》的编辑，担任第六届张坚诗歌奖终评委。

2014 年，写作组诗《四女寺》，采写非虚构作品《木匠》，撰写《千里姻缘一线牵》、《我努力克服这个时代》等系列美术评论；参加首届山东省作协文学理论与批评委员会年会；《山东文学》第 6 期推出个人诗文专辑：组诗《收藏家》，评论《"本色"与"当行"》；诗集《本地口音》获山东省第三届泰山文艺奖；参加首届泉诗会。

2015 年，写作组诗《热河，热河》；担任道尚园诗歌大赛终评委；写作中篇小说《结构》；在《时代文学》第 2 期发表组诗《时代》；在《北海日报》开设"生活随笔"专栏。

第十四章　非亚(1965—　)
"自行车"诗群里的"非法分子"

　　1991 年 6 月创刊以来，《自行车》一直在前行，而且还会继续前行。在这 20 多年的光阴中，作为重要策划人的非亚几乎成了《自行车》的代名词和代言人。而非亚之所以成为非亚，首先是因为他是一个先锋诗人，"一个语言的、形式的、诗歌的、艺术的非法分子"（非亚：《昨夜的一场大风》）。"楼下的一排单车/在阴天，像一群无声的/停止吼叫的怪兽"，那个女值班喜欢"一辆一辆，把混乱的单车/重新整齐一遍//在她眼中，这是又一群必须约束的动物"。但这些"自行车"们自由自在地、无拘无束地、非常自我地行走着。非亚，"自行车"的带头人，是一个不按成规出牌的具有独特探索意识的先锋诗人，故笔者称之为"自行车群里的'非法分子'"。在他身上，既体现了 20 世纪 80 年代以来诗人所走过的"共名"之路，也体现了作为一个"非法分子"的先锋诗人，非亚经历了诗歌史的"无名"状态，而发育成熟的独特历程。

　　非亚给人的印象是温文尔雅的。"自我"也是他诗歌中的重要意象。他在诗中给我们留下的永远是孤独者形象，但这个貌似平和的孤独者，内在本质又永远具有野兽一般的强悍。"野兽"形象一直蛰伏在他的心灵深处。《野兽》写的是一个孤独的人，"我，在行走中，压抑着/狂跳的膨胀的心，远离了公众的视线/不为人知/犹如草丛中的野兽，潜伏着/等待一个新的开始/一种向前的/跳跃"。他在《在树下》也写道：

"我居住在城市，按兵不动/修改了自己的计划，在阅读中/囚禁内心的一头头怪兽/我不会，把它们放出来/在房间，和它们一直搏斗/摁到桌底/假装没事，然后出门/只是树叶的影子，依然大块地/落到我的脸上"。而最能昭显非亚"非法分子"形象的是他的《我喜欢的形象》：

> 我喜欢的形象是光头
>
> 胡须浓密下巴
>
> 用须刀剃出山羊胡子
>
> 头发要么很长要么中间
>
> 极短，两边剃得
>
> 精光，打上者哩水
>
> 让它们爆炸
>
> 戴耳环，或高挺的鼻子别一枚
>
> 晃动的银质金属
>
> 穿皮衣，T恤，黑色
>
> 圆领衫
>
> 手臂纹上蝎子和
>
> 毒蛇的形象

这个另类叛逆的形象，与其说是诗人喜欢的形象，毋宁说是他的潜意识中自我镜像的映射。其实，我更愿意把这句诗看作非亚的自我角色确认。

第一节　非亚的诗学发育历程

这个"非法分子"是如何发育成熟的呢？非亚的诗学与诗歌实践，都紧紧围绕着"生活与艺术"的关系问题而展开。在非亚的诗里，生活与艺术的关系，一直是处于调适状态的一对范畴。从影响学考察，非亚的诗学发育大致走过了"朦胧诗接受期"、"第三代诗群接受期"、"自我调整期"。

非亚初学诗歌创作是在大学时期。在与写诗的大学朋友交往中,非亚开始产生创作冲动。此时的非亚所关注的诗歌形态与审美风格,就已经迥异于普通同学。当身边的朋友都在欣赏"新乡土诗"、"台湾诗"的时候,引发非亚内心颤动的却是北岛、多多等人的朦胧诗。他说:"由于更为隐秘的内心需要,我喜欢的诗歌似乎和朋友们谈论的不太一样,他们所喜欢的诗歌(比如新乡土诗、台湾诗)似乎都无法在我的心灵产生任何涟漪,直到之后我接触上了北岛、多多的诗歌,埋藏在内心深处的情感和自我意识似乎突然被触动了,这种触动,也促使我沿着朦胧诗的方向一直寻找下去,我似乎意识和感觉到了诗和心灵之间一种隐秘关系,诗仿佛真有一种魔力,可以打开闭塞心灵的一个出口,那些埋藏在心灵深处的东西,以某种形式喷涌出来。"① 这说明,一开始,非亚就是把诗歌当作"内心需要"的产物,而不仅仅是语言辞藻的游戏。相对于他的大学同学的那种农业文明渗透的精神气质,非亚更关注内在生命的隐秘冲动。这次发育更多的是在精神层面。非亚走的是更适合自己的"非法分子"的道路。

最初的非亚应该是一个思想压倒诗歌的人,或者说,在诗歌艺术与生活介入的关系中,是紧张,而不是和平的,因为,在身边的朋友都崇尚新乡土诗和台湾诗的时候,正是朦胧诗中的北岛和多多触动了非亚的隐秘心灵,使他意识到诗歌与心灵之间的通道被打开。我们知道,朦胧诗除了艺术上的突破之外,更大的力量在于思想观念的颠覆与叛逆。他们与其说是艺术的先导,毋宁说是思想的先导,是思想觉醒的产物。或者换句话说,朦胧诗的贡献是先有思想觉醒,然后才有艺术的自觉。正是由于朦胧诗的思想与社会现实的尖锐冲突,其中内在的异端思想,激活并唤醒了非亚的内在灵魂。

非亚带着这种内在的紧张冲突,到《深圳青年报》、《诗歌报》联

---

① 　非亚:《我·诗歌及往事》,内稿。

合举办的"1986 现代诗群体大展"中第三代诗人登场时，非但没有平和下来，反而被"铺天盖地的诗歌群体、宣言，名字千奇百怪的地下刊物和自由不羁的诗歌"所强烈冲击，兴奋莫名。尤其是"他们"诗群的韩东、于坚，和"非非诗群"的杨黎、吉木狼格，以及民刊《汉诗·1986 编年史》周围的柏桦、张枣、翟永明。第三代诗群给非亚带来的刺激构成了非亚第二次诗学发育。

严格意义上说，第三代诗人对非亚的影响更多的不是实质性的诗学本体影响，而仍然是态度式影响。这次发育主要是艺术形式的冲击，契机就是那铺天盖地的诗歌群体、宣言，千奇百怪的民刊和自由不羁的诗歌，这些确实对他构成了强烈刺激。非亚也坦承："也就是从这个时候，我才突然从朦胧诗狭窄的视野和局限中惊醒过来，意识到了在这之外还有一个更真实、更具体、更当下和更接近自己内心需要的诗歌存在；不可否认的是，在我起步的阶段，我所看到的'86 大展'确实持久地影响到了我日后的诗歌写作、观念以及自办民刊的活动。""'86 大展'上那些'第三代'的诗歌，在写作观念上（比如口语、生命意识、抽象表现与现代性等等）一直持续影响了我之后两三年的写作。"[①] 此时的非亚，从朦胧诗的崇高功能转向了日常生活，而实际上，这仅仅是一种态度层面的刺激，轻松的调子里面仍然是对现实的表现与反抗。

我们发现，第三代诗人在拒不承认权威和多元化呼声的背后，是艺术运动的非艺术色彩。20 世纪 80 年代的现代主义应和了政治上的激进主义，强调的是革命性对抗。一种根深蒂固的观念——越是新的越是进步的——支配着很多人的大脑，认为诗歌潮流是随着时间"进化"的，这就在思维上为"造反"、"打倒"等口号提供了"革命"的合法性。第三代诗人主张的反传统、反价值、反规范、反意象、反诗意、反优美、反和谐、反理性、反英雄、反崇高，都鲜明地体现了"革命"情结。借用尚仲敏的话是："艺术是一场不流血的战争。"第三代就是诗歌界的一场"文化大革命"，"打倒""PASS"，对骂攻击，

---

① 非亚：《我·诗歌及往事》，内稿。

拉大旗，争夺话语权的制高点，将斗争哲学发挥得淋漓尽致。我们发现，第三代诗人大多数出生于 20 世纪 60 年代上半期，而丹尼尔·贝尔在《资本主义文化矛盾》一书中，指出 20 世纪 60 年代的标记是全球性的政治和文化的激进主义。第三代诗人的童年和少年恰巧处于"文化大革命"最动荡之时，对"文化大革命"末期有着比较真切的记忆，这对他们的人格形成有着重大的影响，英雄崇拜和潜在的暴力倾向已经内化到心理深处。20 世纪 80 年代东西文化的碰撞与交汇、古今文化的断裂与反思，使得反叛压抑的呼声构成了时代的大合唱，他们便兴奋莫名、激情难耐地卷进时代大潮之中。其"革命情结"表现为诗歌行为的"运动性"、"斗争性"、"群体性"。"中国诗坛 1986' 现代诗群大展"的主持者徐敬亚对此非常清醒："我愿我能听到那遥远的回声，逃离当时的兴奋，在一片完美中把缝隙和裂痕指给自娱的人们。感觉真实地告诉我，1986 年诗坛上缺少高超的诗人和诗，'86 现代诗大展'后一段时间，我看不下去诗……它隐藏于广大兴奋后的忧虑是，这一年时间多半是只能算中国现代诗分组开会大讨论的年头。"① 韩东概括得非常准确："我们处在极端对立的情绪中，试图用非此即彼的方法论解决问题"，"一方面我们要以革命者的姿态出现，一方面我们又怀着最终不能加入历史的恐惧。"② 第三代诗人虽然倡导平民与日常生活的描述，但是艺术的极端实验，正是深层革命性冲动的外化。极端的艺术实验其实正是冲破艺术体制与规范、宣泄自我与秩序之间紧张关系的手段。第三代诗人充满了喧嚣的宣言，疲软的创作实力则显得难以支撑起宏大的宣言，最终是宣言满天飞的激情岁月汇成了美丽的混乱。在很大程度上，在第三代诗学的阴影下，"日常生活书写"与"思想叛逆"两大因子的确认，构成了非亚作为先锋诗人的两个维度。

20 世纪 90 年代以后的非亚以极大的热情投入到民刊活动。1990 年 10 月编印油印刊物《现代诗》；1991 年 6 月，和麦子、杨克一起创办诗歌民刊《自行车》，从 1991 年到 1994 年，每年一期，印行 4 期之后被

① 徐敬亚：《崛起的诗群》，同济大学出版社 1989 年版，第 176—177 页。
② 谢冕、唐晓渡主编：《磁场与魔方》，北京师范大学出版社 1993 年版，第 202 页。

迫停刊（2001 年复刊，一直编印至今）。这个阶段的非亚仍然长时间处于"艺术"与"社会介入"的摇摆与调适之中，在极端的社会批判性与艺术本体的选择上，无法形成统一性的方向。这是非亚的"自我调整期"。

1989 年春夏之交的事件，强行改变了一些人生活的路向，也强化了非亚被压抑的革命情结。直到 1991 年非亚与麦子、杨克等人创办民刊《自行车》时，他还保持着内在的极端与颠覆性因子。从当初这一民刊的命名也可以看出非亚精神的内在分裂性。非亚在回忆《自行车》轨迹时谈道，当初为刊物的命名争议很久，一筹莫展，"自行车"这个名字是非亚在灵感到来的时候脱口而出的。他说："事后回想，那个夜晚我突然想到'自行车'时，我有一种如释重负和豁然开朗的感觉，我们寻找了半天的，居然是这样一个在中国人的日常生活中司空见惯的交通工具，它那么普通、平常、轻便、毫无起眼，但正因为它的司空见惯，当我们随手把它拿过来作为我们诗报的名字时，它便有了全新的、符合它本意的含义，是的，那一刻，它多么符合我们做一名自由诗人的愿望。"① 我们有理由认为，这是非亚最本色的精神面貌，因为，越是在非理性的灵感状态下，他的精神面貌越是真实的，深邃的。在这以前的激进与颠覆、叛逆，都是表层的喧嚣。

但是还有另一段往事。据杨克的回忆，起初非亚提议起一个与《倾向》或者《反对》之类接近的名字，以彰显《自行车》对社会现实的介入态度。虽然有无数的理由取这样的刊名，但杨克凭借对历史教训的敏感体认，而否定了非亚的最初命名。杨克说："我穿过这之前更沉重的夏天，才刚刚缓过气来。我建议用一个中性的，一来在广西恶劣的文化环境里刊物能苟延残喘生存下去，二来这跟我的文学观念有关，尽管我从来以为诗要包含'非诗'的种种元素，包括反抗，但说到底艺术是个人和自足的，而且这种反抗最终是对自己的反抗，而不是组成一个文化集团对抗另一个集团。"②

---

① 非亚：《〈自行车〉的轨迹》，内稿。
② 杨克：《记忆——与〈自行车〉有关的广西诗歌背景》，内稿。

这两段回忆性文字，勾勒出两个非亚，一个是灵魂深处的非亚：崇尚日常与本色、朴素与自在，显示的是对深邃自由的体认；另一个是喧嚣的非亚：注重介入、担当与批判，充满内在精神的紧张性。这两个非亚一直处于冲突之中。1994 年《自行车》之所以成为停刊号，很大程度上是由于刊物过于极端的批判力和鲜明的政治介入性。此前此后，《自行车》同人们深感第三代诗人艺术探索之于现实的无力感，呼唤诗歌内在的现实感。从以往诗歌的现代性、语言的纯粹性和形式的实验性，过渡到如何在诗歌中反映一种当代生活的"现实感"，逐渐成为《自行车》几个骨干经常讨论的话题。为了抗拒西方诗歌传统的霸权地位，肖旻与无尘一起提倡"社会主义国家先锋诗歌"命题，1994 年《自行车》专门推出了他俩的重要对话：《无尘、肖旻谈社会主义国家先锋诗歌》。此时的非亚，由于现实的刺激和艺术的无力感，在他的心里，诗歌之外的重负压倒了诗歌技艺本身。

直到 20 世纪 90 年代中后期，《自行车》被迫中止之后，非亚从群体中抽身而出，返回到更加个人化的自省之中，抽象与具象、繁复与简洁、社会介入与艺术本体、艺术的及物与艺术的自觉，这些范畴之间的平衡性，成为他反思的关注点。因此说，这是非亚的第三次诗学发育。这次反省性发育使 21 世纪的非亚充分显示成熟诗人所具有的综合与平衡的诗学质素。

第二节　诗艺与生活的关系的调适

诗艺与生活的关系，在非亚诗中得到真正的调适与平衡，是在 21 世纪。2001 年《自行车》复刊，2002 年又开通了《自行车》网站。此时的中国语境已经发生了巨大变化，进入了一个更加日常化、商业化、物质化的时代，对于社会现实的介入意识越来越淡化，中国似乎进入了"正常"的多元化时期。非亚对 21 世纪的基本精神状况做过概括："南方城市的散漫、自由、轻松、无处不在的世俗生活，已经渗透到诗人的骨子里了，而本土的少数民族文化、南越文化、北方过来的中原文化，在这里都得到不同程度的混合，这种世俗生活的浸透和多种文化的杂交，也多少影响到诗人的写作与诗歌观念的生成和变化。"因此，诗歌的定位是："对诗歌写作自由和独立精神的追求，保证了'自行车'仅仅只是一个追求艺术流变的单纯的诗歌团体。"① 诚然，诗歌不做政治的奴仆和商业的妓女，但是诗歌也无法承担诗歌之外的过多的社会功能。朦胧诗之所以进入历史，首先是由于非诗学的原因，是在政治意识形态对抗中逐渐确立了自己的历史位置。海子、戈麦等人出于对现实处境的绝望，而结束自己的生命。这些都是一种偏颇的诗学。他们大多由于诗歌拯救现实的绝望而自杀。他们试图以诗歌唤起人们对自我生存状况的注视，用更充实的生活来证明自己的存在，向社会的黑暗提出责难和抗议，揭示出个体生命中所有的苦难与疼痛、危机与自焚、分裂与毁灭，警醒人们对自己有一种清醒的认识，从而不断改变我们的生存环境。这本是高尚的诗学理想，但问题是他们过分夸大了诗歌的功用。文艺从来都不会立竿见影地改变政治和现实。诗的功用是一个潜移默化的长期的灵魂建设问题，正像诗歌从来不是政治的妓女一样，政治也不会乖巧地做诗歌的奴仆，有些恶劣的现存状态在特定范围内还没有完全丧失其必然性，我们应有清醒的认识。臧棣说："诗歌不是抗议，诗歌是放弃，是在彻底的不断的抛弃中保存最珍贵的东西。诗歌也不是颠覆和埋葬，诗歌是呈现和揭示，是人类的终极记忆。"② 贵州诗人黄相荣也说："派生诗的诗人本身就是虚幻的，对于现实来说。明智地承认这种冷酷的客观实在可以阻止我们去做以诗来改造世界或净化人类的幼稚的幻梦。"③ 非亚把《自行车》定位为"只是一个追求艺术流变的单纯的诗歌团体"，是一个更为理性的诗学态度。

21世纪的非亚已经打破了"诗歌艺术"与"现实生活"的对立与紧张关系，而弥合了二者的界限。"这里没有'陌生化'，而是熟悉化、亲密化，跟它亲热亲热；不是经验，不是想象，不是思辨，不是文本，

---

① 非亚：《〈自行车〉的轨迹》，内稿。

② 戈麦：《彗星》，漓江出版社1993年版，第251页。

③ 徐敬亚等编选：《中国现代主义诗群大观》，同济大学出版社1989年版，第337页。

而是感受——我感受，故我在；我主动去感受、体认到我生活中的具体的重要性，因而确证了自己生命中的一个小价值，最终不断积累成我存在的意义。"① 在他看来，社会与生活不再是异己的力量，而是我们置身其中的"场所"。他说："诗与生活关系的明确，或者说生活对于诗歌的重要，使得对生活的热爱成为写作的一个前提；在具体的写作中，作为一种现象学的产物，有关诗歌'场所'的问题也逐渐被意识，诗歌作为一种虚无之物，往往需要依赖于一个具体的'场所'才开始得以生长，通过对'场所'的激发，与'场所'有关的一些细节的关注和描画，诗歌得以复活和重新记忆，因为生活本身广阔而巨大，而具体细微的'场所'一旦锚固进诗歌，生活的那艘船就开始得以稳定下来，成为具有特殊存在意义的标本。"② 他找到"场所"这一关键词，既为自己的生存找到了根基，又为诗歌找到了赖以存在的根基，具有双重意义。德国诗人诺瓦利斯曾说："我们漫无边际地四处追求无条件的东西，然而我们总是找到物。"③ 里尔克的诗学道路也是这样。他从早期的浪漫抒情转向对我们赖以存在的"物"的发现和思考，构成了里尔克一生的重大转折，这也是使他成为一个伟大诗人的坚实开端。大地和物对于人类来说，具有终极意义和价值。我们看到，愈是抬高主体价值，愈是沉湎于自我，所走的路就愈狭窄。大地才是存在的整体，万物才是真理的寓所。把灵魂交付大地，把生命交付万物才是真正的诗路。诗人应更多地接受这个世界，主动地去承担苦难的人生。只有全身心地潜入大地，沉入到事物内部，才能揭示深蕴的内涵，去承受悲哀，在对悲哀的忍受、认识、接受过程中使灵魂渐趋成熟。里尔克在给一个青年诗人的信中说："我们悲哀时越沉静，越忍耐，越坦白，这新的事物也越深、清晰地走进我们的生命，我们也就更好地保护它，它也就更多地成为我们自己的命运。"④ 在里尔克这里，现实与理想、物质与精神、

---

① 罗池、非亚：《我们诗歌的基本原理》，内稿。
② 非亚：《我·诗歌及往事》，内稿。
③ 崔建军：《纯粹的声音》，东方出版社1995年版，第34页。
④ ［奥地利］里尔克：《给一个青年诗人的十封信》，冯至译，生活·读书·新知三联书店1994年版，第51页。

艺术与生活这些对立的范畴获得了统一，实践性的现实生存与非实践性的审美生存获得了平衡，从而结束了诗人灵魂长久的漂泊飞翔状态，为灵魂找到了博大厚重的依附——大地和万物。

非亚说：

> 经历了火热的夏天，我逐渐习惯让自己
> 冷却下来，像一个农民，远离喧嚣的城市
> 回到简朴的生活，早晨起来的每一件事
> 都是一件事，没有大与小
> 重要与次要之分
> 洗衣，喝茶，劳作
> 把一天要做的一切，像衣物
> 挂在阳光照射的铁丝上。
> ……
> 啊，经历了火热的夏天，我屈指可数的青春已经远去
> 内心的那块铁，像获得了一种意志
> 渐渐冷却下来
>
> ——《林中漫步》

此时的非亚，沉入生活，不浮躁，不极端，已经具有了里尔克那样成熟的生活态度和诗学态度。他说："归根到底，诗即生活，生活即诗。而且，很重要的一点，我们的诗即我们的生活，我们的生活就是我们的诗。我们的诗和我们的生活保持一致，两者相互平行，并且在同一水平线上，不高，也不低，质量相等，密度相同，它们在本质上是同一的，并最终将在具体发展中统一起来。""诗就是对我们日常生活中一个个具体可感的重要性的维系，它不间断地把重要性赋予我们每日必要遭遇的贫乏经历，重新标定诗当时的场所，使之具体化，成为一点一滴的生命经验。"[①] 在他的

---

① 罗池、非亚：《我们诗歌的基本原理》，内稿。

笔下，艺术与生活达成了和解，而不是简单对抗，艺术与生活是一种深度互溶。

第三节　非亚诗歌技术的两个关键词

　　非亚的诗学反思、生活反思与诗歌实践，是同步进行、相得益彰的三个维度。非亚以生活体验和生活态度的成熟认知为土壤，生长出诗学反思与诗学实践两翼。在《自行车》同仁里，非亚的理论意识是最鲜明的。在童年时，非亚跟母亲在苍梧县生活，外公隔壁的一个画家深深吸引了非亚，于是他对于绘画语言中的构图、色彩等元素的敏感通过自己的画笔表现出来。1983 年 9 月非亚考入湖南大学建筑系，建筑设计专业的研修造就了他诗歌技艺的客观与精准。朦胧诗群、第三代诗群、美国"垮掉派"、"纽约派"、"黑山派"等的影响，使非亚的诗歌探索空间极大。他的丰富多样的理论资源，促成了他的理论自觉。《自行车》1993 年第 3 期上非亚的诗论安排了整整一版。他的《独立艺术家》、《我们诗歌的基本原理》（与罗池合著）和《现实的通道》不仅是自己的诗学观点，而且也成为《自行车》诗群纲领性文字。这就保证了他的诗歌实践更具有理论自觉性。因此，考察他的诗歌创作，对于考察整个《自行车》诗群，都具有举一反三的作用。

　　在他的诗作中，有两大关键词："生活"、"具象"。二者其实是一张纸的两面，相得益彰，生活是经过了具象化艺术处理的生活，具象是植根于生活的生命意象。

　　先说"生活"。

　　非亚的诗歌呈现的更多的是在日常生活里的人类共通的人性状态与生命体验。"孤独"、"死亡"、"自我"等成为他的创作母题。《交谈者》、《一件将要……发生的事情》、《深夜的灯光如此苍白》、《死亡和冬天一样漫长》、《孤独症》、《工具》等等，他的诗歌如此密集地呈现了人类生命体验的负值状态。他善于描绘生活中的阴影，如《给杰克·吉尔伯特》里有死亡与衰老的阴影，《走》中"蓝色天空"下是"阴影浓重的高楼"，甚至对于"光"也是陌生的："北京古老的夜空，散发着神秘/空旷，陌生的光"（《在北京》）。

"孤独"、"死亡"、"自我"等往往是一些概念，是人人共有的体验，如何将这些概念转化为具体可感的意象，才是诗人之所以为诗人的前提。"生命即价值，生命的饱满、勃发、美妙颤动就是诗的显现。死亡，也是生命的本质形态，但它不是诗。"① 诗人的本领即在于将死亡等生命形态转化为诗的显现。非亚很善于将抽象的人性体验转化为触目惊心的视觉形象。比如"孤独"和"死亡"，"它们是天生的一对/犹如一左一右的/肩膀/我的头颅/正慢慢浮现在它们的上方"（《我》）；"唯一让我挂念的/是身体里面的那一团疙瘩"，"惟独我的身体/存在着一个很深的洞口"（《孤独症》）；"我渴望的昏迷是一种最彻底的昏迷"（《无限小》）；"死亡是一种工具/它一直令我/羞耻"。"无论白天多灿烂/死亡都让我感到/羞耻是一颗//黑色纽扣/和口袋里人人皆知的/秘密"（《工具》）；"死亡，它如此漆黑/犹如玻璃器皿上的水果"（《有一天和朋友谈写作，说到一个人的晚年，诚实其实是必需的》）。

非亚刻画现代人的生命体验与人性体验，就像"自行车"意象一样，是朴素的而不是夸张的，是温情的而不是乖戾的。他总是过滤掉矫饰的情绪和语汇，不动声色地以客观形态呈现出来。《一件将要……发生的事情》写"死亡"和"孤独"，把大悲大痛的恐惧感完全过滤掉，用生活化的意象，不动声色地具象化。死亡就像家里的一间房子一样，那么具体实在，"孤独是/一条绳，下垂着，死亡也是/它有一个类似可以/在风中，鸣响的铃"。《交谈者》一诗深刻表达了物质至上、技术至上的现时代人性的孤独与需求。人和人的交往工具如电话机或手机，仅仅是物质交流的工具而已。"紧握的电话机，或手机/这个，等待一阵突然响声的科技产品/只是在某一瞬间，和另一个手机/接通了，短短几分钟交谈之后/一切，又重归沉寂"，仍感到空虚寂寥。诗人用"硬邦

---

① 罗池、非亚：《我们诗歌的基本原理》，内稿。

邦"来修饰口袋里的手机，而且它"像一把等待爆炸的手枪!"而诗
人内心的渴求是：

> 事实上，我的嘴渴望谈话
> 我的心渴望一个
> 可以交谈下去的人，没有疲倦，停顿
> 整夜在一起
> 喝酒

　　但是，周围"除了墙壁/灯管，一扇通向/夜晚的窗口，一颗怦怦
跳的心/那个，我渴望的交谈者/在哪"。这种描写，就不像西方诗歌中
的"死亡"、"孤独"、"自我"等成为玄学的抽象概念，而是有血有肉
的人性之感悟、生命之体验。

　　接下来谈"具象"问题。

　　"具象"，是生活的诗性形态。"生命和诗竟如此抽象，我们不能够
真正地体验、经历到自己的具体生命，说出诗，甚至，连我们对生命的
想象也是有限的、有条件的、规定好了的。"① 非亚拒绝抽象的生活和
抽象的生命和情感，而是力图呈现可以触摸到的毛茸茸的生活的温度与
硬度。非亚学的是建筑设计专业，他对于生活材料的甄别与选择是敏锐
的，对于生活素材的构造与功能是熟稔的，对于呈现生活素材的语言与
构图的把握是精准的。比如《管道1号》：

> 一根从地面升起，贴着一幢
> 房子。向右，在4米的空中，再
> 折向下。另一根管道
> 从左边伸出，在5米高的地方
> 呈水平，穿过两幢房子之间的

---

① 罗池、非亚：《我们诗歌的基本原理》，内稿。

空地。还有一根，生锈

陈旧，紧贴墙壁，在转角，垂直

向上，拐弯，和 5 米高的那根

靠在一起

这是安静的中午，没有人，从两幢

房子之间走过。蒸汽

也没有，从管道的缝隙

喷出

在《中间代诗全集》"非亚"专辑的几十首里，他把这首诗放置在第一位，足见它的重要性。这首诗犹如静物写生，完全是零度情感介入的客观呈现，令人逼视。又如《楼上的人》：

我在家里，看一本书或一份报纸

在安静的上午，但我的头顶

间隔中总是不断传来楼板的敲击声

（一种沉重的物体的撞击

移动一个桌子或别的一些什么时沉闷的摩擦楼板的

声音），我有些恼怒

我猜想楼上到底是一个什么人，此刻究竟在

干什么，也或许，正整理他的房间

是一个胖子，瘦子，老头，或女人

一个下岗职工，无聊者，病人，或精神臆想者

只是把房间，当作一种练习

类似积木，挪来挪去

（以便弄出一个自己满意的新世界）

我不知道，他此刻

到底在想些什么，脑子是否

塞了一些乱麻

或者像一只鸟儿飞出去又飞回来

然后一直，待在这个地方

现在，安静的上午已过了十点

他仍然，不断地挪动东西（我奇怪他为什么不找

一个帮手），我们，在不同的楼层

在各自的空间里各行其是

唯一相同的一点，是我们身体的外面

都有一扇通向外面的窗口

一幅三月里等待下雨的

天空

人物、事件、现实等要素，都是通过想象来展开，不过和一般传统意义上诗歌的想象不同，非亚摒弃了以往诗歌想象中伴随的激情与发散性，从而以定向性想象，去试图确认客观事实，客观呈现的追求使其具有了一定程度的知性特点。

有时，非亚在诗中自我返观。如《观察》中，他以第三人称描述了一个人的琐细的行动乃至这个人的内心世界，最大限度获得了极其强烈的客观效果。但是最后的"只有上帝知道/这家伙就是/我"，一下子就把前面的客观性给拆解了。这是诗人的一次自我审视，诗人的叙事视角打破了"非自返原理"，实现了自我返观。

非亚做过大量的客观化呈现的实验，如《管道1号》、《冬日：几件事》、《冬天。楼道》、《我曾经有过一只……皮球》、《跑步》等，甚至《为我36岁生日而作》、《为我37岁而作》等涉及具有纪念意义的生日，也进行了淡化处理。但是，他的客观的"呈现诗学"，并不是彻底的创作主体的死亡，而是将创作主体的视角隐匿。即使是直陈"目击"的物象，毕竟还存在着"目击者"这一主体。究竟目击的哪些物象进入了主体的视野并且进入文本视野，最终都取决于主体的选择意识。非亚说："具体，不是这只或那只器物的名称和外形带有什么艺术特效，而是一个或一系列事件为我们的感受力所关注、贯注、灌注；不

是客观，而是主观，这些事件主观化了。"① 典型的例证是他的《有电灯的工厂》：

> 有一间工厂在郊区
>
> 其中一个车间
>
> 特别大也特别陈旧
>
> 有几盏灯
>
> 悬挂着
>
> 强烈地把灯光
>
> 投到粉刷脱落的墙壁
>
> 我从长满野草的小路过来
>
> 推开一扇门进去
>
> 一个人站到中间
>
> 地面随即
>
> 留下一滩我萎缩成一团的影子

画面虽是写实性的，但"陈旧"、"脱落"、"野草"、"萎缩"等词语渲染了一种颓败压抑的氛围。再加上强烈的灯光的投射，平添了令人悸动的感受。说到底，所谓的客观呈现，只是一种态度和效果，究其实，客观意象仍然是"情感的型"。

一个优秀的诗人，一定会精准地找到生活中的"情感的型"。非亚深知，诗歌作为文学，是人类的一种存在方式，因而诗歌语言要对存在作最大限度的敞亮。刘大为曾经指出："文学是通过改造语言结构来改变世界面貌、改变人们固有的存在方式的存在方式。述说出现之后，实示的便有可能转化为被述的，被述的性质可以加在任何时空的对象上，只要该对象能被语言所容纳。"② 非亚很清醒："我觉得仅仅只是知道了艺术和现实生活之间的关系，还是不够的，来自现实和生活唤起灵感的

---

① 罗池、非亚：《我们诗歌的基本原理》，内稿。
② 引自1996年他在华东师范大学时的硕士生课程讲义。

东西，仍然需要艺术的再现和表现，以便将现实以一种新的方式固定下来，或者说，重新塑造一种新的现实。"① 非亚在描述、呈现个人内心的世界映像时，为了使生活中的"物象"与作者的"心象"更好地契合，常常使用非常规的语言组合，乃至于强制断句，构成醒目与惊奇效果。如《月亮》，面对"犹如一面明镜"的纯净的月亮，诗人反观自身灵魂："只是我/那颗被世俗生活浸泡——/受过伤，困过惑/迷过失，思过考/犹过豫，痛过苦/疯过狂，矛过盾/反过复，迟过疑/胆过怯/的/心/从没有它坦率/明亮！"将常用的词汇拆解，强化了心灵体验的过程感以及这一过程中的种种复杂性。《倒立》、《走》、《稀缺的信仰》、《交谈者》、《雨》、《精神分裂症》等，在断句建行方面，都值得我们咀嚼推敲。

当我们将目光关注到非亚所描绘的日常生活里的共通的人性体验和生命体验时，同时也会发现，他有时也将笔触探向历史空间。他在涉入历史时，也总是从日常生活着手，如《稀缺的信仰》。"信仰"本来是一种大词（Big word），但非亚对这个富有意识形态内涵的大词进行了日常化稀释，以童年视角，以扭曲的天空和记忆，彰显出历史变奏下人的变形记般的异化。

不过，这类关涉历史和现实重大问题的作品，在非亚作品中并不多见。"生活"这个关键词，在非亚的理解中，具有两种形态：一是现实生活中的普遍形态，指向的是人类的普适情感体验与普适生命价值；一是特定生存语境下的特殊性问题，一个国家和民族在发展中存在的特殊性的问题，比如它缺乏一个基本的民主的框架，导致的一些问题……当我注意到他更倾向于前者而对后者关涉较少时，我也曾提出过隐忧：他在新世纪的创作打破了"诗歌艺术"与"现实生活"的对立与紧张关系，而弥合了二者的界限，体现了一种成熟的生活态度和诗学态度。但是，面对现实生活中突出的问题，特别是近年的社会生态越来越恶劣的现实状况，他会不会产生新的失衡？艺术和社会生活的关系，会

---

① 非亚：《现实的通道》，内稿。

不会再次变得紧张起来？因为我一直主张"有思想的诗性和有诗性的思想结合"。

对此，他当然也有所注意。他认为，他自己的写作比较侧重于生活，对现实的思考、反思和批判应该是诗歌里面逃不掉的，任何一个良知诗人都有切身之痛，但是如何介入，更是复杂的大问题。如果诗歌纯粹沦落为政治抗议，就会失去它的魅力。他说，无论是表达普适型的人性价值，还是表达特定语境下的特殊问题，"不管是哪一方面，艺术性地表达自己的看法，还是最重要的……诗人还有一个身份，就是艺术家。艺术家不可能那么直观地反映现实。如果需要作出反应，或者说诗人必须作出反应的话，也应该是一种具有穿透力的犀利的反应……我们应对现实、艺术地介入现实，是非常需要思想性的，但思想性不仅仅只是态度这么简单，思想性是有穿透力的……"① 因此，他认为，艺术与现实生活的关系，不是紧张的。他深知，思想性是在踏踏实实的生活态度中萌发的，思想是灵魂与生活高度融汇浇铸而成的。诗歌不是抗议，穿透力不是浮在上面，而必须洞察与介入，否则就是口号，而不是思想。至此，非亚的诗学理念已经足见定力。

2011 年，21 世纪已经过去十年，考量一下这十年的诗歌歧途，非亚十分感慨："正常情况下，一个自我运作良好的社会，或者说没有太多问题的社会，是不需要诗人操心的，诗人去探索纯艺术的东西。但当生活和现实不是那么完美的时候，似乎多少就会需要诗人拿出一部分时间，去思考这些问题。一个缺乏真正民主的国家，艺术总是不可能达到一个很高的水准的，因为它没有提供一种彻底的解放……为什么我们经常会有最近 10 年的艺术和思想，甚至比不上（20 世纪）80 年代的感觉？原因就在于此。"②

非亚在《独立艺术家》里曾经倡言："自行就是独立，独立意味着自由，自由意味着写作的解放，解放是人类的第一要求和最高意境。"③

---

① 2011 年 4 月 16 日赵思运与非亚对话记录。

② 同上。

③ 非亚：《独立艺术家》，内稿。

"自行车"会行到何处？

非亚这个自行车队里的"非法分子"会行到何处去？

他前行的身影，他们前行的身影，会一直牵引着我们的目光……

附：非亚文学年表

1983—1999 年：

1983—1987 年，就读于湖南大学建筑系，1986 年受朋友影响开始学习诗歌写作，接触台湾现代诗，"五四"时期的诗歌，以及"朦胧诗"，同年 10 月接触到《深圳青年报》、《诗歌报》"1986 中国现代诗群体大展"，深受影响；大学毕业返回广西，1987 年 8 月，在《诗歌报》以原名发表处女作两首。1988 年初，认识诗人杨克。1988 年 10 月，在《诗歌报》"自编诗集与社团专号"第一次以"非亚"为笔名发表作品《候车时刻》。在《飞天》、《广西文学》、《诗神》等刊发表作品。该时期的写作主要受"朦胧诗"和"第三代"影响。

1990—1994 年：1990 年 1 月，在改刊的《诗歌报月刊》第 1 期"中国诗坛 1989 实验诗集团显示"发表作品《雾》。7 月，打印个人诗集《过去的肖像》，年底，创办油印诗刊《现代诗》（仅出一期）。1991 年初认识诗人麦子；5 月，与麦子、杨克一起创办《自行车》，此后每年各出一期，95 年因故停刊。1991 年、1994 年曾分别打印个人诗集《倾听》和《独白与细语》。在《诗歌报月刊》、《广西文学》等刊发表诗歌。作品散见部分民刊以及海外的《一行》、《创世纪》等。该时期主要作品有《我感到到处都是墙壁》、《冬天的诗》等。

1995—1999 年：1995 年受邀为《南国诗报》主持诗歌栏目与选稿，推出了国内众多诗歌社团和诗人的作品以及文论。1995 年打印个人诗集《南方日记》。1996 年和南京"他们"的韩东、小海、吴晨骏、李冯等人认识。1997 年 10 月，赴苏州参加《诗歌报月刊》金秋诗会，认识森子、庞培、车前子等人。在《诗歌报月刊》、《广西文学》等刊发表诗歌。作品收入《他们》（十年诗歌选）、《1999 中国新诗年鉴》、《中国诗年选》（何小竹主编）。作品散见《他们》、《阵地》、《面影》等民刊。该时期写作除了受南京"他们"以及河南"阵地"影响外，还受到美国"纽约派"的影响，尝试写作一种既具有生活气息，又具有现实感的诗歌。主要作品有《没有更多》、《如此平凡的一日有什么值得我们记录》、《传统家庭》等。

2000—2009 年：

2000—2004 年：2000 年 8 月，参加首届衡山诗会，会上做《中国当代实验诗歌》

发言。2001年8月，在南宁重新复刊《自行车》，刊物也由之前的报纸，改为年刊，每年各出一期。同年获《诗歌报月刊》首届"探索诗"大赛特等奖。2001年11月父亲去世后，写下了很多与死亡、与父亲有关的诗歌。2003年获得《广西文学》首届青年文学奖。2004年初，第一本个人诗集《广西当代作家丛书·非亚卷》由漓江出版社出版。在《山花》、《芙蓉》、《人民文学》、《诗刊》等刊发表诗歌，作品收入《中国新诗年鉴》等选本。作品散见部分民刊和网刊。这一时期写作由于《自行车》复刊以及网络的刺激，变得更加自由与开放，诗歌和生活的关系也变得更加密切，写作数量大增。主要作品有《为我36岁生日而作》、《昨夜的一场大风》、《我喜欢的形象》、《给我的晚年》等。

2005—2009年：2005年5月，在武汉，获得2005"或者"年度诗人奖，并认识余怒、何小竹等人。《自行车》先锋诗年刊以每年一期继续编印。2006年，第一本个人诗集获广西文艺创作铜鼓奖。2006年和2008年，和朋友一起，策划过两次"切片·广西青年诗歌邀请展"，该展览在2006年，也成为《广西文学》"广西诗歌双年展"的雏形。2007年自印个人诗集《青年时光》。2008年起，和朋友一起，在南宁组织了多期"诗说话"读诗会。同年认识来广西旅行的"朦胧诗"诗人食指、黑大春。赴武汉参加2008年"或者诗会"。在《上海文学》、《汉诗》、《山花》、《青年文学》、《诗刊》等刊发表诗歌。作品收入多种诗歌选本。这一阶段是写作较为成熟与平稳的时期，内容上仍然侧重于诗歌和生活的关系。主要作品有《吃药》、《稀缺的信仰》、《倒立》、《给爸爸，也给妈妈》、《一个悲观主义者的晚餐》等。

2010—2016年：

2010—2014年：2011年1月，在南宁，和伍迁一起主编并出版了《1990—2010广西现代诗选》。5月底在深圳，获《诗探索》2011年度诗人奖。2011年9月，值《自行车》创办20周年之际，《自行车》新一期年刊编印，并以"读诗会＋座谈会"的形式，在南宁举办了《自行车》20周年纪念。同年11月，认识来南宁旅行的诗人严力、梅丹理。2013年初，在广西北流，《自行车》与《漆诗歌沙龙》举行两个社团之间的交流和对话。3月，参加桂林诗会，4月，赴长沙参加首届"湖广诗会"。5月，《自行车》在2012年休刊一年后调整为双年刊，2011/2012卷（总第15期）编印出版，《自行车》也从此变革为一份融合诗歌与艺术的综合性诗刊。6月，和浪子一起主编《镜像：第一届两广诗人年会诗选》，并赴广州参加第一届两广诗人年会。11月，在广西柳州，《自行车》与《麻雀》诗群举行两个社团之间的交流和对话。12月，自印个人诗集《祝爸爸平安》，并在南宁举行了诗集的交流分享会。2014年3月底赴广州，参加《诗歌与人》给波兰诗人扎加耶夫斯基的颁奖活动，来自前社会主义国家的诗人扎加耶夫斯基诗歌中的抗议主题和对生活的思考,给了非亚很多写作上的启示。4月,赴成都,参加诗人刘涛新书《心香:当代诗歌访谈》暨第一届当代诗歌凤岛研讨会,认识小安、宇向等众多诗人。5月,《诗歌 EMS 周刊》(总第 242 期)推出《非亚诗歌快递:诗歌会见读者》(32 首)。11 月,在南宁,和浪子组织第二届两广诗人年会。年底,《作品》以及微信公众号"楚尘文化"均在"民刊"栏目,推出"自行车"。在《鸭绿江》、《红岩》、《西部》、《诗建设》、《诗探索》、《广西文学》、《诗刊》等刊发表诗歌。作品收入《中国新诗年鉴》、《生于六十年代》等选本。这一阶段,有关社会与政治议题开始进入诗歌,微博与微信的存在方式,也开始更为便捷地影响到个人的诗歌写作,在微博上写作了《即日诗》系列。主要作品有《今天早上》、《笔》、《我的诗》、《必然》、《皮肤》、《诗投向哪里》等。

2015—2016 年:《自行车》2013/2014 卷(总第 16 期)在南宁编印。第二本个人诗集《倒立》由长江文艺出版社出版。5 月 2 日,在武汉 403 国际艺术中心,和小引、林东林策划举办了"武汉—南宁诗歌双城会",活动包括一个诗歌艺术展,一本南宁—武汉双城诗选《宁汉合流》(和小引主编),一场研讨会,一场诗歌音乐会。11 月,赴深圳,参加"诗歌人间"活动,认识于坚、吕德安、黄灿然、秦巴子等诗人。2016 年 1 月 2 日,在广州,和浪子一起策划举办了第三届两广诗人年会,和浪子主编《左右:第三届两广诗人年会诗选》。在《特区文学》、《西部》等刊发表诗歌。作品收入多种诗歌选本。主要作品有《戏剧》、《持不同政见者》等。

第十五章　雷平阳(1966—)
《祭父帖》:自己和自己开战的一生

　　雷平阳的《祭父帖》和朵渔的《高启武传》可谓是近年诗坛的重要收获,二者不约而同地以自己微不足道的先辈为历史主角,实现了对于特定历史年代的审判,为低迷的诗坛带来了风骨之气。雷平阳的《祭父帖》写了他的父亲66年卑微乃至于卑贱的一生。雷天良(生前被误认为"雷天阳")作为一个最底层的普通农民,在历经了"极左"年代极度困难生存下的疾首之痛、包产到户后对于美好未来憧憬中的梦呓狂欢、晚境凄凉生涯里的老人痴呆后,最终走向黄土,正如诗歌的题记所言:"原本山川,极命草木"。

　　雷平阳对于特定历史语境下草民悲剧的审判,并没有停留在表层,而是深入到历史的腠理之中去勘探人性的隐秘世界。

　　我们可以从诗中拈出一个关键词"洗"来深入剖析老人的精神世界。关于"洗",诗中出现了两次。第一次出现在雷天良在家中传达政治批斗会上的话语出现了口误时的片段里;第二次"洗"出现在诗人发现父亲患老年痴呆症的情景里。前者的"洗"是一个象征性的表述,后者的"洗"是一个下意识的动作,是写实的,但是又深具精神分析意味的动作。"洗"象征着"清洗"自己的灵魂里的污浊,让自己干净起来。关于"洗"的精神分析内涵与方法,我们可以结合莎士比亚的《麦克白》里的细节加深理解。麦克白夫人指使她的丈夫杀死国王,谋取王位。而一旦国王被杀之后,她内心陷入了罪恶的深渊,不可自拔。

此时,《麦克白》里出现了一个细节:麦克白夫人经常梦游,在梦游中不断地搓手。剧本有一段医生、侍女、麦克白夫人的三人对话和独白。医生问:"她现在在干什么?瞧,她在擦着手。"侍女回答:"这是她的一个惯常的动作,好像在洗手似的。我曾经看见她这样擦了足有一刻钟的时间。"麦克白夫人在自言自语:"可是这儿还有一点血迹。"麦克白夫人不断地"擦手"、"洗手"的动作,正是潜意识的流露,她想通过洗手的动作,洗清自己的罪过。她抑制了很多年的隐秘,通过理性丧失时的梦游,以潜意识的方式流泻出来。越是潜意识深处的东西,越是真实的信息。关于"洗"、"洗澡"对于灵魂和精神"脱胎换骨"的重大意义,放在人民共和国的语境下,经历了共和国历史的人都不难理解。杨绛的长篇小说《洗澡》对思想改造运动做了最形象最鲜明的精彩描摹。

雷天良的"洗",在潜意识层面既有政治意义的"洗澡",又有人性意义的忏悔。雷平阳在诗中说:"他的一生,就是自己和自己开战。他的家人/是他的审判员。"雷天良的一生为什么要不断地向自己开战?他究竟要清洗掉自己灵魂里怎样的污浊?雷天良究竟在"洗"什么呢?

先看第一个"洗"的动作。

在"文革"年代,"文革"话语已经渗透进人的日常起居之中。雷平阳出生的村庄叫欧家营,后来改叫爱国村;村庄有条人工河,命名为"胜天河",村里人叫它"新河",都是时代的隐喻。在这种社会主义话语体系的支配下,甚至一个文盲父亲雷天良,也不得不用"文革体"讲话,两套话语体系的纠缠,难免出现"夹生"。他用"文革体",字斟句酌地讲述苦难。但由于他是个文盲,又是大舌头,在家庭传达万人大会上听来的文件时,很不顺畅,憋红了脸。刚刚讲出三句半想停下的时候,屋外一声咳嗽吓得他脸色大变,于是把"阶级"说成"级别",把"斗争"说成"打架"。在如此重大的"政治错误"面前,他诚惶诚恐地进行"自我改造"和"自我批判",因为"保命高于一切/他便把干净的骨头,放入脏水,洗了一遍"。这是诗歌出现的第一次"洗"。在此处,有两点值得注意:

第一,作为"文盲"的父亲也享受了"知识分子"的待遇。"洗

澡"本来是特定的历史对象——知识分子——思想改造运动的形象化
表述，在本质上是执政党建构自身政治合法性的一种权力技术。通过以
"批评与自我批评"为主要方式的"洗澡"，知识分子获得灵魂的"脱
胎换骨"，在思想上和价值上与主流意识形态保持高度一致，也使得政
权的政治合法性得到最广泛的认同。父亲雷天良的"自觉"的自我改
造，说明"洗澡"运动已经扩大化到最底层的无知的民众。

　　第二，也是尤其值得注意的是，这个"历史的审判"场景发生在
家庭内部：

　　　　找了一根结实的绳索，叫我们把他绑起来
　　　　爬上饭桌，接受历史的审判。……
　　　　……
　　　　他赖在上面，命令我们用污水泼他
　　　　朝他脸上吐痰。夜深了，欧家营一派寂静
　　　　他先是在家中游街，从火塘到灶台，从卧室
　　　　到猪厩。确信东方欲晓，人烟深眠
　　　　他喊我们跟着，一路呵欠，在村子里游了一圈

　　这个"历史的审判"的情境完全模拟典型的政治语境来操作，用
绳索捆绑，泼污水，吐痰，游街，这是政治公共语境对家庭私人语境的
强势入侵。连屋外的一声咳嗽都会把他吓得脸色大变，以致紧张得把
"阶级"说成"级别"，把"斗争"说成"打架"，可见政治恐怖对一
个普通人的灵魂挤压是何等深重！我们知道，中国传统文化有一个特
点，即是"政治的伦理化"和"伦理的政治化"的高度结合。这个历
史场景无疑是"政治伦理化"的绝佳注脚。

　　关于政治恐惧，诗中还出现了两次"动物"的死亡隐喻，加深了
这种政治氛围。一个是多少年以后母亲忆及此事所说的老鼠的命运：
"一只田鼠，听见地面走动的风暴/从地下，主动跑了出来，谁都不把
它当人，它却因此/受到伤害。"而实际上是厚土被深翻使老鼠的洞穴

暴露于天眼，劈头又撞上了雷霆和闪电，它那细碎的肝脏和骨架意外地受到了强力的震颤。"厚土深翻"、"雷霆"、"闪电"都是风雷激荡的政治形势的隐喻，这种彻底的翻天覆地的政治动乱，颇像保罗的小诗《文化大革命》所言："我的手拾起一块石头片。/我听见一个声音在里面喊：/'不要惹我/我是到这里来躲一躲。'"另一个动物死亡隐喻发生在 1993 年，作者家里的"忠诚的土狼犬"躲进了母亲的寿木，结果还是被乡政府的打狗队揪了出来，当着母亲的面被击毙。非安全的氛围持续地跟随者父亲雷天良，并且深入他的骨髓，他的灵魂深处，他的潜意识。就是这样为了"保命"，"他便把干净的骨头，放入脏水，洗了一遍"，"脏水"一词，蕴含了时代含混的面相。他在"脏水"中不断地清洗自己，直到生命的终点，都没有洗尽。

如果说第一次的"洗澡"是政治恐怖氛围对于人性的异变，那么发生在父亲晚年患老年痴呆症之后的第二次"洗"的动作，则是在灾难中度过一生的灵魂不安的潜意识表现：

> 如今用作灵堂的地方，堆着玉米的小山，刚一进门
> 我就看见他苍白的头，像小山上的积雪
> 喊一声"爹"，他没听见；又喊一声"爹"，他掉头
> 看了一眼，以为是乡干部，掉头不理，在小山背后
> 一个锑盆里洗手。念头一闪而过，那小山像他的坟
> 走近他，发现一盆的红，血红的红。他是在水中，洗他的伤口
> 我的泪流了下来，内心慌张，手足无措
> 也就是那一天，我们知道，他患上了老年痴呆症
> 灵魂走丢了。

诗中说："他走之前的半个月，已经没说过一句话/一把生锈的铜锁，挂在喉咙。"已经暗哑的喉咙，逐渐通过下意识的动作，间接透露隐忍的压抑的人生体验。当患上了老年痴呆症之后，理性丧失之后，多少年来理性所压抑的潜意识的内容，便浮上水面了。"一盆血红的红

水"是一个幻觉意象，在血水里"洗他的伤口"是一个幻觉式象征。这个"伤口"至少有三层寓意：一是历史刻在他灵魂深处的伤痕；二是"清洗伤口"意味着"清洗"自己政治罪过的终生不尽的忏悔；三是自己那颗在极左时期极度扭曲了的灵魂带给家人刻骨的苦痛，由此导致自己终生都在忏悔。这三层意思浇筑在一起，构成了立体的象征世界。而这一切都是在幻想式动作意象中传递出来的。前两层意思，我们基本已经廓清，而第三层意思已经进入极左政治语境下个体家族成员之间剧烈伤害的人性层次。

极左政治语境下个体家族成员之间的人性绞杀的惨烈性，《祭父帖》以撼人心魄的惊人细节，做了传奇式表达：

一九七四年的冬天，大雪封锁滇东北高原
粮柜空空，火塘没柴，一家人跟着他吃观音土
喝冷水，感觉死神已在雪地上徘徊
一小块腊肉，藏于墙缝，将用于除夕，五岁的弟弟
偷了出来，切了一片，舍不得吃，用舌头舔
他发现了，眼睛充血，把弟弟倒提起来
扔到了门外。雪很深，风很硬，天地像个大冰柜
光屁股的弟弟，不敢哭，手心攥着那片肉
缓慢地挪向旁边的牛厩。牛粪冒着热气
弟弟把肉藏进草中，才把冻僵的小手和小脚
轮流塞进粪里取暖。母亲找到弟弟，像抱着一截冰块
疯了似的，和他拼命。他不还手
胸腔里的闷雷，从喉咙滚出来

像在天边。我们都看见了他的泪
像掺了太多的骨粉，黏糊糊的，不知有多重
停在脸颊上，坠歪了他的脸。他又一次
找了根绳索，把自己升起来，挂在屋檐

一个还没有嚼完黄连的人，想逃往天堂

谁会同意呢？他被堵了回来。五岁的弟弟

从牛厩中找出那片肉，在邻居的火上，烧熟了

递到他的嘴边。他一把抱住弟弟

哭得毫无尊严可言。为生而生的生啊

你让一个连死都不畏惧的男人，像活在墓地上面

　　这一场景是如此的冷静质实，又如此灼热，令人心生悲怆。他的沉重的"泪"不仅"坠歪了他的脸"，也压疼了我们的心。这里再一次出现了"绳索"一词。第一次出现绳索，是在发生政治口误之后面对强权力量的自我忏悔，而这一次是对自己人性扭曲之后面对亲人的痛苦忏悔。"吃"这个人类最基本的生存需要，在国人的历史中曾经压倒了多少人的自尊、扭曲了多少人的人性！《祭父帖》里关于"吃"的诸多细节在现实生活中都具有实证性。雷平阳在《我为什么要歌唱故乡和亲人》里讲述了他们兄弟关于吃的悲剧。他说："因为偷东西吃，我的弟弟雷建阳，也被父亲惩罚了一次。那是冬天，弟弟用刀把家中仅剩的一块肉，切了一片，在火上烤了吃，被父亲提起双脚，就丢到了屋外。屋外是下疯了的大雪，弟弟从雪地上爬起来，赤着脚，像条狗似的，边哭边往草垛走去。母亲找到弟弟的时候，他已被冻僵了。当晚，父亲和母亲又大打出手，又彼此大哭了一次。绝望的父亲，甚至动了一死了之的念头，抓起一根棕绳，就往屋梁上甩，被前来劝架的邻居制止了。"[1] 诗中还写道："不知那秒逝去后/谁还会提着赶牛的皮鞭，把我打得皮开血绽"，这同样是雷平阳本人的亲历，他说："有一年的中秋节，家中凭供应证买回来的两个荞麦月饼，被我偷来吃了半个。父亲回家来，发现了，把哥哥和我叫到面前，老脸丧着：'谁吃的？'结果，父亲一手提着我的一只脚，倒提起来，一手挥舞他的赶牛鞭，把我浑身打得皮开肉绽。那时候，我五岁吧。"[2] 当父亲直面饥馑困境下自己人性扭曲

---

① 雷平阳：《雷平阳诗选》，湖北文艺出版社 2006 年版，第 233 页。

② 同上。

变形的痛苦时，深感灵魂的罪孽，打算以"一根绳索"解脱了自己的内心挣扎，进行彻底忏悔。最终的悲剧虽然避免了，但是灵魂的阴影却深深隐进了潜意识之中。晚年在理性消失后的老年痴呆症状态，这种忏悔意识在潜意识的"洗手"动作中，流泻了出来。"他的一生，就是自己和自己开战"，他一生都在忏悔自己，清洗自己，直到晚年潜意识中，仍然没有休止。

雷天良的一生其实很富有传奇色彩。但是他的传奇却不是传统意义的"想象性"、"夸张性"的"非现实性"传奇形态，而恰恰是逼真的现实形态。诗歌有一个传奇式的开篇：

> 像一出荒诞剧，一笔糊涂账，死之前
> 名字才正式确定下来，叫了一生的雷天阳
> 换成了雷天良。仿佛那一个叫雷天阳的人
> 并不是他，只是顶替他，当牛做马
> 他只是到死才来，一来，就有人
> 把六十六年的光阴硬塞给他
> 叫他离开。

接下来是"家庭审判"、暴打小弟、包产到户后"泥土下酒"的土地崇拜的狂欢，手术后的大难不死，他的一生都贯穿了传奇色彩。不过仔细想来，又都具有逻辑性潜藏在里面。质实的细节与强烈的传奇色彩，以十分背离的方式，纠结在一起。当十分不可思议的传奇成为逼真的日常生活的时候，这说明我们的生活，我们的时代，已经喧嚣到何等程度！是谁造就了普通平民雷天良的人生传奇呢？其实雷平阳在《人民文学》2009 年第 5 期《祭父帖》的版本中删除了一段：

> 无论何时，都应该是圣旨、律法、战争、政治
> 宗教和哲学，低下头来，向生命致敬！可他这一辈
> 以上的更多辈，乃至儿孙辈，"时代"一词，就将其碾成齑粉

退而求其次的生，天怒、土冷；只为果腹的生
嘴边上又站满了更加饥饿的老虎和狮子；但求一死的生
有话语权的人，又说你立场、信仰、动机
没跟什么什么保持一致。生命的常识，烟消云散
谁都没有把命运握在自己的手心。同样活于山野
不如蛇虫；同样生在树下，羡慕蚂蚁

而这，恰是此诗的点睛之笔。雷平阳删除这一段，大概是出于诗歌艺术性的考虑。剔除理性的议论，让生活的原生态出场，可以最大限度地保持情感的含蓄蕴藉，保持诗歌技艺的纯粹性。诗人也曾经为他的父亲雷天良写过墓志铭："他的一生，因为疯狂地/向往着生，所以他有着肉身和精神的双重卑贱!"他之所以放弃，是因为这个断语并不意味着父亲雷天良一个人，经历了将很多生命碾成齑粉的时代的我们每一个人都是如此。因此，这首诗名曰"祭父帖"，实质上，却是在祭奠我们每一个人，无论你是目不识丁的农夫，还是著作等身的诗人。我们的一生，都是在时代的磨道里，"自己和自己开战"。

附：雷平阳文学年表 （雷平阳自撰）

在整个创作历程中，我是一个没有年谱意识的人，几乎从来没有给自己的作品留下创作日期，也没有针对自己某一时期的创作进行过文字总结。如果必须给出我的诗歌作品创作的大概时间，也只能以三本原创诗集的出版时间作为分界线并进行相对的总结。

一　《雷平阳诗选》（长江文艺出版社 2006 年版）

这本诗集收入了我自 20 世纪 80 年代中期至 2006 年创作的 166 首诗歌，而且绝大部分写于 2000 年之后。20 世纪 80 年代及 90 年代写作的诗稿，数量不少，但却遗失或被我焚烧了。这部诗集中的部分作品获得了 2003 年度《诗刊》华文青年诗人奖和 2006 年度人民文学诗歌奖。诗集获得了 2006 年华语传媒文学盛典年度诗人奖。

二　《云南记》（长江文艺出版社 2009 年版）

这部诗集中的 150 首诗歌均创作于 2007 年至 2009 年三年期间，应该说，这是我创作数量最多的三年。诗集中的部分作品获得了十月文学奖、《诗选刊》年度优秀诗人奖

和边疆文学年度大奖等奖项，诗集获得了 2010 年第五届鲁迅文学奖。

三 《基诺山》（长江文艺出版社 2014 年版）

这部诗集收录了 2010 年以来我所创作的 111 首诗歌。其中部分诗作发表于《人民文学》、《诗刊》和《十月》，获得 2013 年《诗刊》年度诗歌奖和 2014 年《人民文学》年度诗人奖，诗集获天津诗歌节"双年度中国诗人奖"。

除以上三本原创诗集外，出版有以下诗歌选本：

《出云南记》（北岳文艺出版社 2014 年版）

《雨林叙事》（作家出版社 2014 年版）

《大江东去帖》（长江文艺出版社 2015 年版）

《山水课》（作家出版社 2015 年版）

《悬崖上的沉默》（中国青年出版社 2015 年版）

《天上的日子》（中国青年出版社 2015 年版）。

第十六章　李少君(1967—　)
草根诗学的倡导与实践

　　李少君既有鲜明的诗学思考力和强烈的理论驱动力，又具有较强的诗艺外化能力。早在武汉大学读本科的时候，李少君就发起了珞珈诗派。他不仅是一个活跃的诗人，还是一位叱咤风云的理论文章主笔。在主编大型杂志《天涯》的时光，由于杂志涉及文学、文化、思想等多种综合性学术背景，李少君研读了大量政治、经济、法律、社会学之类的著作，不仅激发了他的理论敏感性和问题意识，也为学术批评打下了扎实功底。他在 21 世纪倡言的"草根性"、"新红颜"都成为耳熟能详的关键词。他以扎实的诗歌实践，将诗学思考呈现到诗歌文本之中。其诗集《草根集》①、《自然集》②、《诗歌读本：三十二首诗》③ 等，充分展示出他的创作实绩。他的诗学思考和创作实践，都带着鲜明的本土性色彩。

第一节　"草根诗学"的自觉

　　"草根性"在文学、艺术、文化、思想等领域，都是一个新的概

---

① 李少君：《草根集》，上海人民出版社 2010 年版。
② 李少君：《自然集》，长江文艺出版社 2014 年版。
③ 李少君：《诗歌读本：三十二首诗》，长江文艺出版社 2009 年版。

念。进入 21 世纪，经过李少君的理论倡言和创作实践，"草根性"成为一个重要的诗学关键词。李少君还编选出版了《21 世纪诗歌精选（第一辑）草根诗歌特辑》。① 并且把自己的诗集取名为"草根集"。

关于"草根诗学"的内涵，一般人往往顾名思义地理解为"底层性"。李少君给出了诗学的界定："我强调一种立基于本土传统，从个人切身经验感受出发的诗歌创作，也就是'草根性'。所谓'草根性'，如果用一句话来概括，就是指一种自由、自发、自然的源于个人切身经验感受的原创性写作。"② 这种草根性诗学可以提炼出三大关键词：本土性、自由自发自觉、原创性。他强调本土性，是相对于过度外来化的诗学倾向，主张关心民间底层、关注中国问题和中国现实；强调自由自发自觉，是基于移植而来新诗逐渐远离了诗人的真诚，因而重新主张深入中国人心灵世界；强调原创性，是基于对西方模式的模仿，意在打破僵化、模式化的集团化写作，而主张重回汉语起点，专注于个体生命体验和汉语诗意空间的再发现。李少君对草根诗学的呼唤，其实是主张让横向移植过来的新诗在中国本土落地。

李少君对于中国诗学传统根基——草根性——的触摸，也是基于新诗历史的反思。他清楚地知道，"新诗"（当时叫白话诗）从西方移植过来，源于"五四新文化运动"同人进行社会改造的急功近利思想，新诗就是文化运动和社会改革的武器。那场文学革命，彻底切断了新诗与古典诗学的渊源。整个 20 世纪新诗史贯穿了两条主线，一条是激进主义主导的革命思潮，切断了传统的本土文化之流脉，这是主线；另一条是西方现代主义诗学，这是暗线。新诗的本土性和草根性一直被悬置起来。

"草根诗学"在中国本土语境里最主要的表现就是"自然诗学"。自然诗学的文化基因在于汉语诗歌的载体汉字的自然性。汉字具有独特的诗意，具有其他语言所无法具备的文化基因优势。从汉朝以来，

---

① 李少君编选：《21 世纪诗歌精选（第一辑）草根诗歌特辑》，长江文艺出版社 2006 年版。
② 《草根性与 21 世纪诗歌》，李少君：《在自然的庙堂里》，西北大学出版社 2010 年版，第 54—55 页。

关于汉字造字法，流行的说法是"六书"。"六书"包括"象形"、"指事"、"会意"、"形声"、"转注"和"假借"。实际上，后两种属于用字法，而不是造字法。汉字的造字方法有四种，即"象形"、"指事"、"会意"、"形声"。《说文解字》解释道："象形者，画成其物，随体诘诎，日月是也；指事者，视而可识，察而见意，上下是也；会意者，比类合谊，以见指挥，武信是也；形声者，以事为名，取譬相成，江河是也。""六书"之首即是"象形法"。汉字最初就是对自然物象给出的反映、印象、理解与认识，是始终不脱离具体的自然意象的行为呈现，所以，申小龙、石虎等文字学家和书画家都十分重视"字思维"。李少君也清醒地认识道："中国文化因为是建立在象形字的基础上，就更能看出自然对中国文化的影响了。象形字里本身就藏着自然，是具有实指性的。"① 李少君还详细论述过汉字的三大特性：实指性（与具体物象有关）、超越性（蕴含的多样性能指以及宗教的超验维度）、强大的适应性（随着时代变化而进行自我重组的能力）②

"草根诗学"和"自然诗学"是李少君诗学思考的逻辑起点，也是他诗歌创作的母题和基调。中国文化传统与西方文化传统是两条河流，中国传统文化讲究"和谐"，讲究"诗可以群"；西方诗学则强调"个体"，强调"对抗"。西方以上帝为灵魂皈依，现代派喊着"上帝死了"，实质上是诗人自己取代了上帝，从而像上帝一样去批判现实社会和社会中的人性，特别关注个体与社会的对抗以及由此产生的个体痛苦。他们聚焦于个体灵魂的孤独、绝望、破碎、虚无、抗争、失败。中国则特别讲究"诗教"传统。所以说，西方有《圣经》，中国有《诗经》。李少君说："重实用讲世俗的儒家文明怎样获得生存的超越性意义，其实就是通过诗歌。中国古代依靠诗歌建立意义。因为在没有宗教信仰的儒家文明中，唯有诗歌提供超越性的意义解释与渠道。诗歌教导了中国人如何看待生死、世界、时间、爱与美、他人与永恒这样一些宏

---

① 《我与自然相得益彰》，李少君：《自然集》，长江文艺出版社 2014 年版，第 119 页。
② 《草根时代》，李少君：《文化的附加值》，安徽教育出版社 2013 年版，第 42—43 页。

大叙事；诗歌使中国人生出种种高远奇妙的情怀，缓解了他们日常生活的紧张与焦虑；诗歌使他们得以寻找到现实与梦想之间的平衡，并最终达到自我调节、内心和谐。"① 李少君在中西两种文化视野中，在对民族文化当下症结的思考中，建立起自己的诗学理论。

李少君久居现代都市，为何在 21 世纪初期能够生成"草根诗学"并且一直从事自然主题的诗歌创作？

从发生学的角度讲，李少君最初的诗歌写作完全是得益于大自然的启蒙。他在《在自然的庙堂里修身养性》一文里有详细述说。1967 年出生的李少君，由于父母担心城市的混乱给他带来意外遭遇，把他送到乡下的奶奶家，"在湘中的青山绿水间，我过上了真正的无拘无束的童年生活，奶奶行动不便，完全管不住我，就放任我在自然的怀抱里摸爬滚打。"② 后来，回到城市的父母身边，"很长时间不能适应，以至由一个开朗活泼的孩子变得寡言少语，内向自闭，沉默与孤独，并开始喜欢上了文字，且从中感到安慰。或许，那时候我就开始隐秘地领悟到了诗。"③ 他在初一时创作了他的第一首散文诗《蒲公英》，"蒲公英这样流浪的意象很适合我的心理，就这样写出了《蒲公英》"。④ 李少君说："乡下是一个宽阔的天地，自然培养人的想象力和美感，尤其是对自由的追求。"⑤ 可以说，是大自然成为李少君最初的诗性基因，并且成为他的文学启蒙之源。

而后来他之所以从商海抽身而出，重新回到中止多年的诗歌，仍然是由于大自然的启迪。2006 年年底，他在黄山开会，借着烟雨迷蒙的新安江触发的灵感，创作出《河流与村庄》。这首诗还被选入多种诗歌选本。从此，他一发而不可收拾。他说："黄山是一座伟大的诗山，历

---

① 《草根性与 21 世纪诗歌》，李少君：《在自然的庙堂里》，西北大学出版社 2010 年版，第 59 页。

② 《在自然的庙堂里修身养性》，李少君：《在自然的庙堂里》，西北大学出版社 2010 年版，第 1 页。

③ 同上。

④ 《我与自然相得益彰》，李少君：《自然集》，长江文艺出版社 2014 年版，第 111 页。

⑤ 同上。

史上有过无数关于黄山的诗歌，新安江是一条伟大的诗河，李白等曾经在这里流连忘返，所以，我的诗歌乃是神赐，冥冥中，乃是伟大的自然和诗歌传统给了我了灵感，是自然的回音，传统的余响，是我内心的感悟与致敬使我重新写作。"①

李少君提倡"草根写作"的意义和价值，还需要置于特定背景来分析。进入 21 世纪以来，中国的诗歌语境发生了巨大变化。第一，网络、自媒体以及民刊所代表的民间力量浮出水面，并且日益形成历史性的力量，强烈地冲击着传统的出版发行体制，极大地解放了诗歌生产力；第二，资讯时代信息的交融，使得中心与外省、城市与乡村、主流与边缘、主旋律与多元化等诸种元素，以民主的方式共时性存在着，农民诗人、打工诗人等底层文化阶层进入主流文化视野并构成挑战与互补；第三，"盘峰论争"之后，知识分子写作与民间写作两大阵营的壁垒森严，在彰显诗歌内在格局与真相的同时，也造成了诗歌力量的严重内耗。因此，摒弃意识形态的域限，让诗回到诗，让诗学回归诗学，就成为现代汉诗发展的必然趋势。在李少君眼里，草根性并不是一种阶级划分和阶层界定；不是强调诗人身份，而是强调诗学审美。因此，他提出草根写作，强调本土性，强调创作主体的自由、自发、自然，回到诗写的原点和原初，具有超越不同诗写路向的清晰的整合意图。

因此，在李少君看来，重提草根性，重提自然写作，便具有了民族本土文化寻根的意义。新诗文体在社会急剧变动的"五四新文化运动"时期诞生；20 世纪 80 年代以来的 30 多年，也是东西方文化剧烈交锋期，产生的种种社会乱象也都在新诗中得到反映。因此，中国新诗越来越西方化的现代语境下，重提"道法自然"的中国诗教传统，重提新诗本土性，就具有迫切的现实意义。近年，一大批具有本土性的诗人非常活跃，如陈先发、柏桦、雷平阳、潘维、李少君、向以鲜、飞廉等在本土性方向的诗学追求异常鲜明。本土性、草根性的理

---

① 《在自然的庙堂里修身养性》，李少君：《在自然的庙堂里》，西北大学出版社 2010 年版，第 2 页。

论促动，无疑会激活诗歌的生命力。正如李少君所言："如果说朦胧诗是当代诗歌的第一声春雷，那么，现在大地才真正觉醒，万物萌发，竞相争艳，生机勃勃。"①

李少君的理论自觉，有效地转化为他的创作实践。他的代表作之一《傍晚》即是践行草根诗学的经典之作：

> 傍晚，吃饭了
> 我出去喊仍在林子里散步的老父亲
>
> 夜色正一点一点地渗透
> 黑暗如墨汁在宣纸上蔓延
> 我每喊一声，夜色就被推开推远一点点
> 喊声一停，夜色又聚集围拢了过来
>
> 我喊父亲的声音
> 在林子里久久回响
> 又在风中如波纹般荡漾开来
>
> 父亲的答应声
> 使夜色似乎明亮了一下

这首诗本土性极其鲜明。它所传达的父子之间的生命共振和情感共鸣，处理得含蓄蕴藉，完全是中国式家庭伦理的诗意表达。"我每喊一声，夜色就被推开推远一点点/喊声一停，夜色又聚集围拢了过来"与"父亲的答应声/使夜色似乎明亮了一下"，二者内在隐秘的生命关联，具有穿越时空的强大生命力，永恒地击中我们最柔软的灵魂深处。人和自然的关系、人和人的关系，也是西方现代文学的母题，但是，西方诗歌

---

① 《草根性与21世纪诗歌》，李少君：《在自然的庙堂里》，西北大学出版社2010年版，第55页。

中却充满了变形意象，传递出西方社会特定时代的绝望心理和人性畸变。在 T. S. 艾略特诗中，正在蔓延开来的黄昏是麻醉在手术台上的病人；英国诗人迪兰·托马斯笔下的文明世界是一个荒原，天空是一块裹尸布……每个人之间都是隔绝和禁闭关系，"他人就是地狱"成为现代人的基本信条。李少君为我们提供了极富民族特色的人与自然、人与人之间的双重和谐。这是属于中国人的草根诗学。

在李少君的《草根集》和《自然集》、《诗歌读本：三十二首诗》里，这种具有经典意义的作品还有很多。可以说，李少君关于"草根诗学"的理论思考和对"自然诗人"的践行，在很大程度上讲，接续了惠特曼在《草叶集》中开创的草根性，使之在中国本土语境下生根、开花、结果。

第二节 "自然诗人"创作的美学范式

李少君以《抒怀》、《四合院》、《南山吟》、《山中》等一系列以"大自然"为题材的充满传统诗学神韵的佳作，持续在诗坛吹拂一股清新之风，确立了当代汉诗的古雅美学范式。

歌咏大自然之魅力依然是李少君诗作贯穿始终的美学母题。"汽车远去/喧嚣声随之消逝/只留下这宁静偏远的一角/没有哒哒马达声的山野/偶尔会有鸟鸣、泉响以及一两声电话铃"（《山间》）。这种朴素静谧的所在不仅为南方所拥有，同样也出现在秋天的北方平原。刚刚收割之后的一望无际的田野里，一栋安静的房子掩映在金黄的大树下，阳光摇曳，迸溅出"鸡叫声、牛哞声和狗吠"，"还有磕磕碰碰的铁锹声或锯木声"。白天的交响鸣奏与夜晚的安宁静谧，形成了鲜明对比："夜，再深一点/房子会发出响亮而浓畅的鼾声/整个平原亦随之轻微颤动着起伏"（《平原的秋天》）。整首诗洋溢着动人的律动感，一如生命的呼吸，自然而酣畅。

李少君被称为"自然诗人"，是有道理的。李少君说："对于我来说，自然是庙堂，大地是道场，山水是导师，而诗歌就是宗教。"① 他有一首小诗《朝圣》，只有两句（"一条小路通向海边寺庙／一群鸟儿最后皈依于白云深处"），就像一则偈语，妙在两句诗之间内在的隐喻关系：人寻找道路、寺庙，与群鸟皈依白云，殊途同归。"迎面而来的鸟鸣对我如年偈语"（《偈语》），"青山兀自不动。只管打坐入定"（《春天里的闲意思》），"至少，隐者保留了山顶和心头的几点雪"（《云国》），都极富禅意。在李少君的眼里，自然是比"道"更高的范畴。他说："在我看来，自然，可以说是中国古典诗歌里的最高价值。老子说'人法地，地法天，天法道，道法自然'，在这里，'自然'是比'道'更高的价值。"② 他在诗歌《青海的一朵云》中写道："高人雅士总是远离红尘隐身山水／大德大道多半源自田野草间／我也愿意永远栖居于一朵白云之下"。在李少君的诗中，很少看到冲突，大概与他的自然诗学有关。他清楚地看到，西方诗歌讲究"个体"意义上的"对抗"与"冲突"，灵魂的分裂成为重要表现内容。而中国诗学讲究和谐与超越。是"道法自然的"传统诗教观念，为中国人提供了超越性的精神解释和价值系统。这是中国传统文人的世界观。在李少君的心里，自然诗学具有了某种宗教意义，以至认为"诗歌是具有宗教意义的结晶体，是一点一点修炼、萃取的精髓"。③《咏三清山》把三清山比作"云的领地"、"鸟的故乡"、"侠与道的基地"、"善与美的主场"，来此地的各色人等如"寻药客"、"狩猎者"、"浣衣女"、"采莲妹"等，"都是善与美的守护者"。李少君的诗歌，大都体现出"三清山"的境界。

他的《自白》一诗几乎可以看作李少君的生活宣言：

> 我自愿成为一位殖民地的居民
> 定居在青草的殖民地

---

① 《在自然的庙堂里修身养性》，李少君：《在自然的庙堂里》，西北大学出版社 2010 年版，第 5 页。

② 同上书，第 2 页。

③ 同上书，第 5 页。

山与水的殖民地
花与芬芳的殖民地
甚至，在月光的殖民地
在笛声和风的殖民地……

但是，我会日复一日自我修炼
最终做一个内心的国王
一个灵魂的自治者

李少君接受了传统的文化人格，但是与"内圣外王"的扩张型士大夫人格完全不一样。他继承的是另外一种传统文化的流脉，他甘愿成为大自然的殖民，是内敛的"灵魂自治者"，是面向自然而求助自我灵魂完善的人格。同为传统文化，而价值取向迥异。李少君以自然人格之王，置换了政统人格之王的价值观。这个自然之王频繁地出现在李少君的诗中：

只要拥有这满庭桃花
我就是一个物质世界的富有者

（《春光》）

当我君临这个海湾
我感到：我是王
……
我感到：整个大海将成为我的广阔舞台
壮丽恢宏的人生大戏即将上演——
为我徐徐拉开绚丽如日出的一幕

（《夜晚，一个人的海湾》）

我怎么看也觉得机场的出入口

修得像山寨寨门，还是只要一拉闸口

这小小的山间小城

就可以成为一个独立王国

（《乌蒙山间》）

假如，万嘉果庄园是我的领地

我会养三四条狗，七八个孩子

让他们每天在庄园的野地里游戏玩耍

（《假如，假如……》）

多年来，这风花雪月的国度

在云的统治下，于乱世之中得以保全

（《云国》）

在李少君的诗中，只要有"自然"在，就一定有"人"在，"人"与"自然"和谐一体地存在。李少君最负盛名的一首诗《抒怀》，在"你"、"我"的对话中，彰显出一种"为山立传，为水写史"的文化情怀与诗学野心。他写道：

树下，我们谈起各自的理想

你说你要为山立传，为水写史

我呢，只想拍一套云的写真集

画一幅窗口的风景画

（间以一两声鸟鸣）

以及一帧家中小女的素描

当然，她一定要站在院子里的木瓜树下

"当然"一词，强调了二者的"必然关系"。正如《初春》一诗的结尾（"一位少年，安静地坐在院子中央读书/燕子门围绕着他飞来飞去"），《疏淡》的结尾也是"人"的在场："背景永远是雾蒙蒙的/或许也有炊烟，但更重要的/是要有站在田埂上眺望的农人。"我们从这些诗作中发现了一种"人在自然中"的意象构图范式。与现代主义思潮强调人的主体性不同，李少君的笔下，自然占据了画面核心，人只是大自然的组成部分，自然是主体，是本体，自然才是中心。他复活了传统文化中的"天人合一"境界，而这一境界不是所谓的"人的自我实现"，而是人在自然中的"消失"。正是这种"消失"，人们才能在更大的宇宙之境中找到真正的自我。他的"自然诗境"其实是经过了螺旋上升的否定之否定三个阶段：传统自然文化—现代自然文化—现代与传统交融的自然文化。他的自然诗学是古典的，但又是现代的，因此，可以称之为"新古典主义"的"自然诗人"。

李少君的自然抒写，充分体现了马克思主义美学论述的"人的自然化"和"自然的人化"。他常怀钦羡之心，主动融入大自然，并且成为大自然的一部分，如《自道》："白云无根，流水无尽，情怀无边/我会像一只海鸥一样踏波逐浪，一飞而过/……海上啊，到处是我的身影和形象//最终，我只想拥有一份海天辽阔之心"。只有在大自然的怀抱里，诗人才找到自己的灵魂归宿："我那乱撞乱跳的心啊/在呀诺达，安静如一只小鸟/包裹在原始森林的一团浓荫里"（《呀诺达之春》）。"包裹"一词，极其精准地传递出"人在自然"中的归宿感。在李少君的笔下，大自然的万事万物都具有了"属人"的本质，大自然被充分"人化"了。"水之府第，最高首长是一只白鹭/每临黄昏，要最后一次巡视自己的领地"（《水府白鹭》）。这不是单纯的拟人化处理，而是具有了人类学和哲学意义。一方面，这只"白鹭"将大自然视为自己的"领地"，另一方面，诗人愿做大自然"殖民地"的居民，二者之间是一种灵魂内在的呼应关系。

大自然成为人类存在不可分割的一部分，成为人类的邻居。具有代表性的一首诗是《邻海》：

海是客厅，一大片的碧蓝绚丽风景
就在窗外，抬头就能随时看到

海更像邻居，每天打过招呼后
我才低下头，读书，做家务，处理公事
抑或，静静地站着凝望一会

有一段我们更加亲密，每天
总感觉很长时间没看海，就像忘了亲吻
所以，无论回家多晚，都会惦记着
推开窗户看看海，就像每天再忙
也要吻过后才互道晚安入睡

多少年了，海还在那里
而你却已几乎不见。我还是会经常敞开门窗
指着海对宾客说：你们曾用山水之美招待过我
我呢，就用这湛蓝之美招待你们吧

最理想的状态是，"人的自然化"和"自然的人化"形成美好的相遇，最终"人"与"自然"完全融为一体，互为自己的有机部分。例如，《七仙岭下》一诗，大人小孩都以七仙岭为家，人与自然和谐相处。"她家的园子 就有一泓温泉/每一个月夜她都要在里面泡上一个时辰/她细嫩的皮肤、苗条的身挑，以及一副好性情/就这样慢慢养成"。大自然养育了人的魅力和性情，人都具有天然的清纯与干净。李少君曾经与文成县的青山相遇。他明明知道自己身在异乡，但是，他身心放松，融入青山，甚至幻化为"青山的倒影"，不分你我：

即使喝了酒，我仍清醒地知道这里不是故乡
但又为何如此熟悉，莫非我前世到过此地、

此刻，青山正凝视的那个人

——那个端坐在酒楼上的人是我吗？

还是那个低头前行的僧人是我？

抑或，是那个垂手站立桥上看风景的第三者是我?!

（《文成的青山》）

他在亦真亦幻、"相看两不厌"的山水审视之中，确认自我的精神存在。

在具体的诗艺处理方面，李少君也可圈可点。他特别善于对大自然做极富层次感的处理。他首先把镜头聚焦到一个具体的点，然后，镜头拉开，直到出现大全景。最有代表性的是《神降临的小站》和《春》。《神降临的小站》从特写到近景到中景再到远景，镜头一直拉开，最终呈现出气韵苍茫的阔大境界："再背后，是神居住的广大的北方"，那种自然的神秘感和宗教感，油然而生。再看《春》：

白鹭站在牛背上

牛站在水田里

水田横卧在四面草坡中

草坡的背后

是簇拥的杂草，低低的蓝天

和远处此起彼伏的一大群青山

这些，就整个地构成了一个春天

从"白鹭"到"牛背"，到"水田"，到"草坡"，到"杂草"和"蓝天"到"青山"，镜头缓缓平移，从白鹭的特写，镜头拉开，到近景，到中景，到远景，到全景；从空中移到地面再到蓝天和青山，画面构图完整、清晰，富有层次感，在静态美之中显示出和谐美。

第三节　古雅诗学的现代拓展

　　传统诗学的古雅范式，并不是封闭僵化的。我们需要警惕的是将古典诗学视为静态标本而对当下生存视为不见。在高度物质化、现代化的时代语境下，人们有理由怀疑，李少君的这种审美范式，究竟是一种进步性的反拨，还是一种古老意绪的回光返照？李少君的不断探索，打消了这种疑虑。

　　假如李少君一直沉浸于大自然"殖民地"的居民身份，就有可能使诗歌的内涵变得单一乃至于单薄。而李少君之所以是李少君，就在于他在一以贯之的自然母题之中，融入了具有现代生命意义的沉思品质。他知道，作为一个现代诗人，不能仅仅认同"大自然殖民地的居民"身份，还需要转型为理性的"田野调查的方志工作者"。李少君传递出在现代化进程中现代人生存的复杂性，在传统与现代既博弈又和谐相处的辩证关系中，对古雅诗学范式进行了新的拓展。

　　他以生命沉思视角，形成了对自然母题内涵的拓展。如《渡》一诗，诗中的渡客在黄昏的渡口：

> 眼神迷惘，看着眼前的野花和流水
> 他似乎在等候，又仿佛是迷路到了这里
> 在迟疑的刹那，暮色笼罩下来
> 远处，青林含烟，青峰吐云
>
> 暮色中的他油然而生听天由命之感

确实，他无意中来到此地，不知道怎样渡船，渡谁的船/甚至不知道如何渡过黄昏，犹豫之中黑夜即将降临，充满了浓厚的命运感，令人产生形而上的思考。一块石头从山岩上滚下，引起了一连串的混乱，最终

"石头落入一堆石头之中/——才安顿下来/石头嵌入其他石头当中/最终被泥土和杂草掩埋"(《一块石头》),这块石头的命运正是由于富有哲理思辨色彩,才得以在诗人的童年记忆中留下深深辙迹。《孤独乡团之黑蚂蚁》也完全祛除了大自然的唯美性质,注入了人类生命的孤独感。诗人从身边物象出发,自然而然地富有层次地延展到无际的宇宙星球,"榕树"、"槟榔树"、"岛屿"、"月亮"、"星球"等意象一个个全都是孤独乡团,最后诗思骤然拉回到眼前"老榕树树干上爬行的小蚂蚁",诗思腾挪跌宕之后,直逼"又黑又亮触目惊心"的孤独体验。在《半山》中,"我逐级登高,满耳开始灌满蝉声/满目全是老人,三五几个各自分散……/他们对路人毫不关注,仿佛只是在云游/目光木然,他们沉浸在太极和自己的心事里",体现的是内蕴充盈的虚静文化,而虚静中夹杂着幽美,隔绝中夹杂着皈依,写实中渗透着写意,呈现中蕴含着象征。

由于沉思性的介入,李少君的自然抒写常常具有鲜明的间离色彩。这种间离色彩,构成了他的独特的抒情身份。在《鹦哥岭》里,诗人自命名"一名热衷田野调查的地方志工作者"。这意味着,诗人不再是融于大自然并且成为大自然的一部分,而是间离出来的一个"他者",一个在审美距离中进行思考的抒情角色。《大雾》一诗中虽有田园风光("屋后是丛林修竹,屋前有一条小溪"),但是,作为美的象征的"女人"出走之后,给诗人留下了"感到她还在山中,又好像已经不在"的迷惑。一场大雾完全隔断了大自然之美的存在,从而具有了若即若离的虚幻色彩。这种沉思者的形象往往导致抒情主人公呈现"独自一人"的形态。《江边》和《山间》都是以独体抒情来加强间离色彩。《江边》结尾的反问"那么,谁又是这一场景的旁观者?"与《半山》结尾的疑问"为什么老年才寻觅这么幽美的栖身之处呢?"如出一辙。他在这种自然现实之上,进行了形而上的思考,这种反思使抒情角色与抒情对象拉开了距离。最终,大自然的精灵犹如现时代的一个神话,成为"可远观而不可近触"的超现实象征性存在:

伊端坐于中央，星星垂于四野

　　草虾花蟹和鳗鲡献舞于宫殿

　　鲸鱼是先行小分队，海鸥踏浪而来

　　大幕拉开，满天都是星光璀璨

（《海之传说》）

本来，"月光下的海面如琉璃般光滑／我内心的波浪还没有涌动……"但是，"她浪花一样粲然而笑／海浪哗然，争相传递／抵达我耳边时已只有一小声呢喃"，就是这么一小声呢喃，竟然"让我从此失魂落魄／成了海天之间的那个为情而流浪者"。这个"流浪者"的形象，岂不象征着现时代人在高度物质化、技术化的时代，灵魂的无根感？自然的精灵犹如形而上的超验力量，诱惑着我们超拔于俗世的泥淖。《新隐士》其实也是一个隐喻性表达。"孤芳自赏的人不沾烟酒，爱惜羽毛／他会远离微博和喧嚣的场合／低头饮茶，独自幽处／在月光下弹琴抑或在风中吟诗／／这样的人自己就是一个独立体／他不愿控制他人，也不愿被操纵／就如在生活中，他不喜评判别人／但会自我呈现，如一支青莲冉冉盛开"。这种隐士并未人情寡淡，而是拥有常人不能理解的幸福："我最幸福的时刻就是动情／包括美人、山水和萤火虫的微弱光亮"。正是这种内心世界的光亮，让他能够穿越世俗的黑暗，而保持自我的完整和温度。

　　诗人的间离色彩具有二重性。李少君站在大自然与城市生存的中间来思考问题：他一方面站在如上所述的角度对大自然做间离性思考；另一方面，又站在自然立场审视现代性城市化生存。他往往将"城市"生存与"自然"生存并置，引人深思。如《山中一夜》、《夜晚，一个复杂的机械现象》、《黄昏，一个胖子在海边》。"我眼睛盯着电视，耳里却只闻秋深草虫鸣"（《山中一夜》），将现代科技的象征物象"电视"与传统自然文明象征意象"秋深草虫鸣"对举，借助万草万木、万泉万水散发出的自然气息来涤荡"在都市里蓄积的污浊之气"。《夜晚，一个复杂的机械现象》抒发一对爱侣到一个异域场景下重温蜜月的美好情愫，诗人以一系列自然意象隐喻爱侣生命激情的迸发。有意味的是，诗人将他们的生命感官自然绽放的行为置于现代意味十分浓厚的都市"酒店"，夜深人静之时梦中醒来，听见窗外空调骤停复响的运转声。此时，一对爱侣生命欲望的绚丽绽放与空调运转的机械性重复，让诗人产生了残酷的比照性深思。李少君还经常将自然之美置于现代物质生存语境来审视。如《流水》中的那位"守身如玉"的"现代女性"其实构成了现代物欲环境下传统之美消殒的命运隐喻。她以充满原初生命的身体，不断地让我们保持生活的感觉的生命的"痛感"与"伤心"，她的陨落，犹如一场现代版《牡丹亭》，成为一种文化绝响。《春色》将"春色"以"红衫女子"来具现，置于"夜总会包厢"的现代语境，"在恍惚之间""突然听到一声娇滴滴软绵绵的/苏州口音"。虚实结合，现代与古典穿越，有效地拓展了诗意空间。在当下，"胖子"这个概念几乎成为现代都市人的标本性意象。胖子大多数"神情郁郁寡欢/走路气喘吁吁"，他"看到大风中沧海落日这么美丽的景色/心都碎了，碎成一瓣一瓣/浮在波浪上一起一伏"（《黄昏，一个胖子在海边》）。诗歌的最后一句"从背后看，他巨大的身躯/就像一颗孤独的星球一样颤抖不已"，充满巨大张力的比喻，触目惊心，发人深省！

尽管李少君倡言不会以古典文化取代现代化进程，但是，城市文明和乡村文明之间的巨大分野，在李少君的诗作中却极其豁显。一个代表性的作品是《某苏南小镇》。诗歌第一节为我们呈现了古老安静的乡村王国的魅力：

在大都市与大都市之间
一个由鸟鸣和溪流统一的王国
油菜花是这里主要的居民
蚱蜢和蝴蝶是这里永久的国王和王后
深沉的安静是这里古老的基调

这简直就是一幅现代世界之外的桃源盛景，"这里的汽车像马车一样稀少"，这个独立王国宛如一个寓言，一个古文明的标本。多年的安静之后，终于迎来了"过于惨烈的历史时刻"，"青草被斩首／树木被割头"，让这里的生命感到巨大的"惊愕"，"浓烈呛人的植物死亡气味经久不散"。对于自然界来说，这场"暴戮事件"是史上最黑暗的时期。"而人类却轻描淡写为修剪行动"。"自然"的生命自足性与"人类"虚伪的暴力，构成了触目惊心的巨大张力。他在诗中不断地表达一位"自然诗人"对现时代的担忧：

> 我，一个遥远的海岛上的东方人
> 因对世事的绝望和争斗的厌倦
> 转向山水、月亮和故乡的怀抱
> 但我也有隐隐的担心，在新的大跃进中
> 青山会不会被搬迁，月宫在否终有一日拆除
> 而每一个人的故乡，似乎都在改造之中
>
> （《虚无时代》）

> 高楼大厦之间尚余一处亭台楼阁
> 微缩版的江南庭院，浮于水上
> 深密的竹林藏着幽暗的风景
>
> （《蛇的怨恨》）

这种隐忧不是意识形态层面"留住乡愁"的那种宣传，而是现代化进程中一种审慎的文化态度，一种生存哲学态度。李少君将自然文化人格与现代都市文化并置的时候，会产生一种张力和戏剧性效果，并引发我们关于人的命运的深思。《上海短期生活》就刻画出一个自然文化人格在当下遭遇的尴尬处境。"我"在上海短期生活的周末保留节目是：

> 在尚湖边喝茶，看白鸟悠悠下
> 到兴福寺听钟声，任松子掉落衣裳里

在虞山下的小旅馆里安静地入睡……

并且把这种生活视为"一个中产阶级的时尚品牌"。但是，他周边的环境却是：

　　　　公路像毛细血管一样迅速铺张
　　　　纵横交错地贯穿在长江三角洲
　　　　沪常路上，车厢里此起彼落的
　　　　是甲醇多少钱一吨
　　　　我要再加一个集装箱的货等等
　　　　语气急促、焦躁，间以沮丧、疲惫

于是戏剧性出现了，"我"本来的自然本真的生活状态，在他人的"焦虑"围困之中，却感觉"自己生活的非正常"。这种现代生存环境的逼压最终导致人的生存转向异化状态：

　　　　她的焦灼干扰着我
　　　　让我也无法悠闲下去
　　　　成了一个在长江三角洲东奔西窜的推销员

还有一首极富文化冲突意味的诗作《一个男人在公园林子里驯狗》。它将"公园"、"林子"、"狗"、"驯狗人"这些自然意象置放在城市里面，凸显出现代都市生活里的异质性存在。一个孤独的驯狗人，在寂静的日子里，常常有树叶子落在他的身上。由于长期在大自然中生活，他仿佛与自然完全融为一体：

　　　　从此，他就真的融入了这一切
　　　　白天他继续驯狗　　晚上则隐入都市深处
　　　　他离群索居　　不再被同类关注

他好像成为了自然的一部分

全身披挂树叶　成为了公园林子的一部分

人们对此见惯不惊　久而久之视而不见

就这样，他和他的驯狗成为了公园林子里的一部分

自然的一部分，仿佛自然中的一副静物

本来"天人合一"的境界，在现代都市场景环力却变得十分突兀，"常态"与"非常态"的概念被颠倒过来，却又十分具有警醒意义，令读者去深思人与自然的生态关系。

李少君反复咏叹大自然的超验性的无穷魅力，让我想起了 T. S. 艾略特的诗歌《空心人》。《空心人》表达的是高度物质化的现代文明濒临危机、希望渺茫、精神空虚的时代语境里人的主体性的溃散。"我们是空心人/我们是填塞起来的人/彼此倚靠/头颅装满稻草。唉！/我们被弄干的嗓音，在/我们窃窃私语时/寂静而毫无意义/像干草中的风"，艾略特勾画的"空心人"，便是失去灵魂的一代人的象征。李少君的古雅审美范式，一直致力于重新恢复从农业文明时代向工业文明时代转型过程中所丢失的抒情个体的质朴的人性力量。他的《自白》宣示了他的理想："我会日复一日自我修炼/最终做一个内心的国王/一个灵魂的自治者"。这需要的不仅仅是诗学定力，更涉及现时代本真人格如何葆守的问题。面对日益严峻的消费主义浪潮，随着自然生态危机和精神生态危机的日益加深，生态文学和生态批评渐趋高涨。长沙理工大学的易彬称李少君为"自然诗人"，北京大学的吴晓东教授称之为"诗学的生态主义"，南开大学的罗振亚称之为"生态写作"，都是切中肯綮的。李少君在主持的《天涯》杂志曾经组织过一次关于生态主义思潮的大型学术讨论，发布的《南山纪要：我们为什么讨论环境—生态》被翻译成多种文字，产生了积极影响。李少君也亲自写作过生态主义思潮方面的论文，但是，对于李少君来说，诗学的生态更多地源于他个体生命体验和诗学实践。他的经历、教育、环境、个性，决定了他的诗学观念

和诗学实践。他从小在美丽的湘乡长大，大学就读的武汉大学所在地在东湖和珞珈山之间，被称为最美大学，毕业后在海南工作，亦具有最佳生态环境。所以，对他来说，大自然才是安身立命之所，都市乃过客之地。他说："在我看来，自然不是一个背景，人是自然中的一个部分，是人类栖身之地，是灵魂安置之地。但自然若不为人所照亮，就会处于一个昏昧状态，所以需要我们不断去发现自然，探索自然，照亮自然。对于我来说，自然早已与我的生活融为一体，我只要待在一片林子里或站在水边，就会觉得很轻松，还会像李白说的'相看两不厌'。"① 李少君曾经不止一次地表达了他的诗观："诗歌是一种心学。诗歌感于心动于情，从心出发，用心写作，其过程可以说是修心，最终又能达到安心，称之'心学'名副其实。在一个全球化时代，心学是指个人化的对世界的体验、感受、深入理解和领悟的过程，是以心为起点，重新认识世界，重建价值。"② 李少君的草根诗学理论及其创作实践，是一个十分具有现实意义的典型个案，将有助于我们思考自然生态的可持续性发展以及传统文化、传统诗学在当下面临的命运。

附：李少君文学年表

1980 年，在《少年文艺》、《小溪流》等杂志发表作文，散文诗《蒲公英》获全国青少年作文大奖二等奖。

1985 年，考入武汉大学新闻系，在《大学生》、《湖南文学》等杂志发表系列散文诗《中国的月》、《中国的秋》、《中国的爱情》等，《青年文摘》等转载。

1987 年，自费油印文集《李少君自选集》，并在武汉大学参与发起"珞珈诗派"，在《武汉大学报》发表系列诗歌、评论。

1989 年，在《海南纪实》第五期发表长文《大学个人主义之潮》。认识韩少功、蒋子丹。大学毕业后到《海南日报》工作。

1990 年，在《书刊导报》、《海南青年报》等开设专栏"新大陆"、"南部观察"。

1994 年，散文及散文诗集《岛》、随笔评论集《南部观察》由南海出版公司出版，

---

① 《我与自然相得益彰》，李少君：《自然集》，长江文艺出版社 2014 年版，第 117 页。

② 《遂宁日报·华语诗刊》2015 年 5 月 29 日第一版。

分别由张承志、韩少功作序。

1996 年，在《天涯》等杂志发表小说《蓝吧》等。任《天涯》杂志兼职编辑，主持"九十年代诗歌精选"栏目。

1997 年，获海南省青年文学奖。在《人民文学》、《上海文学》等杂志发表小说《海口之恋》、《人生太美好》等。

1998 年，在《文汇读书周报》、《中华读书报》、《南方都市报》等报刊发表系列书评。

1999 年，在《天涯》杂志发表思想随笔《通向毁灭之路》。任《天涯》杂志兼职副主编。参与组织"南山生态会议"，邀请李陀、戴锦华、黄平、陈思和、王晓明、南帆、格非、苏童、张炜、方方、迟子建等参加，参与《南山纪要：我们为什么谈生态—环境》整理。

2000 年，与天涯社区合作，参与创办"天涯之声"、"天涯纵横"，发起系列讨论，被誉为国内最好的思想论坛，部分讨论刊登于《天涯》杂志。

2001 年，在《书屋》、《东方》、《方法》等杂志发表系列读书笔记和随笔。应邀赴印度考察、游览。

2002 年，在《上海文学》第 10 期发表思想随笔《印度的知识分子》，被国内六十多家报刊包括《读者》、《文艺报》等转载，收入众多选本。应邀参加在菲律宾马尼拉举行的首届亚洲和平联盟大会。

2003 年，在江南等地游历，参加发起"三月三诗会"，结识诗人张维、杨键、潘维、江非等。首次提出诗歌的"草根性"概念。任《天涯》杂志主编。

2004 年，诗评《草根性与新诗的转型》获第二届"明天·额尔古纳诗歌双年奖"诗歌评论奖，随后在《诗刊》发表。诗歌及诗评集《那些消失了的人》由南方出版社出版。应邀参加在越南河内举行的第五届亚欧人民论坛。邀请多多到海南大学任教。组织举办"莽汉撒娇——李亚伟、默默研讨会"，为《莽汉撒娇——李亚伟、默默诗歌选》作序，刊登于《读书》杂志。

2005 年，小说集《蓝吧》由海南出版社出版。《天涯》举办"改版十周年座谈会"，做开场发言"《天涯》十年：折射中国思想与文学的变迁"，随后刊登于《文艺理论与批评》。发起"手机文学大赛"，邀请铁凝、莫言、张炜、李锐、方方等作为评委嘉宾。举办"尖峰岭诗会——雷平阳、潘维研讨会"。

2006 年，诗作《神降临的小站》等发表，广受好评，随后入选《中国诗典》等选本。主编《21 世纪诗歌精选·草根诗歌特辑》，由长江文艺出版社出版。应邀参加在美国哈佛大学燕京学社举办的文化中国研讨会。在纽约与北岛、汪晖、张旭东等会面。

参与编辑《海拔》诗刊。被《南方都市报》评选为年度文坛人物。被选为海南省作家协会副主席。

2007 年，在《读书》、《南方文坛》、《文艺报》等发表系列诗歌评论。在《星星》诗刊主持"网络诗歌虚拟研讨会"，推出杨键、雷平阳、陈先发、古马、黄灿然、桑克等诗人研讨专辑。主编《21 世纪诗歌精选·诗歌群落大展》，由长江文艺出版社出版，随后被评为中国诗歌排行榜"最佳诗选"。

2008 年，在《诗刊》、《人民文学》、《星星》、《诗歌月刊》、《山花》、《钟山》等发表大量诗歌，入选各种年度选本。诗作《大部分的中国人都患了抑郁症》、《流水》等在网络引起强烈反响，并引起国际媒体关注报道。应邀赴德国参加卡塞尔文献展，随后赴法国考察、游览。

2009 年，诗集《二十四桥明月夜》由《诗歌 EMS 周刊》推出。诗集《诗歌读本：三十二首诗》（由张德明点评）长江文艺出版社出版。应邀参加青海国际诗歌节，诗作入选英文版《中国当代诗歌后浪》。诗作《边地》入选中央电视台"新年新诗会"，由中央电视台播音员海霞朗诵。

2010 年，诗集《草根集》由上海人民出版社出版。随笔集《在自然的庙堂里》由西北大学出版社出版。散文集《风情海南——海南国际旅游岛深度文化游》由青岛出版社出版。获 2010 "三月三"诗歌奖。与张维联合主编《2000 - 2010：十年诗选》由江苏文艺出版社出版。《中国诗歌》第一期在"头条诗人"栏目推出组诗《海岛之夜》。《文艺争鸣》第二期刊登易彬评论《"自然诗人"李少君》。《文艺争鸣》第六期发表与学者张德明的对话——《海边对话：关于新红颜写作》。《文景》杂志第 12 期发表学者倪伟、敬文东、张屏瑾关于《草根集》的评论专辑。《读书》、《书城》、《扬子江评论》等杂志发表青年学者葛亮、周展安、霍俊明等关于《诗歌读本：三十二首诗》的评论文章。

2011 年，被选为海南省文联专职副主席。诗作《神降临的小站》编入中国人民大学出版社出版的《大学语文实用教程》。在《南方都市报》、《光明日报》、《文汇报》、《诗江南》、《扬子江诗刊》、《诗潮》、《诗林》、《中国诗人》等报刊发表诗歌。《南方文坛》、《文艺争鸣》、《当代作家评论》等刊物发表吴晓东、易彬、张永峰、刘康凯等学者关于《草根集》及个人诗歌的评论文章。与张维联合主编的《三月三诗歌年选·2010 年卷》由上海人民出版社出版。与张德明、符力联合主编的《21 世纪诗歌精选·新红颜写作诗歌档案》由长江文艺出版社出版。评论《诗歌的草根性时代》在《诗探索》（理论卷）第一期发表。《诗林》第三期发表由复旦诗社组织的"李少君《草根集》网络研读会"。《李少君自选集》由长江文艺出版社出版。组织发起两岸诗歌高端论坛，与会诗人联名发表《海南纪要：创造中国新诗的现代性》。

2012 年，任团长率中国作家诗人代表团赴塞尔维亚，参加第 49 届贝尔格莱德国际作家大会。组织 2012 两岸诗会，颁发"桂冠诗人奖"，舒婷、罗门、潘维、颜艾琳获奖。在《人民文学》、《诗刊》、《光明日报》、《青年文学》等报刊发表诗歌、评论，被《新华文摘》等转载，被翻译英文、瑞典文、塞尔维亚文等多国语言。主编出版包括《刘贵宾油画集》、《邓子芳国画集》、《王锐油画集》等十人的"海南画派丛书"，联合主编《明天十年诗歌档案》。参加中国诗歌学会换届大会，被选为中国诗歌学会理事。被中国作家协会聘为诗歌委员会委员。在个人博客发起"中国好诗歌"评选。

2013 年，随笔集《文化的附加值》由安徽教育出版社出版，入选当当网畅销书排行榜。在《人民文学》、《诗刊》、《钟山》、《诗歌月刊》、《大家》等发表组诗及散文，在《光明日报》、《扬子江评论》等发表评论。被选为中国诗歌学会常务理事。主编出版《21 世纪诗歌精选》第四辑"每月好诗选"，《光明日报》、《文艺报》等刊登相关书评。组织发起"观澜湖艺术写生计划"，邀请全国近百位著名画家到海南写生。10 月，"草根性诗学"研讨会在海南澄迈举行，吴思敬、杨匡汉、刘复生、杨键、江非等参加。

2014 年，调《诗刊》社任副主编。参加第四届"中国诗歌节"，致闭幕词。诗集《自然集》由长江文艺出版社出版，中国人民大学、湖北大学分别举行研讨会，《光明日报》、《文艺报》等刊登评论。在《人民文学》、《大家》、《长江文艺》、《文艺报》等报刊发表诗歌、散文和评论，部分诗歌被翻译成英文、德文。获《创作与批评》年度诗歌奖、《西北军事文学》年度诗歌奖。负责组织诗刊社"第三十届青春诗会"在海南陵水举办。"中国好诗歌"评选由诗刊社公共微信号发起。

2015 年，任中国诗人代表团团长率团出访越南，参加第二届亚太国际诗歌节。与张德明联合主编的《最美的白话诗》由现代出版社出版。在《人民文学》、《大家》、《人民日报》、《花城》、《文艺报》等报刊发表诗歌、散文和评论一百多篇（首），选入多种选本，部分诗歌被翻译成英文、德文、越南文。《名作欣赏》、《南方文坛》等刊登了探讨个人诗歌创作的专题评论。参加中国作家协会举办的"草根诗人现象研讨会"，做题为"天赋诗权，草根发声"发言，该文随后在《读书》第四期杂志发表。在中国文学博鳌论坛发言，题为《诗歌是一种情学》，随后在《文艺报》发表。公共微信号"为你读诗"推出演员姚晨朗诵《傍晚》录音，点击率高达数十万。

第十七章　谭五昌(1968—　)
第三代诗歌的勘探者

别林斯基曾把文学批评称为"运动着的美学"。对于文学批评，不仅研究对象处于运动发展过程之中，而且研究者也随着历史的演进而不断开拓视野，辟出新见。1983 年 7 月，成都几所高校的青年诗人创办油印诗刊《第三代人》，拉开了第三代诗潮的序幕。30 年间，关于"第三代诗歌"的专著已经有陈仲义的《诗的哗变》（鹭江出版社 1994 年版）、李振声的《季节轮换》（学林出版社 1996 年版）、孙基林的《崛起与喧嚣：从朦胧诗到第三代》（国际文化出版公司 2004 年版）、罗振亚《朦胧诗后先锋诗歌研究》（中国社会科学出版社 2005 年版）、刘波的《第三代诗歌研究》（河北大学出版社 2012 年版）等多部问世。谭五昌的《诗意的放逐与重建：论"第三代诗歌"》（昆仑出版社 2013 年版）密切追踪"第三代诗歌"的运动全程，深度勘探透视内在的真相和格局，闪烁着深挚的反思眼光。

第一节　坚实理论架构与缜密的思辨

如何界定"第三代诗歌"，是谭五昌《诗意的放逐与重建：论"第三代诗歌"》的逻辑起点和逻辑基点。一般论者往往将"第三代诗歌"理解为一个代际概念和时间概念，界定为朦胧诗潮之后的新一代诗人及诗歌形态。谭五昌独辟蹊径，提出"第三代诗歌"概念的两层内涵，除了时间代际概念之外，他还提出一个"质量"概念。他说："它也是一个'质量'概念，即表明'第三代诗歌'与'朦胧诗'相比无论在思想内容及艺术方式等方面均具有自己的新质。正是后一点构成了'第三代诗歌'这一概念得以成立的充足理由。"① 他将"第三代诗歌"界定为朦胧诗之后的具有不同程度的前卫性质或先锋色彩的诗歌文本。于是，他的立论基于"质量"概念，同时将"质量"概念与"时间代际"概念融合起来，将第三代诗歌的视野从20世纪80年代延续到90年代。谭五昌将伊沙、阿坚、余怒、蓝蓝、黄灿然等20世纪90年代崛起于诗坛的"中间代诗人"纳入第三代诗群，既看到了先锋诗歌的内在断裂与调适，又看到了历史的延续性。20世纪90年代以来主流意识形态文化、知识分子精英文化、市民文化三足鼎立的背景下，诗学发生了深刻转型，多元文化价值取向发生分化与互渗。谭五昌从全局出发，概括提取出四种取向：解构冲动中的文化虚无主义、宗教文化的追求与亲近、"后乌托邦"文化的建构意向、平民文化的建构与重塑。可以说，从20世纪80年代中期发轫到新世纪的落幕，在更大的历史空间里，去凝视相对完整的第三代诗歌的真相，是谭五昌这部著作的一个鲜明的特点。

确立了"第三代诗歌"的逻辑起点之后，谭五昌便营构了一个完整的研究视野，做到宏观架构与微观透视相结合。《诗意的放逐与重建》导论部分从"朦胧诗到第三代诗歌的嬗变"论述20世纪80年代先锋诗的内部转型，确立了"第三代诗歌"的研究对象和研究起点。第一章"'第三代诗歌'的文化意义与精神景观"，对于"第三代诗歌"进行社会与历史批评、文化阐释，在深层统领全书；第二章撷取"女性写作"、"知识分子写作"、"中年写作"、"个人写作"，论述了新型理论话语与诗学主张；第三章"审美革命与话语转换"论述了"第三代诗歌"的审美原则与艺术实践，第四章则是从"平民立场与先锋姿态"、"古代精神与浪漫诗意的歌吟"、"面向人生的艺术'朝圣'"、"心仪神性的'先知'歌者"

---

① 谭五昌：《诗意的放逐与重建》，昆仑出版社2013年版，第5页。

等方面，对于第三代诗人写作群体及代表诗人进行深入解读。导论显示出高屋建瓴的理论俯瞰意识，第一章是远景全景鸟瞰，第二章是中景块状扫描，第三章是审美内部的近景勘探，第四章犹如第三代诗群的一系列特写镜头。于是，全书点面结合，层次清晰，浇筑出严谨的逻辑结构。

思辨的缜密与细腻，是谭五昌这部著作的又一特色。这种思辨特色既体现在大的架构上，也体现在微观辨析上。如他对"第三代诗歌"与后现代主义、现代主义文化关系的辨析，颇具学理功力。关于"第三代诗歌"的文化内涵特点，大部分论者会认为后现代主义是其主导性质。谭五昌注重其内在的复杂性，一方面，他看到第三代诗歌整体上的后现代主义文化特征——颠覆传统、解构文本、削平深度、反文化、反崇高、反诗意；另一方面，他在基本的后现代主义文化特征中又发现了现代主义的文化元素，思维更具有辩证性。他用大量笔触论析了"第三代诗歌"的现代性与后现代性的二重性，避免了简单化的贴标签倾向。

关于"第三代诗歌"的格局，谭五昌在着眼于大格局的完整性同时，也着意于内部艺术景观的丰富性，勾勒出版块之间的异质元素。同样是对朦胧诗的颠覆与反叛，但有内在差异的三种姿态：①周伦佑、蓝马为代表的"非非主义"、李亚伟为代表的"莽汉主义"和尚仲敏为代表的"大学生诗派"；②韩东、于坚为代表的"他们"；③海子、骆一禾、欧阳江河、王家新、陈东东、西川等人。其中的①是激进否定的先锋姿态，具有强烈的革命色彩，②和③则是以正面更新价值观念的方式去否定朦胧诗的审美范式。而②跟③亦有所不同，②倡导的是平民态度，以此间接颠覆朦胧诗的贵族态度；③以对精神深度和神性美学的建构，来从深层颠覆朦胧诗的审美形态。这样，一般学者眼里充满极端颠覆性质的第三代诗群，被谭五昌呈现出一个"内在对话"的"价值制衡"的隐形结构。

谭五昌缜密与细腻的思辨特色，也体现在细节比较方面。他论述"第三代诗歌"与后现代主义、现代主义文化关系的时候，列举了舒婷的《致大海》、尚仲敏的《大海》、韩东的《你见过大海》等三首关于大海的诗歌进行比较分析，值得称道。舒婷的《致大海》代表了朦胧诗群的浪漫主义兼现代主义基本特征。谭五昌看到舒婷笔下的大海与普希金笔下的大海在俄罗斯传统方面的文化通约与异质体验，"大海"是一个公共象征，"与18—19世纪西方文学传统中的'大海'的形象与意义的体系相对接，一脉相承，在传统与经典的意义上，'大海'是全部的人类生活的巨大象征体，是所有价值的来源。"① 舒婷的《致大海》"无疑是非常生动地传达了'朦胧诗群'那一代人的人生价值观与世界观，具有典范性的文化价值与精神价值。"② 同样是第三代诗人，尚仲敏的《大海》与韩东的《你见过大海》也有诗思与诗艺的区别。尚仲敏的《大海》充满了现代主义生命体验。而韩东的《你见过大海》通过口语化的语感节奏和平静冷漠的语调，颠覆了舒婷、普希金笔下大海的公共象征，强化了解构主义的文化观点和审美趣味，以后现代主义文化的颠覆特质，代表了第三代诗人的基本文化风貌。由此可见，第三代诗歌的后现代主义并非纯粹，而是夹杂了现代主义的诉求。谭五昌对韩东的《你见过大海》的细读，尤见功力。他一方面看到对于传统文化意象"大海"的解构带来的后现代主义文化态度，另一方面，又独具眼光地发现，韩东在潜意识层面依然将"大海"意象作为历史的诗性隐喻，将"水手"作为历史主体的隐喻，二者之间传递出诗人关于人对历史潮流的抗争意志，凸显了人作为个体生命的自我焦虑，体现出现代主义的文化旨趣，属于典型的后现代主义与现代主义审美文化的融合文本。以这首诗隐喻整个第三代诗人的文化特征，极具典型性。

第二节　对"革命情结"的精微剖析

这部著作有一条贯穿始终的隐秘的线索，那就是对"第三代诗歌"中的革命情结及其反思与调适的彰显。而谭五昌这部著作的研究方法对这个命题的剖析来说，真乃如虎添翼。谭五昌的研究方法是，将"第三

---

① 谭五昌：《诗意的放逐与重建》，昆仑出版社2013年版，第38页。
② 同上书，第39页。

代诗歌"置于大的社会文化语境下，作为文化转型的诗性隐喻来进行深入探讨研究，融汇社会批评、文化批评、艺术批评、精神批评等不同维度，在宏阔的视野中，清晰地呈现出第三代诗歌的内在秩序。因为谭五昌深知："一部艺术品，无论它如何拒绝或忽视其社会，但总是深深地植根于社会之中的。它有其大量的文化意义，因而并不存在'自在的艺术作品'那样的东西。"[1] 关于"第三代诗歌"的革命情结与激进色彩，大部分论者往往做了"扩大化"处理。谭五昌的著作对 20 世纪 80 年代第三代诗歌的革命性颠覆意识，进行了社会学、历史学、文化学的学理呈现，而对于他们在 20 世纪 90 年代的调适，用大量文字做了精微剖析。

20 世纪 80 年代的中国从十年"文革"的废墟上站起来，借着改革开放与西潮东渐之风，狂飙突进般地激起思想解放和艺术解放的大潮，思想、文化、文学在长久压抑之后突然迸发出亢奋的激情，进入一个"青春期"，第三代诗人遽然陷入一场"美丽的混乱"，成了一场"文化 libido"的宣泄。如果说朦胧诗聚焦于诗歌界的思想革命，那么，第三代诗人就是诗歌界的一场"文化大革命"，"打倒"，"pass"，争夺话语权的制高点，攻击对骂，斗争哲学发挥得淋漓尽致。我们发现，第三代诗人大多数出生于 20 世纪 60 年代初，童年和少年时代恰巧处于"文化大革命"最激荡的时代，因而对"文化大革命"有着比较深刻的记忆，"文革"记忆对他们人格的形塑有着至关重要的影响。英雄崇拜和潜在的暴力倾向交织在一起，内化到灵魂深处。丹尼尔·贝尔在《资本主义文化矛盾》一书中指出，全球性的政治和文化的激进主义在 20 世纪60 年代登峰造极。第三代诗人的革命与激进主义与世界思想文化潮流是一致的。20 世纪 80 年代西风东渐，异质文化急遽交汇碰撞，反叛压抑的呼声汇成了时代的大合唱，他们激情难耐地投身时代大潮之中。其诗歌行为具有鲜明的"运动性"、"斗争性"、"群体性"。第三代诗人借助 1986 年 11 月 21 日《诗歌报》和《深圳青年报》联合刊出的《中国诗坛 1986'现代诗群体大展》，迸发出划时代的光芒。"1986'"因其巨

---

① 谭五昌：《诗意的放逐与重建》，昆仑出版社 2013 年版，第 11 页。

大的青春激情被称为"无法拒绝的年代"。亲自主持了大展的徐敬亚对此非常清醒:"我愿我能听到那遥远的回声,逃离当时的兴奋,在一片完美中把缝隙和裂痕指给自娱的人们。感觉真实地告诉我,1986年诗坛上缺少高超的诗人和诗,'86现代诗大展'后一段时间,我看不下去诗……它隐藏于广大兴奋后的忧虑是,这一年时间多半是只能算中国现代诗分组开会大讨论的年头。"① 韩东也对第三代诗群的革命性思维予以概括:"我们处在极端对立的情绪中,试图用非此即彼的方法论解决问题……一方面我们要以革命者的姿态出现,一方面我们又怀着最终不能加入历史的恐惧。……我们的努力成了一种政治行为或个人在一个政治化了的社会里安身立命的手段。"②

尚仲敏("大学生诗派"领袖)叫嚣着"当朦胧诗以咄咄逼人之势覆盖中国诗坛的时候,捣碎这一切!——这便是它动用的全部手段。它的目的也不过是如此:捣碎!打破!炸烂!但绝不负责收拾破裂后的局面。"③ 韩东在《三个世俗角色之后》尖刻地把朦胧诗比喻为"政治动物"。谭五昌清楚地看到:"他们却态度如此决绝地要将'朦胧'诗人放逐到历史的边缘,其意念强烈的'弑兄'行为之偏激决绝难免令人有些困惑不解。"④ "'第三代'诗人整体上平庸、消极乃至颓丧的精神面貌也令人有些诧异,他们敢于公然嘲弄与蔑视一切权威、神圣的事物,沉湎于平淡、琐碎的日常生活感觉中。"⑤ 这种败落颓丧的精神气息"与当时理想主义文化情绪仍然较为浓郁的社会文化语境发生了相当程度的偏离"⑥。谭五昌敏锐地发现,第三代诗人大部分是出生于平民家庭的大学生,迥异于朦胧诗群。朦胧诗群大部分诗人出身于"高知"或"高干"家庭,具有一种贵族心态,乃至于一丝傲慢气质,显

① 徐敬亚:《崛起的诗群》,同济大学出版社1989年版,第176—177页。
② 韩东:《三个世俗角色之后》,吴思敬编选:《磁场与魔方》,北京师范大学出版社1993年版,第202页。
③ 徐敬亚等编:《中国现代主义诗群大观1986—1988》,同济大学出版社1988年版,第185页。
④ 谭五昌:《诗意的放逐与重建》,昆仑出版社2013年版,第15页。
⑤ 同上。
⑥ 同上。

示出历史主体的自信与优越性。第三代诗人与朦胧诗人的身份政治的差异，就决定了他们的心态、价值观念、审美观念等的差异。这些来自底层的新知识阶层，一方面"天然具有一种崇尚亲切、追求平等的内在愿望，反感并蔑视任何的贵族气息与权威面孔"①，另一方面，又具有强烈的文化自卑心理，在潜意识中的"翻身"意识，使他们渴望得到历史实现，成为历史主体，这也构成了第三代诗人鲜明的代际意识和"影响的焦虑"。谭五昌勘探这一深层的历史动因，从历史发生学的角度去考量他们的革命情结，无疑更具学理性。

谭五昌不仅看到了20世纪80年代"第三代诗歌"对诗意的放逐，也看到了20世纪90年代对诗意的重建。当他将视野拉到20世纪八九十年代以后，他对第三代诗人的革命意识和颠覆意识的反思，就更加深切了。他抓住了历史转折关头诞生的两大诗歌群体——"北回归线"和"倾向"——来透视第三代诗人的诗学转型。1988年年底诞生的"北回归线"群体，已经开始反思第三代诗人的无序反叛的"革命"思维，主张重建文化认同与人类精神。梁晓明和余刚发起过"极端主义"诗歌团体，在"86'现代主义诗群大展"中独具一格。梁晓明、刘翔、余刚最初都是"非非"成员，经过反思之后，意识到重新追求诗学深度的重要性。梁晓明在创刊号的刊首词写道："《北回归线》是一本先锋的诗刊。……它是怀着创建一种真正意义上的现代诗而站立起来。……《北回归线》的诗歌重视的是人的根本精神，它的努力的明天是在世界文化的同构中，（我说的是同构一种世界文化，而不是跟从）找到并建立起中国现代诗歌的尊严与位置。……《北回归线》注意的诗歌是人的本质的反映与精神。"② 梁晓明在第二期前言里写道："人类的文化与历史在有着各自内容的关系线上，在这里，《北回归线》的诗人们正本着穷尽与丰富自己生存内容的雄心在向着眼前这个时代的最高峰不断迈进。……这样坚持的努力，《北回归线》也就

---

① 谭五昌：《诗意的放逐与重建》，昆仑出版社2013年版，第17页。
② 梁晓明：《北回归线》，《刊首词》（内刊）1988年创刊号。

能最终完成它的存在意义并能自在地安慰于人了。"① 1989 年春天创刊的《倾向》对第三代诗人的弊端有了清醒认识："写作并不是语言之下的动作、纯感官的行为、宣泄或作为生活方式的无聊之举，从情绪感受直抵语言并且到语言为止的倒退；写作也不是从评议到语言的试验，为填补一个偶然碰到的形式空格的努力，一场游戏或一个无关紧要的小小发明。"②《倾向》同人有针对性地提出了知识分子精神立场。《北回归线》和《倾向》以及"幸存者俱乐部"、《现代汉诗》、《象罔》、《九十年代》等的理性态度，无疑是第三代诗人内部价值的自省与调适，同时，又为20 世纪 90 年代以来知识分子写作开了先声与滥觞。

第三节　转型后第三代诗人的理论话语

之所以将谭五昌的《诗意的放逐与重建》界定为"一部富有诗学反思精神的'行动美学'"，是由于他密切凝视着第三代诗人不断延展的审美触须。谭五昌用情用心最多的大概是关于 20 世纪 90 年代转型之后的第三代诗人论述。这也是全书的最大亮点。

第二章集中论述了"女性写作"、"知识分子写作"、"中年写作"、"个人写作"四种新型理论话语与诗学主张。特别是后三者，构成了有机联系的概念家族。"知识分子写作"强调的是诗人的精神立场、精神向度和话语方式，"个人写作"是知识分子写作的创作主体的基石，它强调的是"个人主体性"的确立，具有自主性、选择性、介入性的独立个体。这是知识分子写作立场的前提。"中年写作"则是创作主体与诗学话语双重觉醒。其实，三者可以统称为"知识分子写作"。谭五昌将知识分子写作置于 20 世纪 90 年代初国家主流意识形态和商业化的市民意识形态双重压迫与攻击的困境下，考量他们的突围意义。尤其是 1993 年开始昙花一现的"人文精神大讨论"，更加显示出知识分子写作的悲壮。在这片精神废墟上重新站起的

---

① 梁晓明：《北回归线》，《前言》（内刊）1991 年第 2 期。
② 谭五昌：《诗意的放逐与重建》，昆仑出版社 2013 年版，第 24 页。

知识分子写作，接续《北回归线》和《倾向》、《幸存者》的理想意绪，尤其艰苦卓绝。他们强调介入和入世，已不再是"激情修辞"（王家新语）。隐逸气息曾经十分浓郁的西川，也告别了《十二只天鹅》那种形而上的天空，深深扎入深厚的大地。他在《札记》一诗中说：

　　　　从前我写作偶然的诗歌

　　　　写雪的气味

　　　　写钉子的反光

　　　　写破门而入的思想之沙

　　　　而生活说：不！

　　　　现在我要写出事物的必然

　　　　写手变黑的原因

　　　　写精神的反面

　　　　写割尾巴的刀子和叫喊

　　　　而诗歌说：不！①

　　"知识分子写作"确立了创作主体和生存现实之间的理性诗学态度，摆脱了第三代诗人中的不及物性和虚无性，他们对于第三代诗人的革命情结的调适已经臻于成熟。"知识分子写作"倡导对于现实语境的介入性，但是又不是简单的批判功能。在王家新看来，知识分子的个人写作，与庞大的主流意识形态和生存语境之间保持的是高度警惕的疏离立场，既要避免被意识形态同化，又要避免在写作中建构一种新的意识形态话语，因为诗人与现实之间不是简单的对抗关系，"知识分子写作"赋予"个人写作"多种文化品格：

---

① 西川：《西川诗选》，人民文学出版社 1997 年版，第 193 页。

它意味着更为自觉地摆脱、消解意识形态对一个作家、诗人的支配和同化。同时又意味着在一种被给定的语境中如何处理与它的多重关系；它意味着一种既不同于"对抗"也有别于逃避的"承担"，同时又意味着给自身留下一个更大的回旋余地……它承担着对一切公共书写的抵制、区别与分离，但同时又避免使自己"角色化"与"姿态化"，它不断从更开阔、独特的视角来透视一切，使显然是政治的东西失去政治的意义，同时又使"没有政治意义的东西带上政治意义"。①

所以知识分子写作的承担，具有两重含义：①反对"非历史化"的"纯诗"倾向，反对抽象的国际化诗歌，而倡导积极地对现实和历史有所担当；②这种担当不是简单的道德意义上的担当，而是诗学意义的担当，是对汉语母语写作的担当。因此说，知识分子写作倡导的"中年写作"体现了创作主体与诗学话语双重觉醒。诗人不再是青春期写作的激情颠覆和激进革命，而是放弃了朦胧诗群和第三代早期的非诗学的公开对抗姿态，在诗歌文本与生存语境的互文关系中，呈现时代的本相。同时，他们都具有诗歌形式本体意识的觉醒，正如王家新所说："诗歌毕竟是一门伟大的技艺，诗歌的写作和阅读在任何时代都应该是一件让人梦绕魂牵的事情。"② 所以，谭五昌说："与'青春型写作'比较起来，'中年写作'意味着一种成熟的艺术态度，一份从容平静的写作心境，一片丰富而广阔的艺术视野。它真正能将诗歌提升到一种自觉的语言艺术的高度，使写作能通过技艺的引导、规范与不断的自我拓展、自我完善而打开一个无垠的诗性智慧空间。"③ 谭五昌对于知识分子写作的论述，显示出一个学者深邃的历史眼光。

第四章是对第三代诗人诗歌写作的群体归类与个体解读。在第一节论述了一般文学史和学者论及的"平民立场与先锋姿态"（"他们"的

---

① 王家新：《当代诗学的一个回顾》，《诗神》1996 年第 9 期。
② 谭五昌：《诗意的放逐与重建》，昆仑出版社 2013 年版，第 106 页。
③ 同上。

韩东、于坚;"非非主义"的周伦佑、蓝马、杨黎、何小竹;"莽汉主义"的李亚伟、胡冬、万夏;另类摇滚诗人,伊沙)之后,在第二节论述郑单衣、柏桦、黑大春为代表的"古代精神与浪漫诗意的歌吟",第三节论述王家新、西川、陈东东、欧阳江河为代表是"面向人生的艺术'朝圣'",第四节论述海子、骆一禾、戈麦为代表的"心仪神性的'先知'歌者"。在内容的选择上可以看出,后三节的内容对第一节的颠覆性的激进革命风格进行了强烈的制衡,使观点更加稳妥。这种布局,是谭五昌对于"第三代诗歌"中的革命情结进行诗学淘洗之后的澄净心态的外化,也是过滤掉激进的革命色彩之后诗歌内在本相的客观呈现。这,大概也是学理思辨尘埃落定的境界吧?

附:谭五昌文学年表

1994 年秋天,从江西老家考入北京大学中文系研究生,师从曹文轩教授。开始将当代诗歌评论与研究确立为自己的主要研究方向。

1995 年,写出第一篇诗歌评论文章《文化形式的双语与个体生命的独白——李金发诗歌新论》,后发表于《诗探索》(1997 年第 1 辑)。10 月,在北京大学参加台湾著名诗人伉俪罗门、蓉子创作四十周年研讨会。年底,写出论文《论蓉子诗歌中的生命哲思》。

1996 年 11 月 22 日,在北京第三福利院与诗人食指初次会面,成为忘年交。同年,写出关于诗人黑大春、郑单衣、王家新的诗歌创作的论文,随后在《北京文学》、《山花》、《广州文艺》等刊物刊出。

1997 年 4 月,完成硕士学位论文《海子论》,全文近四万字,这是国内第一篇较为系统而深入的研究海子诗歌创作特色与海子精神与心理结构的诗学论文。上半年,诗学论文《文化转型年代的诗与思——论知识分子写作》(与陈旭光合作)在《大家》杂志刊出。

1998 年 6 月,创办同人诗刊《诗中国》。9 月 27 日,在北京皇冠假日饭店主持"北京之秋诗歌朗诵会",《光明日报》、中央人民广播电台等国内重要媒体做了报道并予以积极评价。

1999 年 3 月,《海子论》中的主要章节计二万余字的篇幅被收入纪念海子去世 10 周年文集《不死的海子》一书(崔卫平主编)。8 月,独立主编《中国新诗 300 首》由北京出版社出版,9 月 19 日,在北京西单图书大厦举行了首发式,在诗界产生了颇大的反响。11 月至 12 月，应邀在大连铁道学院、大连外国语大学、辽宁师范大学、东北财经大学、对外经贸大学、中央民族大学、北京广播学院（中国传媒大学）、中央财经大学、北京外国语大学等高校做诗歌专题演讲。

2000 年 9 月，组诗《一年四季》在《诗潮》杂志头条刊登。

2001 年 1 月，组诗《世纪大师或天才的印象素描》刊登于《星星》诗刊。8 月，主编的《词语的盛宴——20 世纪六七十年代出生诗人作品选》，由经济日报出版社出版。9 月，入北京大学中文系攻读当代文学博士学位，师从曹文轩教授。同月，诗作《京郊疗养院拜访诗人郭路生》入选《中国九十年代诗歌精选》一书（新疆人民出版社 2001 年版）。10 月份，应邀在山东师范大学、山东大学做诗歌专题演讲。

2002 年 3 月，在北京大学西门蓝色酒吧成功主持纪念海子去世 13 周年诗歌朗诵会。6 月，在北京成功主持大型诗学刊物《新诗界》创刊号首发式。

2003 年年初，应长沙市市长、诗人谭仲池邀请前往长沙，与之进行诗歌方面的交流。同时，应邀在湖南大学、湖南师范大学进行诗歌专题演讲。年初，主编的《2002 年大学生最佳诗歌》由春风文艺出版社出版。

2004 年 1 月，主编的《中国新诗白皮书（1999—2002）》由昆仑出版社出版，并在北京大学进行了隆重的首发式及诗歌专场朗诵会。从 2 月到 4 月，完成博士学位论文《20 世纪中国新诗中的死亡想象》。8 月，进入北京师范大学文学院任教，受邀担任北京师范大学五四文学社指导老师，热心推动学生的诗歌创作与相关活动。

2005 年 1 月，《情感的创世纪》（长诗节选）入选张清华主编的《21 世纪中国文学大系·2004 年诗歌》（春风文艺出版社 2005 年版）。5 月，应邀前往云南参加第五届国际诗人笔会。7 月，在北京创办国际汉语诗歌协会，任国际汉语诗歌协会秘书长。9 月，以评委身份应邀出席海宁首届徐志摩诗歌节。10 月 22 日，在北京中国现代文学馆主持国际汉语诗歌协会成立仪式。11 月，应诗人田禾邀请赴湖北参加诗人饶庆年作品暨现代乡土诗研讨会。年底，受聘为甘肃省文学院特约评论家。

2006 年 6 月 18 日，应邀在中国现代文学馆为听众做专题诗歌讲座。10 月，在北京师范大学主持"中国诗歌高端论坛"，并邀请台湾著名诗人罗门进行诗歌专题演讲。12 月，应邀在山东菏泽学院做总题为"新诗九十年"的学术演讲。

2007 年 4 月，被《诗歌月刊》（下半月）评为"中国十大新锐诗评家"。8 月 8 日，应邀参加首届青海湖国际诗歌节。8 月底 9 月初，应邀赴印度参加第二十七届世界诗人大会。

2008 年 1 月，所编著的《面朝大海　春暖花开——海子诗歌精品》由江苏文艺出版社出版。3 月，诗学专著《20 世纪中国新诗中的死亡想象》由安徽教育出版社出版。11

月 19 日，在北京老故事餐吧中国诗人俱乐部成功主持著名诗人食指六十寿辰诗歌酒会。

2009 年 3 月下旬，应邀赴秦皇岛出席秦皇岛文联、秦皇岛诗歌协会等单位举办的"面朝大海 春暖花开——纪念海子去世 20 周年诗会"。8 月 8 日，应邀参加第二届青海湖国际诗歌节。9 月，应邀赴湖南衡阳参加洛夫国际诗歌节。12 月 20 日，在北京老故事餐吧中国诗人俱乐部成功主持"纪念诗人骆一禾去世 20 周年诗歌研讨会"。

2010 年 6 月，应邀赴海南出席海南师范大学举办的台湾著名诗人伉俪罗门、蓉子创作六十周年学术研讨会。7 月 10 日上午，与著名批评家张柠一起，在北京师范大学文学院励耘学术报告厅联合主持北京师范大学中国当代新诗研究中心成立仪式；下午，在北京师范大学文学院励耘学术报告厅联合主持"中国当代女性诗歌"研讨会。10 月 15 日，应邀赴山西长治出席"首届十月诗会"。10 月至 12 月，先后应邀在广西师范大学、山西长治学院、海南大学、湖南吉首大学、湖南科技大学等高校做诗歌专题演讲。12 月 20 日，在北京师范大学主持台湾著名诗人罗门《我的诗国》新书发布会。

2011 年 1 月 8 日，在北京老故事餐吧中国诗人俱乐部主持自己主编的《21 世纪诗歌排行榜》首发式暨诗歌朗诵会。6 月 1 日至 3 日，在海南海口市联合主持"两岸诗歌高端论坛"。11 月份，应邀在暨南大学、广东东莞职业学院进行诗歌专题演讲。12 月 24 日，在广州联合陈旭光、柳忠秧、李遇春等学者与批评家，主持"中国新锐批评家高端论坛"。

2012 年 3 月 24 日至 25 日，在秦皇岛主持"新世纪两岸诗歌高端论坛暨海子诗歌艺术节"，来自大陆及台湾地区数十名诗人和诗歌批评家出席论坛活动，海子的母亲操采菊、海子的弟弟查曙明也应邀到会。5 月 6 日，在北京老故事餐吧中国诗人俱乐部主持自己主编的《2011 年中国诗歌排行榜》首发式暨诗歌朗诵会。6 月 1 日，应百花洲文艺出版社之邀，赴宁夏银川参加第 22 界中国图书博览交易会，为自己新出版的诗学专著《在北师大课堂讲诗》做签售宣传活动。6 月 18 日，在北京大学百年纪念堂参加青海德令哈首届海子青年诗歌节新闻发布会。7 月 29 日至 7 月 31 日，应邀赴青海德令哈参加首届海子青年诗歌节。9 月，主编的《我们散文诗群研究》由线装书局出版。12 月，主编的《见证莫言》一书由漓江出版社出版。

2013 年 1 月，主编的"中国新锐批评家文丛"（10 卷本）由昆仑出版社隆重推出。6 月，在北京发起成立海子诗歌奖。9 月，在北京老故事餐吧中国诗人俱乐部主持自己主编的《2012 年中国诗歌排行榜》首发式暨诗歌朗诵会。11 月，主编的《国际汉语诗歌》（创刊号）由线装书局出版。12 月底，应邀赴海南参加两岸诗会。

2014 年 3 月 26 日，赴南京参加自己主编的《活在珍贵的人间——海子纪念集》一书的首发式。6 月 2 日，由本人主持的首届海子诗歌奖颁奖典礼在北京师范大学京师大厦隆重举行。海子母亲操采菊、海子弟弟查曙明、海子堂妹查平生也应邀到会，盛况空前。7月6日，主编的《国际汉语诗歌》（创刊号）首发式在北京大学燕南园51号隆重举行。9月13日，在北京老故事餐吧中国诗人俱乐部主持自己主编的《2013年中国新诗排行榜》首发式暨诗歌朗诵会。12月下旬，应邀赴海南参加两岸诗会。

2015年1月，评论《陈超：死亡幻象的审美书写与精神超越——对陈超诗作〈我看见转世的桃花五种〉的解读与阐释》发表于《文艺争鸣》第1期。3月，评论《民族诗人身份的固守与超逸——简论大陆诗人吉狄马加与台湾诗人瓦利斯·诺干创作异同》发表于《当代作家评论》第2期。4月24日至26日，在四川遂宁主持国内外数十位著名诗人、评论家参加的陈子昂国际诗歌论坛，获得圆满成功。6月20日，端午节，赴福建福清参加第二届海子诗歌奖颁奖典礼并作重点发言。同时主持议题为地方主义的诗歌研讨会。9月18日，在北京师范大学京师大厦主持自己主编的《2014年中国新诗排行榜》首发式暨诗歌朗诵会。10月9日至14日，应邀在湘西几所大学进行诗歌演讲。10月18日，在安徽桃花潭主持国内外数十位著名诗人、评论家参加的新启蒙精神诗歌论坛。10月25日，由本人策划的国际汉语诗歌协会成立十周年庆典在北京大学燕南园51号隆重举行。11月14日，在成都主持成都之夜国际诗歌朗诵会。11月15日，在成都西南民族大学主持第五届新锐批评家高端论坛。

第十八章 安琪(1969—   )
史诗的崩溃与日常生活的深入

中国大陆 20 世纪 80 年代的精英文化，随着 90 年代的经济转型，也发生了根本性质变。20 世纪 90 年代市场经济时代的到来似乎把中国推进了现代社会，而事实上，我们至今仍然处于社会转轨过程之中。伪现代社会兼有封建性的交杂的社会形态，与移植过来的后现代文化，使得中国的价值尺度从来没有如此的混乱。社会主义官方话语的主流、封建话语的余毒、现代主义话语的梦幻、后现代话语的迎合，一片喧哗与骚动。20 世纪 90 年代以后和 21 世纪初的社会状貌，使我们深深地感受到了英雄史诗时代的终结。李泽厚说：

> 现代社会的特点恰恰是没有也不需要主角或英雄，这个时代正是黑格尔所说的散文时代。所谓散文时代，就是平平淡淡过日子，平凡而琐碎地解决日常生活中的现实问题。没有英雄的壮举，没有浪漫的豪情，这是深刻的历史观。[1]

> 当代知识分子也许不承认自己的士大夫心态，但恐怕还是自以为社会"精英"，老实说，以为可以依靠"精英分子"来改变中国社会的现状，以为充当王者师或社会精英，可以设计一套治国方案、社会蓝图，然后按照这套方案和蓝图去改变中国，完全是一种幼稚病。[2]

---

[1]　李泽厚：《世纪新语》，安徽文艺出版社 1998 年版，第 506 页。
[2]　同上书，第 509 页。

在这么一个语境的变迁中，诗坛一个巨大的变化是，20 世纪 80 年代的朦胧诗人、第三代诗人和此后的大陆"中间代"诗人（"中间代"这一概念应该包含在"中生代"概念之内）的史诗意识开始崩溃。海子和安琪分别是两个时代具有代表性的诗人。

20 世纪 80 年代的史诗形态多种多样。朦胧诗人北岛的《回答》、《宣告》、《结局或开始》，江河《纪念碑》、《祖国啊，祖国》，在政治意识形态的激烈对垒中书写着英雄史诗。而朦胧诗人另一代表杨炼的《半坡》、《敦煌》、《诺日朗》、《自在者说》系列以及第三代诗人宋渠、宋炜的《大佛》、《静和》、《大曰是》等诗作书写的文化史诗，则是将中国文化的整体性、相对思维、儒道互补还原成为富有宇宙感的文化意象，传统文化成为生命体验的载体。第三代诗群中的整体主义、新传统主义所表征的价值观念在于，探寻历史文化渊源，致力于中国传统文化的现代重构。如果说从杨炼到石光华意在文化寻根，那么，第三代诗人中的廖亦武的"城"系列，则又是以激进的生命激情和生命原欲对中国传统文化进行了无情的审判。还有翟永明的《静安庄》，在私人化的精神空间容纳了很强的史诗意识。被命名为"知识分子写作"的欧阳江河和王家新，诗歌作品中也充满着流浪与迷茫中所蕴藉的坚韧的英雄品格。海子则是 20 世纪 80 年代史诗情结的集大成者。他的理想是成为"诗歌王子"、"太阳王子"。他说：

> 我的诗歌理想是在中国成就一种伟大的集体的诗。我不想成为一个抒情的诗人，或一位戏剧诗人，甚至不想成为一名史诗诗人，我只想融合中国的行动成就一种民族和人类的结合，诗和真理合一的大诗。①

在《诗学：一份提纲》里他呼唤："人类经历了个人巨匠的创造之手以后，是否又会在二十世纪以后重回集体创造?!"②

---

① 西川编：《海子诗全编》，上海三联书店 1997 年版，扉页。
② 同上书，第 901 页。

1989 年以后的光阴碾碎了多少国民的心灵！有多少意识形态的东西打着历史的旗号篡改了历史事实！残酷的历史事实打破了人们对于历史理性主义的幻梦……历史理性曾经甚至现在仍然像一个绝对意义的幽灵主宰着国民的价值根基。历史理性主义是一种价值的设定，在黑格尔那儿，历史有其内在的规律，也就是说，历史是一条必然之路，当历史沿着自己的必由之路往前走的时候，它似乎是一种雄踞于人的生命之上的绝对力量，个体生命乃至意义在无情的历史必然的面前是无意义、无价值的。换句话说，当某些人物被命名为、被指认为历史的代言、历史规律的象征或者历史精神来实现的人格载体时，他似乎就获得了一种至高无上的权力。"历史"不是人的创造物，反而成了人的异化物，历史的主体"人"让位于虚构出来的"规律"和"历史理性"，规律超过和压倒了任何主体，人便成了历史的道具。

现在，历史理性主义的幽灵已经或正被人们的理智所洞穿，历史理性主义的大厦即将倾颓！在历史理性主义即将解体的背景下，一些诗人虽然写出了不少优秀的长诗，但是，宏大的历史抒情少了，他们大多不再拥有书写史诗的野心，而更多地把历史置换为经验的素材。

安琪倒是中国当下诗坛具有明确的史诗写作意识的一个个案。安琪说："我的愿望是被诗神命中，成为一首融中西方神话、个人与他人现实经验、日常阅读体认、超现实想象为一体的大诗的作者。"① 其诗学理想与海子的自我企望是多么相似！安琪的《五月五：灵魂烹煮者的实验仪式》副标题则是"屈原作为我自己"，由此可见，安琪的诗学野心——成为一种史诗性诗人！她的《轮回碑》、《九寨沟》、《九龙江》、《西藏》、《张家界》等结集于诗集《任性》中的长诗，追求天、地、神、人的合一大境。然而，我们看到的是她的"对于史诗的一往情深和建构自我史诗体系的野心"（马步升语）与"历史断裂、破碎状况所决定的这种野心不可能实现"之间的矛盾。我们从她身上，看到了史诗崩溃的见证。

---

① 黄礼孩、安琪主编：《诗歌与人·中国大陆中间代诗人诗选》，内部出刊 2001 年版，第 23 页。

我们可以简单比较一下安琪与海子的史诗文本的差异。

诗人海子成为一个巨大的"精神神话"已是公认事实。其实，一种东西被称为"神话"主要是由于它为人类提供了一些原型，这些原型成为不同地点、不同文化层次的读者所认同的共同话语，他的个人话语与人类共同话语有一种同构性。海子在他的诗篇中揭示了天空与大地、天堂与地狱、黑暗与光明等人类生存的基本母题，使同时存在着的彼此对立的两极各自沿自己的方向无限延展，将人类生命的矛盾加以强化。由于20世纪80年代精英文化理念的凝聚力的强大作用，海子内心有一种巨大的核心定力和充分的自信。他这种自信是那个朝气蓬勃的时代氛围酿就并促成的。同时，这种自信也影响到他的诗歌文本形态：海子的诗作都用鲜明的意象处理他的史诗题材，思维路向是线性的、执拗的、形而上的。海子在《太阳·七部书》以及长诗《河流》、《传说》、《但是水、水》等诗作中，在线性的思维路径上，在"天"、"地"、"神"、"人"等母题构建的意象群落里，充分展开了"生"与"死"的冲突。可以明显看出，他的意象空间往往是"真空"的，是在一个纯粹的时空里展开的。其结构的整一与其宏大抒情构成了完整的统一。海子的史诗写作的模式是：习惯从远方寻找诗意。诗意的奥秘存在于远方，这是一种逃避现实存在的倾向，往往被称为获得诗意的传统的经典方式。西渡称这种倾向为"童话写作倾向"。而时代末日般的黑暗与海子内心的执拗找寻与形成了巨大的落差，以致他有一种"走到人类尽头"的悲剧感：

> 我走到了人类的尽头
>
> 也有人类的气味——
>
> 我还爱着。在人类尽头的悬崖上那第一句话是：
>
> 一切都源于爱情。
>
> 一见这美好的诗句
>
> 我的潮湿的火焰涌出了我的眼眶
>
> 诗歌的金弦踩瞎了我的双眼

我走进比爱情更黑的地方

我必须向你们讲述

在那最黑的地方

我所经历和我所看到的

我必须向你们讲述

在空无一人的太阳上

我怎样忍受着烈火

也忍受着人类灰烬

——海子《太阳：司仪》

这是海子站在人类尽头凄厉的叫喊，他透彻的喊声像一束圣火洞穿了黑夜，将众多长眠的死者和睡去的活者一齐唤醒，这是"路漫漫其修远兮，吾将上下而求索"之后对于生存的绝对本质即形而上永恒追求的绝望与痛苦的质问。人类的生存是一种相对时空中动态的历史存在方式，在动态而相对的生存状态中寻找人类终极的绝对的形而上本质，无疑是虚幻的乌托邦的追寻，他那绝对的"爱"和绝对的"尽头"使人的生存趋向犹如西西弗斯神话是一种悲壮的结局，因此海子不禁对自己和人类身后漫长的羁旅发出痛苦的质问："我们生存的理由是什么？"

如果说海子是在"人类尽头"和"世纪末日"的西西弗斯，他一次又一次地、绝望地把时代的巨石推向山顶，终于在最后的一瞬间，他的战胜历史的历史理性主义对峙轰然倒塌，被巨石碾过了身躯，殉身于历史理性主义，那么，安琪则是见证了西西弗斯神话解体之后历史理性主义的破灭。她是以史诗性写作的自我解构的方式见证了历史理性主义解体后的废墟！

安琪本来是以其尖厉的短诗锐出诗坛的。她的诗集《奔跑的栅栏》中绝大多数诗歌是短制，以极富爆发力和冲击力的情绪意象，冲破了语言的栅栏，集中将其内力喷射出来。这些短诗的内涵还是非常私人化的。经由《干蚂蚁》、《未完成》、《节律》、《风景》、《曦光》等长诗的过渡，到长诗结集《任性》，诗歌内涵逐渐阔大开来，向史诗境界突进。这中间的长诗《干蚂蚁》是非常重要的承上启下之作。全诗紧紧围绕核心意象"干蚂蚁",刻露出个人惊心动魄的锥心之痛,"谁是这一只春天枝头的干蚂蚁"的反复追问,一次又一次地灼疼了我们的灵魂:

> 啊!这是春天枝头的干蚂蚁
> 它离我很近
> 像忽然塌下的幸福
> 我无法承受巨大风中的元素
> 倾诉并且削薄
> 开始我漫长一生的微弱部分
> ……
> 谁见过我的葬礼被我预先设计
> 摘下火红的桂冠
> 春天枝头的干蚂蚁
> 热烈狂疯的干蚂蚁
> 一点一点的,移到我的墓中
> ……

这只干蚂蚁最终成为诗人精神人格的对应物:"我曾经用一万个词写出幸福/直到我变成一只干蚂蚁"。说它是过渡作品,是由于一方面它承继了早期诗作尖锐的个性写作和意象写作;另一方面,又充满了对于人生命运的形而上玄思,为以后的史诗写作做好了诗境拓展的准备。诗集《任性》中的《西藏》、《张家界》、《轮回碑》、《灵魂碑》等长诗,充分显示了安琪建构史诗的野心。由于诗境的尽情拓展,九寨沟、西藏、九龙江、张家界乃至整个世界的物质空间和文化空间,全部纳入她的精神视界。她抛弃了早期诗歌中鲜明的意象诗写路径,将写实、夸张、灵气、原始、天文、历史、地理,"知识分子"与"民间立场"变构为集大成的合题,诗人分裂为多个自我:"安"、"黄"、"安琪",既审视世界，与外物对话，同时又与多层自我进行对话、独白、驳斥、辩解。形式上，她的语言颠覆性非常鲜明，冲破了语言的"奔跑的栅栏"之后，开始了新的"语词的私奔"（格式语），她的"私奔"历程不是一般意义上的"革命"与"反动"，而是语境的拓展过程，在"一路私奔"中历史语境、现实语境和她的灵魂世界得到最大限度的拓展。诗歌建行出现反美学的极端不规则，这在巨诗《轮回碑》中达到了汪洋恣肆的极致。

如果说，海子的史诗里"自我主体"虽然集中了他"全部的死亡与疼痛，全部的呜咽和悲伤，全部的混乱、内焚与危机"（崔卫平语），但是他的自我主体是完整的，内敛的，凝聚的；那么安琪的史诗里"自我"则是分裂的、难以整合的，是发散的，碎片化的。

虽然安琪也从"天"、"地"、"神"、"人"等母题构建其史诗体系，但是，她诗作中的这些基本母题不是"真空"的。海子是内敛的、无指向的痛苦，安琪则是发散的、及物的痛苦。其痛苦的精神指证了其所处的生存语境的罪恶，她的诗作是对大自然、历史、现实、文本进行了最大限度的整合，所以，她的诗作常常被称作"大拼盘"、"大杂烩"，过去、现在、未来一维的时间成了立体的往返空间，古今中外，现象界与精神界互融，现实与冥界沟通。她不是海子式的——精神痛苦指向一个焦点，而是将精神碎片辐射到构成并且遮蔽了精神之痛的一切。这个"一切"不是焦点透视，而是散点透视；它是无中心的，有指向而无中心之痛，是弥漫开来的"场"。她的痛苦的灵魂就像一朵花，只闻其香味，而无法触摸香味之所由。这正是安琪之痛的独异之处。无中心之痛，使得她的文本成为"形散神也散"的巨大的耗散结构。为了更充分地展示精神破碎的"场"，她将任命书、邀请函、访谈、戏剧、儿歌等各种文体融入了她的长诗之中，开放性的文本"恰如时代的拼盘：股票、军火、土地、民族……/什么都往里装"。安琪在建构史诗体系的同时，恰恰是在深层解构了史诗。"德里达的对立学说认为，任何由语言符号构成的文本都是无中心的系统，它本身就不是一个规定明确、界限清楚的稳定结构，而更像是一个无限展开的

'蛛网'，这张'蛛网'上的各个网结都相互联结，相互牵制，相互影响且不断变动游移，做着不断的循环和交换，因此，一个符号需要保持自身的某种连续性，以使自己能够被理解。但在实际运用中它又事实上被分裂着，它无法永远同自身保持一致，它在有限的构成中不断的解构自己。它因此具有了提供多重涵义的可能性，阅读的过程，或者说，对某种意义的把握过程，但究其本身，还是对原有文本的破坏过程和解构过程。"① 不过，其支离破碎的精神之痛与支离破碎的结构的统一，不是证明安琪的"无能"，而是恰恰证明了我们所处的时代的状况——破碎感。

海子内心深处潜藏的历史理性主义价值幽灵在20世纪90年代已经被驱逐，历史理性主义的空洞在1989年的那一瞬让大家跌入虚空。20世纪80年代的"上半身"生存（写作）所坚执的凌空蹈虚的价值一下子被抛向了90年代破碎的"在场"中，每个人都感受到了"无能"与"无力"。安琪的史诗建构野心的破灭，与其说是她自我的内部瓦解，毋宁说是历史理性主义破裂带来的自我碎片化生存状况的觉醒，更是对我们这个时代的一种指证！

安琪以史诗性写作的自我解构的方式见证了历史理性主义解体后的废墟！她在非史诗时代所做的史诗写作，这种行为本身即是一个巨大悖论。其背后蕴含的是安琪个人的理想主义和诗歌英雄情结。

这个悖论在诗学意义上促使安琪2004年前后发生了剧烈的诗写转型——由史诗写作转向生活写作。由此，我们把她的写作分为福建时期和北京时期两个阶段。如果说，安琪福建时期的史诗写作靠的是激情与想象，是反生活写作，那么，北京时期的安琪则是生活化的写作。用她自己的话说：生活更像小说，而不像诗。比较关于对她的几次访谈就可看得出这种变化。2000年安琪在《回答陈蔚的35个问题》中回答"你认为比写诗更重要的是什么"时，答案非常决绝："诗。"而在2006年3月5日回答漳州师院苔花诗社郑婷婷的提问时，安琪却说："当我

---

① 华也：《倾向：后现代诗歌语词的反身性》，乐趣园《极光诗歌论坛》2003年7月9日。

获得了下半生的北京时，诗歌已经自然而然地排除在外，我喜欢这样的排除。如同上半生诗歌对生活的剥夺一样，我乐意接受下半生生活对诗歌的剥夺。"① 2006 年年底的中国诗歌调查问卷里，面对"你是否能够接受自己从此再不写作诗歌？"她再次申明："接受。"这意味着安琪试图在学会生活。

在这个阶段，她不再写作史诗，基本放弃了长诗写作，内容上也放弃了倚赖激情、才气和想象力的自动写作，而多以生活体验为主。她的史诗写作是发散的、实验性的，而北京时期的写作则是内敛的、生活化的，相当一部分诗歌即是充分生活化的日记体。她于 2007 年年初创作的《你我有幸相逢，同一时代——致过年回家的你和贺知章》、《北京往南》、《父母国》、《幸福时代》、《天真的鞭炮响了又响》、《归乡路》等，明显加大了生活品质，故国、亲情等传统母题，成为她诗歌动力的重要元素，甚至带有某种温情主义的味道。这时候安琪的诗歌，强化了感情色彩，而减弱了实验色彩，重新恢复了诗歌的抒情特质。如《七月开始》：

> 七月了，你在灯下发短信，你在想我
> 在重新开始的七月你在很近的村庄发短信
> 想我，身旁的竹凉席印着你和你的影子
> 很近的桌上日光灯就要炸裂
> 你在发短信，想我，像房东在想她的房租

尤其是诗的结尾"你在发短信，想我，像房东在想她的房租"，堪称经典，把一对情人之间的相依为命的感觉写得淋漓尽致。此时的安琪，一方面承续了福建时期的语词上的非常规组合的奇异效果，另一方面又不同于福建时期的超现实语境，而是具有了非常丰富的人间气息和生活三昧。

---

① 安琪：《诗歌改变了我的命运，使我对它爱恨交加——回答漳州师院苔花诗社郑婷婷的提问》（2006 年 3 月 5 日），安琪新浪博客，http://blog.sina.com.cn/s/blog_48c557e2010004au.html.

霍俊明曾经把安琪福建时期的写作称为"任性的奔跑"，把北京时期的写作称为"沉潜的静思"。我认为前者的概括非常到位，而对于后者，我则提出异议。北京时期的安琪其实是双声部的，既有"沉潜的静思"，又有"逼利的沉痛"，既有试图超脱的"安"的追索，又有尖锐的"不安"的生活体验，大安的超远与不安的沉痛，难解难分地交织在一起。

当然，在她的作品里，经常出现沉静的情境，乃至于对生命的参悟，如《活在一条河的边上》、《要去的地方》等。这大概与安琪信仰佛教有关。她对佛有一种本能的亲近。2005 年她有不少诗歌是以宫、寺、殿、坛等为题，如《大觉寺》、《地坛》、《雍和宫》、《潭柘寺》、《白塔寺》、《法源寺》、《欢喜佛》。也许只有经历了太多磨难的人，才会相信佛教。安琪信佛教，试图找寻出对人生意义的超越。爱、死，是她的创作母题。如《活在一条河的边上》：

> 活在一条河的边上，很干净，很危险
> 活在一条河的边上，河水清澈，欢快流走
> 河水河水，一个人活在你的边上
> 两个人陪她走，三个人如此相爱，相爱如此宽厚
> 如此寂寞，如同一条河慢慢走

人生那么静默，但是又那么温暖，宽厚。生命之河何其澄澈！虽然"你花天酒地过，饥渴难耐过，你辗转反侧过/酣睡过，卑鄙无耻过，挥斥方遒过"，但"要和去的地方，是同一个地方，神态自若的地方/我们都要去的地方是神的地方"，"你要去的地方我也要去那是神的地方/爱和死的地方"，仿佛《圣经》的咏唱一样，达观而动人。《雍和宫》、《地坛》、《大觉寺》等都渗透了安琪对于灵魂隐痛的超越意图。但是这种超越是非常艰难的，在她试图超越的时候，我们总是能够感受到她浓得化不开的苦痛与苦衷，乃至于对于彻悟的反动：

这是一个橙色笼罩的午后我来到

雍和宫，我看见

我被看见

看见和被看见都不会静止不动

看见不会使灵魂安宁

被看见不会使生命真实

——《雍和宫》

在大觉寺，她并没有"大彻大悟"，"找你找得那么苦/阳光在手臂上，痛，热，辣。/路在脚上，远，辗转，到达"。所以她说："大觉寺，要多少个漫无边际的恍惚才能顿悟/我起身，步态迷离/我离开，心怀期待。"虽然她执着地说："你们在那里，等我走近，等我坐在长长的，有背景的/银杏树下，阴凉的石凳，我重新出生"，但是，实际上，这种执着的背后是难以言传的悲恸。《地坛》的结尾"地坛地坛/旧友欢喜我孤独"也泄露了她的内心状态。

她越是想超脱，越是敏感到痛苦。尤其是 2006 年的新作，痛苦的焦灼越来越显豁开来。用安琪的诗句说就是："往极限处再任性一点/点，就一点，就能达到碎裂部位，就会看见/脑浆汹涌"（《再任性下去》）。她在 2006 的诗作接续了她早期代表作《干蚂蚁》的大痛风格。如果说早期的痛苦，更多的是对人生的直觉性感受，那么，现在的安琪的痛苦，则是生活深处的那种锥心之痛，是人生变故带来的沧桑之苦。原来的痛苦是弥漫的无根基之痛，犹如被蚊子叮咬后到处是痒，但是无处可抓，而现在则是具体伤疤下无法抑止的鲜活血液。她的诗"用一连串的阴暗引爆一连串/又一连串/的阴暗"（《循着阴暗跟我走》），充满了大量的"恐惧"、"悲哀"等语词。她的诗境有时非常阔大："那宴席浩大，一字排开，那宴席装下了你、我/日月山川"，但是，如此阔大的诗境并不是为了实现自己的确证，而是证明自我的破碎与分裂："星光灿烂在梦里/宴席浩大在梦里/如此灿烂的星光方能照到我满腹的苍凉/如此浩大的宴席方能装得下我无边的惶恐"（《宴席浩大》），真有

"问君能有几多愁，恰似一江春水向东流"的沉痛！她不再是冲破语言的栅栏从自我向阔大的外在世界一路狂奔，而是走进灵魂的逼仄的内在通道。她开始从无限的宇宙向内在宇宙开掘，诗境趋向内敛。她的《悼词》同样是沉痛之作：

> 为什么你要到我的梦里去死，世界那么大
> 人那么多为什么偏偏是你
> 跑到我梦里去死
>
> 难道我的梦比世界更大
> 难道你比所有人更多
> 你到我梦里去死
> 使我余生的梦
> 充满悲哀
> ……
> 当我醒来，梦里的悼词像余生的诗篇
> 使我心怀恐惧
> 充满悲哀

　　她展示给我们的总是现世生活的负面部分，生活中的她俨然"一个丧失爱的能力的人"，努力地"在一个所处非人的时代，活得，像一个人"（《为己消防》）。归乡路一向被认为是幸福之路，但是安琪给我们的感受是"路长得让人失去耐心，幸福像一所空房子/空而动荡，空而不安"（《归乡路》）。近作《浮生歌》、《恐惧深如坟墓》则几乎可以看作安琪个人的灵魂痛史：

> 不断地呆坐，漫无目的地搜寻，看到越来越多的知识
> 铺张过来，压疼了你的眼，和心

恐惧深如坟墓，你这一生，做错的事不少，但都有故园
亲人对你担待，你这一生，原本不打算安然走过所以你

遇到的困难就接踵而至，它们有的埋在路口，有的
不请而来，有的，来的时候笑着，走的时候

却哭了起来。你这一生，总是被悔恨压着，恐惧深如
坟墓，难得有破土，重见天日的一瞬，你不是

帝王，因此你的恐惧也不是亡国的恐惧，你也不是一只
鹰因此你的恐惧也不是失去天空的恐惧

你是什么？你问我，我摇了摇头，看见大地摇晃
我的恐惧深如坟墓，深如，坟墓中新爱的你。

　　正是这种深深的恐惧式体验与超脱现实生存的追求，紧紧纠结在一起，构成了安琪近期写作的多元色。在对"大安"的渴慕中，无法遮蔽的是剧烈的"不安"。

　　富有意味的是，她的史诗写作表面上看，显得汪洋恣肆，喧嚣浮躁，而内在的灵魂力量却显得充分自信；现在的生活写作，表面上在追寻"大安"境界，而深层显示出的却恰是充分的不自信与"大不安"。对从以生命为根基的生存到以生活为根基的生存之转型，虽然她一再表示认同，但是，她也留下了大量的精神空隙供我们遐思。有必要再次提到安琪的诗歌《大觉寺》和散文《二进大觉寺》。她说："我的上半生以诗歌的名义犯下的生活之错之最，在下半生的开始即得到迅速的还报，这个果我认。这也是我此番到大觉寺的内在原因，我的下半生在大觉寺确定之后所应承当的欢喜忧愁，都是我理应面对的。""我的未来始于此，大觉寺。"① 难道诗歌之生

———————
① 安琪：《二进大觉寺》，《高原》2008 年第 1 期。

存真的像安琪所体悟的是一种"以诗歌的名义犯下的生活之错"？她的达观和认同，真的这么义无反顾？她会这么决绝地放弃诗歌？我的臆测是否定的，直到最近她仍然情有独钟于她的随笔《诗歌距离理想主义还有多远》便是明证。她慨叹："诗歌的力量已经远远大于父母和全部现实生活了，已经说不准在哪年哪月，这个女儿在不知不觉中掉进了诗歌的陷阱，并且一发不可收拾起来。"① 事实上，安琪已经陷进了诗歌的陷阱，并且一发不可收拾起来。诗歌以及诗歌所蕴含的理想主义已经成为安琪的"肋骨"，或者说，安琪已经成为诗歌的"肋骨"。诗歌和理想主义已经成长为安琪的精神基因，无法祛除，也正如安琪所说："正是这根骨头使全世界的诗人们彼此相通在某时某刻，使我在不断的失败中不断遇到好朋友支撑着我，一直到今天。"②

尽管安琪在一些访谈和文章里，表达了远离诗歌而走进生活的决然态度，而事实上，"诗歌"这根肋骨一直藏在她的身体里、灵魂里，"诗歌英雄"的情结像人性基因一样，在其血液里流淌，她的言语表达与内在的价值定位是分裂的。在她的诗歌中多次出现著名的诗人或具有诗性的文人，如庞德、杜拉斯、曹雪芹、海子、史铁生等，《五月五：灵魂烹煮者的实验仪式》副标题则是"屈原作为我自己"，由此可见安琪的诗学野心。曹雪芹、海子等著名文人成了安琪的自我人格的镜像，他们之间心心相通，构成了文化通约和精神通约，正如安琪所言："《红楼梦》是我预定的陪葬品之一，我已经看了十几遍了，基本上是每隔几年就要看一遍，好像采气一样。"③ 她与海子也可以做互文关系来解读。当年海子曾表达了他的诗歌野心："我的诗歌理想是在中国成就一种伟大的集体的诗。我不想成为一个抒情的诗人，或一位戏剧诗人，甚至不想成为一名史诗诗人，我只想融合中国的行动成就一种民族和人类的结合，诗和真理合一的大诗。"④ 安琪也说："我的愿望是被诗神命中，成为一首融中

① 安琪：《诗歌距离理想主义还有多远？》，《诗刊》2008 年第 1 期下半月刊。

② 同上。

③ 安琪：《诗歌改变了我的命运，使我对它爱恨交加——回答漳州师院苔花诗社郑婷婷的提问》（2006 年 3 月 5 日），安琪新浪博客，http：//blog. sina. com. cn/s/blog_ 48c557e2010004au. html。

④ 西川编：《海子诗全编》，上海三联书店 1997 年版，扉页。

西方神话、个人与他人现实经验、日常阅读体认、超现实想象为一体的大诗的作者。"① 其诗学理想、诗学气魄，与海子的自我企望多么相像！

在她的诗作里，我们发现一种关于安琪与著名人物的人格镜像之间的深层思维，即巫术思维。如果说，安琪的史诗写作中的巫术思维是模糊多向的直觉思维，那么，最近的诗中表达安琪与诗人镜像的关系时，使用的巫术思维便是交感巫术，其内涵是明确的——对应关系。安琪与曹雪芹的关系、安琪与海子的关系，都往往借助交感巫术思维，加以强化。英国人类学家弗雷泽在《金枝》一书里，把交感巫术分为模拟巫术和接触巫术两类。接触巫术指的是："事物一旦互相接触过，它们之间将一直保留着某种联系，即使他们已相互远离。在这样一种交感关系中，无论针对其中一方做什么事，都必然会对另一方产生同样的后果。"② 安琪探访曹雪芹故居、魂游海子自杀地山海关，都具有这种交感巫术的意味。2005 年她在海子的忌日写下了《在昌平》："在昌平，我想到海子的孤独，在昌平的孤独里海子死了/今天是 3 月 26 日，海子和昌平一起被我挂念。"在海子生活过的地方昌平，感同身受海子的命运；同日，她创作的《曹雪芹故居》同样显示了这种深意。

安琪所流露出来的交感巫术与原始思维中的交感巫术并不相同。原始思维中的交感巫术所体现的更多是对绝对力量的崇拜，而安琪的这种巫术思维，恰恰体现的是她在感同身受的对象身上找到自我的确证与自信，是在某个精神人格镜像上折射并且强化安琪的自我价值，这种强化在深层彰显出安琪自我的天才定位，尽管这种定位是潜意识的。"诗歌英雄"情结并没有因为生活的困顿而中断，而是潜藏得更深了。在她把生存的重心转向生活的同时，内心更认同的是海子的"我必将失败/但诗歌本身以太阳必将胜利"的卓绝的理想主义精神。在她的心中，一直把海子作为价值标杆："我只知道，我又一次陷入的对理想主义的怀疑需要海子这样一个年轻的生命来安慰自己。"③ 诗歌和理想主义乃

---

①　黄礼孩、安琪主编：《诗歌与人·中国大陆中间代诗人诗选》，内部出刊 2001 年版，第 23 页。

②　［英］弗雷泽：《金枝》，徐育新等译，大众文艺出版社 1998 年版，第 57 页。

③　安琪：《诗歌距离理想主义还有多远？》，《诗刊》2008 年第 1 期下半月刊。

至英雄主义是安琪的三根"肋骨",是她的非常顽劣的人性基因。她不是在《死前要做的99件事》中说过吗?——"准备好要带进棺材的东西:一套《中间代诗全集》,一套《红楼梦》,一本《比萨诗章》,一本《奔跑的栅栏》,一本《任性》,一本《像杜拉斯一样生活》,一盒莫扎特《安魂曲》,一盒绿茶。"①

2004年前后的安琪转型了,这只是在外在上表征为由史诗性质的写作转为生活化的短诗写作,而灵魂深处她仍然在延续着基本的人性基因:视诗歌为生命的诗歌英雄主义、诗歌所寄寓的理想主义。只不过由于生活状态的被动转型,这些基因潜藏到了更深层。正由于转型的被动性,她才感受到无奈,这种无奈与其说是诗歌上的,毋宁说是生活上的。她说:"时至今日,我从未对诗歌有丝毫怀疑,诗歌带给我太多了,已经超过了我的命运所能承受的。我唯一必须怀疑的是,我的理想主义为什么不能永远坚定不移地扎根在我身上,为什么每次遇到一些选择关口,我的痛苦和无力感幻灭感总是那么深重地折磨着我,使我几乎放弃继续理想主义的勇气。"② 生活的转型对诗人来说是个磨难,但从另外的意义上讲,这种转型使得安琪的诗歌写作更加贴近地面,去开掘诗意的深井。从汪洋恣肆的大海转为大地上的深井,对于安琪来说,仍然是个"现在未完成时"。我们希望她会把生活的锥心之痛与铭心的刻骨酝酿为更丰富的诗意,像井喷一样,炫向天宇。到那时候,安琪肯定不会像海子一样感叹着:"天空一无所有,为何给我安慰?"

附:安琪文学年表

1969年2月24日,出生于福建漳州。本名黄江嫔。

1988年7月,毕业于漳州师范学院中文系。参与班刊《星贝》,校刊《九龙江》的编辑工作。大学期间发表散文处女作。

1992年2月,认识诗人道辉,受其影响,开始进入现代诗的阅读和写作。

1993年7月,诗集《歌·水上红月》(讯通社)出版,杨少衡先生作序。

---

① 安琪:《死前要做的99件事》,《文学界》2005年第12期。
② 安琪:《诗歌距离理想主义还有多远?》,《诗刊》2008年第1期下半月刊。

1995 年 12 月，长诗《干蚂蚁》、《未完成》、《节律》获第四届柔刚诗歌奖。

1997 年 12 月，诗集《奔跑的栅栏》（作家出版社）出版，孙绍振先生作序。

1998 年 7 月，完成长诗《事故》。

1998 年 12 月以后，陆续完成长诗《庞德，或诗的肋骨》、《出场》、《之七》、《南山书店》、《第三说》、《灰指甲》、《越界》、《甜卡车》、《九寨沟》、《任性》、《纸空气》等近百首。

2000 年 3 月，完成长诗《轮回碑》。

2000 年 4 月，赴广东肇庆参加诗刊社第十六届"青春诗会"。与黄礼孩见面。谈及选编一本在第三代和"70 后"之间这一代人的诗歌选本话题。

2000 年 12 月，与康城合作主编民刊《第三说》创刊号出版，该期首次推出"柔刚诗歌奖专题"。

2001 年 10 月，和黄礼孩共同主编《诗歌与人——中国大陆中间代诗人诗选》出版，执笔序言《中间代：是时候了!》，黄礼孩完成后记《一场迟来的诗歌命名》。

2002 年 1 月，长诗集《任性》（第三说诗丛）出版。收入 1998—2002 年创作的长诗 45 首。

2002 年 12 月，离乡。上京。

2003 年 8 月，完成组诗《像杜拉斯一样生活》。

2004 年 2 月，诗集《像杜拉斯一样生活》（作家出版社）出版。诗论家陈仲义、向卫国先生作序。

2004 年 4 月，《中间代诗全集》（海峡文艺出版社）精装上下卷出版。安琪、远村、黄礼孩联合主编。执笔序言《中间代!》，叶匡政撰写后记《中间代：不是新一轮的诗歌运动》。

2005 年 12 月，荣获"中国 2005 年女性诗歌年度奖"。

2005 年，诗作及陈仲义先生撰写的评论首次收入韩国《诗评》杂志。由汉学家金泰成教授翻译。此后又有三次入选该刊。

2006 年 2 月，供职《诗歌月刊》下半月（老巢主编），策划编辑"博客诗选""中国诗歌地理""中间代诗论""十大新锐诗歌批评家""鼓浪屿诗歌节"等专刊。

2006 年，荣获"新世纪十佳青年女诗人"称号。该活动由诗刊社、中国妇女报社等联合举办。

2006 年，应邀为《经济观察报》"中国心灵"栏目撰稿，访谈诗人郑敏、梁小斌、西川、于坚、欧阳江河、韩东等。

2007 年，完成《父母国》、《极地之境》等一组与家乡有关的诗作。接受《厦门日报》和漳州电视台专访。

2007 年，诗 6 首及文 1 篇入选韩国《亚洲当代诗人 11 家》（大陆入选两人，另一位翟永明），汉学家金泰成教授翻译。

2008 年 8 月，"安琪之夜诗歌朗诵会"在福州举办，活动由顾北、巴客策划。

2009 年，在民刊《丑石》及《滇池》杂志开设"民刊主编访谈系列"专栏，访谈近 20 家民刊主编。

2009 年，诗作《像杜拉斯一样生活》入选《中国当代诗 100 首》（潘洗尘主编），本书入选诗作系 16 位诗人、批评家海选评出。

2009 年，参与撰写《大学语文》（杨四平主编，人民教育出版社）。

2009 年 4 月，"安琪诗歌暨女性诗歌座谈会"在首都师范大学文科楼 602 学术报告厅举行，王芬、罗小凤、谢文娟、赵薇、张宁、陈利辉、郭艳灵、张岩、程振翼等在校博士生、研究生参加了座谈会。

2010 年，完成长诗《你无法模仿我的生活》。

2010 年 10 月，在《星星》理论月刊（潘洗尘执行主编）开设"柔刚诗歌奖获奖作者访谈"专辑，访谈历届获奖得主。

2010—2012 年，应莱耳之邀参与《特区文学》"读诗"专栏，总计评论 36 人 36 首诗。

2010 年，长诗《轮回碑》入选《百年中国长诗经典》（海啸主编，山东画报出版社出版）。该书收入自郭沫若以来 20 人长诗 20 首。

2010 年，参与撰写《大学语文实用教程》（熊家良、祝德纯主编，中国人民大学出版社）。

2010 年，美国出版的《中国现代文学史辞典》（作者 lihuaying，稻草人出版社）收有安琪词条，译成中文大约 400 字。

2011 年，诗作《明天将出现什么样的词》入选《中国当代文学专题教程》（赵金钟、熊家良、张德明主编，中国人民大学出版社），该书第八节为中间代。

2011 年 11 月 30 日，"安琪与她的诗"为主题的周末读书会在湛江师范学院人文学院举办。熊家良、谢应明、詹绍姬等专家学者出席了读书会，张德明教授主持。

2012 年，长诗选《你无法模仿我的生活》自印出版。收入 1992—2012 年创作的长诗近 90 首。

2012 年 10 月，"《父母国》——安琪诗歌朗诵会"在漳州举办，活动由漳州诗歌协会老皮、康城、许建鸿策划。

2012 年 12 月至今，应鲁亢之邀在《海峡瞭望》开设"台湾诗人推介"专栏，一期推介一位诗人一首诗。

2013 年，诗 10 首入选《生于六十年代——中国当代诗人诗选》（潘洗尘、树才主编，长江文艺出版社），同时也入选台湾版（潘洗尘、颜艾琳主编）。

2013 年，诗 24 首入选《中国新诗百年大典》（洪子诚、程光炜主编，长江文艺出版社）。

2013 年 3—4 月，就读鲁迅文学院第 19 届高研班。

2013 年 5 月，北京十年（2003—2013）短诗选《极地之境》由长江文艺出版社出版。入选《羊城晚报》"花地"年度十佳诗集。

2013 年 6 月，"《极地之境》首发暨安琪诗歌研讨会"在首都师范大学中国诗歌研究中心召开，吴思敬、刘福春、张清华、树才、陈定家、刘艳、师力斌、胡少卿、陈培浩、吴子林、董延武、王琦、马赛、段金玲等专家学者出席研讨会，孙晓娅教授主持，卧夫摄影报道。

2013 年 10 月号《文艺争鸣》开设"安琪诗歌研讨"专题，刊登张清华、师力斌、胡少卿、全群艳撰写的安琪评论及安琪随笔。

2014 年 5 月，编选《最后一分钟——卧夫博客诗选》并力所能及做卧夫诗歌推荐工作。

2014 年 6 月，应邀到韩国参加第八届"中韩作家笔会"。

2014 年，诗 3 首入选《当代先锋诗 30 年：1979—2009 谱系与典藏》（唐晓渡、张清华主编，江苏文艺出版社）。

2014 年 12 月 30 日，母校闽南师范大学文学院举办"安琪诗歌朗诵会暨 2015 年迎新诗会"。黄金明院长、王朝华教授主持。

2014 年，获"中国首届阮章竞诗歌奖"。

2015 年 1 月，参加伊沙、荣斌组织的"新世纪诗典"南宁—越南行。

2015 年 6 月，和康城联合主编诗歌民刊《第三说》第七期出版。

2015 年 6 月，《第三说》（安琪，康城主编）第七期出版。

2015 年 6 月，《轮回碑》获中国（佛山）首届长诗奖。

2015 年 9 月，诗集《父母国》由台湾秀威资讯科技股份有限公司出版。著名学者、翻译家、南京大学教授张子清先生作序。

第十九章　徐俊国（1971—　　）
从"鹅塘村"到"文化断乳"

一个诗人成熟的一个重要标志是形成独具个性的意象体系。从这个角度讲，徐俊国在诗中营造的"鹅塘村"，作为他生命中的"私人地理"，已经成为他的灵魂中不可揭移的邮票。正如哑石的"青城诗章"、江非的"平墩湖"、雷平阳的"云南记"、黑枣的"角美村"、林莉的"朱家角小镇"一样，"鹅塘村"越来越清晰地成为徐俊国的诗歌名片。而要成为真正意义的大诗人，还要走出"私人地理"，拓展出更加宏阔的文化背景和诗学背景。在这方面，徐俊国又迈出了新的扎实的步伐。

徐俊国的诗集《鹅塘村纪事》里具有经典意味的作品很多，如《热爱》（组诗）、《故乡辞》（十二章）、《鹅塘村》（组诗）、《时光重现》（组诗）、《俗世之爱》（组诗）、《黑白片》（八章）、《时光吹凉脊背》（十六章）、《暖风吹凉》（十一章）、《就像岁月里的那堆灰渣》（组诗）……以如此密集的系列组诗反复歌咏他热爱的那片泥土，确实非常少见。徐俊国虽然聚焦于小小的鹅塘村，但展示的生命空间十分阔大。他以灵魂为幕布，把技术理性主义时代最后的村庄原汁原味地保留了下来。他以呈现出的健康、醇正、醇厚的人性状态，使我们产生人性的亲近感。

徐俊国本来是搞艺术的，在 2004 年兴趣集中于行为艺术和观念艺术，但他没有艺术家身上的那种孤傲与偏执另类，而总是自然呈现出极其平实的品质。他读《古兰经》，研读《圣经》，他身上具有一种近乎宗教的力量与人性的温暖。徐俊国大学美术系毕业，后又曾进修于清华大学美术学院，再后来全家迁居上海。但都市的五光十色并没有涂抹掉他的本色，他仍然满怀热爱地生活在平度这片土地上，鹅塘村成了徐俊国的生命存根。他的诗歌之胃消化了鹅塘村的万事万物，他的灵魂比清晨的露珠还纯净，比"庄稼的骨灰"还沉重；比"鸟鸣"与"秧苗"还柔软，比"熄灭的马蹄铁"还坚硬；比"翱翔的丹顶鹤"还超迈，比"稗草"和"偷吃藏在粮屯里的诗稿的老鼠"还谦卑；他注目于"捕食害虫的螳螂"和"草棚里的牲畜"，但是诗思比"胡须拖地的老山羊"和"簇拥着种籽的潮湿的骨头"还久远……鹅塘村的一切都有了灵性和生命，都成为型塑诗人魂魄的养料，无怪乎他在诗中把自己称为"鹅塘村农民徐俊国"。在他看来，自己就是这片土地上的一棵树，树上的一片叶子，叶子上的一粒阳光。这片土地就是他灵魂反刍的出发点和归宿地。他写道："我适合做老家土坡上的一只羔羊"，早晨醒来就去"数数黄瓜花一夜间开了多少朵，瞅瞅走失三天的兔子回窝没有，猜猜病死的玉米苗能否返醒……"（《早晨醒来》）也正是由于他把大地作为灵魂的皈依，也正是由于他对这片土地爱得那么深沉，他才郑重写下："我这一生一共需要多少热泪／才能哽住落向鹅塘村的一页页黄昏"（《半跪的人》）。

对于田园故土的热爱是历代文人骚客津津乐道的母题，但是徐俊国已经远远超越了乡土田园诗。他既没有风花雪月，也没有飘逸闲适；既没有像知识分子那样高高在上进行启蒙，也没有像民粹分子对人民盲目仰歌，而是执着于人的生存命运的观照，剥离掉流行的生活表象，浇铸出最富有命运意味的意象加以组织。生命意识成为徐俊国烛照乡土的一把钥匙。如《那些》：

> 熬过了寒冷和贫穷
>
> 终于走到果实面前
>
> 那些用衣袖擦拭浊泪的人
>
> 还要拔完最后一棵荒草

还要找到叶子背后最后那条青虫

地上的庄稼大获丰收

天上的神也开始准备镰刀和灵柩

我的爷爷和奶奶

还有他们的兄弟姐妹

那些用拐杖走路的人

打老远就能听见他们的喘息

他们刚刚咽下米饭中的一粒沙

就被秋风捆了去

他们走得那么从容

甚至没来得及留下一句话

只扔下断底的布鞋在这人间

大地的边上　那些葵花

那些命运的钟摆

停止了最后的摆动

　　这里没有丝毫廉价的歌颂，充满的是厚重的悲悯，是悲悯之后的达观，是达观之后的隐忍。徐俊国的诗歌语言和意象虽然显得朴素、隐忍，但内在的生命意识却十分尖锐，处处流露出人世的沧桑，一种缓慢、滞重的笔力渐渐刻入读者灵魂。他的语言是瞬间直达的，但留给我们心灵的反刍却长久地延宕着。

　　徐俊国是搞绘画的，他精通如何以富有质感的画面进行蒙太奇组合。比如《至多》：

　　　　对着一棵冻僵的小草喊三百声，春天才会苏醒过来；

　　　　埋下老黄牛的膝盖骨，至少五百年才能发芽，窜出花朵；

　　　　逆着光看一个人的心脏，至少十遍才能辨清里面的白雪或污点；

　　　　爹交给我的活太多，一辈子也干不完；

　　　　一群民工蹲在沙砾上喝西北风，至少九份红头文件才能追回他们的尊严和血汗钱；

　　写下乡愁的"愁"字，至少需要积攒半生的月光和泪水；

　　劝说六千遍刀剑才愿回到鞘里；

　　鲜花再多，鸽子再多，蜡烛和祈祷再多，也不能让炸弹退回炮筒……

　　多得不能再多了，如果还不够，把我的爱加上爱，善良乘上善良。

　　徐俊国的意象十分简朴、质实，但又具有相当的灵魂深度。在普遍流行抽象、反讽、解构、荒诞的诗坛上，他坚执最原初意义的诗歌理想——诗歌最终要指向下面这些关键词：温暖、善良、疼痛、悲悯、关怀、道德、责任、良知，等等。这才是有根的写作。

　　如果说，私人地理意象是诗人写作成熟的标志之一，那么，要想成为一个具有远大抱负的伟大诗人，则需要更加宏大的文化背景，因为每一个伟大诗人的背后都有一套属于他自己的文化基点。这种文化基点既来源于他的生活之中，又超越了具体的生存，它包容了更加丰富驳杂的人性体验与生存体验。这需要一个诗人艰苦卓绝的付出，这也是几乎所有青年诗人要面临的一个问题。从这个角度去透视青年诗人的创作，就会发现：仅仅凝聚于诗人的私人地理的建构还不够，诗人的私人地理不能停留在感情的寄托层面，还需要超越情感的抒发阶段，而抵达一种文化的自觉。这是青年诗人的"二次发育"，笔者称之为"文化断乳"。

　　几乎所有的青年诗人都曾经历了诗歌表达的纯情阶段，当他回眸生他、养他的那片土地、那个小镇、那段河流时，调动了所有的情愫。而随着他内心的文化发育，必然会出现情感的断乳，从纯情走向复杂和含混，从私人地理的阈限中走出来，进一步扩展他们的生命经验与文化经验。他们在私人地理的建构中，呈现的是醇正的人性，采取的视角是内敛的、反刍的，而不是向外的、辐射的、发散的。内倾中形成的醇正人性，是诗写的起点和出发点，而随着人生经验和文化体验的拓展，他们需要进一步把这种醇正的人性力量，向更加驳杂的生存状态与人性状态辐射，建构起更加宏阔的精神视野和文化视野。要想获得这种诗性处理驳杂世相的能力，必须把自己的人性体验向生存全方位打开，向各种艺术潮流与艺术风格汲取营养，形成处理驳杂世相的能力，以形成自己更加包容的综合视野与综合能力。

如果把徐俊国从山东到上海的迁移现象，当作一种"文化断乳"的象征，去讨论青年诗人的前路，或许更有意义。徐俊国的"文化断乳"，来得实实在在。他在 2008 年 9 月被调至上海工作，他在文化断乳之后的转型，或许更加具有难度。那个鹅塘村长大的纯洁善良的大男孩，如今被移植到国际大都市的语境里，他的灵魂何去何从？他的焦灼如何化解？他又是如何完成诗学的转型？

他在《到底是什么让我难以释怀》里写道："自然的神圣，大地的伦理，乡村的美德，人性的良善，贫瘠土地之上生存的惨烈，以及人生的无常，命运的莫测，挣扎在生命尊严的底线上那一桩桩苦难，一幕幕悲壮……我痛恨还没有写出它们的全部。"① 他对于生他养他的那片土地，对于他灵魂里的鹅塘村这个文化地理，是如此的一往情深！北岛的诗歌《背景》一诗中写道："必须修改背景/你才能够重返故乡"。而徐俊国呢？上海的生存背景如何修改回到鹅塘村？如果不能，那么灵魂何以回乡？初到上海之时，他的作品经历了从"还乡"到现实触摸的转型。如《家书》的抒情视角已经开始拉开了距离："落日盛大/我心悲凉/茫茫海上/念我故乡……"不再是鹅塘村阶段的私人地理的"在场"，而是鹅塘村"不在场"的还乡主题。还有《忆》、《燕子歇脚的地方》、《在上海》、《尘土里》，都是立足城市的乡村情结的诗意表现。《环卫工》和《在医院》就直接转型为都市题材的作品，诗歌文本形态也从抒情转型为写实与叙述。这种转型是艰难的，也是必需的。

我们有理由相信徐俊国转型会走向成功，因为他在私人地理的抒写与宏大题材的诗性处理这两个方面，形成了很大的空间。徐俊国有不少出色的主流诗歌作品。也许是主旋律诗歌把我们的胃口败坏了，我们对宏大题材的作品产生强烈的逆反心理，不过，当我们读一读徐俊国的主

---

① 见《2010 华文青年诗人奖获奖作品》，漓江出版社 2010 年版。

旋律抒情诗就会发现，他在处理主流题材时的诗艺含量丝毫没有减少。徐俊国的《那一片深沉的红（组诗）》（《诗刊》2007 年 8 月上半月刊）、《在赫尔辛基（组诗）》（《诗刊》2008 年 4 月下半月刊）、《鹅塘村及其三十年（组诗）》（《诗刊》2008 年 12 月上半月刊）等，内容涉及中国红军、奥林匹克运动会、改革开放三十年等重大题材，他能够在"希望自己的灵魂活得正确"的同时，"也祈求外部的世界更加精彩"，他的《计算》把鹅塘村的三十年历史以时空大幅度交叉叠影的方式，做了诗艺处理，诗思空间十分阔大：

> 我又称了称我吃过的苦瓜　尝过的蜂蜜
>
> 流过的泪　发过的誓　祈过的福
>
> 不多不少　正好三十吨
>
> 三十年乘上三十吨
>
> 应该是一部沉甸甸的乡村史和沧桑巨变

他的《变迁》在揭示时代巨大变迁的同时，并没有简化为单纯的歌颂体，而是写出这个时代巨变中的隐痛。徐俊国在"文化断乳"之后，"从一个家乡到另一个家乡的半路上"，他的诗思的视域会越来越广阔。

从乡村到都市，文化母题发生了转型，但是徐俊国的诗学理念没有动摇，反而显示出不动声色的灵魂定力和诗学定力。在外化出来的语言形态上，体现出素朴的品质。他不故弄玄虚，不玩语言游戏，不破坏语言质地，甚至他使用的语言都是非常清晰的。他使语言表面的歧义性消失，而使内在的意味达到最大程度饱和，因为他总是全神贯注于事物本身，尽量不为表面奇异的语言所左右。他的每一个字，都是充分浸透了生命汁液的、带有生命最鲜活的色泽。就在写这一章节时，我看到了他的创作谈："在我个人的固执里，语言和技巧永远不是第一位的。我认为我是一个语言和技巧的落伍者，但我愿意做这样的落伍者。写作是有难度的，不是玩玩语言和技巧就能蒙混过关。把读者想得再聪明一些，把自己修炼得再内在一些，再沉实一些，然后再回过头来写作就不会那么趾高气扬了。写作真正的难度不在语言和技巧，而在于一个诗人或作家对世界的认知宽度、思考深度与追求高度。"① 这对于我们每个诗写者，都具有反思意义。

徐俊国注目的不是转瞬即逝的浪花之炫目，而是恒久绵延的潜流之坚韧，这是灵魂的根基，也是诗歌的根基。凝视他笔下"那些葵花，那些命运的钟摆"，唤起我们的不仅仅是对最后村庄的文化范型进行命运观照，更有对诗歌自身危机与出路的反省。几乎每一个青年诗人都面临着青春期的"文化断乳"，这个"二次发育"对于每一个诗人来说，都是艰苦卓绝的。这是诗学的发育、灵魂的发育和文化的发育，严酷地说，这个二次发育的过程甚至会贯穿诗人漫长的一生。这个过程能否完成，是考验一个诗人是否最终完成了自我的杠杆。徐俊国的诗歌道路，无疑会给我们带来丰富的启示。

附：徐俊国文学年表

1971 年，出生于山东省平度市仁兆镇小城西村。

1990 年，高考落榜。在瓜棚内通读外国哲学名著。初秋，入平度十一中系统学习绘画艺术；写了十几个本子的小说，大面积手抄朦胧诗。

1992 年，《语文报》发表处女作《给你》，收到全国各地一百多封读者来信；11 月，《芳草》发表短诗《石榴》。

1993 年，考入菏泽学院艺术系，结识中文系的赵思运和石耿立两位老师，参与编辑油印刊物《黄河浪》；大量阅读，写出 20 余万字的读书笔记。

1994—2003 年，写作大型组诗《精神城堡》，在《诗刊》、《星星诗刊》、《绿风诗刊》、《诗潮》、《飞天》、《解放军文艺》、《山东文学》、《大众日报》、《青岛文学》等报刊发表诗歌；1995 年 8 月，分配至平度九中任美术教师；1999 年 8 月，考入山东师范大学美术系；10 月 14 日（农历九月初六），喜得双胞胎女儿，取名阳春、白雪。2000 年，获《中国作家》、《小说月报》、《女友》联合主办的第二届全国青年文学大赛诗歌奖。

---

① 《散文诗》上半月刊第 12 期。

2004 年,《诗刊》下半月刊第 2 期发表组诗《慢跑或低语》,因其中的《小学生守则》一诗受到关注,此后被频繁转载和评论;入选《2004 中国年度诗歌》等选本;开始构建"鹅塘村"写作体系。

2005 年,《诗刊》下半月刊第 8 期"新星四人行"栏目发表组诗《暖风吹凉》,《散文诗》第 9 期发表组诗《热爱》,《诗刊》下半月刊第 11 期"一首诗的诞生"栏目发表创作谈《童心在先,诗歌在后》;入选《2005 中国年度诗歌》《2005 中国年度散文诗》等选本;获《人民文学》"爱与和平"诗歌大赛奖、《散文诗》"首届全国校园文学大奖赛"金奖。

2006 年,在《诗刊》下半月刊第 3、第 5、第 7、第 11 期发表诗歌;参加诗刊社在宁夏举办的第 22 届青春诗会。《诗刊》上半月刊第 12 期"青春诗会"专号发表组诗《鹅塘村》,"鹅塘村"作为一个符号第一次在诗坛出现;组诗《热爱》、《小学生守则》等被《新华文摘》、《青年文摘》、《诗选刊》、《杂文选刊》、《中学语文》等刊物转载。入选《新世纪五年诗选》、《2006 中国年度诗歌》等选本。

2007 年,诗集《鹅塘村纪事》入选中华文学基金会"21 世纪文学之星丛书",由作家出版社出版;《诗刊》下半月刊第 8 期发表创作谈《我的鹅塘村》及叶延滨的评论《〈鹅塘村纪事〉读稿心得》;在《诗刊》、《星星诗刊》、《绿风诗刊》、《诗选刊》、《十月》、《北京文学》、《散文诗》等刊物发表诗歌;入选《2007 中国年度诗歌》、《2007 中国年度散文诗》、《2007 年中国散文诗精选》等选本;获《散文诗》杂志社主办的"国酒茅台杯"全国十佳散文诗人奖。

2008 年,在《诗刊》下半月刊第 1、第 4、第 5 期,《诗刊》上半月刊第 9 期,《青年文学》下半月刊第 4 期,《散文诗》第 5 期,《诗选刊》第 6、第 7 期及第 12 期"中国诗歌年代大展",《青岛文学》第 9 期等发表诗歌;8 月,迁居上海,参与组建华亭诗社;《诗刊》下半月刊 10 期"诗人档案"栏目,发表新作、旧作 23 首,文学年表和 4 篇评论文章;入选《中国诗典:1978—2008》、《绿风诗刊 10 年精品选》、《中国新诗 240 首 (1918—2008)》等选本。

2009 年,加入中国作家协会;在《诗刊》、《星星诗刊》、《诗歌月刊》、《诗潮》、《中国诗人》、《诗探索》、《散文诗》、《新世纪文学选刊》、《青岛文学》、《鸭绿江》等刊物发表诗歌,入选《2009 年中国诗歌精选》、《2009 年中国诗歌年选》、《2009 中国年度诗歌》、《2009 中国年度散文诗》、《中国当代诗歌导读 (1949—2009)》等选本。

2010 年,在《星星诗刊》第 2 期,《人民文学》第 3 期,《中国诗歌》第 5 期、第 7 期,《中国作家》诗歌专号,《人民日报》11 月 10 日,《青年文学》第 11 期,《散文诗》第 12 期发表诗歌;《滇池》第 9 期发表《徐俊国的诗》(14 首)、访谈 1 篇、评论

1 篇，《诗探索》第 4 期发表诗歌 2 首、研究文章 3 篇、创作谈 1 篇，《2010 华文青年诗人奖获奖作品》收入诗歌 24 首、创作谈 2 篇；入选《2010 年中国诗歌精选》、《2010 中国年度诗歌》、《2010 中国散文诗年选》、《2010 中国年度散文诗》、《青岛 60 年文学作品选》、《〈飞天〉60 年典藏》、《中国当代诗选》（中俄对照本）、《新世纪第一个十年诗选》《中华活页文选》等选本；获第八届华文青年诗人奖。

2011 年，成为首都师范大学第八届驻校诗人，进行为期一年的讲学、创作和交流，入校仪式上的发言《悲伤时好想喊你的名字》发表于 10 月 14 日的《文学报》；在《诗歌月刊》第 1 期、《星星诗刊》第 2 期、《诗选刊》第 2 期、《青年文学》第 8 期、《扬子江诗刊》第 5 期、《北京文学》第 10 期、《光明日报》11 月 8 日、《散文诗》上半月刊第 11 期、《中国作家》诗歌专辑、《诗选刊》第 12 期"中国诗歌年代大展"发表诗歌；诗歌入选《2011 中国诗歌排行榜》、《2011 中国年度诗歌》、《2011 中国年度散文诗》、《2011 年中国诗歌精选》、《2011 中国诗歌年选》、《21 世纪中国最佳诗歌（2000—2010 年）》等选本。获中国诗歌学会、深圳文联等颁发的第二届中国诗剧场"诗歌奖"。

2012 年，诗集《燕子歇脚的地方》由漓江出版社出版；在《西北军事文学》第 1 期、《十月》第 2 期、《诗刊》下半月刊第 2 期、《上海作家》第 2 期、《天涯》第 8 期、《诗刊》第 12 期、《诗选刊》第 12 期"中国诗歌年代大展"发表诗歌和散文；《诗探索》理论卷第三期推出徐俊国诗歌创作研讨会特辑，发表 5 篇研究文章；《中国诗人》第五期发表诗 20 首、评论文章 3 篇；入选《2011 年中国诗歌精选》、《2011 中国诗歌排行榜》、《2011 中国年度诗歌》、《21 世纪中国最佳诗歌（2000—2011）》、《2011 中国年度散文诗》、《延安文学 200 期作品选·诗歌卷》等选本，20 首诗被编入《30 位诗人的十年》；7 月 6 日，"首都师范大学驻校诗人徐俊国诗歌创作研讨会"在京举办，50 余万字的《徐俊国诗歌创作研讨会论文集》收录近百位诗人、评论家的研究文章；获《芳草》汉语诗歌双年十佳、中国散文诗大奖、"第一朗读者"最佳诗人奖、《西北军事文学》年度优秀作品奖。

2013 年，被《诗刊》、《花城》、《作家》、《诗选刊》、《诗探索》、《扬子江诗刊》、《文学报》六刊一报联合推选为"新世纪以来的 36 位优秀诗人"之一，《扬子江诗刊》第 1 期发表诗 10 首；《诗选刊》第 1 期发表诗 5 首，《诗刊》第 2 期发表创作谈《我的诗人守则》，《芳草》第 2 期发表诗《走来走去》（19 首）及访谈《守住自己的精神根据地》；入选《中国诗歌排行榜》《大诗歌》等多种年度选本；诗歌《小学生守则》被列入中国诗坛"十年好诗榜"；诗集《燕子歇脚的地方》获上海市松江区"云间文学奖"。

2014 年，终止"鹅塘村"写作；散文诗集《自然碑》由北京燕山出版社出版，获上海市作家协会年度优秀作品奖、第六届冰心散文奖；《星星诗刊》第 1 期、《西北军事文学》第 3 期、《诗选刊》第 3 期、《中国文化报》7 月 30 日、《诗刊》下半月刊第 12 期发表诗歌和创作谈；《新华文摘》第 8 期转载《小学生守则》；入选《2014 年中国诗歌精选》、《2014 中国新诗排行榜》、《2014 中国年度诗歌》、《2014 中国散文诗年选》、《2014 中国年度优秀散文诗》、《21 世纪中国文学大系 （2000—2010 诗歌卷)》、《中国好诗歌》、《中国当代诗歌赏析》、《大诗歌》、《新世纪好诗选 （2000—2014)》等选本；《首都师范大学驻校诗人十年庆典》收入诗歌 40 首，创作谈、论文和访谈各 1 篇。

2015 年，出版诗集《徐俊国诗选 （2004—2014)》，获海子诗歌奖提名奖；在《诗刊》第 1 期、《文学报》1 月 1 日、《扬子江诗刊》第 1 期、《诗潮》第 2 期、《诗选刊》下半月刊第 2 期、《青年文学》第 4 期、《文学报》4 月 30 日、《上海诗人》第 6 期、《青岛文学》第 11 期、《滇池》第 12 期、《西部》第 11 期等报刊发表诗歌和创作谈；入选《2015 年中国诗歌精选》、《2015 中国新诗排行榜》、《2015 中国年度诗歌》 等选本；精读古诗词，退守自然，开始《致万物》系列写作。

第二十章　张晓楠(1972—)
诗性与人文交融的儿童诗域

张晓楠是我国儿童文学领域辛勤耕耘、成绩显著的诗人。近年来，他致力于儿童文学创作，先后有700余篇文学作品发表于《人民文学》、《文艺报》、《儿童文学》等重要文学报刊，出版诗集《不凋的张望》（香港天马出版社1993年版）、《叶子是树的羽毛》（太白文艺出版社2006年版）、《和田鼠一块回家》（明天出版社2008年版）。在儿童文学领域产生了越来越重要的影响，其作品陆续入选《改革开放30年的中国儿童文学》、《21世纪中国文学大系》、《中国儿童文学名家精粹》、《中国儿童文学精品书系》及中国作协等权威年度选本，曾荣获第七届全国优秀儿童文学奖、第十七届冰心儿童文学新作奖、齐鲁文学奖—山东省优秀儿童文学奖荣誉奖、首届牡丹文学奖并被中国现代文学馆收藏。《文艺报》在2007年12月8日予以重点评介，发表著名儿童文学评论家王宜振对张晓楠的评论《想象是诗歌的翅膀》；《中国教育报》2008年3月21日第四版"文化"版整版推出张晓楠，发表了张杰的《用清纯的诗句构建丰润的世界——访第七届全国优秀儿童文学奖获得者张晓楠》、路加关于张晓楠的文学评论《我们离童话到底有多远》以及张晓楠的儿童诗《雨点，是天书逃下的文字》（外四首）。谭旭东在其专著《重绘中国儿童文学地图》曾专节论述张晓楠的儿童诗创作。①

---

① 谭旭东：《重绘中国儿童文学地图》，西北大学出版社2006年版，第220—225页。

第七届全国优秀儿童文学奖评委会给张晓楠的评语，概括了张晓楠的儿童诗特点："张晓楠大睁着一双寻美的眼睛，注视着这个世界，对山川、树林、四季景色给予了充满童趣的描绘。他以心灵拥抱故乡、土地和亲人，用清纯的诗句构建了一个温暖和谐、无比丰润的世界。那些远去的生活记忆也因为童心的观照，闪耀着鲜丽的色彩和跳动的韵律。"① 张晓楠的儿童诗在对自然、乡土、亲情的充分诗意化观照中，释放出浓郁的人文关怀，在很大程度上提升了儿童诗的品质。

第一节　"儿童性"与"诗艺性"的融合

张晓楠的儿童诗之所以成功，不仅仅因为"儿童性"，更重要的是"诗艺性"，他在很大程度上实现了"儿童性"和"诗性"的高度融合。王泉根教授曾经提出儿童诗的两个尺度——"儿童性"和"诗性"，颇有见地。很多儿童文学作家为了保持"儿童性"不惜破坏"诗性"，乃至于出现"捏着嗓子说儿童话"的"伪儿童诗"。而张晓楠将"儿童性"充分而艺术地融进了"诗性"之中，使二者完美结合。这就保证了张晓楠的儿童诗在内在质地上保持了诗歌自身的纯粹性，从而与童谣有了真正的分野。他特别善于在意象的营造、意境的烘托、想象的升腾、情感的飞扬中，实现儿童诗内涵的诗化。

当诗坛叙述泛滥、造境功能式微之时，张晓楠的儿童诗非常注意意境的营造，如《春的心事花花绿绿》："冬日，像古板的父亲/紧绷的脸/写满疑虑//燕子，不知深浅/一支箭簇/射破天机//春的心事，泄露出来了/漫山遍野/花花绿绿"，将春意迸发的诗情通过新颖奇特的意象传递出来。《落日河滩》的意象"应着河儿唤/扯着太阳的翅膀/放学的孩子/跑来了，吵闹着/去挠/黄昏的胳肢窝"，更是出奇制胜，饶有兴趣，富有想象的余味。他总是赋予自然以人的生命感觉，以诗意点染

---

① 张杰：《用清纯的诗句构建丰润的世界——访第七届全国优秀儿童文学奖获得者张晓楠》，《中国教育报》2008年3月21日第4版。

情趣，激活灵性，如《妈妈呀妈妈》："春风姑娘可真淘气/悄悄，悄悄揭走/小河的冰衣/惹得她一梦醒来/哭闹着向前撵去——"。打开张晓楠的诗集，质感鲜明逼人、极富诗意和想象力的意象俯拾皆是，《雪地上的鸟儿》、《林间童话》、《拱破乡村梦境》即是代表作。如《拱破乡村梦境》：

> 绿意，绿意
> 拱破乡村梦境
> 张眼望时
> 四周首先绿了
>
> 那些最初
> 睁开眼睛的
> 是爬满
> 枝梢的芽苞
> 那是一盏盏
> 梦幻的灯呢
> 照在哪里儿
> 哪儿绿色泛起
>
> ……感悟一冬的村庄
> 终于敞开
> 紧闭的心扉
> 而冒失的燕子
> 匆匆赶来
> 一不小心，碰了
> 满鼻子的绿……

张晓楠的诗艺体现在多方面。《快乐成一阵小雨》、《幸福的宝贝》

等构思精巧，想象丰富，富有民俗色彩。《早春听雨》紧紧抓住"听"字，将"听"的客体（春雨那音乐般的魅力）和"听"的主体（根须）的诗意关系巧妙地组织起来，揭示了早春的生命力。而《多萌生几片叶子》直接披示抒情主体的精神世界，诗意的触角全方位打开："让我／多萌生几片叶子／在我的指间／美美挂着／／鸟儿，可爱的鸟儿，在我的枝丫／筑巢吧／为迎你，我一直高举双臂／／我的头发／是浅浅的草丛／我的耳朵／是翩翩的蝶儿／那么眼睛呢／眼睛／是清清的小溪／／且有／一颗颗／酸酸的草莓／且有／一串串／甜甜的诗句／／在我的领域／你会／快乐无比"。这是诗人精神人格的诗性外化与呈现。张晓楠还常常化用古典诗句，《剪》化用贺知章"不知细叶谁裁出，二月春风似剪刀"；《春江水暖》化用苏轼的"春江水暖鸭先知"；当看到死去的金鱼，"我想，就把你／做成标本吧／然后夹在／那本叫《水经注》的／书本里／／这样，你就可以／静下来／慢慢寻找／回家的路了"（《金鱼》），让我们看到传统诗意的现代流向；"童年的水域／你是第一位远道的客人／从远古的唐诗开始／一路白毛绿水／红掌清波／一路无尽欢歌"（《家乡鹅》），更是具有文化的优雅韵味……这些都让我们领略到张晓楠对传统诗学注重意象营造的继承。

　　张晓楠的儿童诗虽然有大量的哲理和思想在里面，但是并没有丝毫的说教，而是坚守诗意的规律，在诗意和诗形里流露诗思。因为张晓楠深知，哲理诗首先是诗，儿童诗首先是诗，儿童性和哲理性都寄寓在诗意和诗形之中，否则就失去了诗的质地。《黑猫警长》、《小马跳水》、《兔妈妈之后》、《喜鹊的办法》、《宝宝的笔盒》即是在诗性之中蕴含思想的佳作。"一双双筷子／是一对对／孪生的孩子／／它们一块儿吃饭／一块儿睡觉／一块儿讲究卫生／／有谁看到过／小筷子／独来独往呢？／／真是一群好孩子／它们知道／如果不团结／还不如／一只小勺子"（《厨房里的歌》），始终寄寓了思想性和哲理性，但又始终伴随着诗性想象和形象性。"猫咪和耗子不友好／总是追追赶赶的／／脚印们可不管这些／凑在一块窃窃私语"（《脚印》），在诙谐幽默的笔调中做到了"寓教于乐"。而《不能飞翔的鸟儿》："一棵果树／就是一只鸟儿／一片叶子／就是一片羽毛//这是一只/无法飞翔的鸟/它的羽毛/有时脱落/有时繁茂//在秋天里/这只鸟儿/会下很多很多的蛋/有的挂树杈/有的挂树梢",意蕴则完全如水中着盐般地融到丰富的想象涟漪里面,沉潜到诗歌的意象深处。

第二节　儿童诗的地域性拓展

张晓楠丝毫没有"窄化"儿童诗的视野,而是竭力把儿童世界与地域文化结合起来,他把童年、乡土、亲人之情密密地织进黄河文化的纹理。

张杰说"把一个人的童年精神成长与黄河故道古老文化底蕴相结合"是张晓楠儿童诗创作的特色。张晓楠深情地说:"每个地域有每个地域滋育的文化,每个作家有每个作家生存的文化背景。黄河的厚重与淳朴势必为在她怀抱里成长起来的作家带来丰厚的养分和供给。……我创作的根扎在生我、养我的这片热土上,我长期在这片土壤里汲取营养,故乡情结永远无法割舍。而且我一直自觉不自觉地用一个乡村孩子最纯洁的视角去打量她、去欣赏她、去赞美她。"张晓楠的《喊魂》、《家乡鹅》、《爷爷的船》、《卖柴》、《麦子灌浆了》、《橘子黄了》、《抒情的院落》、《儿时戏耍》、《玩赌》等乡土系列童诗曾经产生很大影响。他的笔下的意象,处处是充满黄河文化的风物人情。火红的辣椒、满嘴金牙的玉米、羞怯怯的丝瓜秧,"狗撵鸡"、"推火车"、"老鹰捉小鸡"、"过家家"等儿童游戏,玩猴、斗鸡、遛鸟等民间娱乐,都深深地叠印到诗人的灵魂里。诗人会注目于"最后一朵棉花":"最后一朵棉花开了/站在院子里/洁白地燃烧//是不是,为眼神/不好的奶奶/举一盏灯泡"(《抒情的院落》)。诗人看到一只"斗笠",也会想象到"像一只满载/乡愁的/小小车轮/碾得心坎/隐隐作痛"。诗人就像"柳行射出的一颗游子",却把心留在了家乡。这个靠家乡的鹅养大的孩子"而今在一家/叫家乡鹅的饭馆门前/不觉泪流满面"(《家乡鹅》)。最动人的大概是《喊魂》一诗:"当别人家的孩子/从爷爷的胡子上/捋故事时/我依偎在奶奶的怀荫里/咬指//爷爷死了/爷爷摇船去收割庄稼/半路上/水神先收割了他//——唉，爷爷/你怎么不等我呢/不等我记事再死呢//您一定有一根/很长很长的烟袋杆吧/您下巴一定挂着/好大一把年纪/您一定很会讲故事/您一定很喜欢小孩子/……//没爷爷多寂寞的童年/犯委屈了/就揣个瓶儿悄悄/到河边去/到河边站一会儿/磕个头/装一瓶水带回来/装一瓶爷爷的魂儿/带回来//儿时，常常一个人/躲在小屋里/对着小瓶喊爷爷。"细节中流露的思念之情，催人泪下。

　　故乡不仅作为原型母题意象成为情感表达的载体，而且升华到文化意象，成为诗人精神人格基因的见证，成为城市文明的参照物。《爷爷的船》写道："滚圆滚圆的西瓜/在七月的岸边/显山露水/爷爷立身棚下/像一只　缓慢的船/行驶于墨绿海洋//是谁　在调焦/这悠远的画面/多年来远了又近近了又远//我一直觉得/城市　当是这水域的/一座岛屿/我是岛屿中热盼的臣民/但爷爷的船/始终没有驶进来。"身居城市的人们，由于与原初的乡土文明的隔阂，便失去了生命的存根，产生了灵魂无所归依的状况。久未到乡下的"我"怀着满腔的感情去亲近土地的时候，"我弯下腰来/试图和麦子表示亲近/我想悄声说/我就是您祖上/曾经喂养的孩子啊//可是努力了好几次/也没见麦子/做任何的反应/我像一个/顿时被冷落的孩子/鼻子酸酸/差点掉下泪来"(《麦子灌浆了》)，被生命存根抛弃的失落与伤楚，令人潜然泪下。离开了土地，便离开了生命之根，人就会生锈。所以，张晓楠的乡土童诗深层体现的是寻根意识，是对生命的文化之源的探溯。被时代遗弃的"木柴"也深深激起了诗人的喟叹：

　　　　一担担木柴背到城里来

　　　　你栖身街头

　　　　在最后一抹夕阳里

　　　　像一枚感叹　打在城市边沿

　　　　薪木的油香隐隐飘衰

你想起孩子殷切的眼睛

后天就立冬了

你以为城里人要烧炭取暖了

像乡下孩子一样

到了年龄　就要上学

但你不知道

现在的城市要靠暖气生存了

木柴成了／被遗弃的乡下女人

你实在失望了就把我

换回去吧

我原本是山里的一棵木柴

——《卖柴》

　　这里的感叹不仅是人道主义的同情，更是灵魂失去存根之后的徘徊和彷徨，"你实在失望了就把我／换回去吧／我原本是山里的一棵木柴"，这是"流浪"于城市的游子渴望回归家园的诚挚呼唤！《橘子黄了》诗人以橘子自喻，同样表达了寻根的愿望，"橘子"成了诗人情思的载体。当然面临日趋现代化的历史车轮，乡土文化也暴露出它的二重性，张晓楠有着清醒的认识，在看到其价值的同时，也看到内在的保守乃至落后。捏面人这种手工艺曾经给孩子带来了无穷的乐趣，但是"面对城市满橱窗的精彩／我常常想起你／这个脱彩的老面人／亲人　家乡的巷子那么深啊／使你一生也没能／走出来　捏出自己的新意"。这，便是文化的现代烛照。

第三节　儿童诗的人文关怀

　　在儿童诗的抒写视角方面，张晓楠采取了儿童和成人的双重视角，并以人文性将它们统一起来，从而彰显出浓厚的人文关怀。

大部分儿童文学作家都从童心出发，以儿童视角透视所见所闻，而张晓楠则突破了单纯的儿童视角，有时以成人视角，对儿童精神世界予以观照和审视。谭旭东在评述张晓楠时说："'儿童本位'不只是说作家可以站在儿童的立场，以儿童的眼睛去看，用儿童的耳朵去听，用儿童的心灵去感受，还包括作家站在成人视角，来观照儿童的生活来审视儿童的内心世界，儿童文学的'儿童本位'中包含了成人回到童年或者回到儿童的角色来观照童年和理解儿童，还包含了成人站在成人立场上对儿童世界的爱护和文化关怀，包含了儿童文学本身对儿童精神世界的提升。"① 无论诗歌的对象属于自然还是社会范畴，诗人都力图上升到价值层面，不是"俯就儿童"，而是提升儿童的精神世界。"翩翩的燕子呀/你是一片/小小的叶子/在空中 嫩嫩地飞//满目的鳞次栉比/却寻不到/自己的枝……"（《嫩嫩地飞翔》）以及"地瓜入窖时/隆冬就要来了//是谁把灰青的秧子/搭满树杈/在风雪拉练的时刻/成了你/躲避的去所///……//现在地瓜成了/乡村口粮的佐料了/面对光秃秃的/树杈，我在想/这些年/何处是你落脚的地方？"（《麻雀》）是对现代工业文明的诗性抗议；《玩猴》发掘的是闹剧欢笑背后的"掌声与钱币"潜规则；《斗鸡》揭示的是"太平与战争"关系的扭曲；《遛鸟》控诉的是对自由奋争精神的蔑杀；《眼睛——致一位盲童小朋友》和《分享》表达的是对人性的关爱；《暖洋洋的话》和《夜色盛开的花儿》表达了对电力事业的赞美，传达的是甘于奉献的精神和热爱劳动的价值观。电力的奉献精神也传递给孩子们，课间操已经结束了，孩子们还在站得直直的，他们说："让我们/统统变作电线杆吧/把爸爸妈妈发的电/送到/那个偏远偏远的/小学校去"。对于发电厂的锅炉这种高度社会化的物象，诗人处理得也非常诗意化："如果吃进去的/不是煤/是阳光是月光/高高的炉旁/像老牛一样/静静地躺//电流一定是甜的/一定是香的/像泉水一样/叮叮咚咚/像曲儿一样/绵绵长长。"

---

① 谭旭东：《重绘中国儿童文学地图》，西北大学出版社 2006 年版，第 220—221 页。

尤其值得注意的是张晓楠的童话叙事诗《一只狼精的传说》，显示出极其丰厚的人文内涵。这个民间故事讲的是：一对失去父母的贫穷兄妹相依为命，而妹妹被大公狼抢劫做了老婆，还为公狼生了一个毛孩。哥哥历尽千辛万险，带妹妹逃出狼穴，公狼来寻找妹妹的时候，遭到了人们的惩罚。一般意义上的民间传说，往往寄寓着道德说教，体现的是善恶二元对立的思维方式。而张晓楠却在这个故事里打破了善恶二元对立的简单化思维方式，也超越了简单的爱恨教育，在道德与人性的复杂关系中，既激起人们对大公狼的痛恨，又写出了大公狼失去爱人之后的思念与哀伤。结尾的场面描写着实触目惊心："公狼脱脱已经死了，／它怀里抱着饿死的毛孩；／公狼脱脱是坐着死的，／面对的方向是兄妹居住的地方。"这就超越了简单的道德范式，从而具有了更加复杂的人性意味和丰富的情感意味。

在儿童文学这片清贫的园地里，张晓楠一直低调地写作。他现在已是我国著名的儿童文学实力诗人。对于未来，他说："认真去对待，要坚持，有平常心，不急功近利，还要耐得住清苦，经得起诱惑。"① 由于这种写作的灵魂定力的确立，在越来越商业化的儿童文学园地里，张晓楠的身影会越来越高大。

附：张晓楠文学年表

1986 年，在河南省文联主办的《文艺百家报》发表诗歌处女作《生日》，后入选《当代中学生诗选》（辽宁教育出版社 1986 年版）。

1987 年，陆续在《中学生报》、《初中生学习指导》、《语文报》等刊物发表诗歌作品，多首被选入《当代中学生诗选》、《中学生百家社团文学》等。

1988 年 7 月，升入郓城师范学校，发起并主持青衿文学社，担任社长。创办《青衿园》社刊。

1989 年，参加《儿童文学》文学讲习班，被评为优秀学员。后陆续在《儿童文学》等杂志发表诗歌。

---

① 张杰：《用清纯的诗句构建丰润的世界——访第七届全国优秀儿童文学奖获得者张晓楠》，《中国教育报》2008 年 3 月 21 日第 4 版。

1993 年 7 月，出版第一本诗集《不凋的张望》（天马图书出版公司 1993 年版）。

1995 年，加入山东省作家协会。

1997 年，《写给电厂的孩子们》（组诗）获山东电力首届文化艺术节文学创作一等奖。

2003 年，被推选为山东省作家协会儿童文学委员会委员。

2005 年，被评为《少年月刊》年度"优秀作品奖"。

2006 年，诗歌《雪花是冬天的偏旁》被评为第十七届冰心儿童文学新作奖。6 月出版诗集《叶子是树的羽毛》（太白文艺出版社 2006 年版）。

2007 年，组诗《苏醒的村庄》被评为首届牡丹文学奖（诗歌一等奖），被荷泽市委市政府记个人三等功。《叶子是树的羽毛》（诗集）被评为第七届全国优秀儿童文学奖（诗歌奖）。获山东省齐鲁文学奖特别荣誉奖。

2008 年，《中国教育报》第 8 版整版刊发访谈《用清纯的诗句构建丰润的世界》，重点推介。入选《改革开放 30 年的中国儿童文学》（中国作家协会选编，少年儿童出版社 2008 年版）。加入中国作家协会。

2009 年 4 月，出版诗集《和田鼠一块回家》（明天出版社 2009 年版）。7 月，出版诗集《麦茬：记忆的梳子》（黄河出版社 2009 年版）。《和田鼠一块回家》（诗集）被评为第四届中国电力文学奖著作奖，并被确定为全国农家书屋重点图书推荐数目。《叶子是树的羽毛》（二首）入选中国作协选编的《改革开放 30 年的中国儿童文学》（长江文艺出版社出版）。诗歌《拱破乡村梦境》入选中国作协选编的《新中国六十年文学大系》。当选为山东省作家协会第六届委员会委员。

2011 年，《和田鼠一块回家》（诗集）被评山东省第二届泰山文艺奖（文学创作奖）。诗歌作品《不能飞翔的鸟儿》被选入全国高等师范院校中文及教育专业通用教材。入选"中国原创图画书"书系，由中国少年儿童出版总社出版发行诗歌绘本《一支铅笔的梦想》。入选《世界金典儿童诗集》（福建少年儿童出版社 2011 年版）。入选姜耕玉、赵思运编著当代大学生人文素质必修课教材《新诗 200 首导读》（东南大学出版社 2011 年版）。6 月，被聘为山东省作家协会第二届签约作家。

2012 年，诗歌《不能飞翔的鸟》入选李学斌主编全国高师通用教材《中国儿童文学作品导术读》（华东师大出版社 2012 年版）。入选语文新课标必读丛书《儿童诗歌精选》（人民文学出版社 2012 年版）。

2013 年 8 月，随山东作家代表团参加第二十届北京国际图书博览会"中国作家馆主宾省"活动，接受《晨报》、《中华书目报》、天津文艺广播电台等媒体访谈。

2014 年，中国少年儿童出版总社出版发行《冬日午后》（乔治·卢汉著，曼达娜·

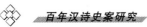

萨达特绘，张晓楠译创）。10 月 20—26 日，参加山东省作协团赴宁夏青海采风，与宁夏、青海两省区作家进行了文学交流，到山东对口援建的青海省海北州进行了采访采风。

　　2015 年，参加中宣部、中国作协在北京召开的全国儿童文学创作与出版工作会议。山东教育出版社出版发行"张晓楠童诗系列"，包括《春天经过的路口》（简析本）、《叶子是树的羽毛》（修订本）、《雪花是冬天的偏旁》（新作本）三册。出版诗歌集《迷路的脚丫》（明天出版社 2015 年版）。被中国作家协会列入"作家定点深入生活"项目名单。